如首无作祟之物

KUBINASHI NO GOTOKI TATARU MONO

[日] 三津田信三 著

张舟 译

文化发展出版社
Cultural Development Press

◇千本樱文库◇

◇前言 PREFACE

文库，原本是指收纳书物的仓库和书库，也指收纳书与记事簿，以及不常用物品的小箱子。以前者为例，京浜急行线的“金泽文库站”就是以前镰仓时代北条氏用来收藏汉书用的，“金泽文库”名字的由来便是如此。东京都的世田谷区也存在着收集着珍贵汉书的“静嘉堂文库”。后者则更多地被称为“手文库”。

江户时代以来，可以放入袖袂的小开本书籍逐渐流行起来，被称为“袖珍本”。明治三十六年（1903年），富山房发行了小开本的丛书，起名“袖珍名著文库”。随后，明治四十四年（1911年），讲述战国时代的猿飞佐助和雾隐才藏系列故事的讲谈社“立川文库”发行出版。讲谈是日本民间艺术，以口语化的方式讲述历史故事的形式。而“立川文库”则是将讲谈收录成册集中出版的丛书，据统计，当时刊行量为200册左右。从那时起，文库就脱离了原本的释意，逐渐演变成了现在的类书集丛。

文库说法借鉴了日本出版业界的传统说法。而千本樱源自日本奈良县吉野山樱花盛开的奇景，世人皆称“一目千本樱”来形容樱花美景。千本樱文库的纳入作品皆为日系作品，题材包括推理、悬疑、幻想、青春、文化等类型，正如千本樱满山盛开的绝景。

现代日本，以“文库”命名刊行的丛书系列有200种以上，所谓“文库本”只不过是统称而已。日本传统的“文库本”常用的是A6尺寸的148mm×105mm，也叫“A6判”。千本樱文库的所有书籍将在“文库本”的基础上提升，达到148mm×210mm的开本标准。追求还原的前提下，力图带给读者更清晰的阅读体验。

从二十世纪七十年代以来，日系推理小说逐步进入中国读者的视野。随着时代更替，涌现出了各种不同风格的作家。日系推理能够长久不衰的原因之一在于设立的各种新人奖，这些新人奖能为日本文坛输送新鲜血液，不断地创作优秀作品。但是，新人出道的条件并非只有获奖这一条途径。多样的文学新人奖具备相当完善的审查机制，即便是没能获奖的作家，也有机会出道。比如东京创元社的“鲇川哲也奖”，有不少作家在当届没能获得大奖，只是止步候选阶段，后来却都成为了人气作家。另外，不急于出道的作家也是有的。1994年，东京创元社创立了“创元推理短篇奖”，第一届的赛事中收到了123篇投稿作品，其中名为《子喰鬼缘起》的作品晋级到了最终候选阶段。同年，由光文社公募投稿作品进行出版，鲇川哲也主编的《本格推理3迷宫的杀人者们》中也收录了一篇名为《雾之馆》的作品。而这两部投稿作品都出自一人之手——三津田信三。

早在二十世纪九十年代，三津田信三的投稿作品就已经被刊登在出版物上，也可以视为出道。但普遍被认为是出道的标志作品，还要等上七年。2001年，讲谈社出版了三津田信三的第一本书，他的作家人生正式起步。出道作即为“作家三部曲”的第一作《恐怖小说作家栖息的家》，该系列被归为怪奇小说，作者的独特风格已经初见端倪。

前言

“作家系列”完结之后，三津田信三便打破常规，创作出了怪异谭式的推理小说“刀城言耶系列”。该作是以作家刀城言耶为主角，解决各种不可思议的犯罪事件的故事。作者巧妙地将乡土民俗学，本格推理写作技巧，以及惊悚恐怖氛围相乘组合，辅以二战前后的独特时代背景加以呈现。创造出了前所未有，无与伦比的文学魅力。“刀城言耶系列”在日本是由原书房和讲谈社两家出版社出版发行，因此引进整个系列的过程也并非一帆风顺。今后，千本樱文库将陆续出版整个系列的全部作品，还请各位读者尽情感受“刀城言耶”的怪异之谜。

千本樱文库编辑部

◇三津田信三

刀城言耶系列

◇《如厌魅附体之物》
◇《如凶鸟忌讳之物》
◇《如首无作祟之物》
◇《如山魔嗤笑之物》
◇《如密室自闭之物》
◇《如水魑沉没之物》
◇《如生灵双身之物》
◇《如幽女怨怼之物》
◇《如碆灵供祭之物》
◇《如魔偶招致之物》

作家系列

◇《忌馆·恐怖作家的居所》
◇《作者不详·推理小说家的读本》
◇《蛇棺葬》
◇《百蛇堂》

SA 行系列

◇《避难所·杀人告终》
◇《废园杀人事件》

非 系列

◇《赫眼》

家 系列

◇《祸家》
◇《灾园》

物理波矢多系列

◇《黑面之狐》
◇《白魔之塔》

幽灵屋敷系列

◇《家中是否有可怕的事情》
◇《特意在忌讳之家居住》
◇《被邀请到不存在之家》

其他长篇

◇《七人捉迷藏》
◇《窥视之眼》

首無の如き祟るもの

『刀城言耶』系列 03

谨以此书献给先父三津田八幡男

编者按：

下文以媛之森妙元早年发表于《迷宫草子》的作品——《媛首山惨剧》原稿为基础，由编者结合其后加笔修正之遗稿整编而成。因此本文得以成书问世，无疑应归功于作者本人——虽有部分章节出自文中的登场人物江川兰子氏之手。编者并无贡献，特此声明。

昭和某年正月　东城雅哉　即刀城言耶　手记

目　录
CONTENTS

目录
CONTENTS

秘守家的远亲

古里家

三枝　富堂的二妹

毬子　三枝的孙女，长寿郎的相亲对象

其他登场人物

江川兰子　推理作家

丝波小陆　在同人志上发表作品的耽美作家

大江田真八　终下市警署的刑警队长[1]

岩槻　终下市警署的刑警

刀城言耶　怪奇幻想作家，笔名东城雅哉

阿武隈川乌　民间的民俗学者

派出所的人们

高屋敷元　一守派出所巡警

妙子　高屋敷元之妻

二见　二守派出所巡查长

佐伯　三守派出所巡警

历史上的人物（？）

淡媛　被丰臣兵斩首之女

阿淡　昔日一守家户主之妻，被其夫斩首

首无　原形不明的怪物

1　队长：日文原词为『警部补』。日本警察阶级之一，居警视总监、警视监、警视长、警视正、警视、警部之后列第七位，主要负责现场监督工作。本文中大江田的职务类似中国的刑警队长。

主要登场人物

秘守家的人们

一守家

富堂　秘守全族之长
兵堂　一守家现任户主，富堂的三子
富贵　兵堂之妻
长寿郎　长子，双胞胎中的哥哥
妃女子　长女，双胞胎中的妹妹
藏田甲子　双胞胎的乳母
佥鸟郁子　双胞胎的家庭教师
斧高　一守家用人
铃江　同上

二守家

一枝　二守婆婆，富堂的姐姐
纮达　二守家现任户主，一枝的长子
笛子　纮达之妻
纮弌　长子
纮弍　次子
竹子　长女，长寿郎的相亲对象

三守家

二枝　富堂的大妹
克棋　三守家现任户主，二枝的长子
绫子　克棋之妻
华子　次女，长寿郎的相亲对象

媛神
境内
南守
三守家
二守家
东守

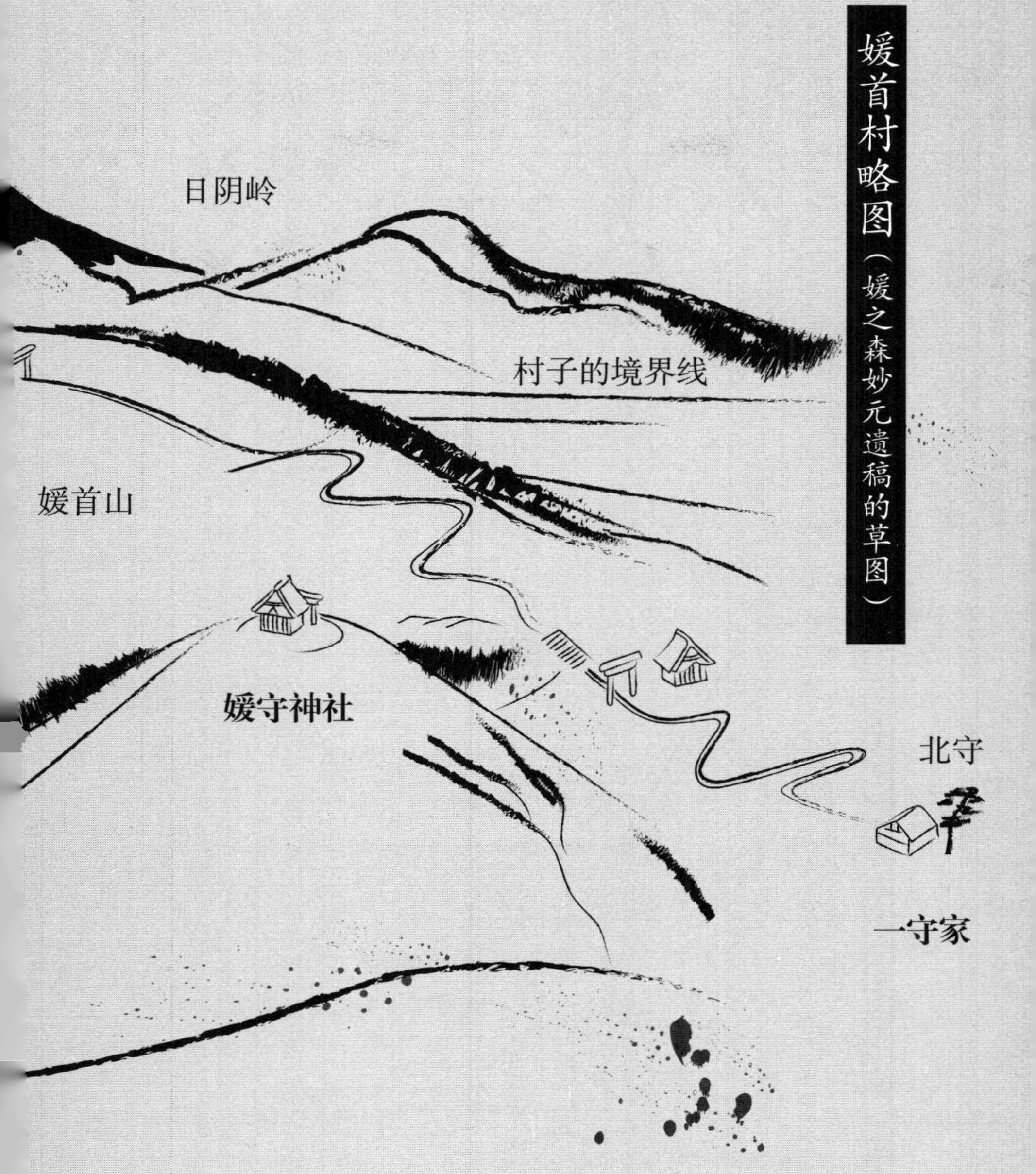
媛首村略图（媛之森妙元遗稿的草图）
日阴岭
村子的境界线
媛首山
媛守神社
北守
一守家

媛神堂·荣螺塔·婚舍示意图

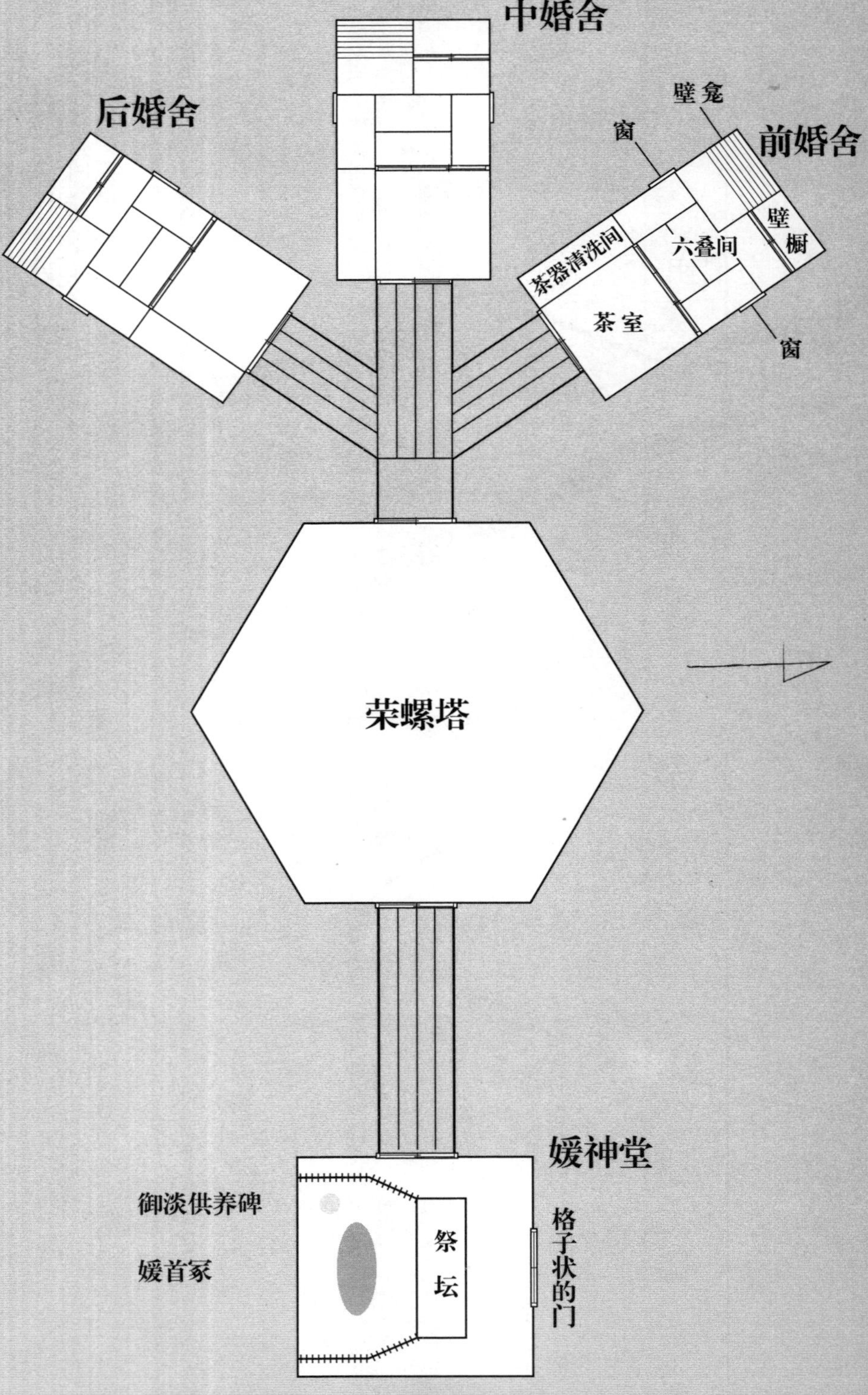

参道示意图

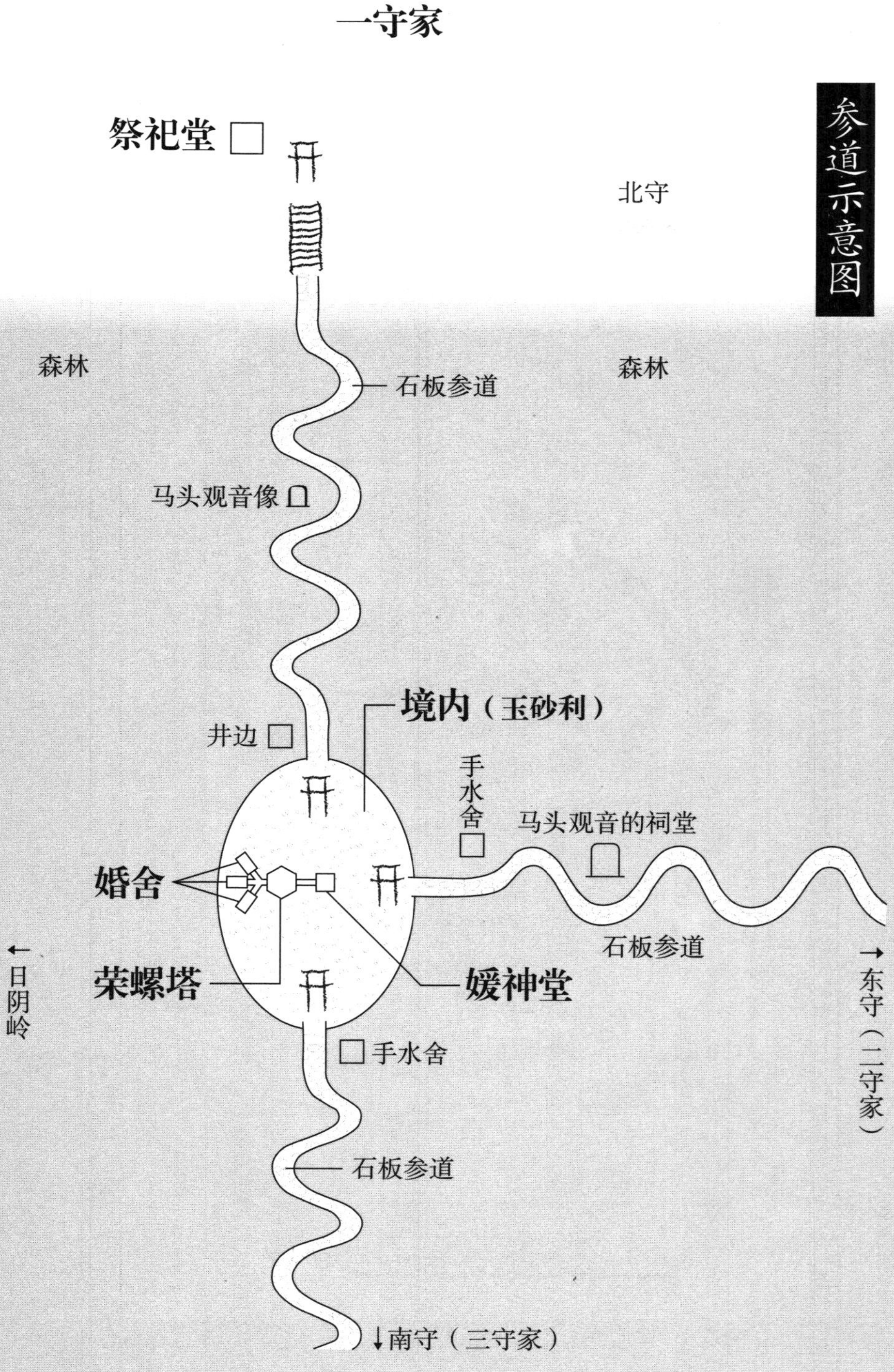
一守家
祭祀堂
北守
森林
森林
石板参道
马头观音像
境内（玉砂利）
井边
手水舍
马头观音的祠堂
婚舍
石板参道
←日阴岭
荣螺塔
媛神堂
→东守（二守家）
手水舍
石板参道
↓南守（三守家）

荣螺塔构造图

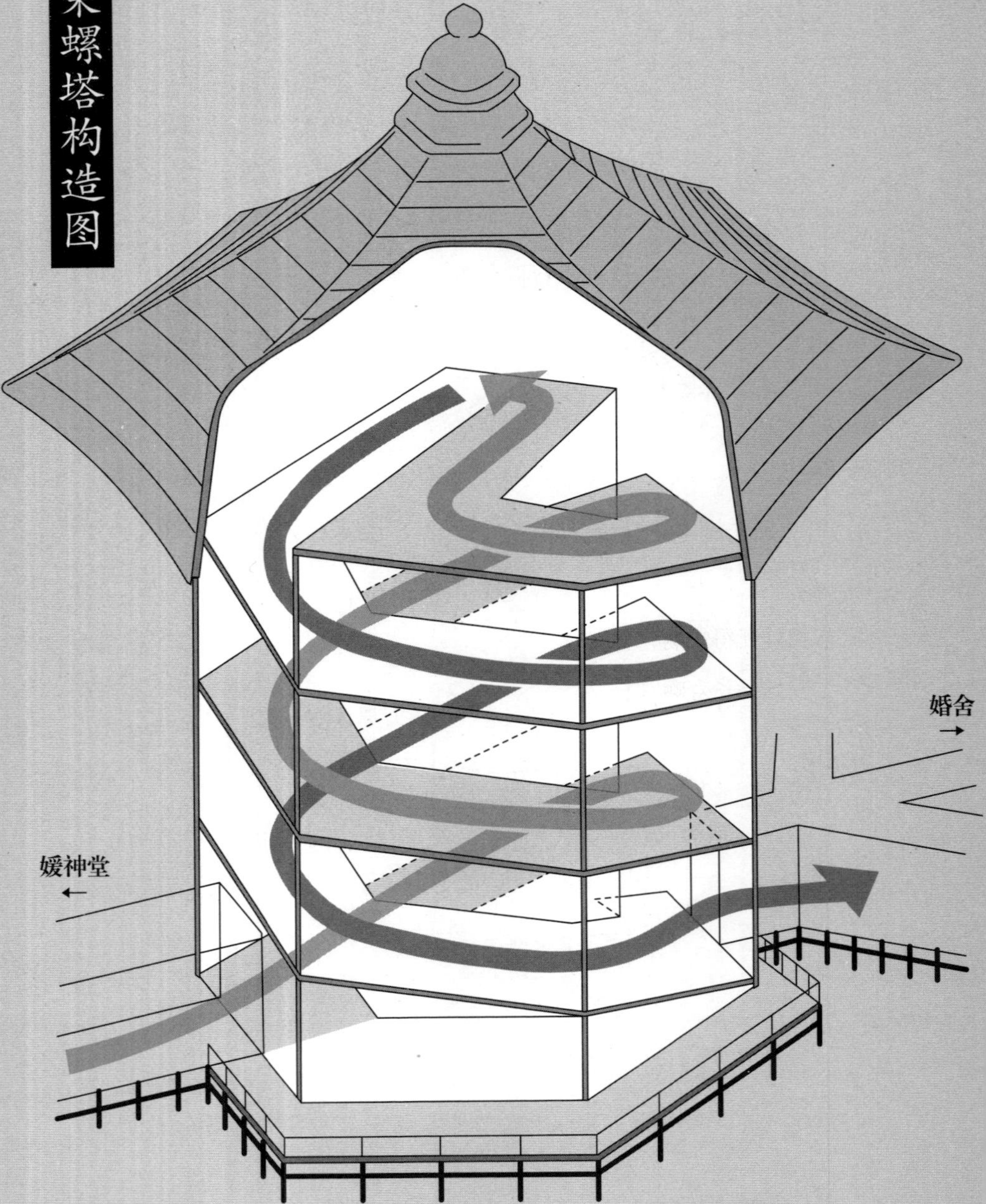

赢了真高兴呀～花一钱[1]

输了真不甘呀～花一钱

秘守家的少爷　来一下哟

弱不禁风呀来不了

秘守家的媳妇　来一下哟

首灵怕怕呀来不了

算啦　算啦　你要哪个娃

要男娃

男娃活不长啊　女娃好不好

女娃是强壮啊　一守家难保

算啦　算啦　你要哪个娃

要男娃

男娃死得快啊　女娃好不好

女娃是长寿啊　一守家绝后

算啦算啦　你要哪个娃

商量商量吧　问问首灵大人吧

就这么办吧

——选自閇美山犹稔《藏于童谣的隐秘传承》（知层社出版）

1　花一钱：日文原词为“花一匁”。“匁”为重量单位，约等于3.75克，这里用作买花时的单位。“花一匁”是一种儿童游戏，孩子们分成两组一边歌唱一边进行人员互换。歌中描绘了卖方被迫让价因而悲伤，买方占到便宜因而欣喜的模样。日本各地传唱的歌词虽不尽相同，但结构基本一致。有说法称，这里的“花”指艺妓，买卖花其实是指买卖艺妓。另有一说，此歌描绘的是贫穷人家卖儿鬻女的悲惨景象。文中的这首童谣模仿了“花一匁”歌的歌词。

⛩ 前言

面对纯白稿纸的这一刻，我感到了始料未及的困惑。难道是因为我打算以本名高屋敷妙子，而非作家媛之森妙元的名义来动笔的缘故吗？

不，应该不是吧。我已决定以小说的形式来撰写本文。换言之，我打算完全从一个作家的视角出发，力图解决战中及战后发生的两桩案子。但棘手的是，我不知究竟该从“什么”说起，又该从“哪里”说起。

近三十年前，我曾应战后诞生的侦探小说专刊《宝石》的公开征稿，创作处女作《首灵怕怕呀来不了》。那种为如何起笔而深深困扰的感觉，如今又再度出现。

是的，我想先在此阐明撰写本文的理由。

诱因之一是我突然想到自己年事已高。几年后昭和治世将满五十周年，而我今年就会迎来六十岁生日，令人羞愧的是，我对这一发现还颇觉惊讶。古人云：人生五十载——但我已远超这一年限，约有十年之距啰。当然，最近年抵花甲仍不服老，有心享受第二春的人也不在少数。

只是，如今我会来这媛首村北守郊外，悄悄寻觅终老之所，还决意在此撰写本文，想必是因为我内心自认余日无多了吧。现在不写，今后恐怕不会再有第二次机会了。这种如坐针毡的焦灼感，确实让我饱受折磨。

此外，现在回想起来，我认为几桩偶然事件的同时发生，也是促成这次起稿的因素。

首先，想到自己的年龄，我就对都市生活感到了厌倦，兴起在乡间度过余生的念头。其次，创作过多部本格推理名作的江川兰子氏，近日推出了第六十本著作，真是可喜可贺。而这部名为《昔日幻想逍遥》的随笔集提到了二十年前的那桩命案。另外，此书也对同人志《迷宫草子》有所提及。这本在关西发行的同人志月刊向我约稿，希望我能撰写一篇风格独特的连载小说。然后最重要的是，在整理长年从事创作的过程中堆积起来的资料与书信时，我发现了亡夫——北守派出所巡警高屋敷元留下的笔记，里面记载了一守家怪案的调查情况。

我总觉得是这种种事由浑然一体，把我推到了本文案前。

又及：《迷宫草子》堪称怪奇幻想类同人志之翘楚，发行量甚至超过了某些策划欠佳的文艺杂志。从推出被人遗忘的耽美作家丝波小陆的特集（本文也会涉及此人），到发掘江户川乱步和横沟正史隐秘的两地书，这本刊物常有极具魅力的企划，连文坛之中都隐藏着一批忠实读者。

不过，回到昔日和丈夫共同生活过的媛首村，又一次深切感受到了这片土地独特的气息，才是我提笔写文的最大动机吧。

开拓于奥多摩深处的这片沃土，古称“媛神乡”，现记作“媛首村”、读法为“HIMEKAMIMURA”。

大体成书于文化（1804—1818 年）至文政（1818—1830 年）年间的《新编武藏风土记稿》载有“媛神村”之名。进入明治时期后，改名为“媛上村”，并划入韮山县。之后又在明治七年时归神奈川县、明治二十九年时归东京府管辖，直至今日。虽说历经变迁，但从江户时代以来，村庄的边界线就从未改动过，因此对祖祖辈辈居住在此的人们来说，可能完全不会意识到村庄的一次次变动。

地名由“媛上”变成“媛首”似乎就发生在这一时期，但不可思议的是，关于改名的细节竟不曾留下任何资料，连传说也没有。根据村里的古老文献，可以推知演变发生的大致年代，然而究竟是谁、为何改名仍是一个巨大的谜。不过就村民而言，接受“上”至“首”的转变是极为容易的事吧。因为——

停！个中缘由还是留待正文再表。因为不管怎么说，“首”字都是串联这片土地与这个村庄、秘守家与一守家、战中与战后两桩奇案的要因。

在此，我先向各位介绍一下当地的历史和地理。

据说媛神的祖先是藤原氏或橘氏，当然这不过是传说罢了。

和铜元年（708年），县犬养宿祢三千代被赐姓为橘，而后这位才貌双全的女杰迅速加强了和皇室及藤原氏之间的联系。不久，三千代之子葛城王长大成人，自称橘诸兄，橘氏的势力日益扩张。不料藤原氏东山再起，又导致诸兄失势。诸兄之子奈良麻吕企图打倒藤原氏，反被擒获，身遭幽禁之苦。但即便如此，由于橘氏势力并未完全衰落，奈良麻吕得以勉强保住性命。不过，相传在诸兄死去后，奈良麻吕随即被处死——两人同年而卒，所以才会有此说法吧。

身处权谋旋涡中的少将橘高清，决心在引火烧身之前逃离是非之地。他远走高飞，来到东国的深山幽谷，在那里筑起媛神城，从吉野山迎请安闲天皇之灵，开设了媛守神社——这便是神社的传承。不过，有一项事实值得我们重视，那就是橘家本家的族谱中并不存在高清这个人名。换言之，这只是神社起源的传说、村中流传的掌故罢了。

媛首村东西宽十七点五公里，南北长十一点三公里，呈椭圆状。总面积达一百零二平方公里，东西走向的“媛首山”横亘在南北的中心地带。名为山，其实却是一片如圆坟般隆起的广袤森林，若从空中俯瞰，即可知“媛首山”和村庄一样，整体轮廓呈椭圆状。

媛首山的北侧、东侧和南侧分别被称为北守、东守和南守。媛首村便由这三个区域构成。此外，山的西侧人称“日阴岭”，恰与村界重合，所以并无“西守”一说。

稍稍扯远一点，“媛首村”的“首”读作“KAMI”，而“媛首山”的“首”则读成“KUBI”。很久以前我就深有所感，“首”字的不同发音似乎正暗示着“媛首山”的可怕之处……

停！还是言归正传，让我们回到村庄的话题吧。

从前村民主要以养蚕和烧炭为生，顶多再从事一点农业、林业和狩猎活动。至于养蚕业是在什么年代，经由怎样的途径传入村中的，已无从知晓。但村庄的主要出入口“东守大门”还祭祀着少说也有两百年历史的蚕神“马鸣地藏”，所以能肯定的是，很久以前村里就已开始养蚕。大正末年到昭和初年是养蚕业的鼎盛时期，此后不久，由于受到中心城市大资本家的挤压，蚕业的繁荣景象渐渐蒙上了阴影。即便如此，媛首村也没有像近邻的村庄那样衰败下去。我知道，直到后来人们都在说，这是因为有秘守家的存在。

秘守家是村里的头号地主，历代治理此地。秘守一族在村内共有三家，人们常说的“本家”被称为一守家，然后是二守家和三守家。顺带一提，一守家和二守家的“守”浊音化为“GAMI”，唯独三守家读成清音的“KAMI”。事实上，这只是屋号，并不是他们真正的姓氏，而且仅在村内使用。历史上秘守三家共同守护着这座村庄，一守家、二守家和三守家分别统治北守、东守和南守。相传他们本姓“媛神”，不知何时变成了“秘守”。如果把这个姓氏解读为“秘密守护”村庄，或许就能理解为何有此传闻了。

然而讽刺的是，必须得到某种保护——不，应该说是神佛保佑的，正是这个秘守家。因为即使过去了数百年，可怖的淡首大人仍在不断地给秘守家制造灾祸。尤其是对一守家继承人，也就是日后会成为秘守族长的男子……

写到这里，想来读者会斥责我道：媛之森妙元虽是怪奇推理小说家，但至少一直在创作追求合理解答的作品，居然还相信“作祟”这套封建迷信的玩意儿?

但是，仅以这媛首村发生的种种事件而论，关键之处似乎总有全然无法以常理度之的某物突露尊容。毛骨悚然的感觉牢牢地束缚着我。虽然觉得很愚蠢，觉得不可能，偏偏时常又会感到，确实有某股不明力量参与其间。

我决定以小说的形式撰写本文，却不知为何在起笔时迷惘不已，或许原因就在于我无法完全拂去这种不安的思绪。

好了好了，再喋喋不休地唠叨下去也于事无补，所以开场白到此为止。下面我只想对本文的整体构成做一个简要的说明。

故事不采取第一人称。最初我也考虑过这种叙述方法，但很快就放弃了。虽说是巡警之妻，但我自己无疑和案件本身毫无关联。通过高屋敷妙子的视角，无论如何也无法描述战时与战后的两桩案件。

我也想过，要不就从北守派出所的负责人——高屋敷元巡警的立场出发展开记述？若是以我的警官丈夫为视点人物，就能自然地进行案件的叙述，而且对于在媛首村做了一辈子派驻巡警的丈夫来说，战时的怪事可以精准地表述为“高屋敷元巡警的第一案”，而战后的案子则是“高屋敷元巡警的最后一案”。

可惜我刚开始动笔，就发现这样的叙述方式存在一个很大的缺陷。虽然身居派出所巡警之职，但丈夫毕竟是个外人。换言之，无论如何叙述，都只能从外围观望案情而无法融入其中。假如就这样写下去，可想而知，小说的情节进展会多么无趣。

再三思考后，我想到了一个全新的结构，即在高屋敷元巡警的视点外，安排一个熟知一守家内部情况的人物，以便从案情的内外两个方面加以叙述。能想出这个法子，当然是因为有几多斧高这一合适人选的存在。他是战中奇案发生的前一年，被一守家收养的那个五岁男孩，同时也是所有事件的重要目击者。斧高虽是外人，却又称得上是一守家的成员，如此微妙的立场，正适合成为与高屋敷元相对的另一视角。

况且细想下来，我还发现两人和我之间的关系十分相似。首先是我的丈夫，他为了梳理头脑中的思路，经常和我说一些和案件有关的事，所以我自然而然地获得了各种信息。另一方的斧高，由于屡次赴派出所接受问讯，不知不觉中与我们夫妇变得亲密无间，之后也时常来做客。当时我常有机会听他说起一守家的内情。可以说，在无心插柳的状况下，我从他俩身上获得了撰写本文所需的充足知识与信息。这么一想，通过高屋敷元与几多斧高的视点来描述两起案件，实乃必然之举呢。

只有一事令人担忧，那就是斧高恐怕持有特殊的性取向。我也不知这是天性使然，还是在一守家遇见长寿郎后才生的根，发的芽。但我确实渐渐感到，他跟普通男孩似有不同。战时我还对此浑然不觉，直到战后，随着他长大成人，再听他说起长寿郎的事，我才逐步认清了斧高的特殊嗜好。我十分犹豫，不知该不该把这些事写入本文。

不过当时我已确信，斧高的视点对这部小说的成立不可或缺。事已至此，放弃既定的结构、改用别的叙述方式是难以想象的。若有人说这只是你为了贪图方便，我也无言以对，但鉴于斧高的性取向只限于柏拉图式的精神爱情，我决心不加掩饰地描述出来。因为如果不这么做，他的言行举止——特别是关于长寿郎的那些，会显得很不自然。

现在，我只能祈祷上述的判断并无差错。

这个“前言”是连载的第一回，第二回将包括以几多斧高的视点描写的“第一章”和高屋敷元视点的“第二章”。第三回也是一人一章……就这样，采用一回连载发表两章，如有需要就单设“幕间休息”之章的结构。从执笔到和读者见面，其间约有两个月的延迟，对于本文来说，这个时间差真是理想之极。

这是因为我创作《媛首山惨剧》，目的就是想解开战时和战后一守家两桩奇案的真相。虽说是以小说的形式再现案情，但终究写的是发生在现实生活中的未解之谜，所以最终能否给出令读者满意的真相，我只能不无遗憾地说，目前还无可奉告。最坏的结果大概是只留下一堆对案件的记录吧。所以我恳请各位读者一同参与解谜。如上文所述，从执笔到杂志刊登之间会有一段空隙，因此连载期间有充分的思考时间。而且我也会适时表明意图，请读者予以理解，在此先拜托诸位了。

另外，或许是微不足道的小事，但有关方言的处理我要事先做个说明。原本我打算忠实地再现每个人的语言，但这么一来毕竟会出现大量难解其意的内容，所以我决定基本改为标准语。不过，倘若把全部对白都做这样的处理，我又担心会造成人物个性的单一化。因此我擅自决定采用贴近各人物形象的措辞。这些仅仅出自我个人的印象，还请多多包涵。

且容我再说两句。如今，案件相关人士似乎多已辞世，抑或移居别处。即便如此，我——昔日北守派出所巡警高屋敷元之妻，还是向村民们隐瞒了重归故地的事实。租房时我委托城市的不动产公司做中介，要求尽可能租借村外的房子。功夫不负有心人，我丝毫未暴露身份就顺利地搬进了这幢配有后院，适合独居的宅子。为了避免意想不到的窥探，我事先请不动产公司放出风声，说搬来的好像是一个不爱跟人交往、性情古怪的作家。为了演好这个角色，顺便在写作时换换心情，我正考虑在后院开荒造田，这样多少也能自给自足。

做了这么一番说明后，也许读者们会问：且慢，此文一旦开始连载，这些辛劳不就白费了吗？不过应该没关系。虽说我曾经用过媛之森妙元这个笔名，但多年来我一直以媛首村的大量传说为素材从事创作，却从未有村民注意到此事。现在我只恳请诸位读者稍安勿躁，静静关注本文的进展，直至连载结束。

前言真是过于冗长了。

这就请各位走进这个以媛首村为舞台的世界吧。首先是战时，一守家十三夜参礼的当晚，在形成四重密室的媛首山中发生的奇案；接着是战后，二十三夜参礼的三天后发生的不可思议的无头杀人案，以及由此引发的可怕命案。

对了，在此之前，我还想对那些有“侦探小说狂”之称的读者说一句话。

出于苦心，一开始我就告诉你们吧。因本文并未采用“我＝高屋敷妙子”的第一人称叙述方式，而怀疑这一连串命案的真凶就是作者本人的思路，是完全错误且徒劳无益的。

好了，欢迎各位进入这个不无惊悚而又令我难以忘怀的故事世界……

昭和某年霜月[1]

媛之森妙元　即高屋敷妙子　手记

（效仿敬爱的东城雅哉氏之笔法）

1　霜月：日本对旧历11月的别称。

第一章
十三夜参礼

刚满六岁时的那年中秋，秘守家举行了一场被称为“十三夜参礼”的奇妙仪式，斧高对媛首村的记忆便是从这里开始的。

当时日本深陷大东亚战争（第二次世界大战）的旋涡，局势日益恶化。不过幸运的是，简称“学徒出阵”[1]的《在学征集延期临时特例》并未颁布，旨在疏散学童的《学童疏散促进要纲》和《帝都学童集团疏散实施要领》也还没进行内阁审议，更别说对本土的空袭了，一般人连做梦都想不到。

所以，治理村庄的秘守族长——一守家的富堂翁为何不顾非常时期仍执意举行十三夜参礼，也就不难理解了。考虑到村子又地处关东奥多摩的深山幽谷，此举更显顺理成章。因为和都市相比，这里的村民在日常生活中往往不易感受到战时的气氛。

不过，正逢战乱时节并不是唯一的问题。明治维新后，政府确立了祭政一致的国家神道[2]，致使《古事记》和《日本书纪》中与皇家族谱有关联的神，取代了神社历来的祭祀神。因此各地的氏神信仰和民

---

1. 学徒出阵：一九四三年，日本政府为弥补兵力不足，征召二十岁以上、高等教育机关在籍的文科系学生（包括农业经济学科等一部分理科系学生）入伍，派往战场。

2. 国家神道：明治维新至第二次世界大战期间，在日本政府“神道国教化政策”的推行下建立起来的国家宗教。国家神道将天皇奉为现人神，并与军国主义、国家主义结合，成为天皇统治制的思想支柱。一九四五年十月，联合国最高司令部向日本政府发布了确立宗教自由、废止国家神道的“神道指令”，国家神道终告解体。

间信仰被一律禁止，参拜媛神堂原本就极为困难。

况且，虽说媛首村尚未完全被不断逼近的战争阴影所笼罩，但当时自命神国的日本正欲构建“大东亚共荣圈”。再看看周遭，村里亦有不少男子已入伍出征。

能在那种状况下执行十三夜参礼，当归功于仪式本身的特殊性。秘守家的仪式统称“三三夜参礼”，需配合全族子嗣的成长，每隔十年才举行一次。倘若这是针对某种信仰的仪式，而且每年、每月甚至每天都举行的话，恐怕就办不成了。

不过，以上种种外界状况其实与富堂翁毫无干系。因为对他来说，自家能否在秘守一族中维持一守家的地位，比什么都要紧。

“把一守家的荣耀世世代代传于子孙，是咱的责任。”

富堂翁醉酒后，嘴里必定会冒出这句话。

一年前，一守家从八王子的几多家领来了五岁的斧高。如今回想起来，那其实是斧高人生中的一次重大转机。

这件事发生得很突然。

斧高五岁生日那天，白天还很晴朗，天气丝毫没有变坏的迹象，然而从傍晚开始突然下起了雨。雨中的夜晚罕有地来了一位访客。明明下着雨，对方却未撑伞，全身似乎都已湿透。母亲发出了惊讶似的喊声。奇怪的是，在那样的情况下，不知为何母亲却只在门口接待客人。所以斧高没能看到来客的模样，但根据漏出的丝微语声猜测，客人多半是位女性。

客人回去后，大哥问母亲是谁来了。可母亲只是歪着头，不知所云地嘟哝道“不太清楚”。斧高对哥哥说“是个女人哦”，哥哥却反驳道：“不对，我从窗户瞄了一眼，那可是个男的。好看得教人心里发毛，就像变童……”

结果，直到最后也不知来访者是何方神圣。

全家睡下没多久，斧高被一阵异动惊醒。只见睡在身边的母亲起身坐在被褥上，注视着房间的一角。斧高觉得奇怪，凝神望去，可什么也看不见。然而母亲依然一动不动地盯着那片黑暗。

母亲不寻常的模样让斧高有些害怕，但他还是开口问道：“妈妈，你怎么了？”

“你爸爸，回来了……”

母亲的意思是本应在南方从军的父亲竟然在深夜回了家。随后，她的态度突然变得十分奇怪。

不久，睡在隔壁房间的两个哥哥和姐姐起身过来。大哥问母亲“怎么了”，二哥和姐姐问斧高“出了什么事”。

但母亲还是重复着同一句话：“你爸爸，回来了……”

斧高则身子簌簌发抖，一味摇头，完全不知所措。当时三人想必是一愁莫展。

两个哥哥和姐姐无可奈何，朝母亲所凝视的房间一隅再三细看。但他们和斧高一样，哪里都看不到父亲的身影——三人面面相觑，脸上浮现出惊惧的表情。

然而，母亲指着房间的黑暗处说道：“看不见吗？你们看，爸爸就在那儿啊，没了头的爸爸……”

说完，她微微一笑。

斧高第一次见到母亲这惨不忍睹的笑容。

几天后，传来了父亲战死的消息。或许是早有心理准备吧，不过在斧高看来，更接近麻木不仁——总之母亲完全不为所动。以至于四邻纷纷赞扬：真不愧是前线将士的遗孀，令人肃然起敬。然而，母亲的举止让斧高产生了一种奇妙的生疏感。躯壳是母亲没错，但内中似已成别物……

翌日，邻家主妇发现了母亲和三个孩子的遗体。四人皆为镰刀割断喉咙而死，众人推断是母亲带着孩子全家自杀。除了丈夫战死之外想不出别的动机，但熟识母亲的邻居们似乎还心存疑惑。但是，很快这件事就被视为“非国民”[1]之举，当局担忧会给民众带来不良影响，迅速遮掩了真相。而称赞过母亲的左邻右舍也翻脸无情，向几多家投去鄙夷的目光。

不知为何，在这桩诡异的集体自杀案中，只有幼子斧高幸免于难。听说当时母亲、两个哥哥和姐姐浑身是血，横尸于被褥，而斧高则抱着双膝蹲在房间的角落里。任谁问他发生了什么，他都紧闭双唇，一声不吭。

大人们把这归结为打击过度而引发的自我封闭，其实不然。那时斧高的大脑完全被一个疑问所占据。这疑问好似旋涡在他的心中不停盘绕。

（那天晚上来访的是什么……）

斧高感到那是一切灾祸的开端，是元凶。不是“什么人”而是“什么”，它的到来令几多家陷入了悲剧。

---

1. 非国民：原意指不守国民义务、不服从国家政策和体制的人。在第二次世界大战中，该词则被用来称呼不服从战时体制、不协助战争、反对战争的人。

最终，斧高没有把神秘来客的事告诉任何人。因为他无可抑制地相信，如果说出口，下一次灾祸会决不容情地降临到自己身上。每念及此，他就背脊发凉，浑身战栗，这种感觉直到如今还记忆犹新。

事情过后，大人们之间谈了些什么，斧高一概不知。他既没有被父亲或母亲那边的亲戚收养，也没有被送往孤儿院，回过神的时候，他已转乘火车和木炭巴士[1]，稀里糊涂地坐上了一辆颠簸摇晃的马车。目的地是媛首村的秘守家，还是同宗的头号地主一守家。

据照管斧高，人称甲子婆的藏田甲子所言，一守家和几多家原为主仆，因这层关系才把斧高领养过来。

如此这般，斧高来到媛首村后，过去了将近一年。

当然，斧高并非完全不记得这一年在秘守家度过的日子。只是因为年纪才五六岁，加之从八王子的几多家迁至媛首村的一守家所带来的环境变化，或许还有父亲战死、母亲与兄姐离奇死亡的影响吧，那些记忆犹如蒙上了薄薄的皮膜，变得朦胧不清。反倒是八王子老家的那段懵懂时光，还历历在目。

对斧高来说，日常的记忆就是如此淡漠，唯独十三夜参礼中发生的变故，化作异常鲜明的影像，深深地印入了他的脑海。就像斧高的自我意识在那一晚终于苏醒了似的。

原本是祭拜中秋名月的大好时节，那一晚却是一个罕见的月黑之夜。或许是甲子婆感到这对即将举行的仪式来说绝非吉兆，她屡屡停下仪式的筹备，仰望天空低声念叨：

---

1. 木炭巴士：以木炭气发生装置产生的一氧化碳和微量氢气为燃料的公共汽车。二十世纪四十年代，日本国内因原油缺乏而使用了这种汽车。

“这阴天真讨厌！再这样下去今晚看来是不会出月亮了……月神啊，您就不能露个脸吗？一会儿也行啊。”

不久甲子婆的恐慌也影响到了年幼的斧高。会发生什么不好的事吧？仪式能不能顺利完成呢？会像传说的那样有灾祸降临到一守家的继承人长寿郎身上吗？不祥的念头接二连三地向斧高袭来。

此外，昨天突然告假外出的女佣铃江讲述过的一段匪夷所思的“经历”，也令斧高不安。他完全不懂其中的含义和原委，但当时却产生了某种强烈的畏惧感，仿佛被告知他一向敬若神明的对象，其实是一个不祥的妖魔。

正是因此，斧高想要保护长寿郎。虽然他做不了什么，但还是希望能有所助益。在这个家里，唯一对他亲切的人就是长寿郎。长寿郎一有空，就会给斧高讲各种有趣的故事。其中尤以少年侦探团[1]的事迹最让斧高心潮起伏。虽然名侦探明智小五郎也时有登场，但对斧高来说，少年侦探团团长小林芳雄才是英雄。可能在他的心目中，有着苹果般红润脸蛋的少年小林，已不知不觉地和长寿郎的形象重叠在了一起。虽然事实上他们并不是团长和团员的关系，而是主仆关系，长寿郎是斧高的主人之一……

长寿郎和妃女子，这对外貌与性格截然不同的孪生兄妹，就是小斧高的主人。在旁人看来，这两位主人也正当稚龄，但在斧高看来，他俩已是像模像样的兄姐了。而且甲子婆总是不厌其烦地告诉斧高，

1. 少年侦探团：江户川乱步“少年侦探团系列作品”中的人物。在《怪人二十面相》一书中首次登场亮相，结团时为十人，后增至二十三人，团长即乱步笔下名侦探明智小五郎的弟子小林芳雄。

这对兄妹——不，是哥哥长寿郎——对一守家有多重要，所以斧高怎么也没法把他们当孩子看待。

六岁起就在一守家工作的铃江说，双胞胎出生前，家中充斥着难以言喻的紧张气氛。

据说在进一守家之前，铃江是以八王子为据点的天升杂技团的成员，是一个捡来的孩子。虽然从小接受走钢丝、人体大炮等技艺的训练，但身为团长的养父断定她缺乏才能，早早将她送来别家帮佣。也许是因为羞于启齿，她不怎么愿意提起老家的事。斧高也是听年长的女佣管家谈到，才知道有天升杂技团这回事。

压根儿没想到自己的身世已然暴露的铃江，略显得意地告诉斧高："当时，二守家已经有两个可当继承人的男孩。纮式少爷和纮式两兄弟，一个七岁，一个五岁。"

这些事想必她是从资深女佣那儿听来的。

"相比之下，一守家还没有一个男孩呢。"

所以，当得知儿子兵堂的媳妇富贵终于第二次怀孕时，富堂翁欣喜若狂。

"可生出来的不一定是男孩啊。而且，也有可能像第一次那样，好不容易生下一个男孩却死了。对了，富贵夫人是十九岁时过的门，很快就生了个男孩，可没到一岁就死了。而二守家的长子已经出生了，所以原本喜气洋洋的一守家乐极生悲……"

说到这里，她用略带慌张的口吻叮嘱斧高绝不能在兵堂和富贵面前说漏嘴。

"所以呢，老太爷就特地从关西把接生过自家三个儿子的产婆，后来又把给老爷带得有模有样的奶妈甲子婆叫回来了。”

富堂翁对藏田甲子就是那么的信赖。而且对兵堂来说，妻子生产时有自己儿时的乳母在旁照应，一定是倍感放心。

“在关西也做产婆的甲子婆，据说当时就赶来了。”

至于重归一守家的甲子婆如何干劲十足，铃江已经说过好几回，但斧高每次都听得很入迷。因为其中包含着与情节奇妙的童话或传说类似的趣味性。

甲子婆回到一守家后，在别栋里特意挑选了一间又小又简陋的屋子做产房，接着又施行了生育所必需的种种咒术——主要是念咒。至于那是什么样的法术，斧高在甲子婆心情舒畅的时候，从本人口中也听到过一些。当她说起自己是怎样彻底驱除世世代代降于秘守家的灾祸时，语调中蕴含着平日所没有的热情。和听铃江讲述相比，别有一番乐趣。总之，甲子婆万事俱备，只等富贵的产期。

“别栋呢，只有甲子婆才能进去。老太爷不愧是老太爷，坐在客厅那边稳如泰山，可老爷就不行了，在别栋前的走廊上来回折腾，就是静不下心来。不过这么一说，我想起来了，本来家里的气氛就和往常不一样。”

看来当时尚在幼年的铃江，也切实感受到了那种如箭上弦的紧张空气。

“经甲子婆鉴定，得知夫人怀的是双胞胎。所以，没准一下子就能得到两个男孩。这么一来，就能抗衡二守家的两兄弟了。当然也可能两个都是女孩。老太爷也好，老爷也好，想必都很焦虑吧。”

当时铃江还悄悄地从主屋窥视别栋。其实不只是她，很多用人都在偷窥别栋的动静。

“没多久，传来了夫人开始阵痛的迹象。又过了一会儿，从别栋里传来了甲子婆的喊叫声‘女孩！’。”每次说到这里，铃江总会叹上一口气，“就连我这个小孩都觉得遗憾，怎么是女孩呢？双胞胎多半性别相同啊，对吧？所以我也觉得这下完了，第二个肯定还是女孩。总之我结论下得太早，以为一守家又该鸡犬不宁了。但是啊，甲子婆婆毕竟不是一般人哦。过了一会儿，就传来了她沉着镇静，不带丝毫慌乱的声音——第二个是男孩。”

换言之，长寿郎直到出生的前一刻为止，都在折磨着一守家众人的神经。

“男婴一洗完澡，马上就被送到在主屋特意备好的婴儿房。而女婴就一直留在别栋里……”

接着遵照双胞胎出生时的惯例，后出生的男孩为兄，取名长寿郎。名字的含义不用说，自然是期望他能平安长大继承一守家。先出生的女孩是妹妹，取名妃女子。

主屋的特制婴儿房和简陋的别栋，瞧瞧这两个婴儿各自的房间就能明白，从出生的那一刻起，兄妹之间便存在着明显的差异。

（两人性格迥异，不就是因为从小受到了一守家大人们的差别对待吗？）

斧高来到一守家后，最初感到奇怪的就是这对双胞胎日常生活的差异。哥哥长寿郎在主屋过着无忧无虑的生活，而妹妹妃女子却体面全无地蜗居在狭小的别栋里。她的身子确实虚弱，但并未患上什么特殊疾病，以至于必须和家人分居，仅仅是身子不够强壮罢了。不过，这句话也可以用在长寿郎身上。而且正因为是男孩，身体羸弱的现状也许比妃女子更醒目。

（明明是差不多同时出生的……）

在媛首山北鸟居口侧旁的祭祀堂中做完准备工作时，斧高望着两人，心中再次浮起了这样的念头。

“这里没你的事了，先回去吧。”甲子婆道。

此后，一守家户主兵堂、乳母甲子婆、双胞胎的家庭教师佥鸟郁子，以及仪式的主角长寿郎和妃女子五个人留在了堂内。顺带一提，特意自费雇一位教书先生，是因为富堂翁不准一守家的子嗣上村童就读的学校，认为无此必要。

“是，那我先退下了。”

斧高跪坐着先向兵堂深叩一头，前额几乎蹭到了榻榻米，接着又向双胞胎施了一礼。刚从几多家过来时斧高很不习惯，也有些不知所措，但是一年后，他已经能自然地完成各项礼仪了。

“小斧，你听好了，不干活的人就没饭吃。”

最初斧高只是哭泣，吩咐下来的活也做不好，屡屡受到甲子婆的训斥。这可不是嘴上说说的，真不给饭吃的时候多得不计其数，虽然不情愿但斧高还是学会了干活。同时，甲子婆还在应接秘守一族时的礼仪礼法上，对他进行了严格而彻底的调教。

“辛苦了，你可帮了不少忙呢。”

然而，会这么慰劳斧高的只有长寿郎。兵堂也好，妃女子也好，从一开始就对他视若无睹。在他们的意识里，斧高只是一个被安置在家中当用人的孩子而已。

一守家户主兵堂的态度和他的父亲——秘守一族之长富堂翁一般无二。不过，富堂翁虽然疾病缠身，至少还具备合乎身份的威严气度。而如今的户主身上却没有，他只是在依样画葫芦地拼命模仿父亲。正因为和父亲一样身子柔弱，看着他那虚张声势的样子，就觉得可怜。而且在他心中，对时刻压在自己头上的父亲，唯有反抗的念头沸腾不止。这一点连斧高也明白。要问富堂翁没有，但兵堂有的品性，值得一提的大概就只有他的好色成性了。所以也没什么可气愤的。

然而，还是个孩子的妃女子，也用那样的态度对待自己，这让斧高尝到了一种难以言喻的，既凄凉又懊恼的滋味。就算是我的主人……

但斧高对妃女子的这种情绪，也可以认为是他对长寿郎所持情感的另一种表露。小主人确实对身为下人的斧高也很亲切，但是他对自己的双胞胎妹妹显出了更多的牵挂。难道是因为两人的待遇相差太过悬殊，让长寿郎感到愧对妹妹吗？然而，妹妹对哥哥的反应却是极为冷淡。这也让斧高心神不宁。

（如果没有妃女子小姐，也许长寿郎少爷还会更偏向自己……）

斧高偶尔会产生这样的大胆念头。

原本就是异卵龙凤双胞胎的缘故吧，兄妹俩几乎没有相似之处。长寿郎皮肤白皙，容颜中透出典雅之美，声音温柔而不失冷静，堪称美少年。并不是说妃女子就姿色平平。她那长长垂落的黑发显出了少女的魅力，容貌虽与哥哥不同，但一样眉清目秀，通常情况下盛赞她是一个美人也不为过。只是一旦和长寿郎站在一起，总觉得她处处略逊一筹。不得不说，这种反衬真是妃女子的不幸。

两人的相异之处不仅限于外表，在性格上也有所体现。长寿郎谨慎文静，相比之下妃女子泼辣大胆、心浮气躁。正因为两人体型都很纤细，所以前者就如外表看起来的那样讨人喜欢，后者则给人留下神经兮兮又脾气暴戾的印象。

“如果不是兄妹而是姐弟的话，倒还能好上那么一点。”

用人以及不少村民，常在背地里窃窃私语。

然而，这种男孩柔弱、女孩刚强的性格差异，正是显现于历代秘守家，尤其是一守家的不祥特征。因此必须为男孩取名长寿郎，以驱除这种灾祸。而为女孩取名妃女子，其背后的目的恐怕是想让淡首大人的作祟集中到她身上。如果把“妃女”当作“媛”字来看[1]，这解释未必不是一种真知灼见。

也就是说，过度期盼身为继承人的哥哥能健康平安地长大，于是想到把原本针对他而作祟的淡首大人的注意力，尽可能地引向妹妹。村民们也都隐隐感到“妃女子”之名所包含的真意就在于此。

事实上，人们认为妃女子体弱多病就是拜这个名字所赐。因为一守家男子柔弱、女子刚强的性格差异，同样反映在身体方面。然而妃女子并没有健康的体魄，那是因为长寿郎本应承受的大量病痛，都由她代为承担了吧。简言之，以上事实证明，“妃女子”之名作为一件咒术装置，运转得相当出色。而这些想法和思虑，伴随着两人的成长，也自然而然地在村子里传播开去，直到今天。

“好了，趁天还没黑下来，早点回去吧。”

斧高久久注视着长寿郎温柔微笑的脸庞，怔怔出神，这时甲子婆开始催促他了。再这么磨蹭下去，少不了要吃她一拳。

---

1. 妃女、媛：日语中，“妃女”和“媛”发音相同，均为“HIME”。

慌乱之中，斧高再次向长寿郎一人深施一礼，走出了祭祀堂。但他并没有听从吩咐，而是潜入北鸟居左侧的大石碑后，目不转睛地监视起祭祀堂来。

倘若如甲子婆所说，今晚是月黑之夜，那么就算是尾随长寿郎，应该也能借助黑暗轻易地做到。

斧高正这么想着，北守派出所的高屋敷巡警出现了。看来他明白今晚的十三夜参礼非常重要，所以前来探视情况。但高屋敷只在祭祀堂逗留了片刻，出来后便开始在鸟居周围转悠。

（巡警先生不早点回家吗？）

藏身于碑后的斧高忐忑不安，总觉得自己快要被发现了。对当时的孩子来说，警察原本就是一种可怕的存在，更何况现在秘守的一守家最为重要的仪式即将开始，绝对不能被人发觉，拿自己当可疑分子。再想到甲子婆的惩罚之严厉，斧高更害怕了。

（不会就这么赖着不走吧……）

这可不是开玩笑的，如此一来，自己就不能跟在长寿郎身后了。幸好，斧高只是杞人忧天。高屋敷在周围巡视一圈后，便匆匆地离去了。那时他也向石碑后瞧过一眼，但斧高已察知巡警到了跟前，急忙绕过石碑朝相反的方向移动，才算躲过一劫。

斧高不由得松了一口气，暗道“好险”，这时他才意识到四周已急速地暗下来。片刻工夫，微弱的余晖也消逝在厚云密布的天空中，乌羽玉[1]一般的漆黑夜幕笼罩了整座村庄。

1. 乌羽玉：日语中专门用来形容黑色事物的词汇，比如黑夜、黑发、黑暗、梦等。

（长寿郎少爷也太慢了吧……）

临出祭祀堂时，甲子婆一定会对长寿郎再三念咒。总之，每逢长寿郎人生中的大坎，甲子婆都会审时度势地念一些特别的咒语，以进一步加固守护的力量，不然她就无法安心。

（今晚是十三夜参礼，所以时间会特别长吧……）

就在斧高微微松懈之际——

祭祀堂的玄关处现出了一个人影。身穿白色衣服和茶色裙裤，手上提着一盏点着的灯笼。

（是长寿郎少爷。）

男女一起执行十三夜参礼时，以男子优先。即使一守家参加仪式的是女孩，二守家是男孩，也必须遵守。也就是说，在三三夜参礼时以性别为大，一守家、二守家、三守家的等级差别则不予考虑。因此，仪式参加者中最受瞩目的自然是一守家的嫡子。因为他是未来的秘守一族之长。而这一回担当此任的是长寿郎。

长寿郎在北鸟居前行了一礼后，登上了石阶，斧高的视线追随着灯笼的亮光，同时在心中盘算。

（马上跟过去好呢？还是再等一会儿呢……）

问题在于斧高不清楚，向供奉于媛首山中心的媛神堂走去的长寿郎，会和身后的妃女子拉开多少距离。

斧高当然想立刻跟在长寿郎身后。他想一路守护长寿郎完成十三夜参礼，目送他登上石阶走过参道，到附近的井边洗完身子，赴媛神堂执行仪式，最后经由荣螺塔进入婚舍。

斧高帮忙准备十三夜参礼时，曾伺机向甲子婆询问过仪式的相关事宜。

“你没必要知道得那么详细！”

他的提问太细致了，以至于甲子婆大为恼火，当时的气氛也使得斧高无法再追问下去。

（怎么办啊……）

斧高望着沿石阶渐行渐远的灯火，心中犹豫不决。就这么跟上去呢，还是等妃女子出来后跟着她呢？

（只是，这样就不能守护长寿郎少爷了……）

想到这里，斧高终于惴惴不安地迈步向石阶登去。途中他频频回头，边走边留意妃女子是否已从祭祀堂中现身。

走到石阶的尽头时，他看见前方有一盏灯笼正摇曳着徐徐远去，只在黑暗中留下了一簇闪烁不定的朦胧亮光，仿佛暗夜起舞的鬼火。铺着石板的参道在林间蜿蜒穿梭，由于两侧树木的遮挡，灯火时而会突然消失。

除了模糊的灯光，四周已被彻底的黑暗所充盈。登上石阶之前，尚能依靠鸟居两侧的石灯笼射出的微弱光芒和祭祀堂中漏出的温暖灯火，勉强辨识周围的情况。

但是一踏进媛首山，呈现在面前的却是一个完全隔绝尘世灯光，犹如漆墨一般的暗黑世界，而且到处充斥着不祥的气息。

（这……这么黑啊……）

眼看前方墨汁般浓厚的黑暗沉沉压来，斧高也不得不止住了脚步。但在他停下的时候，灯笼仍不断地远去。他和长寿郎之间的距离越拉越大了。

只依靠前方的些许亮光，投身于这暗夜中的媛首山吗——

若在平时，仅是这么一想，斧高一定会掉头就走。但此时他正盼着能为长寿郎做点什么。正是这份心愿让他决心去挑战可怕而又阴暗的漫漫前路。

不祥的媛首山，祭祀着两位横死的女性。由于她们的作祟，直到今天人们还持有畏惧之心。斧高怀着悲壮的决心，踏进了媛首山的深处……

2

第二章 高屋敷巡警

十三夜参礼当日的傍晚六点五十分，北守派出所的高屋敷巡警拜访了北鸟居口前的祭祀堂。之前他就知道仪式会在当晚七点开始，所以前来巡视有无异常情况。出于个人的某种考量，他认为今晚必须做好警戒工作。

不巧的是，似乎只有他一人抱有这种想法，在祭祀堂中他感到自己不怎么受欢迎。结果中心人物——那对孪生兄妹由于换装没能见着，一守家户主兵堂还对他这个外人的介入显示出露骨的厌恶之情。或许是因为忙于照顾兄妹俩，平日里和蔼可亲的藏田甲子甚至不曾露面。而家庭教师佥鸟郁子那张美丽的脸，戴着一贯的冰冷而缺乏表情的面具，就连兵堂敷衍着应酬高屋敷时，她也对他俩视若无睹，摆出了一副事不关己的态度。

到此探视本是出于好意，万万没料到竟会受到这番怠慢。

即便如此，高屋敷还是着重巡查了祭祀堂和鸟居之间的区域，然后略显仓促地跨上自行车向东守派出所飞驰而去。

（二见巡查长如果能认真巡逻就好了……）

其实高屋敷觉得自己不该离开北鸟居口前。只是他很担忧，不知负责东鸟居口的二见是否当真听从了自己的请求。幸好祭祀堂中有兵堂、藏田甲子和佥鸟郁子，送双胞胎出门时，三人的注意力自然会转向堂外。有鉴于此，他才决定先去瞧瞧东守派出所的情况。

媛首村的地形像一个以东西向为长轴的椭圆，媛首山则位于南北向的中心地带。山的最西端是日阴岭，和村界接壤，所以村里的土地大致可分为山之北侧、东侧和南侧三块区域。各区域依次被称为北守、东守和南守，分别由村中代代相传的地主秘守一族掌管。北侧是一守家，东侧是二守家，南侧是三守家。

配合着村庄的区域划分，各区各有一派出所。高屋敷巡警、二见巡查长和佐伯巡警分别在北守派出所、东守派出所和南守派出所任职。虽说三个派出所都归警视厅终下市警察署管辖，级别也相同，但三人的警阶不同，这一点常常成为问题发生的根源。

（凡是我提出的请求，二见巡查长总是不太肯听，所以……）

高屋敷一边留意时间，一边拼命蹬着自行车。

二见确实是巡查长。不过，并非因为他立下过什么像样的功绩，只是由于常年在派驻巡警的岗位上辛勤工作，上级念其劳苦才有此晋升。在谁看来这都是一目了然的事。而且考虑到他的年纪，这次晋升恐怕是第一次也是最后一次了。

（哎，这倒是无关紧要……）

三个派出所在警察机构内部完全不存在上下级关系，只要二见能认识到这一点就好。然而他却执着于自己是巡查长、高屋敷和佐伯只是巡警的现状。他还请村里的木匠特别打造了一根警棍——要比普通警棍粗得多，将它挂在腰间。这也是为了彰显他和其他二人有所不同吧？孩童般任性的心态真是毕露无遗。私制警棍肯定违反了警察的服务规章，但高屋敷和佐伯完全没有汇报上级机关、扩大事态的打算。

（二见的辖区由秘守一族中位居第二的二守家掌管，这一事实想必也令他颇为不满吧。）

换言之，二见一直认为自己身为巡查长，理应管辖一守家治下的北守地区。像高屋敷这种一年前才赴任的小巡警怎么配……可以说现在他还只是个外人。

（而且，二见还有一个梦想，不，称之为毫无意义的野心更恰当吧。那就是身为巡查长，统领村里的三个派出所。）

高屋敷元巡警事先通知了各派出所，请求他们在晚上七点即十三夜参礼开始前夕，赶往各自的管辖区域，对媛首山出入口的鸟居地带实施充分的警戒。

当然他担心的不是淡首大人作祟。有人会伺机加害一守家的长寿郎——这一更具现实意义的威胁，才让他真切地感到恐惧。三三夜参礼表面上是祈望秘守家子嗣健康成长的仪式，其实是守护继承者平安就任一族之长的工具。也就是说，这种貌似祭神的仪式无非是老式家族继承权争夺战的一环罢了。

（对一守家来说，这是祝愿长寿郎顺利成长的仪式。但是，若站在二守家和三守家的立场上看，没准他们正盼望着仪式最好能出点岔子……）

二见笑他多心多虑，但他如此担心绝非空穴来风。

事实上，明治初期发生过一桩“意外”，身为一守家继承人的男孩，在执行十三夜参礼时落入井中，颈骨折断而死。当时的村民相信那是淡首大人作祟，而如今高屋敷则推断是二守家或三守家的某人犯下的命案。不过，后来死者同父异母的弟弟继承了家业，因此一守家的地位依旧稳如泰山。总之，作祟也好，杀人也罢，都没能撼动现状分毫。

（不过，罪犯也可能是某个和同父异母弟弟相关的一守家内部人士……果真如此那可就意味深长了。）

明知查出真相也不会算入自己的功劳簿，但热衷调查陈年旧案的高屋敷不知从何时起开始沉迷于那些想法。罪犯就在一守家中——侦探小说似的构想，让他体味到了难以形容的乐趣。

（啊，不行！现在不是纠缠陈年旧案的时候。）

不知不觉中自行车的速度减慢了，高屋敷急忙猛踩两下脚踏板，重振精神赶赴东守。

东守位于媛首村的中心地带，是村内最发达的地区。话虽如此，村里唯一可称商业街的这条马路，也不过是村公所、消防局、派出所、邮局、日用杂货店、旅馆、餐厅的简单汇集罢了，换个角度来看，大概会感叹这里真冷清吧。

出人意料的是，二见不在。听夫人说七点过后他就往媛首山东鸟居口的方向去了。从派出所出发的时间虽然晚了些，但姑且算是理会了高屋敷的请求。

（看来是我误会了……）

高屋敷一边暗自反省，一边沿村路向东鸟居口行进。就在这时，前方手电筒摇曳不定的光映入了他的眼帘。走到近前一看，原来是二见本尊正站在路边与二守家的纮弍闲聊。

“二、二见警官，你怎么在这里？出什么事了？”

“哦哦，是高屋敷巡警啊。啊，是这样的，我刚想去东鸟居口，纮弍就从对面过来了。我正在问他有没有异常情况。”

无论二见如何振振有词，现在也已是七点二十分。假设二见离开派出所是在七点之后，那么他至少在这里和人闲聊了将近十分钟。

高屋敷忍耐着不去埋怨他，向纮弍问道：“在那边有注意到什么情况吗？”

既然这位青年是秘守家的人，说话就必须客客气气。而且和长寿郎一样，纮弌在秘守一族男性中是少见的知书达理之人，高屋敷对他素有好感。

今年才迎来成人仪式[1]的二守家长子稍加思考后，爽快而沉稳地答道：“啊，我觉得……没什么特别情况。”

“是吗？那我现在去东鸟居口了。”

高屋敷竭力保持冷静的态度，向二见走形式似的敬完礼，匆忙跨上自行车。

“好吧，辛苦了。我也马上就到！”

二见自以为是的语声迅速从身后传来。高屋敷当然是头也不回，就这么飞驰而去了。

（见鬼！果然从一开始二见就没打算去东鸟居口巡逻。）

高屋敷对一度以为错怪了二见的自己也大为光火。

没多久，前方的黑暗中现出了朦胧的东鸟居。与此同时，他望见石阶下伫立着一个人影。

“谁？谁在那里？”

他立刻靠上前去，迅猛地跳下车挡住那人影，防止对方逃走，同时抬起手电筒。

“嗯？这不是纮式吗？”

被灯光晃得眯起双眼的是二守家的次子纮式。他比纮弌小两岁。

“你在这干什么？”

1. 成人仪式：年满二十周岁时举行的庆祝仪式。

“散步……”和哥哥不同，纮弌的语声很粗鲁。

“在这个时间散步？还是在这么怪异的地方？”

“出门的时候天还亮着呢，我这不正在往回赶嘛！”

“你去了什么地方？”

“……南、南守的马吞池附近啊。”

“那你回家不该走这条路吧？”

“这、这……我绕个道难、难道有问题吗？再说了，又不是只有我一个，我哥刚才还在这一带转悠呢。”

就在这时，二见出人意料地早早赶到了。

“怎么啦？啊，这不是纮弌吗？”

得知纮弌正要回家，二见居然没和高屋敷商量，爽快地放行了。

“多谢。嘿……”

纮弌向二见微微点头致意，随后一边对高屋敷发出轻蔑的笑声，一边迅速离去。

高屋敷怒视着纮弌，等他转过身去后，立刻向二见提出了抗议：“二见巡查长！”

“怎么了？”二见毫无愧疚之色，反而向激动的高屋敷投去冰冷的目光。

“为什么就这样把可疑分子放回去了？”

“可疑分子？喂喂，村里的人可都知道，今晚一守家的孪生兄妹要举行十三夜参礼。谁都有可能在散步的时候，打鸟居旁通过对吧？那哥俩又是二守家的，就更正常了。”

“你都盘问了哥哥，是不是也该查查弟弟呢？”高屋敷知道二见只是在和纮弌聊天，但还是这么问道。

“纮弌说了，什么异常情况也没有。这不就行了吗？”

“今晚的十三夜参礼和村里每年举行的祭祀活动不一样啊。”

“那又怎么样？说到底，二守家的兄弟也是堂堂正正的仪式相关人员。”

“是的。正是因此，我才说必须格外加强戒备。二见警官你也很清楚吧？今晚的仪式对秘守家的继承问题至关重要。”

“这个我知道。那又怎样？难道你想说二守家的兄弟俩为了干掉一守家的长寿郎，在东鸟居口附近晃荡？”

“不……我也没想这么断言。只是我觉得继承权争夺可能会引发某些变故。”

“说的还不是一回事！你这家伙，无凭无据就怀疑二守家的继承人，小心吃不了兜着走！”

“你对一守家继承人的人身安全漠不关心，也不好交代吧？”高屋敷忍不住逼问道。

二见脸上渐渐浮出可憎的笑容：“噢对了，阁下在布置今晚的警备工作之前，想来一定是通过正当渠道获得了相应的许可是吧？”

“这，这个嘛……”被戳到痛处的高屋敷一下子支吾起来。

在世人看来，十三夜参礼的仪式无疑是一种迷信。而且还要在非常时期举行，简直是无法无天，就算被指为非国民，受到严厉处罚也无话可说。而担任仪式警备工作的居然是现役的巡警，这可是个大问题。高屋敷非常清楚这一点。

不过，和在城镇派出所上班不同，像他们这种拖家带口移居派驻地的警察，除了做好本职工作外，还必须融入当地的生活。不，先化身为本地人才是当务之急。他们的立场就是那么特殊。如果是在城镇派出所，赴任后大概只要埋头苦干就行。但在媛首村，受环境所迫，首先得努力让自己成为村民中的一员，否则还真胜任不了这份工作。

换言之，村庄的要事也就是自身的要事。关于这一点，二见本人肯定比谁都明白。假如一守家没有可当继承人的男子，而二守家有，且二守家的十三夜参礼在今晚举行，想必二见也会像高屋敷一样对同僚提出请求——不，因为是二见，所以应该是命令吧。

但现在再做这样的假设又有何用，二见只要否认即可。况且他说的也不是不在理。

“算了算了。年轻人总有些急功近利嘛。”

二见用故作宽大的语气安抚沉默不语的高屋敷。虽说年轻，高屋敷也三十有一了，怎么说也是个有经验的警官，实在不应该对他说这样的话。

紧接着，二见又拿出了老师训诫学生的态度，口无遮拦地说了一通大话：“话说回来，年纪轻轻难免会犯点差错，这时就得请经验丰富的老前辈提提意见，尽快改正才是！要是不做这种交流，你可听好啰，再过多少年你都不可能在工作中有长进。今天的事我就秘而不宣了。不过今后你要尽量注意自己的言行举止。”

“对了，忠厚的佐伯巡警还在一无所知地忙活吧，我去看看他。”随后他又丢下这句让人气恼的话，蹬着自行车向南鸟居口进发了。

“呼……”高屋敷忍不住叹了口气，像是要把先前憋在心中的愤懑一扫而空。

（二见明白得很，秘守家——尤其是一守家在村里的势力有多强，为什么就是不肯好好协助我呢？）

其实高屋敷心里明白，虽然很无聊，但根本原因恐怕就是他和佐伯不同，没有对二见显示额外的敬意。这次的事也是，如果高屋敷在发出请求通知前能和二见谈谈，煞有介事地摆出征求对方允许的姿态，想必他也不会过来找茬。只要能给足这位巡查长的面子就成。

（这个我也知道，但……按那人的思路，我就知道会这样……）

高屋敷知道每逢盂兰盆[1]、岁末或其他节日，二见都会收到二守家赠送的礼品。只是，就算是二守家的死党，也不该轻视对秘守全族而言极为重要的十三夜参礼啊，这态度着实让他费解。

不过只对高屋敷挖苦几句就罢休了，肯定是因为二见也怕他阻挠十三夜参礼巡逻的事，万一传入富堂翁耳中可就不妙了。

（换言之，他十分敬畏一守家，对十三夜参礼却不太感兴趣。抑或他是有意躲避，不愿牵扯其中……）

思前想后的高屋敷脑中突然浮现出一个不着边际的可怕念头。

（不，慢着，莫非二见巡查长其实是在暗暗期待十三夜参礼的过程中发生什么变故？）

最大的变故当然是以前也曾发生过的继承人离奇死亡事件。假如那样的灾祸降临在长寿郎身上——

（二守家的纮弍会成为秘守家的继承人，二守家也会自动升格为一守家。而二见巡查长将成为村中最高权力者管辖区域下的派驻警

1. 盂兰盆：盂兰盆会。指阴历七月十五日举行的一系列祭祖仪式。日本采用阳历后，在阳历七月十五日或八月十五日进行祭祖仪式的人们也开始多起来。

察……）

这联想太过可怕，高屋敷慌忙摇了摇自己的头。

（不，不会……绝对不可能。警察绝不会有这种愚蠢的想法，二见巡查长也不至于……）

否定的同时，漆黑的不安情绪却不知不觉地在高屋敷的胸中扩散开来。

就某种意义而言，高屋敷的忧虑不幸成了真。只是即将发生的那场骇人听闻的变故，与他所想的迥然不同。

第三章 媛首山

媛首山名为山，其实是一座巨大的丘陵。椭圆的外形犹如向左右（即东西）延伸开去的高耸龟背，而且整个儿都被郁郁葱葱的树木覆盖着，所以还不如说成是广袤的森林地带。

从地表隆起的媛首山，庄严地坐落在村庄的正中央。

在接近山的中心处，人们供奉着媛神堂。通往媛神堂的道路有三条，第一条路在一守家对门的山之北侧，那里有一座祭神用的祭祀堂，人称北鸟居口；第二条路位于山的东侧，与二守家遥遥相望，叫作东鸟居口；第三条路则在与三守家对峙的南侧，叫作南鸟居口。

无论选择哪座鸟居，都必须先登上石阶，然后埋头走过一条蜿蜒曲折的石板参道。不久就会看到一口井——但仅限于走北侧参道时。

东与南则设置着神社中常见的手水舍[1]。不管是井还是手水舍，一旁都有祭祀祓户神[2]的祠堂。参拜者在此洗尽污秽后，再穿过前方的小鸟居。

穿过第二座鸟居就到了铺满玉砂利[3]的媛神堂境内，北侧配有格子门的媛神堂坐镇中心。堂内祭祀着相传是媛首冢的大石碑，和位于其

1. 手水舍：供水给参拜者洁身之用的设施。大多安置在神社、寺院的参道边或社殿的侧旁。通常只有四方柱一屋顶，柱间无墙，中央放置水盘。过去参拜者需洗净全身，现在已化繁为简，用长柄勺取水盘之水浇手或漱口即可。

2. 祓户神：在祓禊执行场所祭祀的神。祓户神共四位：濑织津比咩神、速开都比咩神、气吹户主神、速佐须良比咩神。

3. 玉砂利：大颗粒圆沙。“玉”有魂魄之意，神社参道和境内铺上玉砂利，有洗涤参拜者心灵之意。

后方的一座名为“御淡供养碑”的小石塔。

两尊祭祀神正是那位可怖的淡首大人的原型，世世代代守护着秘守家，又不断作祟。

媛首家最早的传说可以追溯到天正十八年（1590年）。据说是年七月，建造在媛神乡的媛神城遭到了丰臣氏的攻击。最终城主氏秀自尽，其子氏定越过媛鞍山，经由西侧的日阴岭，总算逃到了邻国。但紧随氏定逃亡的淡媛，却在山中被丰臣军追兵的弓箭射中头部跌倒，随即被斩首而亡。

关于淡媛此人，历来就有种种奇妙传言。譬如恣意虐杀侍女，生食鸟兽的肉，热衷奇异秘术，只要是男人就拉入卧房——云云。因此，村民为氏定的平安逃脱而高兴时，似乎没人对淡媛的惨死表示哀悼。

然而，媛神城破不久，就开始有人遭遇可怕的事情。

有个烧炭人，在窑场用媛鞍山的原木烧炭时，总觉得窑的情况有些古怪。他心下生疑，透过小窗向窑内凝神望去，见那原木竟似人骨的模样，周围甚至飘起了炙烧人肉的恶臭。

烧炭人吓得几乎瘫倒，这时突然下起了小雨，无边无际的恶寒向他阵阵袭来。他心惊胆战地一回头，只见身后站着一名身披烂甲、满身血污的落难武士——还向他扬起了下巴，像是要他再去瞧瞧窑的内部。因恐惧而浑身颤抖的烧炭人，再次向窑内窥去，眼前顿时出现了惨绝人寰的一幕：一颗女人的头颅被裹在烈焰里，龇牙咧嘴，面带可怕的笑容，在吱吱作响的怪声中渐渐焦烂。

烧炭人惨叫着撇开脸，本应在身后的落难武者已然消失，一个上身鲜血淋漓的无头女正向他逼近。他险险保住性命逃回村庄，但从此高烧一病不起，数日后就去世了。

还有一件事。一个村民在如烟似雾的细雨中赶路，打算自北向南翻越媛鞍山。不知从何时起，他发觉前方有个装束奇异的陌生女子，只有一长串繁复的衣物披在她肩上——这一刻明明无风，衣物却轻飘飘地鼓着。

在山里碰上这种事还真奇怪，村民想着，惧意丛生，遂决定折返而回。不料朝后转身就看到，后方竟也有一个打扮诡谲的女子。头上倒是戴了草帽和头巾，但下面只穿着薄薄的长衬衣，怎么看都觉得不对劲。

村民慌忙再转身向前……前方女子的衣物正轻轻扬起……然而衣下空空如也，只有一颗人头浮在半空。那人头正缓缓地把脸转向他，他回身想往后逃，就在此时，身后女子的草帽与头巾刚巧滑脱……其下竟也空无一物，仅存身躯行在半路。前有无躯头，后有无头躯，不断地紧逼过来。

据说当时村民急中生智，迎着向自己扑来的人头猛冲，在撞中人头前的一刹那，从正下方迅速钻出，飞也似的逃到山的南侧，好歹捡回了一条命。只是打那以后，每天晚上他都会不停梦呓“人头从山里来，从山里来”，一个月后就突然失踪了。

村里陆续有人发生类似的奇异经历。相传村民有心亡羊补牢，找到淡媛的尸首准备安葬时，发现躯干被野兽啃食过，且腐烂不堪，唯独头颅毫发无伤，保存完好。

事已至此，胆战心惊的村民只得厚葬淡媛的尸骨，并竖起石碑，敬其为媛神大人。不知从何时起，媛鞍山被改称为媛首山，没多久，“媛神大人”也自然而然地被记载为“媛首大人”了。

再说另一个御淡供养碑的故事，比淡媛的传说晚了两百年左右。

大约在宝历年间（1751—1763年），趁秘守家的户主德之真有事外出之际，半年前才娶进门的填房阿淡和男仆私奔了。两人从东方出发，穿越媛鞍山逃往西边的日阴岭，正好与二百年前淡媛想走却没能走成的逃亡路线一致，这还真是个诡异的巧合。

不过，阿淡倒是成功翻过了山岭。她和情人手牵着手，从媛首村、秘守家……从丈夫身边逃脱了。

回家后得知妻子与仆人私通的德之真自然怒火中烧。他一掷千金，向四面八方派出人员追查两人的下落，此举果然见效，区区数月便查明了两人的落脚点。然而，或许是因为时过境迁，德之真的心情也发生了变化。他没有把两人强行抓回，反而托人捎话说：既往不咎，总之先回来再说吧。似乎不打算追究两人的丑事。

德之真的口信让二人吃了一惊。商量一番后，最终决定让阿淡独自回去。男仆大概是因为叛主夺妻，觉得事到如今已无颜见主人。

数周后，阿淡乘坐的轿子抵达秘守家。轿子停在正门后，阿淡正要下来。这时，一直藏身暗处的德之真突然举起日本刀，想在阿淡探头出轿的一瞬间，就让她身首异处。

但德之真挥出的刀砍中了阿淡的发饰，没能一击斩落她的头颅。刀身陷入脖颈，阿淡在痛苦中辗转翻滚，直至气绝身亡。

据说满地打滚的阿淡，疯了似的吼叫着：“我一定会降灾于你，到你的孙辈……不，到第七代……”

在德之真的授意下，饱尝痛苦而死的阿淡被葬在了村里的乱坟堆。

埋葬尸骨时在场的只有无量寺的僧人和小沙弥。

没过多久，德之真和前妻生下的长子德太郎被橡饼哽住喉咙窒息而死，接着次子德次郎被马蜂蜇中颈项后猝死。此后德之真和新娶的妻子接连生下两个无脑儿，夫人很快就发疯自尽了。此外，家中还不断有人诉说自己的颈部、手腕或脚踝不适[1]。

德之真彻底陷入了恐惧，他从乱坟堆里挖出阿淡的遗体，厚葬于秘守家的祖传墓地。但怪异现象仍不平息，最后德之真只好在媛神堂内为阿淡修建了供养碑。之所以这么做，或许是因为他已察觉阿淡和淡媛之间非比寻常的因缘，譬如她俩的名字里都有一个“淡”字。据说此后不久，席卷秘守家的恐慌之潮便渐渐平息了。

最初，人们称淡媛（AO HIME）为媛首（HIME KAMI）大人，所以把淡首（EN KAMI）大人的称号给了阿淡（O EN）。但由于发音不顺口，且两人虽然身份有别却都受着供奉，使人萌生了两者同为神灵的意识。于是村民们自然而然地开始把两人合称为淡首（AO KUBI）大人。汉字采用“淡”，多半是因为两人的名字里都有这个字。至于“淡”的读音为什么会选“AO”舍“EN”，除了后者发音不易外，还有两人地位悬殊的缘故吧。

虽说已被奉为神明，但直到现在村民们仍然认为，淡首大人还在不断地给秘守家——尤其是一守家带来灾祸。淡媛头部中箭后被斩下头颅一事，大约发生在四百年前；而阿淡惨遭刀劈距今也有二百年了。然而，任凭岁月如何流淌，关于淡首大人作祟和降灾的传说却从未中止过。

1. 日语中，颈部为“首”，手腕为“手首”，脚踝为“足首”，都带一个“首”字。

很久以前在媛首村流传的游戏儿歌里，就有这么一首奇妙的童谣：

赢了真高兴呀～花一钱
输了真不甘呀～花一钱
秘守家的少爷　来一下哟
疲惫不堪呀来不了
秘守家的媳妇　来一下哟
脖子痛痛呀来不了
算啦　算啦　你要哪个娃
要男娃
男娃去得快啊　女娃好不好
女娃是强壮啊　一守家难保
算啦　算啦　你要哪个娃
要男娃
男娃来不早啊　女娃好不好
女娃是长寿啊　一守家绝后
算啦算啦　你要哪个娃
商量商量吧　问问那个孩子吧
就这么办吧

孩子们一边唱童谣一边做“花一钱”式的游戏。他们把“男娃”和“女娃”替换成小伙伴的名字，分成两组玩换人游戏。

细观歌词，可以看出秘守家的女孩比男孩强壮长寿的意思。只是男孩“去得快”“来不早”这些词语义模糊，教人摸不着头脑。据说其实是因为原先的歌词被改掉了。在原来的歌词里，“去得快”是“活不长”，“来不早”是“死得快”。另外，“疲惫不堪呀来不了”的原词是“弱不禁风呀来不了”，“脖子痛痛呀来不了”的原词是“首灵怕怕呀来不了”，至于“问问那个孩子吧”，原词则是“问问首灵大人吧”。当然此处的“首灵”指的都是淡首大人。但这么一来，毕竟对神明有所冒犯，所以自然演变成了如今的歌词。

媛首村人的这种想法——不，应该说是畏惧吧，绝非无凭无据。村里人都知道一个不争的事实，即秘守家的男孩很少能平安长大。所以这首让人毛骨悚然的童谣，才会在孩子之间无意识地传唱开来。

秘守家在历史上有很长一段时间，由当代户主的嫡长子继承家业，延续家族香火。虽然后来分为三家，各使用一守家、二守家、三守家作为屋号，但依旧遵循这个规矩。“一守家的长子会成为秘守一族之长”是秘守家传下的不成文规定。

然而，处于风口浪尖的一守家偏偏养不出男孩。男孩大多都在幼儿时期夭亡。即便能长成少年或青年，也会疾病缠身或不断受伤。偶尔出一个可以始终健康成长的男子，也照样消除不了弱不禁风的形象。倒是女孩，据说就算放任不管也能平安长大。可见用人们在暗地里针对长寿郎和妃女子嚼的舌根，还有村民的那些关于妃女子命名的说法，绝非单纯的揶揄、戏言或信口开河。

假如一守家生养不出男孩，就要在二守家和三守家的长子中挑选继承人。一旦大权落入二守家之手，两家的关系就会完全逆转。换言之，过去的二守家将使用一守屋号，而原来的一守家则降格为二守。三守家之子若能成为族长，亦如此。

但事实上在秘守家族的漫长历史中，权力宝座替换的好戏一次都没上演过。虽然多次面临后继无人的危机，但每次都如履薄冰地保住了一守的地位。体弱多病但依然健在的富堂翁也许就是最好的证据。当然兵堂也是。

为把一守的权位世世代代平稳地传于嫡子，有一样“工具”起了很大作用，那就是被称为“三三夜参礼”的一系列仪式。

这是秘守家独有的仪式。孩子出生，以及满三岁、十三岁，成年以后满二十三、三十三岁时的中秋，需祭拜媛神堂，祈祷自己能够平安长大。仪式对象没有男女之别，二守家和三守家的孩子也同样要参加。所以就某种意义而言，这是全族共有的仪式。不过受恩惠最多——或者说最需要恩惠的，无疑是一守家的嫡子。仅凭下述事实就能清楚地证明这一点：女子大多只举行三夜参礼和十三夜参礼；二守家和三守家的长子也只到二十三夜参礼就结束了；唯有一守家的继承人必须执行三十三夜参礼，完成整套仪式。

然而，即便对淡首大人礼至于此，也难保一守家的男子不会在哪天突然暴毙。明明在二十三夜参礼举行的那一刻，就已自动完成了家业的继承，为何又有三十三夜参礼呢？可想而知，历代继承人对于突然而又不可理喻的死亡，抱有怎样充满现实感的恐惧。他们内心的战栗可谓历历在目。

三三夜参礼中，被视为从少年向青年过渡的十三夜参礼格外重要。而这正是今晚长寿郎将要执行的仪式。

（长寿郎少爷不害怕吗……）

斧高拼命鼓励自己，不可因为过度恐惧，在漆黑的参道上屡屡止步。他还把自己的胆怯心绪转换成长寿郎的感受。如果不这么做，他随时都可能哭出来，并坐倒在石板上一蹶不振。

这时斧高才深切地体会到，夜间的媛首山比想象中的更可怕。白天他来过好多次，而且从北鸟居到媛神堂不过是一条没有岔道的路，他觉得自己闭着眼睛也能走到，所以有点掉以轻心，认为黑夜也不足为惧。

然而日落后媛首山的氛围会变得极为不同，面对这座山必须做好相应的心理准备，把这里设想为别的地方。

至少对年幼的孩童来说，夜晚的媛首山不是一个可以随便独闯的空间。

问题还不止于此。夜晚的媛首山十分寂静，走在石板上，无论怎样小心都会回荡起脚步声。因此为了不被发觉，斧高必须和前面的人拉开一定的距离。然而，或许是因为十三夜参礼这个特别的仪式让长寿郎很兴奋，他的步履似乎比平常快了许多。登上石阶也好，走过参道也好，都与平时的稳重步伐大相径庭。原本就显得朦朦胧胧的灯笼光，一不留神已离得越来越远。弄不好会被孤零零地抛弃在一团漆黑里……斧高陷入了这样的恐惧。

但即便焦虑至此，他也不曾加快步伐，只是以勉强看得见灯笼的速度，在后面追随。虽然最初也曾盼望离长寿郎更近一些，至少把距离缩短到能看清他的背影……

斧高没那么做，是因为紧盯着前方的模糊亮光，在泼墨般的黑暗中行进的时候，心里突然掠过一个念头：那真是灯笼的火光吗？要说是灯笼……会不会太圆了？是不是太模糊了？

斧高细想下去便无法再挪步了，他总觉得在前方的黑暗中摇摆的那玩意儿，随时都会骤然停滞，旋即向他回转过来。

（莫非是“首无”……）

媛首村中最可怕的自然是淡首大人。不过在这个旧称“媛神乡”的地方，自古就有许多村民深为忌惮的异类，譬如位牌山[1]或山魔等。而其中最令当地人厌恶的就是被称为“首无”的怪物。

（哈，哈……不会吧……）

斧高试图强作笑脸，但嘴角僵硬，怎么也笑不出来。

众所周知，只要对淡首大人礼数周全，村里人就不会遭受灾祸。但“首无”不一样，只要遇到它或被它附体，就再也不能逃脱，直给人一种压倒一切的恐惧感。

“首无”究竟是什么？形态如何？为什么在这里出没？这些问题其实无人能答。如此惧怕却谁也不能对它的真面目做出圆满的解释。

从“首无”这一称谓出发，有人联系上了淡媛与阿淡的怪异故事，还留下了这样的传说——和主人淡媛一样被斩首的随身侍童，才是首无的原形，至今仍在淡媛身边。此外，很多年事已高的人倾向于将首无和淡首大人视为一体。

众说纷纭，但一切终究是一个谜。“很久以前就有首无的传说”“留下了好几个怪谈”“我爷爷认识的人曾经见过”——这就是首无，如此这般成了媛首村的一部分，彻底融入了村民的生活。其证据是，直

1. 位牌山：地界形状像灵牌的山。据说其所有者或于山中伐木者家里会有死人出现，因而为人们所忌讳。

到现在，发生了什么不可解的怪事，人们还多半会风传“一定是首无干的哟”。

在某某地遇见、擦肩而过或被附体之类的传闻，现在是不太能听到了，但也不好说绝对没有。换言之，连成年人都那么害怕，置身于黑暗之中开始疑神疑鬼的孩子感到惊恐也不奇怪。

而且，那圆而模糊的东西又突然停下，开始左右摇晃起来，立刻令斧高感到背心一寒。

想到前方那玩意儿随时可能向这边飞扑过来，斧高就禁不住打算掉头逃跑。但他还是用尽所有的勇气，好歹坚持住了。凝神望去，片刻之后，那停下后兀自摇个不停的东西，静悄悄地向右侧移去。

（对啊，已经到井的所在了。）

斧高总算看清了那个圆而模糊的东西确实是灯笼。原来火光的奇妙摇曳是长寿郎在确认周围的情况。

他不由自主地长舒了一口气，把脚步放得更轻，谨慎缓慢地走完了参道的剩余部分。记得在离井不远的石板左侧，应该有一块足以藏身的大石碑，不一会儿他就找到了。躲藏之前他无意间朝井的方向瞥了一眼，顿时吃了一惊。因为长寿郎全裸的背影，突然映入了他的眼帘。

灯笼被放置在井边，火光中朦胧地浮现出一具不着寸缕的裸体……

（为、为……为什么？）

斧高担心主人是不是对仪式过于紧张，精神失常了。但他立刻想到主人是要用水洒身洁净躯体。单纯的参拜只要洗手即可，但十三夜参礼毕竟有所不同吧。

虽然领悟到了这一点，但斧高怎么也无法从瞥到长寿郎裸体时遭受的冲击中恢复过来。并不是因为目击到裸体才震动，而是因为那裸体竟意外地粗壮，令他大受打击。

相比平日帮家里干活的村童，长寿郎的身子只能说是纤瘦。但这一幕让人充分意识到了长寿郎是男性的事实，斧高一直以来对他持有的印象——既非男性，自然亦非女性，有着所谓的中性的魅力——于一夜间轰然崩溃。

（但今天是十三夜参礼，所以很正常……）

斧高感到，从少年成为青年的仪式所蕴含的意义，如今已然清晰地呈现在自己的眼前。现在连他也充分理解了，这对秘守的一守家继承人而言的确是至关重要的通行仪式。但一想到长寿郎就这样长成了凡夫俗子，而且可能会变成他父亲兵堂那样的无聊男人，斧高无论如何也不能忍受。

对斧高来说，长寿郎是一个极度不可思议的存在。从世俗的眼光来看，长寿郎是主人，斧高是侍候他的用人。斧高非常清楚这一点，也不会对自己的职责有丝毫懈怠。不仅是长寿郎，对妃女子也一样，因为这是在一守家食宿无忧的代价。初来乍到时，甲子婆就三令五申地把这个道理灌输给了他。

不过只要把该做的事做完，对某人抱有什么样的心意还不是个人的自由？斧高虽然年幼，却也有这样的想法。这大概是因为他那特殊的境遇吧。

抛开主仆这层关系，长寿郎可以说是一守家，不，整个媛首村里唯一让他感到亲近的人。这并不意味着斧高把他看作年岁相差颇大的哥哥，更不是父亲……当然亦非母亲或姐姐。和朋友也有所不同。如果硬要用言语来形容，那就是各种亲友的混合？但这么说就简直等于什么也没说。

随着斧高不断成长，自幼对长寿郎抱有的心意越发难以处理。处于青春期的他回忆起那种初恋一般的情怀时，总是感到十分烦恼。不过六岁的他当然不会明白自己此刻的复杂情感。他只知道对自己来说，长寿郎是无比重要的人，仅此而已。

正是因此，斧高才会独自来到这里，他才会在目睹最心爱的长寿郎身上所起的些许变化时，感到痛苦不堪。

（长寿郎会变成大人……）

他的父亲兵堂傲慢无礼的神态及其祖父富堂翁自高自大的模样，又一次在斧高的脑海中浮现，和长寿郎的身影重叠在了一起。

（不，不会的！只有长寿郎少爷绝对不会变成那样！）

斧高马上加以否定，这种联想无异于亵渎长寿郎。然而，再看那个身影那具裸体，也让他难以忍受。

（或许我压根儿就没有守护少爷的必要……）

虽然在心里这样嘟囔，但斧高还是决定躲到石碑后面去。就在这时，他好像不小心踢到了散落在参道上的碎石，四周迅速回荡起圆砾石滚过石板的干涩声响。

“谁啊！”

长寿郎的喝问声当即响彻神堂，紧接着，斧高听到了向这里走来的脚步声。

强有力的呼喝和脚步声，使斧高感到他已不是自己所熟知的长寿郎，而是一个能独当一面，充分意识到自己是一守家的继承人，且不久就会成为秘守族长的男子。

直到此刻，斧高才认识到自己正在妨碍一场极为重要的仪式，而如今的长寿郎也决不会饶恕这种行为吧。

（怎、怎么办……）

大脑一片空白的斧高，猛地闪到近旁的树木背后。原先他打算藏身在石碑后，但怎么也来不及了。

幸运的是，提着灯笼搜索四周的长寿郎走向了石碑。稍加思索就能明白，在参道的尽头处最有可能藏人的地方就是这座石碑。

（还、还好……没躲在那里。）

刚松了一口气，斧高马上又想到，眼下藏身的这棵树岂非同样令人生疑。

不过，或许是长寿郎查完石碑背后就放心了，借助灯笼的亮光张望片刻后，他回到了井边。想来和高屋敷一样，他没想到这里会躲着一个六岁的孩子，所以才没特意去检查成年人不可能藏身的树后。

长寿郎没有检查树后的理由，斧高自然是一无所知，他只是单纯地庆幸自己未被发现。可惜就在斧高稍稍探头，想要目送通过树旁回到井边的长寿郎时，刚刚产生的安心感又瞬间荡然无存了。

先前长寿郎将手巾随意缠在腰间，此时他的下腹部突然出现在斧高的眼前。

这一冲击比目击裸露的背部更为深重。斧高甚至忘记了长寿郎年仅十三的事实。长大后的长寿郎继承了一守家，转眼间就像父亲兵堂、祖父富堂翁那样，蜕变成一个傲慢、自大、好色的丑恶男人……此时此刻的斧高，脑海中闪现的尽是这些情景。

（不……我不要少爷变成这样……）

没多久，哗哗地浇淋井水的声音传了过来。

但斧高蹲下身子以两手掩耳，不让自己听到。也许他以为只要听不到这些声音，长寿郎就能永远不变样。

当初那份希望守护长寿郎完成仪式的心意，也已消失得无影无踪。

片刻之后，耳际又传来脚踩碎石产生的细微声响。斧高猜想这是长寿郎在向媛神堂走去。就在这一刹那——

（啊，如果不一直守护到堂内……）

对这个突如其来的想法，斧高深为吃惊。他不得不承认，无论外表如何变化，自己还是最喜欢长寿郎。

讽刺的是，虽然他好不容易改变了想法，却很清楚不可能再往前行进了。他放开捂住耳朵的双手，就听到了嚓嚓簌簌的响亮脚步声。

要走到媛神堂，必须踩过铺满此境的玉砂利。在境内行走而不发出任何声音，多半是不可能的。一旦靠近神堂，就会马上被长寿郎发觉。

（只能到此为止了吗……）

怅然若失的斧高在树后蹲下身。就这样别无他事的话，也许他会在这里待到翌日清晨。

然而——

他好像听到了什么声响，心想是不是长寿郎从媛神堂出来了，但声音却是从相反的方向传来的——

（啊，妃女子小姐！）

他只顾长寿郎，全然忘却了妃女子的存在。

（要是被发现可不得了……）

斧高哆嗦起来，自知此事非同小可。总之，他只能期盼妃女子尽早进入媛神堂。

不一会儿，灯笼的朦胧亮光自右侧的参道徐徐而来。虽然斧高明白被发现可就糟了，却还是想去瞧一眼。他匍匐在地面上，在对方通过之前的一瞬间，从树后探出脸。

妃女子的赤红裙裤正好从眼前一闪而过。斧高慌忙缩回头。

（被、被看到了吗？）

他感到心跳得厉害，但凝神屏息了片刻后，又忍不住好奇心，想仔细瞧瞧妃女子的模样。这次他从树的左侧向外望去。

（啊……）

映入眼帘的竟是妃女子的裸体。想想井边的祓禊[1]仪式，完全应该能预料到如此场景。但斧高还是被吓坏了。而且，他遭受了比窥视长寿郎时更为剧烈的震撼。

那是因为——

（真、真美啊……）

他在长寿郎的裸体上感受到了突如其来的男性特征，因而瞠目结舌。同样，从未有过意识的妃女子身上的女性特征，也让他大吃一惊。

在井边灯笼的朦胧亮光下，妃女子的裸体隐约可见，散发着难以言喻的梦幻之美。

尽管身姿尚未完全绽放，但那略带弹性感的纤腰，微微隆起的双乳，还有那唯美之极，细腻得近乎妖冶的肌肤……斧高不由自主

1. 祓禊：在举行重大仪式前以水清洗身体，拂除污秽与不祥。

地感受到了她的美，甚至改变了长久以来对她的看法，一时之间竟看得入迷。

然而，斧高看见的其实不是她的全身。在他意识到这一点的瞬间，嘴里迸发出了压抑的惨呼。

“啊啊……”

朦胧的火光下，是异常白皙的裸足，稚嫩却又妩媚的腰与胸，还有完全无意遮掩娇躯的双臂，然后是，暗夜一般漆黑，空空如也的颈……

是的，她没有头。

4

第四章 东鸟居口

高屋敷埋头思索二见的真实意图，突然想起自己赶赴东鸟居口的初衷，慌忙环顾起四周来。

（南鸟居口交给佐伯巡警应该没问题吧。）

北鸟居口有三个一守家的人。他们都是当事者家人，不会放松警惕。

（果然还是这里会出问题。）

二见不起作用也就罢了，偏偏东鸟居口还正对着二守家。南鸟居口有佐伯在，更重要的是，三守家眼下没有能当继承人的男孩，就算企图争夺继承权也无计可施。换言之，三个鸟居出入口中最需要警惕的就是这里。

事实上，二守家的兄弟俩都曾行迹可疑地在鸟居附近徘徊。纮弌大概不会胡来，但纮式不可不防。哥哥坦然承认来过，而就在这一带接受盘问的弟弟却存心装傻，此乃明证。

（但二见巡查长他——）

眼看又要想到巡查长的事，高屋敷急忙甩甩头。

（别，别，先从石碑后面查起吧——）

在手电筒光的照射下，鸟居左右现出数枚石板。

绕媛首村走一圈，最引人瞩目的就是各种石碑和马头观音像。石碑多为板碑，即人们常说的供养塔，就是在平坦如板的石头表面，用梵文雕上阿弥陀如来等佛名，而后再刻上戒名、卒年，以及先人的事迹等。

村里现存的板碑，大都被视为关东武士之物——不是有身份的武士，只是农兵或乡兵而已。如果连供养塔什么的都留不下来，他们的存在就会湮没于历史的暗流，不禁令人感到一种难以言喻的悲哀。

不过此刻的高屋敷没有闲心抒情感慨。虽然他也觉得有人要是有空躲在这种地方，早就会去媛神堂了，但仍然仔细检查了石碑的后面——说不定可疑者看到自行车灯光会慌不择路地躲过来，出乎意料的伏兵事先潜藏于此的可能性也很大。

检查完鸟居周遭，他登上石阶……到达顶端时回头望去。

只见东守村沉浸在浓重的黑暗中。他不禁轻声嘀咕道：“今晚还真是黑得让人发毛呢……”

但他此时凝望的不是村庄的风景，而是二守家宏伟的宅邸。不管被笼罩在怎样的黑暗中，宅邸始终拥有压倒一切的存在感。

（站在一枝夫人的立场，会竭力让自己的孙子纮弌继承秘守家族长之位吧。她很可能为达到目的而做些稍稍出格的事。）

如今人称二守婆婆的一枝夫人，是富堂翁唯一的亲姐姐，也是他在村里唯一忌惮的人。而且，这位夫人对自己的弟弟，甚至对一守家本身，都抱有极度的憎恨。

（一守家本是憎恨的对象，她却一心要让自己钟爱的孙子去做这屋号的主人……真是微妙的因果循环。）

追本溯源，是一守家的习俗造就了这一切。作为继承人的男子享受极为优厚的待遇，女子则完全被忽略，男尊女卑的陋习一直延续到现在的长寿郎和妃女子身上。

一枝在一守家成长的岁月中，不知不觉对仅仅因为是男子就大可为所欲为的弟弟，产生了强烈的嫉妒和由衷的憎恶。而富堂迷失于得天独厚的环境，面对年长的姐姐，言行也无所顾忌，使她怨恨更深。后来一枝嫁入了二守家，不再有顾忌，便放言总有一天会为夫家夺取一守的屋号。事实上她还亲口宣称，她是抱着这样的人生目标才活到现在的。委实令人骇异。

（明明是亲兄妹……）

高屋敷得知这骇人的姐弟关系时，不禁为老式家族特有的复杂纠葛而感到震惊。

富堂翁有三个儿子，长子国堂、次子强堂和三子兵堂。都是富堂翁取的名字，接在他的名字后面，能排成富国强兵。可以说这反映了日本当年的世风，同时又蕴含着父亲期盼儿子茁壮成长的愿望。然而先是国堂在七岁时病故，接着，强堂五岁时也因病而死。

这莫非是一枝夫人的执念所致？据说当时，唯有当时，村民在谈论淡首大人的作祟问题前，会不无惶恐地思索这一可能性。因为很多村民都亲眼见到了她前往媛神堂祭拜的热情身影。人们在想，她究竟祈求了些什么……

富堂翁听说姐姐的不轨举动后，命令乳母藏田甲子无论如何也要让兵堂活下来，而后者也用身家性命担保，发誓保护婴儿，抚养他长大成人。据熟知掌故的老人所言，她俩还上演了一场斗法似的激烈交锋，这绝非笑谈……由此可见，当时是甲子婆的守护法力占了上风。

虽然兵堂像历代继承人一样，接二连三地患病、受伤，但一直没丢掉性命。他平安长大，执行了十三夜参礼和二十三夜参礼，成功继承了一守家。不但如此，九年前他还圆满完成了三十三夜参礼。作为一守家的男子，兵堂继富堂翁后，终于步入了能让人姑且放心的人生阶段。

（一枝夫人肯定很郁闷吧。）

不论她是否曾在媛神堂祈求三兄弟死去，至少在国堂和强堂两人夭折时，她一定在盼望着兵堂也步入后尘……

（不，像她这样的人，恐怕一开始祈求的就是三兄弟的死……）

想到这里，高屋敷不由得打了个寒战。他甚至感到能对抗淡首大人作祟的，其实不就是一枝夫人吗？听说藏田甲子的力量终究只限于守护，一枝夫人拥有的却是攻击力。果真如此，秘守一族只要团结起来齐心协力，也许就能斩断历代延续下来的首灵作祟之链。

（算了，这是不可能的。）

事到如今，怎么也无法想象他们有和好的可能。所有村民也一定会这么说。

（而且话说回来，作祟什么的，又不可能真的存在……）

虽然心里这么想，但当他踏入媛首山的东鸟居口，从那里眺望沉睡在暗夜中的二守家时，突然觉得只要在媛首村，似乎就没有什么不可能的事。

（荒唐……）

他一边暗自否定道，一边转过身，背对二守家沿参道继续走去。

顺带一提，富堂翁除了姐姐之外，还有两个妹妹。当然也有弟弟——无须多言，都早夭了，一个也没活下来。

两个妹妹，二枝嫁到了三守家，三枝嫁进了秘守家的远亲古里家。或许因为二枝只是妹妹，或许三守家没男孩也是原因之一，总之她和一枝夫人不同，无论是对富堂翁还是对一守家，看不出有什么特别的情绪。但传言渐起，说一枝夫人觉得这样的妹妹太不中用，因此经常暗地里找二枝煽风点火。

（事已至此，三家再想和气地平分家产也已经不可能了吧。）

高屋敷走在石板参道上，打心眼儿里庆幸自己没有生在这种老式大家族。北守派出所虽然简陋，但他感到自己拥有这个家已经心满意足了。

没多久右侧就出现了马头观音的大祠堂。估计已走过参道的三分之二。慎重起见，高屋敷检查了祠堂的外围和内部。

村庄内外有无数马头观音，因为在当地，马匹对人类的交通以及大量物资的运输来说不可或缺。事实上，还曾有过一段马比人类更受重视的历史。如此重要的马要是遇难而死，人们会就地祭祀马头观音。另外，村民也会在通行艰难的地方奉起马头观音，祈祷人与马的安全。媛首山中所见的马头观音，恐怕同时含有这双重意义。

（好了，我该巡逻到哪里为止呢？）

走过祠堂，高屋敷犹豫起来，因为再往前就直通媛神堂了。

（我也不能贸然露面，妨碍仪式举行啊。）

十三夜参礼具体是怎样的仪式，高屋敷全然不知。他也曾考虑不靠近媛神堂，只在第二鸟居观望，但这种行为对仪式而言可能也是十分失礼的。现在不能轻举妄动。

（我的职责就是注意不让可疑分子从东鸟居口侵入。）

高屋敷辨认出黑乎乎盘踞在参道前方的媛神堂之影后，决定老老实实就此折回。当然，他仍像先前一样目光如炬地扫视着四周。

就在这时，他忽然感到有人声入耳。停下来侧首倾听，却什么也没听到。再次迈开脚步……又觉得确实有人在说话。

（是从媛神堂境内传来的吗？）

高屋敷明白了这一点，不免就有些在意，但随即想起这可能是长寿郎或妃女子在为仪式念诵祈祷文。然而他还是有一种奇妙的不安感，总觉得境内正在发生某种异变……

怕只怕万一妨碍了十三夜参礼……有鉴于此，高屋敷不能直奔入境。而且棘手的是，仪式的特殊性并非唯一难题。今晚的巡逻是他偏离本职工作，仅凭个人判断而做的决定，一守家的人又不欢迎他。这才是他寸步难行的根本原因。

（就只巡逻到参道为止吧……）

直到最后，高屋敷都在为这一判断而感到后悔，当时自己若是赶赴现场……

第五章

媛神堂

（首、首无……不、不是，是淡首大人……）

斧高又一次缩回树后，抱住头颤抖起来。

（不……那、那是……首无……不，还、还是淡……）

先前所见究竟是淡首大人还是妖物首无？这疑问始终萦绕在斧高的心头。

（是淡首大人？……是首无？……淡首……首无……首无……首无……）

然而没多久，脑海中就只浮现出“首无”二字了。

就在这时，踢哒踢哒踢哒哒……

无头躯似乎正从井边向斧高的藏身处逼近，他顿觉一阵战栗窜过了脊背。

（啊……不、不要啊……不要过来！去那边！别过来……）

斧高拼命抑制着大喊大叫的冲动。或许那玩意儿尚未发现自己躲在树后，何必自投罗网暴露踪迹——他冷静地做出了判断。然而……

踢哒踢哒踢哒踢哒踢哒哒……

那玩意儿来得更近了。浑身发抖的斧高再度捂住双耳，试图拒绝外界的所有声响，身子也在原地蜷成一团，越蜷越小。

窜过脊背的恶寒此刻已遍及四肢百骸，激起了一身鸡皮疙瘩，如果一直持续下去，疙疙瘩瘩的皮肤很快就会一块块脱落下来吧。斧高甚至产生了这样的恐惧。而且，明明捂着耳朵，应该听不见任何声音，但是……踢哒踢哒踢哒……踢哒哒，不知为何，他还是能察觉到那玩意儿走到了树的另一侧，然后，一动不动地窥视着这边的情形。

（去那边！别过来！去那边……别过来啊……）

斧高像念咒一样，在心里不断呼喊着同一句话，突然，他感到那玩意儿倏地探了出来，像要径直窥探树的里侧，无颜、无首，空空如也的那玩意儿……

（哇啊……）

斧高发出无声的惨叫，想借此驱除一切不祥之物。就算不行，至少也要驱除后背所能感到的险恶气息，还有那令人毛骨悚然的视线。为此他让自己的叫喊充斥了头脑。

然而，那玩意儿的存在感并没有消失……

时间过了多久呢？不知何时压着嗓子啜泣起来的斧高，突然感到有动静。那是一种似曾相识的声响。他战战兢兢地放下捂住耳朵的双手。

（咦……）

他随即发现，背后那咄咄逼人的气息，已然消失无踪。

（得、得救了……？）

在他疑惑是否可以安心时，耳际传来人类清晰的咳嗽声。而且，咳嗽的人正从参道右方朝这里走来。

（是、是谁？）

油然而生的好奇心，战胜了之前掌控全盘的恐惧。身份不明的来者走过树旁的一刹那，斧高候住良机向参道窥去。

他顿时产生了强烈的既视感——以前，不，就在片刻之前，他看到过同样的场景。这种感觉虽然真实，却实在是匪夷所思，使他的头脑变得极度混乱。

因为赤红的裙裤伴随灯笼的亮光，在他眼前一闪而过。

（这怎么可能……）

他不由自主翻了个身，从树后偷眼望出去。

白衣赤裤的妃女子，背影映入了他的眼帘。她手举灯笼打量四周的状况。也许是为了避免在井边做祓禊时弄湿长长的黑发吧，她的头上缠着手巾似的东西。

她似乎很快就找到了目标物——井，慢慢远离了参道。

（妃女子小姐是现、现在才来的？那、那刚才来的是……）

斧高呆立片刻后，脱力似的坐倒在原地。眼前一片黑暗，只有妃女子的身影在井边灯笼的映照下隐约浮现着。斧高凝视着她的一举一动，除了凝视，还是凝视……

她解下衣物，汲取井水浇洗身体的声音在四周回响起来，祓禊仪式已经开始，然而事实上斧高眼前映现的却是另一个裸体——那美丽而又妖冶，神圣而又诡异的无头裸体。

（错了！那不是妃女子小姐……）

斧高心存否定之念，然而在他的眼中，无头少女的裸体透出越来越浓郁的妖艳色彩，让人不敢相信她还未成年。他还发现，自己竟然认为那可怖的无头异形妖物洋溢着唯美气息，至于是不是妃女子，早已无关紧要。不，岂止如此，记忆中的身影不知不觉地与井边的少女重叠了起来，他甚至觉得不必劳神区别。

与恍惚的斧高相反，结束祓禊的妃女子手脚十分麻利。她擦干身子，迅速穿上白衣和赤红裙裤，很快就装束齐整了。

踩踏玉砂利的声响随即在境内扬起。斧高也总算回过了神。

恐惧与混乱，兴奋与虚脱——就像要拂去今晚发生在自己身上的种种事情似的，他勉力站起身，打算目送妃女子离开，作为守护十三夜参礼的最后一程。诚然，他是挂念长寿郎才走进媛首山的，但如今却衷心祈祷两人平安无事地完成仪式。

他悄悄从树后出来。黑暗之中，灯笼的朦胧亮光映出了妃女子向媛神堂走去的身影。白衣赤裤看起来几乎是近半融入了暗夜，根据衣服和灯笼的位置判断，可知提灯笼的是右手。

（那是什么……？）

然而，她的左手也提着某样物品。虽然夜色暗淡，那玩意儿怎么也看不真切，但好像是个黑乎乎的球体，没错，好像是——

（人、人头……）

——被她提着，垂在她身侧。她在向前走。

（怎、怎么可能……）

心里想着不可能，但方才斧高虽然自始至终都在凝视她，却一直神思恍惚。换言之，就算井的背面事先藏有人头，妃女子又提头出发，他也肯定视而不见。因为唯一的光源就是那个朦胧的灯笼。

（呃……她拿的是谁的头？）

这么一想，斧高猛然想到可能是先前的首无又出现了，几乎当场瘫软下来。

（如、如果是淡首大人或首无，那么提的就是它自、自己的头……）

一瞬间，斧高想一路狂奔从参道逃走。不过他凝神细看，只见那渐行渐远的人影头上似乎缠着白色的手巾。光线太暗看不清楚，但至少不像没有头。

（有、有头，脖、脖、脖子的上面……还有……）

这时人影已至媛神堂。她打开了对开型的格子门，进入堂内。灯火忽明忽暗闪烁不定，想必是灯笼正在纸糊格子的另一侧移动。

斧高鼓足勇气总算留在了现场，不一会儿，夜风中传来了一种微弱的声音。侧耳倾听，他很快就明白了，那是诵经的调子。现在少女一定是面对着祭坛。

（毕竟是妃女子小姐……）

想归想，斧高却不能完全放心。一个可怕的设想浮现在他的脑海中，也许在某地，在被禊仪式过程中的某一时刻，妃女子被首无替换掉了。人类和人类办不到，但如果对方是妖魔，替换压根儿就不难吧。

妃女子已经进入媛神堂，不管怎么说，他也不必再傻站在这里了。虽然心存此念，但斧高的脚却动弹不得，没多久身子就轻轻哆嗦起来。

而另一方面，媛神堂中的灯笼光开始向神堂的右侧（即西方）移动。那里有一座奇异无比的建筑，名曰荣螺塔。再向西，是婚舍的三幢建筑，从北至南依次为前婚舍、中婚舍和后婚舍。今晚长寿郎将在其中的前婚舍度过，妃女子则在中婚舍过夜。

那些奇妙的建筑斧高只进去过一次，是今年春天的时候，长寿郎带他来的，还笑呵呵地嘱咐他说：“别让任何人知道哟！”

从北侧的对开型格子门进入媛神堂，正面就是祭坛，在祭坛后方能望见媛首冢。媛首冢右侧略靠里的地方祭祀着御淡供养塔。

摆放各种供品的祭坛右边有一扇拉门，穿过这扇门便会踏上一条短走廊。行至走廊尽头，打开眼前的拉门，里面就是荣螺塔了。这幢建筑的妙处就在于它的古怪构造。塔内，由木板密密铺就的通道，以螺旋形的曲线向左上方陡峭地斜伸开去。沿通道层层攀升，刚想着总算到了塔顶，却又马上反向旋转而下。换言之，特意登上去却必须立刻下来。塔下也有一扇拉门，门内是朝三个方向延伸出去的三条短走廊。右走廊通往前婚舍，中间的可抵中婚舍，左边的则直通后婚舍。三套婚舍结构相同，入口处是茶室，有四叠[1]半大；里面是六叠大的房间，颇具小型住宅的风格。顺带一提，厕所位于中婚舍的背后，但要解手就必须走回媛神堂，然后再到外面去。无论如何，那些建筑里最有趣的莫过于荣螺塔的上下行构造。假如斧高从媛神堂出发，长寿郎从婚舍出发，同时上塔，在登顶之前两人绝对不会相遇。因为荣螺塔是双重螺旋结构。

“你能明白吗？两条路就是像这样，交错着往上升。”长寿郎快活地看着双眼圆瞪、满脸惊讶的斧高，细心讲解。

“但是，能不能告诉我，为什么要造出这么奇怪的东西呢？”

长寿郎说过，两人独处时措辞就不必郑重其事了。但斧高还不能灵活区分场合，所以不经意间语气就变得恭敬起来。

“这个嘛，因为在这个旋梯里行走可以驱除邪魔嘛。”

斧高稍显拘谨的见外措辞，令长寿郎苦笑不已。不过，他还是把荣螺塔的惊人作用告诉了斧高。

人们都说淡首大人总是对秘守家的男子，尤其是一守家的继承

1. 叠：日文为“畳”。计算榻榻米数量、表示房间大小的量词。

人作祟。那女孩是不是完全不会遭殃呢？这个问题也难以定论。一守家出生的女孩里，偶尔会有疯疯癫癫的狂女。日常生活倒是与常人无异，但言行中时常显露狂乱迹象。由于和传说中特立独行、举止怪异的淡媛有重合之处，不知何时起，这种现象也被认为是淡首大人施加了影响。用人及村民之所以向妃女子投去奇异的目光，她本人的粗野固然是因素之一，但主要也是拜家族代代出狂女的现象所赐。虽然谁也不认为她当真精神失常，但人们常常心怀恐惧，认为她随时可能发疯。

如果说狂女的出现是对一守家内部的影响，那么对族外的影响则容易应验在新娘身上。当然这里的新娘是指嫁给继承人的女人。辩证地来思考淡首大人对继承人作祟的负面感情，或许也能这样看待：其中含有极度扭曲的爱情。也就是说，婚礼意味着本该被咒死的人，心被别的女性夺走了，所以淡首大人会发怒。一守家流传下来的一个故事，使人们全盘接受了这种观点。

宽政年间（1789—1800 年），一守家继承人从外地娶来的新娘对媛神堂疏于参拜。遵照以往的惯例，新娘在婚礼前需用煤灰涂脸，披戴头巾，穿上粗陋的衣物，说穿了，就是要在掩去本来面目的状态下，姑且先做一次参拜。等全部仪式完成后，再以一守家明媒正娶的少夫人身份，举行一次盛大的参拜。这是因为人们认为，婚礼至初夜期间，即新娘由外人转化为秘守家人的期间，最容易被淡首大人作祟。但这位新娘却对此不屑一顾。

两人在一守家别栋度过了初夜，天亮时新郎发觉床上不见新娘踪影。他吃了一惊，忙在家中搜寻，终于在储藏室门边找到了面目全非，早已气绝身亡的新娘。不知为何木门的正中央被打破，她的头深陷其中。

从此，即使新娘前往媛神堂参拜，也照样会有异象发生，后来的一守家户主在请教多位宗教人士后，紧挨着媛神堂建造了荣螺塔和婚舍。此后秘守一族的男子娶亲，初夜一定会使用婚舍。不知何时起，三三夜参礼也采用了这套风俗。顺便说一句，婚舍有三幢之多，据说是为了迷惑淡首大人而设的机关。

从用途来看也一目了然，婚舍可谓是秘守一族的夫家婚舍。不过婚舍的存在及威力在圈内闻名遐迩，某些地方还流传这样的奇谈：无论如何都想从历代有异类附体的家族中娶女子为妻时，若能在媛首山的媛神堂度过初夜，即可驱除任何附体物。所以偶尔会有人私下前来相询。只要对方身家清白来历明晰，一守家通常不会拒绝提供婚舍。这是因为他们同样受困于棘手的灾厄，彼此有同病相怜之感吧。

（啊，到顶部了。）

斧高沉浸在和长寿郎独处的回忆中，这时灯笼的亮光螺旋上升，最终抵达了荣螺塔顶。

然而——

（咦……）

不知何故，灯火突然消失了。

由于上下通道是双重螺旋结构，就算妃女子从顶端走进下塔的斜道，也应该能看见亮光。当她走到对斧高来说是塔背面的南侧时，亮光自然无从得见，但螺旋会让她一次次绕回北侧。然而，墙上的格子窗里丝毫没有亮光透出，只能认为灯笼已在塔顶熄灭。

（但是……为什么？）

今晚的风并不是那么大，何况她还在建筑内部。

（不会是她吹熄的……）

从铺着木板的斜道走下塔，无疑比上塔更难。难以想象她会特意熄灭灯笼下来。

斧高左思右想，产生了难以名状的不安。

（啊！）

前婚舍的茶室中亮起了灯。接着，看似灯笼的火光，沿着短走廊从婚舍移向荣螺塔，随即沿塔的斜道开始上升。

（那是长寿郎少爷？）

先一步进入前婚舍的他，不知为何又出来了。在查看中婚舍和后婚舍后，看起来是要前往荣螺塔。斧高疑惑究竟是怎么回事，而亮光抵达荣螺塔顶后，忽右忽左地摇晃起来，仿佛在寻找什么……

不久，灯火开始沿荣螺塔的斜道向下降落，掠过通往媛神堂的短走廊，直接进入了堂内，一度呈现出四处移动的迹象。

（难、难道是……他打算出来？这、这样的话我会被发现……）

斧高虽然心中焦急，却挪不动双腿，就像脚底往参道的石缝里扎下了根似的，无法逃离现场。六神无主之际，灯火已接近格子门，终于，正面的门被打开，晃出了一个人影。

人影环顾了一下周围，径直朝参道走来。

（是长寿郎少爷……没错吧？）

感觉不会错，但他的心还是被一缕不安所缠绕。他拼命眯起眼，但灯笼仅仅照出了腰部至脚的部分，看不清最关键的脸。

（不过，有没有……头？）

暗夜中依稀可见那圆圆的头……看着像头。人影渐渐靠近，慢条斯理地朝这边走来，走至中途，灯笼突然猛力前推。斧高一时之间不解其意，但心里明白对方多半已察觉到自己。

一瞬间，人影停滞不前，仿佛吃惊不小，但猛踩玉砂利的脚步声骤然响起，一口气迫至斧高近前。

斧高始终盯着那黑乎乎的脸部。这自然是为了尽早确认对方的真面目。

“小斧儿……”

黑暗中浮现出长寿郎目瞪口呆的脸。斧高刚松了一口气，又立刻畏缩起来，少爷该不会大发雷霆吧？

小斧儿的叫法是长寿郎听甲子婆把“斧高”简称为“小斧”后，按他自己的喜好给斧高起的昵称。不过家人在场时，在用人名字后面加个“儿”字会被斥责，所以长寿郎只在两人独处时这么称呼他。

“你为什么会在这里……”

惊讶之余，长寿郎露出怀疑的表情，细细审视着斧高的脸庞。但他见斧高一句话也说不上来，只有身子不断轻颤，神色又转为不安。

“不要紧吗？还认得出我吧？什么也不用怕，不用担心，好不好？”

听到温柔的话语，斧高才勉强点了点头。

“我明白了，你是偷偷跟来的。”

斧高再次点头。原以为一定会被痛斥，也做好了心理准备，可长寿郎只是脸露苦笑。见到这样的笑容，斧高不禁安下心来。

"果然那时候少爷没有发现我吧？"

问完斧高就后悔了，因为这无异于特地告知长寿郎，他看到了他的裸体。

（糟啦……）

长寿郎耿耿于怀的就是身体孱弱，虽为男子，却只有弱不禁风的体格。果然他神情大震，浮现狼狈之色。

"啊！但、但是……我、我没看。因为我马上就把眼睛移开了……"斧高惊慌失措地否认道。

长寿郎脸上泛起些许笑容："好了，没关系。我只是没想到旁边藏着人，而且还是你，所以有点吃惊……"

"真是太对不起了。"斧高深深地低下头，道了歉。

这时，长寿郎用稍显焦急的语气问道："别管这些了，你有没有看到妃女子？她应该到这儿了……"

"看到了，是在长寿郎少爷你后面来的。"

"我就说嘛。那么她在井那里做完祓禊后，进媛神堂了吗？"

"我并……并没有一……一直盯着。"

斧高不由自主地低下头。因为他怎么也不愿让长寿郎意识到，自己偷窥了他俩的祓禊过程，也就是他俩的裸体。

"嗯，这我知道。你是担心我们俩才跟来的，对吧？"

斧高想说不是两人，他只担心长寿郎一个人，不过还是柔顺地点了点头。

"这么说，妃女子确实进了媛神堂，对吧？"

"是的。可、可是……"

“可是？”

“出现了……首、首无！”

“什么……”

前言不搭后语的斧高，开始以亢奋的语气描述第一个“妃女子”化为“首无”的情景。

“等、等一下，你的话我不太明白。你再缓一缓神，好好按顺序说，不然……嗯，怎么办呢？这样吧，你能不能从离开祭祀堂的时候说起呢？做了什么，看到了什么，边回忆边告诉我，不要慌，慢慢地想。”

在长寿郎的谆谆善诱下，斧高从躲到北鸟居边的石碑后开始，讲述了自己的活动和亲眼所见的一幕幕。说到长寿郎被禊那一段时他支吾起来，不过长寿郎百般鼓励，还提了一些推动话题的问题，好歹让他过了这一关。

“原来是这样，你就躲在那棵树的后面啊。”

长寿郎的语气中毫无责怪之意，他的脸上浮出苦笑，就像是哥哥发现了年幼弟弟的恶作剧。但是说到第一个妃女子，也就是首无时，他的表情立刻严肃起来：“嗯……你会不会在树后没留神睡着啦？”

“没……没有！”长寿郎的话外之音在暗示这是他睡迷糊时做的一场梦，斧高当即予以否认，“我清楚地……不、不……也许是模模糊糊看到的，但我确实看、看见了首无……我是说，一个没有头的女人。”

“那人还裸着身子？”

“是、是的……”

长寿郎沉吟片刻，说“第一个妃女子姑且不管”，催促斧高讲述第二个妃女子的情况。

（少爷不信我的话……）

愕然的同时，斧高感到无比寂寥。不过，总之现在还是先来讲讲进入媛神堂的妃女子吧。因为他自己也承认，两者相较而言，第二个恐怕才是真正的妃女子。

“也就是说，小斧儿确实看到妃女子提着灯笼进了媛神堂啊。”斧高原原本本说完后，长寿郎自言自语似的轻声嘀咕。

“如果那个不是首无……啊不、不是淡首大人的话……”

斧高觉得第二个是妃女子没错，但还是不能不把这个残留在心中的可怕疑念说出来。

然而，沉着脸似乎正在思考斧高所言的长寿郎，此刻再次苦笑起来：“我想不会。”

“为什么呢？”

“如果是淡首大人，进了媛神堂就一定会返回媛首冢吧？”

“啊，对啊……但、但是，会不会是首无？”

“也不会。因为你看，不管是淡首大人还是首无，都进不了那座荣螺塔。”

长寿郎曾经对他说过，塔是驱魔的工具。先前他还在回忆这段往事呢，却一时疏忽忘得一干二净了。

不过，长寿郎否认之余还是沉吟起来：“或许它们可以登上荣螺塔？但不能下塔走到婚舍。所以荣螺塔能够消除灾厄。这么想的话，灯笼光在塔顶消失也……”

长寿郎的语气像是在自问自答，他的视线也投向了问题的焦点：

荣螺塔。

“长寿郎少爷……”

“啊，对不起。这件事还是搁一搁吧，问问甲子婆会比较好。而且，听了你刚才说的这些，我明白了，从你注意到妃女子从参道过来，直到她在井边完成祓禊礼向媛神堂走去，视线始终没有离开她。是了，虽说你确实可能处在恍惚状态，但如果途中妃女子和某人——姑且不论是淡首大人还是首无——互相替换，你无论如何也会注意到，对吧？”

“嗯……是的，没错。”

斧高心想，若是淡首大人或首无，或许能瞒过自己和妃女子互相替换……不过他没吭声。

“也就是说，把走进媛神堂登上荣螺塔的人看成妃女子，我想不会错。”

“那个……长寿郎少爷为什么会……”

“嗯？啊，你想问为什么我会出来吗？我在前婚舍的里屋——”说着，长寿郎回头指向亮着灯的前婚舍，“从这里望过去，正好被那棵大树挡住了。我在里屋等妃女子，她会在中婚舍过夜，因为睡觉时间还早，我想找她说说话。这时我听到了踩着玉砂利的脚步声，你看，夜里境内不是很安静吗？虽然声音不太清晰，但完全能让人察觉到。”

斧高抚胸暗想，幸好没去偷看御堂。

“我仔细听了一会儿，不久就有声音从荣螺塔那里传来。我就想是妃女子来啦。但总觉得很奇怪……”

“因为有上塔的声音，却一直没听到下来的……对吗？”

“是，就是啊。我心想这是怎么回事，就走到荣螺塔下，向上面呼唤了几声。但没有任何回音。我想这还真是奇怪，就上了塔顶，结果一个人也没有……只有一盏熄灭的灯笼孤零零地滚落在地上……啊。”

听到最后的“啊”字，斧高无端打了个寒战。

“我想她不会是忘了拿什么东西，所以回媛神堂去了吧？可这样的话，按理会听到从对面下去的动静啊。但是我只听到她上来时的声响，而且，扔掉灯笼下塔绝对不正常。再说了，她应该有火柴，就算是火灭了也能点着。”

“是啊。”

“为慎重起见，我还是去媛神堂看了一眼，不过那里也没人。我想这样就只好上境内找了。正打算先去井那边，就看见参道上有个人影，可把我吓到了。”说到这里，长寿郎频频打量着斧高，“因为压根儿就没想到会是小斧儿，说实话，我还很害怕呢。怎么看影子都小小的不是吗？所以我想该不会是淡媛的随身侍童，跟淡媛一样被斩首处死的那个……就是有些人说是首无原形的那个出现了……”

“对、对不起。”

“好了，没关系。目前的情形让人摸不着头脑，但多亏有你在，我胆气也足了。”

六岁小孩的在场究竟能带来多少慰藉还是个疑问，不过长寿郎的话让斧高满心喜悦。他真的好开心，虽然心里害怕，但还是跟到了这里，一直坚持着没逃走，实在是太好了。

这么一想，期盼为长寿郎效力的情绪越发高涨了。

“妃女子小姐是从哪里的窗子出去了吧？”

“窗子？是说荣螺塔或媛神堂的吗？”

“嗯。”

“呃……这不可能哦。”

斧高刚在心里自夸这想法还真有见地，就被长寿郎一口否决了。

“从荣螺塔顶下来，穿过走廊直到媛神堂，根本没有人可以出入的窗子，全都安装着木格。从荣螺塔到婚舍也一样。换句话说，从媛神堂到婚舍，整座建筑群的出入口只有一个，就是媛神堂正面的那扇对开型格子门。

“……”

“从妃女子进入媛神堂到我出来为止，你一直盯着御堂正面？”

“是、是的，不会有错。”

“那么妃女子就是在那座建筑里消失的。说得更准确一点，是在荣螺塔顶……”

“说到荣螺塔的顶部，那里的窗子好像没有木格……”

斧高指出的这一事实，让长寿郎不由自主地抬头向塔望去。不过他马上再次面对斧高，说道：“嗯，北侧和南侧有窗，两边确实都没有格子。但是从那么高的地方翻出窗，然后该怎么做呢？”

螺旋梯那歪斜的顶棚配合内部的斜道，在塔的外围蜿蜒而下，使塔犹如被蛇缠身。因此乍眼望去，从斜道上端的窗口翻出，沿顶棚攀下地面也似乎可行。但顶棚不宽，而且向外侧倾斜得厉害，可想而知，由此攀爬而下不是易事。

长寿郎用斧高也能理解的话做了如上说明，又续道：“还有一个可能，妃女子发现了你的存在，知道从北侧窗口出来会被你看到，于是选择从南侧窗户出去。可就算是这样，因为顶棚是围着塔身绕圈而下的，所以她绝不可能不在北侧现身。要是有人在螺旋梯的顶上走动，天色再怎么黑，站在这里面对媛神堂的你，应该也不可能看漏吧？”

“那么别的婚舍呢？如果妃女子小姐脚下不出声，从荣螺塔顶悄悄下来，躲进了中婚舍或后婚舍的话？”

“以防万一，我两个地方都去看过，但都没有人。”

“可是，假如妃女子小姐在后婚舍，趁长寿郎少爷进入中婚舍的当口转移到前婚舍，她就能避开你。再说了，妃女子小姐也会想到吧，长寿郎少爷从中婚舍出来，检查完后婚舍后，会直接走上荣螺塔。”

“小斧儿，你真的很聪明。我在你这样的年纪时，不可能想到这些哟。”

“不、不……我哪有……”

斧高害臊起来，长寿郎微笑着对他说：“可是呢，就算妃女子能在御堂里避开我，也有办法从御堂脱身，但她走在玉砂利上还想悄无声息是不可能的吧？”

“啊……”

“在我出来之前，有过那样的脚步声吗？”

斧高用力地摇着头：“起先是长寿郎少爷你去了媛神堂，然后妃女子小姐也去了媛神堂。我只听到了这两次脚步声。”

“也就是说，妃女子要从那个建筑出去，就必须突破小斧儿的目光和玉砂利的双重封锁。”长寿郎再次强调了这一点。只是，他随即沉吟道，“啊，这么一来，搜查境内不就有点奇怪了吗？可是……”

长寿郎说这话也许是因为他虽然觉得不可能，但要是不承认妃女子已离开建筑，又能怎么想呢？

这时，斧高揣摩着长寿郎难以释怀的心情，试探着问道："少爷打算怎么做呢？要不我们俩这次从媛神堂走到荣螺塔，再搜索一遍？如果两个人，还能完整检查三套婚舍。"

斧高知道自己陷入了奇诡无比的境况，也感到莫名的恐怖，但一想到将和长寿郎一起走进御堂，只有他们两个人，心里就怦怦直跳。

"不，还是先搜查一下境内吧。也许会有疏漏，但御堂和塔我都大致看过了，而且正面的格子门也从外面上了锁，谁也不能进出，等会儿再查也没问题。"

然而长寿郎的回应让他很是沮丧。虽然自己也觉得这样未免失之轻率，但就是无法自欺欺人。

"那么从哪儿开始找呢？"不过斧高迅速调整了心情，考虑到长寿郎在十三夜参礼中的立场，必须尽快找到妃女子。

"从井开始吧。我想应该不会……但以前毕竟发生过那样的意外……"

长寿郎告诉斧高，明治初年，身为继承人的男孩在十三夜参礼的进程中坠井，折颈而死。

"当然妃女子被禊完毕后直接往媛神堂去了，所以不存在这个可能，不过还是看一眼吧。"长寿郎微微摇着头，但仍朝井的方向走去，斧高也慌忙跟进。

"那边湿了，我们从这边走。"

长寿郎避开两人浇过水的井北侧，从东面靠近，就在他把灯笼探向深井中的一瞬间——

“别看！”他当即收回灯笼，大声喝止。

然而，虽然只是匆匆一瞥，在他身边一起向井里窥探的斧高还是看到了。

井狭长幽暗，两条白皙的腿从井底积存的水中向上方孤零零地伸展着……

第六章
十三夜参礼相关人员的活动

一守家的妃女子在十三夜参礼中不幸坠井身亡——高屋敷接到这一惊人消息，已是仪式翌日午后的事。

一瞬间，强烈的悔意向他袭来。昨晚从东鸟居口走上参道的途中，心中曾感不安，果然当时应该去境内探探情况。

然而自责不已的高屋敷赶到一守家后，等待他的却是让人错愕的一幕，以至于身为警官而产生的愧念，顷刻间就被抛到了脑后。因为他们已经在为尸骨未寒的妃女子操办葬礼了，真是令人难以置信。

一问才知道，昨晚临时守夜结束，今天就是正式的葬礼。即使死在盛夏，通常也不会这么早下葬。何况眼下只是仲秋，从最近的气候来看，遗体多放一两天也不至于腐败。对了，最重要的问题是，妃女子明显死得不明不白啊。

“请、请等一下。下葬之前必须查明死因。”

高屋敷被引入备有桶墩[1]的客厅，面对这极为反常的一幕他怔立片刻，随即恢复了常态，要求中止葬礼。

然而——

“有什么好查的？妃女子是坠井而死，也就是意外死亡！”

富堂翁一声喝问，就轻而易举地断了他的念想。当然了，高屋敷告诉他，是不是意外死亡必须经过验尸才能判定，不能跳过这道程序

1. 桶墩：日文原词为“座桶”，圆凳的一种，也有八角形。我国古代的鼓墩由于外形似鼓而得名，因此把外形似桶、有盖空心可盛杂物的“座桶”译为桶墩。中文的“座桶”为汽车用品。

擅自出殡，但富堂翁一点也听不进去："你不用操这个心。终下市警署那头我会好好解释的，这总没问题了吧？"

不过，高屋敷还是不肯罢休，于是富堂翁烦不胜烦似的摆出了驱赶苍蝇的手势。

"但就算您这么说……"

这种不合情理的事搁在秘守的一守家，无疑是行得通的。然而想来想去，他毕竟是负责媛首村北守的派出所巡警，全面了解本地发生的案件是他的职责，哪能放任自流。

他斟酌着措辞，开始解释非验尸不可的理由。但刚开口，富堂翁夹杂着咳嗽声的怒吼，就气势十足地响彻了客厅。

"我才不会听你、你这个小喽啰的指、指示！有什么不、不满的话，把你们署长叫来！"

高屋敷环视着鸦雀无声的室内，不无迟钝地发现这里只有一守家的几位主要成员。匪夷所思的妃女子葬礼让他吃惊过度，所以没留意在场者的身份。

（二守家和三守家谁也没来，恐怕是故意没通知他们。这、这实在是太反常了……）

他愣愣地注视着一守家的众人，这时藏田甲子语带哽咽地开了口：

"巡警先生，这是昨晚上的事，妃女子小姐遭飞来横祸，老太爷也为这事悲伤不已。当然老爷和夫人也是。而且，事情本身就够叫人伤心的了，偏偏还发生在十三夜参礼上。"

"是啊，这件事真让人痛心，简直不知道该怎么表达我的哀悼……不过，由于是意外死亡……"

事已至此，高屋敷便想说服对富堂翁颇具影响力的甲子婆。然而，也不知甲子婆有没有听进他的话，她只是继续说道：

“对对，就是说啊！十三夜参礼竟发生了这样的不幸，所以老太爷，还有老爷和夫人想尽早吊唁妃女子小姐。我想好心肠的高屋敷先生非常能体谅这种心情吧。”

“当然，我能理解，不过——”

“真是感激不尽！老太爷您瞧，毕竟是守护咱们北守的巡警先生，多为咱一守家着想啊。”

“啊，不，我……”

之后，藏田甲子用滔滔不绝的言语和哀泣战术，彻底堵住了高屋敷的嘴。更过分的是，无量寺的住持刚念完经，他们就慌忙出殡了。趁着这势头，当天日落前遗体即告火化，连骨灰坛都被送了回来，整个过程完成得干净利落。

（怎么看都很奇怪……）

高屋敷起先对一守家的态度愤愤不平，没多久也渐渐感到心里发毛。

的确，当事人在十三夜参礼中坠井而死，一定会引发大骚动。特别是二守家和三守家会借机生事，说出种种讽刺挖苦的话来吧。所以站在一守家的立场来看，采取近乎密葬的形式可谓顺理成章。高屋敷也能理解。

（但话虽如此……）

这也太反常了吧！看上去他们就是想尽快把遗体送出家门火化掉。

（对了，为什么是火葬？）

这一带盛行土葬。死于传染病的患者遗体才会被送去火葬吧。不，还有一种情形，就是那些被认为是因异类附体、作祟或诅咒而死，直接安葬会祸及亲族的死者……

（不、不会吧……）

高屋敷念及一守家众人恐惧的是什么，陷入了极度的不安。

（不过，只是因为这个……）

他刚要否定，却又忆起十三夜参礼的本来意义，于是不再多想。况且，最关键的遗体已被火化，事已至此说什么都没用了。

（现在自己能做的就是查明仪式中发生了什么事。）

葬礼翌日高屋敷再度前往一守家，胸中唯有这一决心依然清晰。他怎么也不能视若无睹、安之若素，不然就是在否定北守派出所巡警的存在意义。

话虽如此，对方可是富堂翁，所以他心情颇为忐忑。因为富堂翁一声令下，就能让他卷铺盖走人。但他仍想尽忠职守，故此奔赴一守家时，抱着相当悲壮的决心。

然而，总和高屋敷针锋相对的富堂翁却爽快地答应了他的请求：“啊，这个没问题。尽管查吧，直到你满意为止。我呢，也会吩咐大家协助你。”

拉开架式准备迎接恫吓的高屋敷一阵失落，同时，难以言喻的寒意也油然而生。

“多、多谢了。”

但他还是郑重地道了谢，随即对十三夜参礼当晚发生的事，从兵堂、长寿郎、藏田甲子、佥鸟郁子到躲在现场附近的意外目击者斧高，乃至把妃女子尸体从井里打捞出来的用人们，一一进行了询问。此外，又添上南守派出所佐伯巡警的证词和他本人在东守遇到二见巡查长与二守兄弟时的谈话记录。

最后，他归纳整理了十三夜参礼主要相关人员的活动，列表如下：

十三夜参礼相关人员活动

六点半	一守家的兵堂、长寿郎、妃女子、藏田甲子、佥鸟郁子和斧高，进入北鸟居口旁的祭祀堂。
六点五十分	高屋敷拜访祭祀堂。 佐伯从南守派出所出发前往南鸟居口。
六点五十五分	高屋敷巡视北鸟居口一带。
七点	高屋敷前往东守派出所。
七点到九点	佐伯从南鸟居口进入媛首山，巡视至参道途中再返回石阶，如此这般往复巡逻。
七点多	长寿郎离开祭祀堂，进入媛首山。 斧高尾随长寿郎，进入媛首山。 二见从东守派出所出发前往东鸟居口。
七点十分	高屋敷来到东守派出所，确认二见不在后，前往东鸟居口。
七点十五分	长寿郎来到井边，进行祓禊仪式。 斧高藏身在境内入口处前的树后。

	妃女子离开祭祀堂，进入媛首山。
	佥鸟郁子通过祭祀堂的窗户开始监视北鸟居口。
七点二十分	长寿郎进入媛神堂。
	高屋敷赶赴东鸟居口的途中，遇到二见和二守家的纮式。
七点三十分	高屋敷在东鸟居口遇见二守家的纮式。不久二见赶到。
	妃女子（第一个）来到水井边，但片刻后消失。
七点三十五分	妃女子（第二个）来到水井边，进行祓禊仪式。
七点四十分	高屋敷从东鸟居口进入媛首山。
	妃女子进入媛神堂。
七点四十五分	婚舍里的长寿郎觉察到有人正走上荣螺塔。
七点五十分	长寿郎登上荣螺塔顶。
七点五十五分	长寿郎从荣螺塔走入媛神堂。
八点前	长寿郎检查完媛神堂。
八点多	长寿郎走出媛神堂，遇见斧高。
	高屋敷在境内听到动静，像是人声。
八点十分多	长寿郎和斧高发现了落井的妃女子。
八点二十分	斧高返回祭祀堂，把妃女子的事故告诉众人。
八点四十五分	兵堂、长寿郎、藏田甲子、佥鸟郁子和一守家的两个用人——溜吉和宅造赶到井边。
九点多	捞起妃女子的尸体。

谁也不会经常看表，所以只是粗略的时间。为了尽量直观易懂，以五分钟为单位记录，没想到整理得那么顺利，高屋敷十分满意。不过越看这张亲手制作的时间表，他就越是烦恼，不知道自己应该如何展开思考，也不知道媛首山中究竟发生了什么……

葬礼后的第三天傍晚，高屋敷结束例行巡逻回到派出所，先写完日志，然后抽时间浏览了晚报，再与妻子妙子共进晚餐。到这里为止，和平日的生活别无二致。不同的是，之后他就在矮桌上摊开“十三夜参礼相关人员活动”时间表，专心致志地思索起来。

妙子看到丈夫的样子，一边在矮桌上摆好茶碗，一边不动声色地讲述村里的气氛：“村民们好像还是一点也不安心。”

顺带一提，关于十三夜参礼中发生的意外，她已听高屋敷说了一遍。

有些派驻巡警，譬如二见，从来不对家人——哪怕是自己的妻子讲述工作方面的事，而高屋敷正相反。他当然不会什么都说，但只要是不妨碍公务的内容，他愿意积极找妻子谈论。因为迄今为止有不止一件事，让他感到妙子比他更好地融入了村庄的生活。换言之，一年来的经验让他意识到，绝不能小瞧妻子提供的家长里短。

“这也难怪。因为对村里人来说，这事发生在十三夜参礼就已经很可怕了，妃女子的葬礼又搞成那样。”

“死的真是妃女子小姐吗？”

妙子小心翼翼地在矮桌旁坐下。

虽说高屋敷常对她讲工作上的事，但她从未主动探听过，只是在丈夫开口时侧耳倾听。这大概是因为她对派驻巡警之妻的立场，有独到的理解。

“我想不会有错。”妻子罕见的发问令高屋敷吃了一惊。不过他现在特别想谈论案子的事。他怀有一种强烈的期盼，如果通过讨论可以得到破解这桩怪案的头绪，那就太好了。

“如果他们嘴上说死的是妃女子，但同时连长寿郎君也踪影皆无的话，我想富堂翁和兵堂等人的证词也就不能立刻采信了。”

“呃……因为也可能其实是长寿郎少爷死了，但为了隐瞒这一事实就说死的是妃女子小姐，以此欺骗村里人，特别是二守家和三守家的人，是吗？”

“嗯。因为无论如何，秘守家的继承问题对历代一守家来说都是最重要的事。他们会想方设法争取时间商议对策吧？”

“是啊。不过，两人虽说是双胞胎，但长得不算很像，妃女子小姐要假扮长寿郎少爷，可有点难——”

“而且长寿郎君从一开始就现了身，只有妃女子不见了。”

“死的果然还是妃女子小姐吧——”

“没错，可是……”

“还是想不通？”

“只有一守家的人——不，其实只有兵堂先生和甲子婆两人见过尸体，这一点很蹊跷。”

听了高屋敷的话，妙子露出诧异之色：“你是说，把遗体从井里打捞出来的那两位，什么都没看到吗？”

“下井的是溜吉，他只是把绳子绑在了死者的脚踝上，没看到脸。话说回来，只有膝盖以下的部分伸出水外，在那种情况下，根本不可能在井里确认尸体的身份。”

“但是捞上来的话，就算不想看也会看到啊。”

“似乎是宅造和溜吉用井那边的吊桶拉绳时，被兵堂先生怒斥说不许看他女儿的裸体。所以那段时间他俩一直闭着眼。据说被告之可以睁眼的时候，尸体已经包在席子里了。”

“兵堂先生的心情我非常理解。”

“这个地方……确实。但他们不报警还急着办葬礼，怎么看都很可疑。”

“你是指……不让任何人见到尸体的理由吧？”

高屋敷挽起双臂，仰望着天花板说道：“我设想了一个，妃女子之死不是意外，是谋杀，所以一旦见到尸体就会明白她是被害的。不过，一守家身为被害者亲属却要隐瞒此事，不是很奇怪吗？这里又出现了新的疑问。”

“而且，长寿郎少爷的话倒是能理解，但我怎么也想象不出杀害妃女子小姐的动机。”

“我想过，会不会是因为那天晚上很黑，凶手把两人搞错了，但还是说不通。即使不清楚十三夜参礼的详细内容，但只要是村里人，谁都知道先执行仪式的是男孩。换言之，如果目标是长寿郎君，凶手只要事先埋伏，袭击最早来的人就行。”

“那么搞错人的设想是不可能了？”

“是啊……而且被害者当时全裸，显然凶手知道那是妃女子才杀的人。”

“果然是谋杀吗？”

妙子的提问，令一直仰着头的高屋敷把目光移回至矮桌：“但是呢……至少秘守家的人都有不在场证明。”

“啊……？”

“不仅没有嫌疑人，连妃女子被杀的动机也毫无头绪。但是话说回来，疑点这么多，实在无法认为是意外。”高屋敷向妙子露出了束手无策的表情，“而且，就像你所喜爱的侦探小说里常见的那样，现场呈现出一种密室状态……”

第七章

从井中……

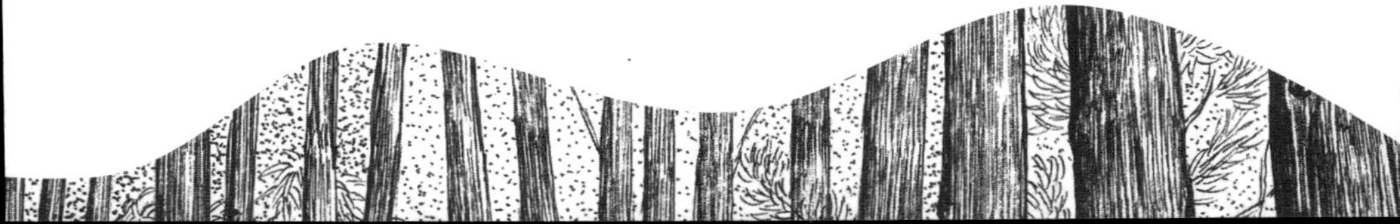

斧高拿着长寿郎的字条冲进祭祀堂的一瞬间，兵堂和甲子婆张口结舌，只是一脸诧异地盯着他。就连一向冷静，凡事无动于衷的佥鸟郁子，也微微吃惊似的瞪大了眼睛。

率先恢复镇定的果然还是甲子婆。

“哎呀……这孩子，怎么回这里来了？”

她用责备的目光瞪视斧高。不过，也许是立刻意识到发生了什么异常情况，若在平时，她一定会大声呵斥斧高，命令他回一守家，而此刻的她只是目不转睛地观察着斧高。

“唔，这个……是从长寿郎少爷那里……”

斧高也怕惹怒甲子婆，被她轰出去，急忙把长寿郎给他的纸片递了上去。这张写给父亲与乳母的便条，是爱好文学的长寿郎用身边常备的笔记本和钢笔完成的。

“长寿郎少爷——？”

甲子婆慌忙从斧高手中抢过笔记本的纸片，打开后和兵堂一起看。郁子也立刻站到两人身后看了起来。

妃女子落井。我让小斧儿给你们捎信。这不是谎话也不是玩笑。

长寿郎

纸片记载的内容如上。多半是长寿郎考虑到斧高突然在祭祀堂露面会显得不自然，所以在仓促之间想出了这些话。为了万无一失地让众人明白斧高绝对没恶作剧，他一定绞尽脑汁地想过如何传话为好。

“啊呀呀呀……”先是甲子婆惨叫起来。

“掉……掉井里了……还、还是妃女子……”紧接着，兵堂脸色变得苍白，嘴唇开始发颤。

“看来在顺利完成十三夜参礼前，发生了一直让人担心的事啊。”只有郁子的口吻中不含任何情感，像是淡然接受了长寿郎传来的信息。

祭祀堂被寂静所包围。甲子婆无力地瘫坐着，兵堂处于茫然若失的状态，郁子则用近乎冰冷的目光注视着他俩。只有斧高依次窥探着三人的模样。

“是不是带几个年轻人去井那边比较好啊？想想长寿郎少爷还一个人留在山里——”不久郁子平静地提出建议，也不知这话是对兵堂还是甲子婆说的。

“哎？啊，对、对呀老爷。长、长寿郎少爷还在呢。”

“嗯？长寿郎……”兵堂的反应有气无力，就像第一次听到一守家继承人的名字，不过一转眼他就一跃而起，“对、对啊，长寿郎没事。好、好吧，总之必须先把妃女子从井里捞出来。让溜吉和宅造准备一下。”

“明白了。小斧听好，你现在马上回一守家——”

斧高遵从甲子婆的指示一一照办，最终溜吉和宅造两人带着灯、绳和水桶等物赶到祭祀堂后，一行人向媛首山的水井进发了。

只有心不甘情不愿的斧高被甲子婆喝令老实回家待着。当然他只是佯装听命，其实一直悄悄跟在众人身后。每个人都只关注在参道行进的方向，所以尾随其后非常容易。走到水井附近时，斧高躲到最初打算藏身的石碑后，以便窥视众人。

长寿郎迎接这一行人，似乎先是向兵堂和甲子婆说明了情况。随后包括郁子在内的四人向井里张望了片刻。接着，甲子婆从带来的包袱里取出线香、蜡烛、念珠，甚至还有三具足[1]和拂尘之类的物品，当场完成了简单的超度。

兵堂等甲子婆念完经，叫来了溜吉和宅造，像是在命令他们下井用绳子绑住妃女子的双腿后再拉上来。

宅造给溜吉系上救生索。准备完毕后，围在井边的四人后退，换由他俩上前。先是溜吉跨坐到井沿，宅造再用双脚内侧抵住井外壁和地面的交界处，摆出着力叉腿站立的姿势。溜吉看着宅造的动作，等他一点头，便握紧绳子，双脚探入井中。接着，宅造一点一点地松开绳索，溜吉也缓缓地向井中降去。随着这样的反复操作，溜吉的身影逐渐隐没在井中。

过了一会儿……

“哇啊啊！”

井底扬起了溜吉的叫声。那叫喊在水井的细长内壁中回响着，化为毛骨悚然的声音传入了斧高的耳中。

“怎、怎么了？”

宅造不禁回喝一声。他看看手中的救生索，把目光移向兵堂，摇了摇头，像是在说能感觉到绳子那头确实有人。

“喂，阿溜，你怎么啦？不要紧吧？”

宅造继续发问，然而井下毫无回应。

1. 三具足：供在佛前的香炉、花瓶和烛台的总称。

“老、老爷……”

宅造像是在犹豫要不要拉起救生索，请求兵堂的指示。而他的主人听到溜吉可怕的惨叫声后，就像撞了邪似的，只顾盯着水井发愣。由此可见，谁都不想靠近水井，更不想往里面看。

“啊，把我拉上去！快、快把我拉上去！”

井下传出溜吉的叫声，语声中满是焦躁、恐惧与厌恶，似乎一心想尽快逃离现在身处的地方。

“知、知道了！马上就拉。可、可以拉了吧？”

同伴不同寻常的反应让宅造吃惊，但他恐怕也感到了事态不一般，竭尽全力拽起了绳。

不一会儿，只见从井沿伸出一只手，随即溜吉只靠腕力就爬了出来。他连爬带滚似的趴倒在地，呼哧呼哧直喘粗气。

“喂，喂喂，阿溜……这究竟是……”

宅造连声呼问，但对方只是脱力似的摇着头，说不出话。即便如此，他还是想起身，就在双手撑地、上半身坐起的一瞬间——

“呀呀呀！”溜吉发出女人一样的尖叫声，双手胡乱地敲打、摩擦、挥舞起来。

“怎、怎、怎么了呀……喂，阿溜！快给我振作起来！”

宅造抓住溜吉的双肩，使劲摇晃陷入狂乱的他。于是，好似附体异类被驱除一般，溜吉恢复了平静，就地坐下。

“怎么了，嗯？出什么事了？”

“毛、毛、毛……”

“毛？什么意思？”

“毛、毛发……是头发……而、而且还是女人的……长、长头发……”

“女人的头发？”

“嗯……我看到井水表面黑压压的一片，所以就伸手、手一探，结果数、数不清的长头发密、密麻麻地粘住了我、我的手……”

与溜吉视线相接的宅造，看来也发怵了。不过，也许是因为兵堂在旁不便吵嚷，宅造继续问道：“那……那么有没有拿绳子绑住两个脚踝……”

“啊，那、那个已经牢牢绑好了。没、没问题的。不会有事。”

溜吉晃晃悠悠站起身，又向兵堂报告了一遍情况。

然后，他们让捆绑在尸体脚踝上的绳索的另一端穿过井边的滑车，完成了打捞的准备。

“如果是在祓禊过程中掉下去的，妃女子很可能没穿衣服。你们两个，给我闭上眼睛！直到我说行了为止，知道吗？”

兵堂傲慢地下达命令后，动动身子示意两人拉绳。

被要求闭眼的明明是宅造和溜吉，然而只因命令出自兵堂之口，就让斧高情不自禁地感到自己也必须遵从。这也许是雇工心理在作怪，因为他小小年纪——不，是自幼就替人打杂干活了。

不过，唯独此刻另当别论。斧高反而没有闭眼。这并不是因为他有意违抗兵堂，只是出于纯粹的好奇心，而且还是一种想要窥探恐怖事物的心理。然而，随着绳索一点点地被拉上来，他又胆怯起来。啊，不行啊，不行了不行了，不快点闭眼的话，天知道会看到什么东西……

在祭祀堂时冷静如常的郁子，也和他有着相同的感受吧，中途就把脸背过去了。兵堂似乎也不想看到尸体，姿态僵硬地欲从井边离开。直面现实的只有用双手铺席的甲子婆。

没多久，井中出现了垂吊在绳端的脚踝。两旁的柱上各悬挂着一盏油灯，在火光的照耀下，脚踝呈现出令人遍体生寒的惨白色。小腿、膝盖、大腿、臀部依次出现的时候，斧高不由自主地转开了视线。因为尸体的皮肤上密密麻麻地粘着长发，就像被无数诡异的吸血虫吸附在身上一样。

（那……那是什么玩意儿……）

这一幕让人心惊肉跳，斧高甚至感到恶心。

（那是从妃女子小姐头上脱落下来的吗？）

自然脱落的话，量未免太多。但话又说回来，很难想象是她自己剪下来的。

（是被别人剪下来的？可是，为什么要剪头发呢……）

想到这里，斧高的脑海中浮起了一个荒唐的念头。

（不是剪掉头发……没准是因为砍头时连带着把头发也切断了……）

斧高在石碑后正打着哆嗦，井那边传来了嘈杂的人声。抬眼一看，原来尸体已被包入席中，搬运的准备工作正在进行。

（不先一步赶回家，就真的要被甲子婆责罚了！）

一念及此，斧高的战栗平息了下来。在众人走上参道前，他敏捷地离开石碑，蹑手蹑脚地回到石板路上。就这样压着脚步声，直到拉开了一定的距离，确信没问题以后，才如脱兔一般撒腿飞奔而去。

这一夜，斧高在梦中走上了媛首山的参道。婚舍里应该有长寿郎在等他。因此，虽说是在暗夜的深山中行进，他的步履依然轻快。忽觉身后似有异动，他打了个寒战，与此同时，那玩意儿踢哒踢哒踢哒地……逼近前来。他猛一回头，只见一个浑身长满黑发的无头裸女，双手探在身前，正向他冲过来。她全身湿漉漉的，好像刚刚浇过水。斧高自然是慌慌张张地飞奔起来，但不管跑了多久，就是跑不到媛神堂。眼前只有连绵不绝的石板路。右侧不时闪过井的影子，然而前方没有第二鸟居，也望不见满是玉砂利的境内。只有石板铺就的参道一望无际地延伸开去。而且，斧高不知为何总觉得那口井绝对不能靠近，所以无数次视若无睹。但持续的奔跑使他渐渐疲倦，不一会儿就觉得口干舌燥，越来越难以忍受。当又一口井出现时，他忍不住跑了过去，然后向井中窥去——

之后的记忆已经模糊了。似乎有什么玩意儿从井底冒了出来……他好像被那玩意儿拖下了井……不，身体确实还残留着类似的感触，但他强迫自己别去回想。

（可为什么是妃女子小姐……）

翌日，斧高协助甲子婆匆忙准备葬礼的时候，只有这一个疑问在他的脑中盘旋。虽然从首无出现，到妃女子消失在荣螺塔又被人在井底发现，都是完全无法理解的异象，但最大的谜还是死者并非长寿郎而是妃女子的事实吧。

（当然长寿郎少爷平安无事，真是太好了，可是……）

模模糊糊漆黑一片的什么，在斧高心中滋生、逐渐壮大，几乎盖过了庆幸的心情。

（果然铃江说的那些怪话和这次的事……）

有关系！事到如今斧高才意识到这一点。

那是在十三夜参礼的前一天，吃完午饭，斧高被铃江叫到宅后的别栋仓库——又名不启仓。名副其实，那只是一座孤零零的旧仓库，家里人和用人一般都不会接近。

“我啊，今天开始就不在这里做了。”

可能是因为铃江那满不在乎的语气，斧高过了好久才理解话里的意思。然后他渐渐惊讶起来，问她是不是要回八王子的老家。

“有个从前常常出入一守家的人邀请我，问我要不要跟着他做事。所以我就打算去他那里。”

如果斧高年龄再大一点，也许就会询问对方是哪里人，做什么工作了。但当时的他光是接受铃江即将辞职离去的事实，就已经竭尽全力了。

“啊，这件事你可不能说出去啊。我对一守家的人说的是我要回老家。”

听铃江这样一叮嘱，他更不敢多问了。

“待在这里我已经烦透了！”铃江皱起眉头，对斧高的脸注视片刻，说道，“你是男孩，所以大概不要紧，这家的老爷……兵堂啊……”

铃江突然直呼老爷的名字，让斧高大为震惊。因为以前她即使在背地里说人坏话，也未曾直呼过秘守家的人名，除了妃女子和纮弌。

“那人就是个色鬼，最近我也老是被他骚扰……听说过去有很多女仆都选择忍气吞声，我可不干！我偏要走人给他瞧瞧。当然了，该我拿的东西我还是要拿的！”

生性好强的铃江情绪激昂，开始了一场热烈的演说。这在别的用人身上是不可想象而又令人难以置信的事情。

“你也在想我怎么可以反抗老爷呢，是吧？但谁都会有弱点，要说兵堂的话，当然就是富贵夫人了……表面上他是一守家户主，这个先不提，总之他一回家就只能对夫人俯首帖耳，而且老太爷也把他管得死死的。兵堂表面恭顺，其实对老太爷可是一肚子不满呢。不过他绝对不能违抗老太爷，你懂了吧？老爷这人，没啥好怕的。”

为什么她要对自己说这些话？斧高觉得匪夷所思。这一年来，铃江时不时就会把他拉到暗处，告诉他秘守一族或一守家的种种是非。不过斧高感到与其说这是对新人的亲切，还不如说她只是个话痨罢了，何况只有斧高才会对她掌握的情报表示出坦率的惊讶。他没有为此而讨厌她，虽然谈不上喜欢，但铃江也算是他为数不多的自己人之一。

（但她刚才的话和以前说的有些不同……）

似乎是察觉到了斧高的疑惑，铃江突然闭上嘴，目不转睛地注视了他一会儿：“你喜欢长寿郎少爷对吗？”

出人意料的话立刻让斧高感到自己双颊发烫。

“嗯，你是在那种情况下进了这个家，又是在甲子婆那种干练的老婆子手下做牛做马，难怪会仰慕长寿郎少爷那样的人……”

（不！才不是呢！）

一瞬间，斧高差点这样喊出口。同时他又很疑惑，如果不是，那么自己对长寿郎的这份感情究竟是什么……斧高扪心自问，却无法作答。

“你脸红什么？我话里又没什么奇怪的意思——好了好了，不管怎么说，这种事说给你听还嫌太早。”

铃江轻笑起来，兴致勃勃地观看斧高的模样。虽然没有受欺负的感觉，但有时斧高总觉得铃江是在戏耍自己。没错，就像现在这样。

不过，铃江随即露出少有的正经表情：“一守家在秘守一族中处于什么地位，还有继承一守家的男子有多重要，以前我都告诉过你吧？”

神态和声音的变化让斧高有点吃惊，但他还是柔顺地点了点头。

“所以长寿郎少爷将来也会当上一守家户主，然后成为秘守一族之长——你大概是这么想的吧？可到了那时，秘守三家也许会突然发生意想不到的大事哟。”

恭听完毕的斧高仍然一头雾水，只能呆望着铃江的脸。于是，虽然周围别无他人，但铃江还是压低了声音：“我告诉过你，兵堂是个色鬼对吧？那家伙找谁不好，居然还和二守家的笛子夫人有一腿，好像很久以前就开始了。那边年纪大些，但也就差三岁左右，所以……你看，纮弍少爷和纮式明明是兄弟，可仔细一瞧，你不觉得他们长得不太像吗？当然不光是长相，性格也是哦。纮弍少爷绅士风度十足，像二守的大当家，也就是纮达老爷。你再看纮式……哈，小小年纪就追在女人的屁股后面到处跑，你不觉得这德行和某人一模一样吗？”

骇人听闻的爆炸性消息。但对斧高来说，铃江的表述有点委婉过度，某些地方他还不能马上领会。即便如此，他也明白有些话是自己不该听到的。

“和后来生长寿郎少爷他们的时候一样，富贵夫人生下长子后，恢复得不好，所以变得体弱多病，夜里那种事也一定是……”说到这里铃江的话语突然含糊起来，大概是想到了斧高的年龄。不过她马上又继续道，“嘿，就算这样也生出了长寿郎少爷他们，证明兵堂骨子里就是一个淫棍啊。”

讥讽过后铃江又说：“你不是一直在夫人那里受虐待吗？自家老婆的性格变成那样的话，大部分当丈夫的都会倒向外面的女人哟。”

铃江采用了斧高也能理解的说话方式。

（她知道啊……）

比起兵堂厌倦富贵、和二守家的笛子通奸这些事，更让斧高吃惊的是铃江知道他遭受富贵的歹毒对待，却一直袖手旁观。

（但这也算正常吧……）

她也不过是个用人，非但无法警告富贵，连找人商量都困难。不，就算找人商量也是白费功夫，搞不好还会落个引火烧身的下场吧。

斧高的心理活动，铃江当然不可能知道。

“在这个家生活了十三年，我也明白了不少事。当然了，迷迷糊糊过日子可不行，而且有些事就算当时不懂里面的意思，后来也会想通。所以嘛，要是我觉得什么事有古怪，就会先记着再说。”

真是一段意味深长的开场白。紧接着，铃江开始述说一件更令人吃惊的往事。

“我不是详细地说过长寿郎少爷和妃女子出生那天的事吗？富贵夫人和甲子婆在别栋，兵堂在外面，我一直在暗地里张望。其实啊，当时我看到了一件很奇妙的事……不，应该说是让人心里发毛的事。”

“什、什么事？”

从她的说话方式中斧高嗅到了不祥的气息，不由得紧张起来。

“一开始妃女子出生，甲子婆通知说是女孩，但兵堂却笑了。那满脸的笑容真教人不舒服……你说是不是很反常啊？”

铃江死盯着他眼睛的行为，还有问出“你说是不是很反常啊？”时语声里透出的异样，令他的上臂起了一层鸡皮疙瘩。

“这位一守家户主本该一心盼望能生出继承家业的男孩，可他倒好，一听生下的是女孩居然笑了哎。”

斧高总觉得入耳的这些事他绝不该知道。不过，铃江话里话外透出的不可思议，斧高也能理解。甲子婆也爱唠叨秘守家继承人的重要性，听得他耳朵里都快磨出茧子来了。

“我啊，还以为自己看错了。可再怎么看，都觉得兵堂是在笑……然后长寿郎少爷出生了，甲子婆刚一通知是男孩，他的笑容唰地一下就没了。我呀，正在思量自己是否看到了不该看到的东西……顿时就打了个寒战。后来我想可别被兵堂逮着，才慌忙逃走了。”

铃江的身子颤抖着，看来是想起了那一刻的情景。

“兵堂的反应意味着什么呢？对我来说一直是个谜。嗯……就算现在我也不是很明白……但我觉得至少能肯定一点，那就是这件事给一守家的继承问题投下了巨大阴影。我想会不会是兵堂打算暗中对抗老太爷呢？当然还连带背叛富贵夫人。而且最近我还听说兵堂正和老太爷商量，将来要把妃女子嫁给纮弌。你可理解这个姻缘的恐怖之处？”

遗憾的是，斧高理解不了。不过或许是出于本能吧，他多少可以悟到这是极为可怕的事。

“据说每当大家快淡忘的时候，这个家就会有狂女出生。可兵堂脑子也不正常。他要做的事，简直和禽兽一样啊！”

铃江狠狠地抛出了这些话。她的眼神让斧高害怕。斧高不禁觉得铃江倒是有点精神失常。

"听好啦，这些事我只跟你一个人说。"说到这里铃江突然把脸凑过来，"因为你好像很看重长寿郎少爷，还有，今后你肯定要在一守家生活下去的。所以呢，我才决定告诉你这些事。明白了吗？光看表面可不行。凡事必然有另一面。特别是在这种老式家族，这种又夸张又烦人的家规代代相传的地方，将来有一天，那些规矩突然一垮——"

铃江猛地闭上嘴。斧高抬头一看，只见她脸色苍白地凝视着自己的身后。他回过头，惊慌一瞥间，似乎看到有个人影消失在了仓房后。

"你还……还是快走的好。要是甲子婆找你就糟了。我过些时候再回去。啊，这是护身符，送给你。刚才的话你就算不懂意思也要记住啊。等你长大了，自然就会明白。好了，那就多保重啦。"

铃江把装有护身符的小袋子递给斧高，匆匆说完一番话后，推搡着催他回主屋。

才过了一小时不到，铃江就在几个和她要好的用人的目送下离开了一守家。可能是斧高的胡思乱想，铃江最后似乎朝他这边瞧了一眼，但不知为何，斧高忽然感到再也不会见到她了。

翌日，十三夜参礼中妃女子坠井而死……

说是偶然也行，但斧高觉得其中存在着可怕的巧合。为什么死的是妃女子？斧高不禁感到，铃江的话里，不，是在那些话背后的背后，隐藏着令人恐惧的答案。

斧高甚至还预感到，妃女子之死其实是今后将会发生的真正灾难的开端，不久，他最喜欢的长寿郎也会被卷入其中，一场弥天大祸，将会笼罩整个秘守家。

幸运的是，他的忧虑并未马上成真。

然而十三夜参礼的怪事发生之后，斧高亲眼看到了甲子婆不知何故悄悄送饭菜到不启仓的可疑举动。不，不仅如此，他还看到了那个可怕的玩意儿……

8

第八章 四重密室

北守派出所的里室，与妻子隔矮桌相对的高屋敷因思路受阻而陷入了沉默。于是妙子确认似的问道：

“也就是说，可谓和一守家、二守家、三守家相关的那些人，在十三夜参礼期间一直都有不在场证明是吗？”

妙子的目的是借提问激励丈夫，再次开启他停滞不前的思路。高屋敷了解这一点，心下感激，于是决定配合她的意图。

“你听我说。假如真有罪犯存在，就意味着此人是从北面，或东面，或南面的某个鸟居口进的媛首山。而且，说到进山的时刻——”高屋敷一边把时间表指给妙子看，一边说道，“如果走北路，可能性最大的首先是一守家一行人进入祭祀堂的六点半之前，或六点半到我拜访祭祀堂的六点五十分之间。我在鸟居附近巡查，长寿郎君和斧高进入媛首山的七点前后，到妃女子离开祭祀堂、佥鸟郁子开始监视鸟居口的七点十五分之间也有可能，不过我觉得这段时间内众人的活动过多，对罪犯来说有点危险。”

“是啊。不过可以确定一点，假如罪犯利用的是北鸟居口，最晚也不会超过七点十五分。”

“是的。再看东鸟居口，我到达那里的七点三十分是最后时限。顺便说一句，这也是斧高目击到第一个妃女子的时间。至于南鸟居口，佐伯从七点起就守在那边了，所以罪犯必须在七点之前进山。”

“换言之，从六点半之前到七点三十分期间，所有人的不在场证明都成立是吗？”

“嗯，不光是这些。我们还要考虑什么时候罪犯能走出媛首山。就某种意义而言，北面从七点起，斧高就一直在‘监视’参道了。对了，有段时间他躲在树后了，所以是不完全监视，但他本人声称有谁经过他不会不知道。而且从七点十五分起金鸟郁子就已开始监视鸟居口，八点后长寿郎君又跟斧高会合了。而到从井里捞出妃女子尸体的九点为止，参道侧旁有六人之多。东面是我，南面有佐伯，各自巡逻参道直到九点。这样一来，罪犯从媛首山脱身的时刻，自然是在九点过后了。”

“但九点过后，每个人都有不在场证明？”

“是的。倒是七点三十分在东鸟居口被放走的纮式等人，直到九点多为止都没有不在场证明。这期间正是作案时间——”

“但讽刺的是，这段时间他们不可能进入媛首山……”

“对。按你喜欢的侦探小说的讲法，媛首山曾处于一种密室状态。”

“如果穿过日阴岭走西路呢？”

“那里确实没人监视。但不管打哪儿走都得绕个大圈子，而且那险峻的地形，哪是说过就能过的。”

“反而要费更多时间呢。而且多耗费的那部分时间，恐怕也弄不到不在场证明。”

“而且说不清好几个小时自己身在何处的人，一个也没有。所以应该认为罪犯没走西路吧。”

“从森林中穿过去是否可行呢？”

面对妙子的发问，高屋敷露出微微得意的表情：

“如果罪犯是从外面潜入山里的，自然很难确定进入的地点。但是呢，不管是谁最后总得走参道。根据我和佐伯调查的结果来看，参道上压根儿没有相应的痕迹。而斧高藏身的树后则清晰地留下了斧高的痕迹。”

“你调查的是秘守家的那些人吧？如果把嫌疑范围扩大到村里的所有人，又得另当别论了吧？”

“嗯，话是没错……”

“但这样一来就更找不到动机了。”妙子随即否定了自己刚提出的看法，“因为秘守家的孩子们和村民交流非常少，尤其是长寿郎少爷和妃女子小姐，他俩和别人的交往应该没有密切到会导致杀人的程度。”

“我也这么想。我一度怀疑，会不会是某个受二守家荫庇的村里人——不过我改变了想法，发展到杀人毕竟还是不合情理。”

“我说……”一脸谨慎的妙子似乎想要说些什么。

“什么？注意到什么的话，就尽管说出来。什么事都行。”

“我是在想，假设媛首山在推定作案时间内处于密室状态，那么首先要怀疑的就是当时正在山里的人……”

“啊……？”

“三个派出所的巡警在媛首山的三个鸟居口巡逻，这种事谁都不知道对吧？”

“对啊……”

“所以山里的人多半以为这里可以自由出入，想着就算警方看出这是一桩杀人案，也会认为罪犯是从外面来的……”

“等一下，要说在山里的人，只有长寿郎君和妃女子，还有斧高啊。”

“妃女子小姐是被害者。斧高也不太可能杀人，不是吗？”

“那么，是长寿郎君……”高屋敷面露惊愕之色。

“我当然也不想说对妃女子小姐下毒手的人是他。不过，探讨了这一连串的情况后，怎么看都对他很不利，不是吗？”

顺带一提，斧高接受问话时，高屋敷曾数次把他带进派出所。因为一守家有藏田甲子的严密监控，他无法畅所欲言地发问，斧高也似乎难以启齿。就在那段期间，妙子好像彻底喜欢上了这孩子。

“我没把详细情况告诉你，其实……”

高屋敷讲述了进入媛神堂的妃女子在荣螺塔顶消失的事。

“如果这只是长寿郎君的一面之词，也许我反倒会怀疑他。可是有斧高做旁证。长寿郎君确实能在媛神堂、荣螺塔或婚舍内杀害妃女子。可之后他就在斧高面前现了身，而且直到发现井里的妃女子为止，他俩都在一起，所以把尸体推下井的不可能是他。”

“长寿郎少爷姑且进入婚舍，留意着不被小斧高发现，偷偷出来躲在井边。然后杀害随后到来的妃女子小姐，把尸体抛入井中——”

“喂喂，这也太牵强啦。首先境内铺着玉砂利，再怎么轻手轻脚地走路，也一定会发出响声。而斧高只听到过两次声音，分别是在长寿郎君和妃女子向媛神堂走去的时候。而第三次是长寿郎君走出媛神堂，出现在斧高面前的那次。”

“换言之，长寿郎少爷有‘人在婚舍’这个充分的不在场证明。”

“而且，从妃女子在井边进行祓禊直到她进入媛神堂，斧高的视线就没移开过。”

“进入媛神堂的妃女子小姐，就那样从荣螺塔顶消失了？”

“嗯。当时的媛神堂、荣螺塔和婚舍也构成了一种密室状态。长寿郎君不可能作案。”

“是啊，建筑物还有小斧高的监视，加上包围着四周的玉砂利，御堂建筑群处于三重密室状态……如果考虑外来的罪犯，还得加入媛首山本身，这就成了四重密室。”

“啊，等一下，就算情况是这样，可你究竟为什么要说长寿郎君可能是罪犯呢——当然我知道，媛首山处于密室状态，所以疑点指向了长寿郎君。但他不是没动机吗？”

“长寿郎少爷倒是……”

有感于妙子意味深长的语调，高屋敷惊讶似的反问道：“嗯？怎么回事？”

“我在想，妃女子小姐可是有动机的……”妙子出语惊人。

“啊？你说什么？”

“不是长寿郎少爷想杀妃女子小姐，而是他险遭妃女子小姐毒手。换言之，长寿郎少爷出于正当防卫不幸杀死了妃女子小姐。慌乱中他想起了从前发生过的意外事故，也就是进行十三夜参礼的男子落井而死的那件事。于是他急中生智把尸体遗弃在井里，心想就算人们知道是杀人案，也会认为罪犯是从外面来的。”

“原来是这样。道理上能讲通，可是妃女子的动机呢？”

“看着富堂翁和一枝夫人，我就忍不住把他俩的关系和将来的长寿郎少爷与妃女子小姐重叠在一起。当然我觉得长寿郎少爷和富堂翁不同，他不会对妃女子小姐采取冷酷无情的态度。可妃女子小姐会对一守家严重至极的男尊女卑产生愤恨，不是吗？”

“愤怒在十三夜参礼之夜不由自主地爆发了——嗯，不是没这个可能。”

“这样一来，被杀的为什么是妃女子小姐，也就能说通了。”

“你是说，动机不是一守家的继承问题，而是别的问题？”

“只有男子受优待就是因为他们能继承家业，这么一想，也不能说是别的问题了。”

“是啊……不过，这样的真相也解释不了他们不给任何人看尸体这种不自然的态度啊。”

高屋敷回到了最初的大问题。

妙子窥探着丈夫的脸色道：“关于那具尸体，村里传出了一个让人心里发毛的流言，你知道吗？”

“啊，其实是无头尸什么的……对吧？我向富堂翁求证时，他大发雷霆，最后还要我去搜查逮捕传播谣言的人。所以我就没告诉他，据说这流言正是出自一守家。”

“是溜吉先生或宅造先生偷看到了吗？”

“我是这么认为的，也问了他俩，但都答说绝对没偷看。不过，就算他俩真看到了什么，也不会傻到承认吧。”

妙子发现茶杯空了，急忙往茶壶里注入热水。

“小斧高说，他看到的第一个妃女子小姐是首无，关于这一点……”

“他终究是个六岁的孩子，心里害怕所以看到了幻象吧。”

“你不觉得他年纪虽小，但其他部分的证词都一清二楚吗？”

“嗯？这个嘛，确实……那又怎样，难道你想说首无当真出现过？”

妙子轻轻摇晃茶壶，随后斟上茶，把茶杯递给丈夫，反问道：“小斧高说的第二个妃女子小姐，你认为确实是她本人？”

“大概不会错。因为她没做什么可疑的事，而且，至少脖子上面还有头。相较而言，第一个——好吧，假设真是有那么一个人——不但没有头，最后还消失不见了。要问哪个是妃女子，自然是第二个吧。”

“说的也是。不过，既然认定第二个人是妃女子小姐，那么第一个人与其说是首无或小斧高的幻觉，还不如理解为一个身份不明者比较好吧。”

“什、什么？你是说真的还、还有一个人？”

“从尾随长寿郎少爷的小斧高进入媛首山，到妃女子小姐离开祭祀堂的十几分钟里，有人通过北鸟居口进了山。这么想的话，大致能说通。”

“假设斧高、某人、妃女子依次在参道上走过，那么确实和斧高的目击证词一致……但是，真有这么一个人吗？最重要的是，这个人会是谁呢？”

“听起来可能有些轻描淡写，但我也认为以秘守家的人为对象开展搜查是正确的。”

“啊？哦哦……”

“只是，我认为搜查对象还应该包括秘守家的几个用人——”

“用人——难、难道是铃江吗？”

“据我所知，在十三夜参礼前后出过村子的年轻女子，只有一守家的铃江。况且她还是在仪式前一天请辞的。还有，她已经十九岁了，个子却很矮小。”

“也、也就是说，不知怎地……落井身亡的不是妃女子而是铃江。兵堂先生和藏田甲子谎称是妃女子死了。但一旦有人见到尸体，谎言就会被揭穿，所以才不给任何人看——你是这意思？”

“那样的话，逻辑上大致能讲通。”

“嗯……但是，他们有什么必要谎称铃江是妃女子呢？不，首先我想问的是，铃江为什么会闯入十三夜参礼的现场？还装扮成妃女子的模样？”

“我不知道。”

妙子干脆地一摇头，令高屋敷有点失望。或许这是因为他虽然难为情，但下意识里还是期盼妻子能发表一些他自己完全没想到的看法……

但一瞬间，他的脑海中浮现出了一种解释：

“假设井里的尸体是铃江，那么妃女子可能就是罪犯。如果他们为了隐瞒这件事，最终把妃女子扮成了被害者……”

“你是说，兵堂先生等人在包庇妃女子小姐？但是，也许他们相信那具尸体真是妃女子小姐啊。”

“此话怎讲？”

“尸体没有头——如果这是事实，那么可能是妃女子小姐杀害了铃江作为自己的替身。换言之，是伪装成她自己被杀。当然我不明白动机是什么。难道是她不惜抹杀自身的存在，也要逃出一守家……”

“这不就是侦探小说里常见的加害者和被害者的替换吗？”

“嗯，这是无头尸模式里最基本的一种。”

意外的进展让高屋敷感到了疑惑，突然，他像是想起了什么：

“但是，假如第一个妃女子是铃江，那么她到达井边时，妃女子不是正走在参道的途中吗？而长寿郎君已进入婚舍。也就是说，当时只有铃江一个人。要把她推下井，那才叫谁都做不成呢。”

“可不是嘛。更何况，如果采信小斧高的证词，那么她不但没有头，还消失了……”

“消失嘛，可以看成是人掉进了井里。但这么一来，就只能认为是意外了。而且她还全身赤裸，在进行祓禊仪式，也不知道是为什么。”

“真奇怪。”

“啊，说起来她去参加十三夜参礼这件事本身不就很奇怪吗？”

“我说……关于你那个消失是因为人掉井里的设想——”

“嗯，怎么？”

“假设铃江落井是在小斧高视线游移的间隙，那么之后来到井边的妃女子小姐应该会发现吧。在她自己进行祓禊的时候。”

“对啊……她得用吊桶打水，所以如果有两条腿直愣愣地突出水面，光线再暗也会发现情况有异……这么一来，无论尸体是妃女子还是铃江，坠井或被抛入井中的时间才是问题之所在。”

“小斧高目送妃女子小姐时，光顾着看从媛神堂移向荣螺塔的灯笼光……可能就是这个间隙吧。”

“那时长寿郎君和妃女子可都在建筑中。你想说那天晚上媛首山里另有一个新人物，这个人才是真凶？”

“但是，相关人员都有不在场证明。所以不可能存在那样一个人。

没错吧？”

“啊啊，完全搞不懂了！”

眼看高屋敷就要往后倒下，横躺在榻榻米上。不过，他勉强忍住了。

“对了，斧高的证词里说到过吧，尸体上粘满了湿漉漉的长发。”

“嗯，就是你没能在溜吉先生和宅造先生那里问出的那件令人恶心的事。”

“他俩只是最低限度地说了些情况。”

“幸亏有小斧高这个目击者啊。”

“不过我们正为不可思议的情形头痛，也是托了他的福。”

“这……你要怪那孩子就太过分了。还是先说头发的事吧，后来怎么样了？”

“这个嘛，我一听说这件事就去检查了井的四周。查下来，确实找到了长头发，像是女人的。”

“啊……”

“怎么了？”

“铃江小姐的头发并不长。”

“那么，果然还是妃女子吗……”

“那么遗体也……”

“不过，头发明显是被剪断的。”

“换言之，也可以这么想吧，妃女子小姐为了伪装成自己被杀，切断了铃江的头，还剪下自己的头发撒入井中，想强调尸体是一守家的妃女子。”

“当然也能看成被害者是妃女子，头颅被割时连同头发也被切断了。”说到这里，高屋敷深深地叹了口气，“总之明天我去探探铃江的音信。”

“对啊，只要确认她平安无事，尸体就基本能确定是妃女子小姐了。”

“这样也许还能解释十三夜参礼中发生了什么。”

高屋敷特意把话说得强劲有力，其实他已经束手无策。不管井里的尸体是妃女子还是铃江，有一点不会变，那就是这桩离奇死亡事件充满了不解之谜。

为调查铃江在八王子的老家——天升杂技团，高屋敷发出了查询请求，三天后得到了当地警方的回音。事实上铃江并没有回去，也没跟任何人联系过。

等候回音的期间，高屋敷调查了媛首村主要出入口——东守大门近十天来的人员出入情况。结果查明没有一个像铃江的人出过村子。但这是否属实也很难说，因为只要她有意隐藏本来面目，就完全可以在不为人所知的情况下离开村庄。

高屋敷再度对相关人员进行问话，同时也在多方打探铃江的下落。但是，前者得不到新的信息，后者也是收获全无，因为所有人都回答说，除了回老家，想不出她还有别的地方可去。

事到如今，高屋敷已无计可施。由于此案被视为事故死亡处理，因此无法做任何正式搜查。而他也真切地感到，富堂翁对第二次问话十分不悦。如果他还要在一守家内外到处活动，恐怕富堂翁一定会向终下市警局的局长投诉。

（那样的话，我会不会被踢到某个更偏僻更小的村子呢？）

高屋敷并不害怕这一点。如果四处活动能获得新的线索，再怎么惹富堂翁生气，多半他也会独自调查下去。

（不过，就到此为止吧……）

高屋敷有一种奇妙的把握——有关本案的种种状况皆已明了。不过，由于“北守派出所巡警的职权范围内”这一条件的存在，他自然不会有什么成就感。他反倒觉得，某些事实自己还未能探明，只有铃江和斧高这种既身在一守家又是外来者的人才会明白……

晚饭后在矮桌上摊开“十三夜参礼中相关人员活动”表，一味沉思，已经成了高屋敷的例行功课。起初他也向妙子征求意见，但渐渐地，他把自己禁锢在了单独思考的世界里。

不久，高屋敷也接到了来自村公所军委会的征兵通知。

他慌忙走访以秘守家为首的村中主要人物，寒暄道别。在举行媛首村全村出征仪式的前一晚，他拜访了东守派出所的二见。由于南守的佐伯也被征调，留在村里的派驻巡警就只有二见一人了。光从年龄来看，通知的红纸[1]也到不了二见那里，所以高屋敷打算把今后的事托付给他。可以的话，十三夜参礼的那桩案子也——

以前高屋敷总觉得说了也没用，因此从未向二见提过。如今他把详细的调查结果和种种谜团，原原本本做了说明。二见作为同村的派驻巡警，即便北守不是他的辖区，也不可能对这件不可思议的案子漠不关心。高屋敷对此下了赌注。

然而，二见并未显出关心之色。他一边抽烟一边呆望着半空，也不知到底在不在听。

---

1. 红纸：因征兵通知令的底色为红色，故称“红纸”。

（果然托付给他是不可能的吗……）

虽然高屋敷早已充分预见到了这一幕，但还是沮丧不已。

就在这时。

“这案子实在太奇妙了！”意外的是，二见居然饶有兴致地回答道。

“可、可不是嘛。作为意外死亡处理的话，不觉得难解之处也未免太多了吗？”

“怎么说呢，因为其中也牵涉到政治上的考量嘛。以我们的立场，实在是什么也做不了的。”

这回应与二见的做派完全相符，令高屋敷的喜悦只持续了片刻。但即便如此，他还是觉得二见和平日有所不同，于是继续问道：

“巡查长认为那天晚上媛首山里到底发生了什么呢？”

“你会感到奇怪，是因为你盲目地相信每个人的证词吧。”

“此话怎讲？”

“既然被视为妃女子落井的那段时间内，没有人在山里，那么无论怎么想，这都是意外死亡。”

“但、但是，斧高看到的——”

“无头女和消失的妃女子吗？那当然是小孩编的瞎话啦。十三夜参礼中他偷偷地跟过去被发现，为了转移大家的视线好让自己不受责骂，就胡扯了一通。”

“不是的，不光斧高，连长寿郎君也听到了有人在境内玉砂利上行走的脚步声，以及登上荣螺塔的动静。根据事发前后的状况，那应该就是妃女子。至于她在塔顶消失的事，从两人的证词来看，可以说也是确凿无疑——”

“那个嘛，是因为仪式的紧张气氛让长寿郎产生了幻听呗。在那样的山里，那样的奇异建筑里等待妹妹的到来，然后觉得自己听到了什么动静，这也不奇怪吧？”

“嗯，也对……可、可是，斧高不像是会说谎的孩子——”

“那就是梦或幻觉吧。行了行了，斧高不就是个六岁的小孩嘛，在黑乎乎的山里还能保持神智清醒，那才叫奇怪呢。”

高屋敷终于认识到，对二见来说这根本就不算什么案子。不过让他略感惊讶的是，这绝非出于对秘守家的顾忌，而是二见作为警官所做出的判断。

（可以说这倒很像他一贯的作风。）

所以高屋敷也没感到特别不高兴。当然他认为不由分说就断定是谎言或幻觉的措辞有欠妥当，但二见以合理单纯的分析方式对案件所做出的解释，远比叫嚣“首无出现了，人消失了，现场处于密室状态”来得现实，所以也不能轻易否定。

既然如此，再寒暄两句，就早早告辞吧。高屋敷正想着，二见像是有话要说似的：“只是呢……”

“啊？”

“没什么，只是……我这种想法高屋敷巡警没有考虑过吧？”

“啊……我认为这确实是最现实的解释，不过完全视长寿郎君和斧高的证词为无物，我有点接受不了——”

“哈，何必顾虑那么多。明白地说一句‘你的解释就是得过且过主义泛滥’也无妨啊。这才像高屋敷巡警的作风嘛。”

“不、不是，我怎么会……”

高屋敷不解二见的真意，不知如何应对才好。

“如果接受不了别人的意见，自己去调查去思考不就行了吗？”

“啊？”

“我是说啊，不用像现在这样把后事托付给我，高屋敷巡警你就活着回到媛首村，对这个案子再来一次努力调查就是了。”

“……”

“本来嘛我应该说，既然身为警察，你更得为国捐躯、壮烈牺牲……不过还是算了，有一个像你小子这么奇怪的巡警，这世界也会变得有趣一点。”

“啊？”

“所以，你一定要给我活着回来！”

“遵、遵命！”

二见第一次把高屋敷送到派出所门外。在那里，二见向敬了最后一礼的对方缓缓地回礼：“这种案子对我来说负担太重了。但是呢，我在媛首村当了这么多年派驻警察，也不是白当的。”

“是。”

“所以啊，我总有一种感觉，将来会发生一场惨绝人寰的悲剧，而十三夜参礼的这件怪案就是序幕。”

“……”

“我总觉得只有你活着回来，解开缠绕在十三夜参礼中的谜，才能阻止这场悲剧的发生。”

“明白了，我一定会活着回来，解决这个案子。”

然而，高屋敷成功信守的约定只有一个。

为三年后高屋敷的复员由衷地感到高兴的二见，还没看到这位后辈解开十三夜参礼事件的真相，就在年内去世了。他把那根特制的警棍留给了高屋敷当纪念。出于男孩的天性，斧高常常显出想要的意思，但是高屋敷当然不能给他。因此，警棍一直被珍藏在北守派出所的置物架深处。

令人吃惊的是，据说当年已退休的二见一直留在村里进行私人性的搜查工作。虽然表面上回绝了，但他可能是在以自己的方式，牵挂着高屋敷向他托付后事的事实。不过二见并没有获得什么新线索，果然他就是那样的人啊。

七年后，即十三夜参礼的十年后，原巡查长二见的担忧在媛首山得到了华丽的应验。

首先拉开帷幕的是一桩极为诡异的无头杀人案。被害者的身份一开始就已判明，不知为何尸体的头颅却被切断，消失无踪了。

幕间（一）

再次移居此地后，我打算彻底放弃深夜写作的习惯，改为白昼写作。因为我真切地感受到，日出而作打开稿纸，日落而息搁笔休憩的生活在如此乡间最为合适。虽然起初也曾有过不安，不知自己能否轻易抛却积习。

于是在动笔起稿的那天清晨，我从北鸟居口步入媛首山，经由石板参道走到了媛神堂。从战时和丈夫一起来媛首村定居，到十年前离开这里，我几乎没有在那期间涉足这座山的记忆。对我来说，这称得上是一次胆战心惊的体验。不过，也许正是因此，我才能在回家后开始撰写第一章吧。步行在参道上时，我甚至感到自己不知不觉与三十年前潜入一守家十三夜参礼的斧高化为了一体……

然而在境内走动时，我被玉砂利绊了一下，险些跌倒。暗笑自己笨拙的同时，心里还是有点在意。因为这个小小的事故弄伤了我的右脚踝。脚踝……不，恐怕是我思虑过度了。假如我撰写这份文稿因而惹恼了淡首大人，遭殃的也一定是我的头。只伤了脚踝就慌里慌张的，真是又傻又教人害臊。

这样想着，我进展到了前一章……其实在《幕间（一）》开写前，我也是为了转换心情，决定去开垦后院。当我抡起铁锹时，这次是左手……是，是的，我伤了左手腕……当然了，我明白这是因为自己干不惯农活，但坦率地说，我总觉得瘆得慌。

话说德之真当年斩杀阿淡后，和前妻所生的两个孩子相继暴亡，新娶的妻子又接连生下两个无脑儿，本人也发狂而死。当时不光是颈部，家中还不断有人诉说自己的手腕或脚踝不适。

不光是颈部，手腕和脚踝也……

我竟然用这样怪异的段落作了开头。我在户外走了十分钟左右，现在刚把心绪稳定下来。不起眼的小伤就不提了，我要继续原先的话题。

战后数年，在美军占领下的混乱时期据说饿死了一千万人。而我的丈夫高屋敷元不仅安然复员，还能继续当他的北守派出所巡警。回顾那个饥荒肆虐的年代，就觉得实乃幸事，时至今日我仍心存感激。以服国民兵役的三守家户主克棋先生和由于学徒出阵制而被征兵的二守家纮弌少爷为首，村里的不少男子死于战场，每念及此我就格外庆幸。尤其是纮弌少爷，十三夜参礼过后没几天他就出征了。所以我总觉得，身为秘守家继承人候补之一的他，仿佛就在那件怪案的阴影笼罩下奔赴了战场。听到他战死的消息时，我心里产生了一种难以言喻的感受。

只是对高屋敷元来说，这真是一件好事吗？这个问题我总是无法回答。当然我不是指他从战场生还的事，而是指他再度就任这个村庄的派驻巡警。

复员不久，生活稳定下来后，我时常见丈夫入迷地研究一本笔记。那笔记汇总了战时一守家十三夜参礼事件中所有相关人员的证词，还贴有他制作的“十三夜参礼中相关人员活动”时间表。最初他只是晚饭后在矮桌上摆开，没过多久，就连工作时间也偶尔能看到这种举动。东守派出所的二见巡查长去世后，他那痴迷的劲头更是水涨船高。

当时，我的丈夫还不知道斧高从铃江处听来的关于妃女子的种种奇事。所以那个问题——死者为何不是长寿郎而是妃女子，令他头痛不已。他想不通的事数不胜数，譬如现场的密室状态和相关人员的不在场证明等，但最让他不解的还是被害者的选择这一点。

酒量不太好的丈夫一喝醉，常常会说这样的话：

“就算十三夜参礼事件是杀人案，就算承认是作祟，但为什么死的不是长寿郎君而是妃女子呢……也许一味地考虑秘守家争夺一守家继承权的因素，是绝无可能解决这桩案子的。”

然而他没有再往前展开推理。战后他一度打算再次搜查一守家，结果触怒了富堂翁，从此高屋敷再也没表露过对十三夜参礼事件的关心。无法获取新的情报和证据，推理停滞不前也是情有可原的。为了丈夫的名誉我得补充一句，我想他若是单身汉，想必会和富堂翁对抗到底，坚持搜查。就此放弃是因为他不想因失业给我带来麻烦吧。

不过当时，对我们夫妇——不，战后主要是对我——敬慕有加的斧高经常出入派出所，所以一守家的事不管多少应该都能从他那里打听到。不过我觉得，膝下无子的丈夫问完十三夜参礼当晚的情形后，除了把斧高视如己出之外，完全没有别的想法。他不会想到去向斧高刨根问底，打探一守家的情况。其实他不用那么顾虑，也可以像我一样，听斧高讲述他在一守家的生活，权当闲话家常嘛。

我常从斧高处听到乡下的老式家族独有的种种趣事。不过其中最有趣的，毕竟还是藏田甲子婆婆对双胞胎施行的各种咒术。媛首村当然也有一些源远流长的习俗，但富堂翁认为就凭村里的那些老一套，不可能抵挡淡首大人。他看中了甲子婆昔日的实绩，把她召来。换言之，她是接生和育儿的行家里手，对一守家来说，无异于守护长寿郎少爷的贴身侍卫。

斧高似乎对一守家的男尊女卑现象很吃惊，但以前到处都是这样。在近畿某地，假如出生的是男孩，人们会说“赚啦赚啦”；发现是女孩则会懊恼地说“赔钱货”。

首先我们可以看到，甲子婆从给新生儿第一次洗澡开始就男女有别了。给长寿郎少爷洗澡时，她拿热水沾湿的刀具贴住脖颈，进行第一次驱魔。相比之下，对妃女子小姐却只是拿热水洗了一下。在意脖颈自然是因为淡首大人的存在吧。洗澡水也不例外，给女孩的是单纯的热水，而给男孩的水里据说浸着用火箸夹来的炭火，还放入了漆树叶。连我都知道前者是为了防止烫伤，后者是用来驱魔的，但这些举措只对长寿郎少爷实施，使我不得不叹服“做得够彻底”。另外，关于漆树叶，有些地区放的是艾蒿或菖蒲。

甲子婆好像还施行过其他形形色色的咒术。譬如把媛神堂境内的玉砂利放在妃女子小姐枕边，却根本不近长寿郎少爷的身；很久以前她就给女孩准备了漂亮的红色襁褓，给男孩穿的却是她在产前一周随意订制的黄色褴褛衣；第一次把孩子带出门时，妃女子小姐的额头很干净，而长寿郎少爷的额头则被锅底的煤黑画上了叉叉——等等。

以上种种依我所见可做如下解释：玉砂利存在于境内，可视为媛神堂所属之物，所以甲子婆是想把淡首大人的注意力引向女孩一人。这和给女孩取名妃女子一样，是一种保护男孩的把戏。襁褓也是，一般给孩子穿上临产前缝制的褴褛衣是理所当然的，早早准备则被视为不吉。而且衣服漂亮的话，只会引来妖魔关注，所以人们多有忌讳。外出时弄脏额头的做法被称为“阿也都古”，说穿了，这也是保护婴儿之身免受鬼怪作祟的咒术。

也就是说，甲子婆不仅设置了守护长寿郎少爷的多重机关，还利用妃女子小姐充当他的替身。这些手段相当过分。妃女子小姐身为一守家的女孩却体弱多病，长大后言行举止也有点古怪，我觉得都能理解。虽说儿时的记忆难以留存，可做得如此彻底必然会对她产生某些影响。

这种行为在双胞胎第一次迎来三三夜参礼——也就是三夜参礼时——达到了登峰造极的地步。唯有那天，甲子婆把他俩做了交换。她把长寿郎少爷装成女孩的模样，把妃女子小姐扮作男孩。人们认为此举多半是出于以下考虑：万一淡首大人作祟，也会针对女孩而不是身为未来继承者的男孩。从仪式完毕后就恢复原样这一点也能看出，此判断不会有错。

如此这般，每逢有事发生，甲子婆就会设法守护长寿郎少爷。另一方面，她必然会让妃女子小姐承受本该殃及一守家继承人的灾厄。从双胞胎呱呱坠地、第一次洗身以来，这些事就贯穿于他们成长的全过程——

如今回想往事，我不禁感到，一守家这种过激的男尊女卑的现象里，蕴含着解开妃女子小姐之死以及后来那桩恐怖的无头杀人案之谜的关键。

然而斧高所述之事，当年丈夫只听到了一半，他一如既往地只顾盯着他的笔记本。

丈夫的模样令我忧心，但那段时间也是我开始创作侦探小说，一点一点地朝自己的梦想努力奋斗的时期。所以像战时那样，委婉地与丈夫讨论案情的闲暇日益稀少。我的目光完全移向了村外的世界。

战后，伴随着轰轰烈烈的创刊热潮，涌现出了一批侦探小说杂志。

早在昭和二十一年三月，筑波书林和岩谷书店就分别创办了《ROCK》和《宝石》杂志。以此为发端，是年五月TOP社创办了《TOP》，七月京都PROFILE社创办了《PROFILE》，十一月新日本社推出了《侦探读物》作为《新日本》的附刊。

翌年的昭和二十二年，四月有EVENING・STAR社的《黑猫》、侦探公论社的《真珠》、新侦探小说社的《新侦探小说》，五月有海鸥书房的《小说》，七月有ALLROMANCE社的《妖奇》、侦探新闻社的《侦探新闻》，十月有G-man社的《G-man》，十一月有犯罪科学研究所的《Who Done It》、极东出版社的《Windmill》，可谓盛况空前。

到了昭和二十三年，以东京PROFILE社创刊的《假面》为契机，同人志和研究性质的杂志也陆续诞生，对于经历过禁止发行侦探小说的战前和战中时期的我来说，真是迎来了一个梦幻般的时代。

然而由于数量庞大，这些杂志确实良莠不齐。其中我最关注的是《宝石》和《ROCK》。因为横沟正史先生从前者的创刊号开始连载《本阵杀人事件》，从后者的第三期开始连载了《蝴蝶杀人事件》。说起横沟正史，从前我有一种强烈的印象，那是一位浑身洋溢着妖气，颇具诗之美感的作家。《仓中》和《蜃楼物语》的唯美，《鬼火》的奇诡正是他的代表风格。由于先生突然致力于本格侦探小说的创作，我作为一介读者在关注他的同时，自身的创作欲望也受到了激发。

结果，我以媛之森妙元的名义，成功地在《宝石》杂志上发表了处女作，比江川兰子氏的出道作品晚了两年。笔名中，“媛之森”的创意来自媛首山，“妙元”则糅合了丈夫和我自己的名字。

丈夫很为我高兴。他似乎对含有自己名字的笔名也颇为感动。以出道为契机，我重新拾起了阅读侦探小说这个在婚后一度中断的爱好。如果没有发生新的案子，丈夫一定会自然而然地置身于十三夜参礼事件之外，不久就会将它埋入记忆深处吧。

但是，正如斧高幼小的心灵曾被不安所充斥一般，又如二见巡查长凭警察的直觉所预言的那样，十年岁月匆匆流逝，一守家再次遭受了灾厄的袭击。

从下一章开始，我打算转而记述战后发生的案子。

对了，在这之前，我要再度对素有“侦探小说狂”之称的那部分读者说一句。

采用无限接近第一人称的第三人称叙述方式，以小说体裁撰写本文，其实是为隐藏“一连串命案的真凶即高屋敷元”这一真相所设下的机关吧——如果你们怀有这样的疑虑，哪怕只有少许，也是大错特错。

我这么一写，或许有读者会感到纳闷：虽然你是他的妻子，但毕竟不是他本人，何以能下此断言呢？

然而这是事实。不是因为我相信丈夫，而是因为我知道他真的不是凶手。

顺便声明，前文表述中不存在任何叙述性诡计。即便如此还有读者要怀疑的话，我只能对你们说：

虽说归根结底夫妇不过是法律确立的一种男女关系，但长年相伴的夫妇本该相知如此——

第九章 《怪诞》

“来晚了，我是斧高。”

斧高敲过门，在走廊禀告一声后，就听一个简短而又让人感到温暖的声音回应道：“请进”。

“打扰了。”

斧高打开连一守家也不多见的西式房门，施了一礼，走进长寿郎的房间。

“怎么了？又被甲子婆缠着脱不开身吗？”

长寿郎脸上露出半是苦笑半是困扰的表情。他在木纹理都格外漂亮的书桌前半转过身，看着斧高。

“现在好像完全是小斧儿在照料甲子婆呢。”

“我来这个家之后，一直蒙婆婆关照，做这点事是应该的。”

对方的微笑让斧高产生了难以言喻的心疼感，但他还是认真回了话。一想到明天这个特别的日子，他更是心如刀绞。

“你真是纯朴啊。”长寿郎的语气里含有赞赏斧高品性的意思，同时也透露了焦切之情。甲子婆对待斧高绝谈不上和善，正因为过去见得多了，所以长寿郎心里恐怕有着种种想法。

“照料她的话，也可以请别人来做的。”

“不、不要紧，而且我想如果不是我来做的话，恐怕会有麻烦。那是互相的……”

“啊，原来如此。”

“对、对不起，我本来是侍奉长寿郎少爷——”

“不，这倒是无所谓。我只是在想，照顾甲子婆对你来说或许是一件苦差事——仅此而已。”

“谢谢少爷。我真的没关系。要是能好好地报恩，我简直高兴还还不及呢。”

“是吗？那就好。”

其实斧高很感谢甲子婆。遭受甲子婆的责打和惩罚当然是家常便饭，但斧高却把它们理解为管教。首先，甲子婆虽然牙尖嘴利，但真到了处罚的当口，往往会突然顾忌起什么来。与对待其他用人的态度作比较，也能看出她对斧高总是酌情宽容。

其实长寿郎的母亲富贵比甲子婆可怕得多。富贵生下双胞胎后，好像得了所谓的产后恢复不良症，据说她因此常年体弱多病。也许是病人特有的心理状态的一种表露，斧高屡屡遭到她骇人听闻的恶毒对待。

擦完长长的走廊刚松一口气，就受到了女佣管家的严厉申斥。说是最初擦过的走廊上沾有斑斑点点的污泥脚印。慌忙过去一看，还真有。脚印从雨后的庭院步上了长廊，其尽头是富贵的房间。当然斧高认为这只是偶然。但没多久他就发现富贵似是有意为之。那一刻斧高醒悟到，自己到一守家后所犯的各种错误里，肯定有她暗中做的手脚。

富贵似乎知道斧高已经察觉，此后更是露骨地施展恶毒手段，直至今日。严重的时候，甚至还发生过把针放入斧高饭里的事。当然她应该是命令心腹女佣做的，而非亲自下手。斧高一度以为她妒忌独子长寿郎善待用人，所以才会拿自己撒气。但即便如此，在饭里放针也实在是太离谱了。斧高不禁想到，妃女子的狂女之象时隐时现，正是因为她身上流淌着母亲的血液吧。

斧高也怕佥鸟郁子，虽然程度比富贵略轻。郁子有时会拿珍稀的糕点给他，温柔体贴，但突然又会态度大变，变得冷淡无情。斧高完全不明缘由。起初他还以为是自己无意的言行惹恼了对方，便时刻注意在郁子面前保持格外的谨慎。然而不久他就发现那纯属无缘无故。简言之，她就是喜怒无常。郁子对斧高是温柔还是冷酷，端看某一日、某一时的心情。

比起不断施加毒手的富贵、态度反复无常的郁子和露骨地轻侮他的妃女子——甲子婆看起来简直是个活菩萨。

不过斧高认为甲子婆之所以酌情宽大，并不是因为她可怜年仅五岁就被一守家收容的孩子，也不是因为同情他遭受了三个女人的苛酷对待。斧高的想法很现实，这无非是因为甲子婆明白他的正主是长寿郎和妃女子。

妃女子死后，斧高的杂务渐渐减少，侍候长寿郎的工作相应增多——应该说这些变化就是证据。斧高把它理解为一守家要求自己在明里暗里悄悄守护长寿郎。因为甲子婆只要知道他有关于长寿郎的活儿要干，就一定会礼让。此后，斧高渐渐成了长寿郎的专属仆从。

然而，也许是出生以来的惯性使然，长寿郎的日常生活仍由甲子婆打点。现在她已经连自己都照顾不过来，却还坚持要照管长寿郎。

正如预想的那样，长寿郎长成了充满中性魅力的美男子。斧高一边望着他，一边在心中低语。

（痛苦也好，嫌恶也好，和照料长寿郎少爷的幸福相比，简直不值一提。无论多苦我都能忍受。）

他真想大声告白，但毕竟说不出口。虽然他认为长寿郎准会高兴，但他害怕自己的真心被看破。

（我的真实心意……）

“啊，我也没什么急事。《怪诞》的最新刊到了，我想给你。”长寿郎的右手递出了一本名为《怪诞》的怪奇幻想类同人志，A5尺寸，活版印刷。

年纪渐长后，斧高对长寿郎抱有的心意在不知不觉中变得难以处理了。而决定性的一刻正是他最初阅读这本杂志的时候。夸张点说，通过《怪诞》，他不仅对自己的性取向第一次有了认知，还产生了兴趣、疑问和畏惧……

《怪诞》是同人季刊，由作家江川兰子发行，古里毯子主编，据说在业内的评价也很高。

江川兰子在战后创办的侦探小说专刊《宝石》的公开征稿中崭露头角，一跃成为当红作家。相传此人与众不同，因为性格孤僻，所以从不抛头露面。有传言道，江川兰子本是贵族出身，与因为战后废除贵族制度而日趋没落的许多同族相比，此人至今仍有相当数目的财产，可惜家属都死于空袭，唯余一人形单影只。

“假如生逢其时，据说能当个侯爵。所以江川兰子本来可以继战前的滨尾四郎之后，成为又一个贵族侦探小说家。不过，我觉得江川兰子多半是笔名。《新青年》从昭和五年九月到第二年的二月，分六期连载的小说就叫《江川兰子》。那可是由六位作家合写的作品。”长寿郎一边给斧高看《怪诞》的创刊号，一边做介绍，“六人的阵容非常强大。第一回由江户川乱步起头，然后是横沟正史、甲贺三郎、大下宇陀儿、梦野久作、森下雨村，尽是当代的知名作家。”

“江川兰子这个名字和江户川乱步有点相似，不是吗？”[1]

“对，小斧儿脑子很灵嘛。”

长寿郎快活地笑了，随即从书架上取出博文馆在昭和六年出版的《江川兰子》。

“负责第一回的江户川乱步取了篇名——《江川兰子》。然后正史写了《绞刑架》，甲贺写了《踏浪起舞的魔女》，大下写了《砂丘怪人》，久作写了《超恶魔》，雨村写了《飞天魔女》，如此这般，每一位都给自己执笔的文章命了名。换言之，只凭乱步一人之意，就决定了整本合集的书名。编辑部无论如何都希望乱步赐文的心情可见一斑。因为即使在长篇通俗小说的领域里，乱步高明的开篇手法也得到了一致肯定。”

“是吗？果然了不起。”

“顺便说一句，乱步的《恐怖王》和系列作品《恶灵物语》中，出现过一个名叫‘大江兰堂’的侦探小说家。另外，《阴兽》里登场的‘大江春泥’，《绿衣鬼》里登场的‘大江白虹’，也是侦探小说家。不但如此，《人间豹》里把‘江川兰子’，《盲兽》里把‘水木兰子’用在了被害者的名字上。乱步很喜欢用‘大江’作姓，在名里带上‘兰’字吧。”

“这个江川兰子因为是乱步的书迷，就从乱步喜欢的姓名中，选择了看似适合自己的笔名？”

---

1. 江川兰子的日语读法为“EGAWARANKO”，江户川乱步为“EDOGAWARANPO”，两者非常相似。

“基本不会错。读一下刊登在创刊号上的短篇《影法师》，也能看出这位作家深受乱步风格的影响，而且还把同人志的刊名取为《怪诞》。”

“这也和乱步有关系？”

“嗯。乱步在成为作家之前，于大正九年和朋友发起了‘智力小说刊行会’，计划发行一本名为《怪诞》的杂志。这个梦想自然没有实现。不光是笔名，江川兰子还借用了杂志名呢。”长寿郎兴高采烈地解说道。

“又当作家又出同人志，这么活跃的女性为什么讨厌抛头露面呢？”斧高突然感到了疑惑，侧着头表示不解。

“她本是贵族，在战争中失去了所有家人……想必是这样的境遇让她变得不爱跟人打交道了。至于都说她拥有财富，也是因为她出于个人爱好创办了那样的同人志……因为忌妒吧。”长寿郎用透着寂寥的声音答道，脸上浮现出难以名状的表情。

（可能是长寿郎少爷觉得，这人和他自己有几分相似之处……）

不过长寿郎并非因此才对江川兰子这位作家十分了解。至少兰子的个人信息是从《怪诞》的编辑古里毬子那里得来的，也正是由于她的存在，长寿郎才开始订阅这份杂志。对了，不光是订阅，他也成了同道中人，甚至还在进行少量投资。

最初的缘分要从长寿郎请《宝石》杂志编辑部转交一封信给江川兰子说起。兰子的作品令长寿郎深受感动，于是他寄去了一篇详细的书评。当然他并不指望回信，因为归根结底这只是一种感谢，感谢对方将自己引入了精彩纷呈的怪奇幻想世界。

不料没过多久回信来了。但回复者不是本人，而是一个名叫古里毬子的人……也许这就是所谓的奇遇吧。

富堂翁的第二个妹妹三枝所嫁的秘守家远亲，就是古里家。据说毬子是那家的孙女。一问家人才知道古里家确实有个叫毬子的女孩，算是长寿郎的远房表妹。只是古里家不属于秘守一族，毬子十六岁时又离家出走，加入东京的业余剧团，迷上了演戏，据说因此被秘守家视为不值一提的蠢货。可谓人人嫌恶的对象。

演戏时她有缘结识了江川兰子。据说最初兰子是演员毬子的仰慕者，后来毬子对文艺活动萌生兴趣，当上了《怪诞》杂志的编辑，于是这回毬子成了作家兰子的仰慕者。其结果，她居然又和一守家的继承人开始了往来，实在是有趣得紧。

毬子在回信里写道：她和江川兰子住在一起，被委以秘书性质的工作，也照料兰子的生活起居，譬如做饭、洗衣和清扫。如今她正计划创办一个名为《怪诞》的同人志，可以的话希望长寿郎也加入……云云。她还一再恳求长寿郎别把自己的事告诉秘守家和古里家。

从此长寿郎和毬子开始了信件往来，同时又对《怪诞》杂志不断给予资助。听说毬子劝长寿郎也进行创作，但或许是他对这方面缺乏兴趣吧，目前写过的东西仍仅限于书评。不过长寿郎已经开始着手准备，打算写一部从多种角度研究侦探小说的论述性文章，因此不久之后他可能会以一个业余评论家的身份活跃在文坛。

一直这样下去，什么事都不发生的话，江川兰子、古里毬子和秘守长寿郎三人会以《怪诞》为纽带，永远延续作家、编辑和书评家的关系吧。又或者，稍后加入的丝波小陆令长寿郎独自离去，从此《怪诞》

杂志与秘守家再无瓜葛，继续发行直到迎来停刊的那一天。然而数月前古里家查到了毬子的住所，结果暴露了她和长寿郎的关系。

对了，在转而讲述这些事之前，有必要先说一说斧高与《怪诞》杂志的邂逅。

在长寿郎和高屋敷妙子的影响下，斧高不知不觉也喜欢上了侦探小说。两人各自拥有藏书——长寿郎的尤为丰富，所以斧高完全不愁没书看。倒是两人说着“这本有趣”“那本厉害”推荐给他看的那些书，要消化掉还不容易呢。当然对斧高来说，这是一件非常愉快的事。

这种幸福的读书体验不断地累积着，直到数年前……

“嗯，给小斧儿看是不是有点早呢……”

长寿郎犹豫再三递出的就是《怪诞》杂志的创刊号。

“忌泽银三的这篇《买魂》和笼池小豆的《目视恐怖的女人》，还有减门七味的《猫婆》是怪奇短篇，这个天山天云的《疯癫病院杀人事件》是中篇侦探小说，四篇都很有趣，可以看一下哦。特别是《疯癫病院》，你会被那个异想天开的诡计震撼到的。啊对了，除此以外的耽美系作品你要是不喜欢，就不用看了。”

斧高先看了长寿郎推荐的三个短篇和那个中篇，如他所言，读来很是享受。别的作品没什么了不起，他甚至觉得长寿郎执笔的话，一定能写出更精彩的小说。然而有一篇作品让他受到了巨大冲击，击溃了他读书时的愉悦心情和个人的空想，那就是古里毬子的《闺房的阴影》。因为这篇小说让他有生以来第一次知道了同性恋的存在。

对当时的十来岁少年来说，关于性的一切都是神秘莫测的禁忌话题。更不消说斧高这种幼年就进入乡下的老式家族当用人，近乎不谙世事地生活着的人了，不知道同性恋也理所当然。

（女人和女人，做这种事……）

作品中的两位女性，被设定为老式家族的表姐妹——她俩的形象与江川兰子和古里毬子重叠在了一起，似乎又映射了长寿郎和自己。

（不、不是的！那种想法我……）

——虽然想大叫“没有”，但斧高觉得，让他自幼饱受折磨的那种不明就里、朦朦胧胧的情感突然被赋予了一个称谓，倒也令人安心。

（我喜欢长寿郎少爷？）

斧高再次扪心自问。当然他立刻能回答“喜欢”，但这是不是《闺房的阴影》中所描写的那种同性恋，真是想破头也搞不明白。可以确定的是，他绝不是喜欢男性甚于女性，而是只喜欢长寿郎一人。

（可是，如果这种感情源于小说中所描写的那种性取向……）

那么自己无疑就是同性恋。

（如果长寿郎少爷知道了这件事——）

他会不会讨厌自己从而疏远自己呢？斧高很担心。

从那以后，斧高提醒自己对待长寿郎要比过去更恭敬。无论对方多么熟不拘礼，就算自己偶尔想撒一撒娇，也时刻注意严以律己，恪守一个用人的本分。说实话，这样很痛苦，然而没过多久，一种令人难以置信的，伴随着痛楚的甜蜜感竟在他心中油然而生。第一次感受到的这种扭曲的情绪波动是什么呢？斧高下意识地从《怪诞》中得到了答案。这本杂志的存在，好像就是为了给予他成人所需的各种知识——还是违背道德的知识。

不知是幸运还是不幸，长寿郎完全没有意识到斧高的变化。也许是因为他自幼就看惯了斧高的诚实得体吧。反倒是斧高迷上《怪诞》，还对古里毬子的作品颇有兴趣的模样，让长寿郎更为惊讶。对于让斧高接触同人志的事，他甚至表露了些许悔意。

斧高总是焦急地盼望新刊的到来，耐心等待长寿郎通读一遍后再拿来细细品味。年轻的主人知道后，不但集齐了创刊号至最新刊的所有杂志送给他，还为他办理了订阅手续，以便从下一期开始连他的那份也一并接收。

古里毬子创作含有怪奇内容和推理成分的作品时，题材也大多偏向于女性之间的恋情。不过她会避开露骨的情欲描写，笔下的爱情关系多是柏拉图式的。《闺房的阴影》反倒是一个例外。长寿郎多半也是因此改变了主意，认为尺度尚可容忍，给斧高看也不要紧。

然而大约在一年前，一个名叫丝波小陆的人加入了他们的行列，长寿郎再次担忧起杂志对斧高的影响来。因为小陆的大部分作品和《闺房的阴影》相似，是以描写肉体性爱为主的耽美小说。其中有不少作品赤裸裸地描绘了女性师生间的关系，譬如女校老师和学生，在避暑地度过夏季的千金小姐和家庭教师，钢琴或小提琴导师和徒弟等。几乎所有的描写都让斧高读时不得不羞红了脸。而且那些作品显然不是怪奇或侦探小说，首先这一点就让长寿郎感到不满。

事实上，由于丝波小陆的出现，长寿郎一度认真地考虑过退出《怪诞》的同人圈。这里可能也有斧高的因素，但杂志内容过分偏离怪奇幻想和侦探小说的范畴，想必才是最主要的原因。兰子和毬子两人也在《怪诞》上发表耽美系作品，但说到最初的志向，兰子是怪奇幻想小说，毬子是本格侦探小说。然而也许是被小陆的过火作品激发了，近来，尤其是毬子的作品风格——虽然还勉强保持着侦探小说的体裁——但正在接近那个调调儿。长寿郎为此叹息不已。

如果《怪诞》杂志的内容不断地这样变化下去，长寿郎由于厌倦而退出同人圈，与古里毬子断绝往来，也许那桩案子就不会发生了。但命运却不肯让两人分开。

如前所述，数月前古里家查到了离家出走的毬子的下落。但这不是热心寻访的结果，据说只是机缘巧合偶然找到的。不过既然发现了住所，鉴于亲戚之间的面子问题，哪怕在她脖子上拴根绳子，也得把她拖回去。然而毬子却提出了条件，说一定要把同住的怪作家一起带去，同时要求家里为她经办的那份不正经杂志置备编辑室，甚至还宣布，今后她也会以一个作家的身份立足于世。

不消说，以三枝为首的古里家众人自然是勃然大怒，但这仅限于他们得知一守家的继承人也是不正经杂志的同好之前。此后古里家态度骤变：不愿意就别回家，可以和江川兰子同住；打听下来都说她原来还是个贵族呢；那个叫什么来着的杂志，可以继续办下去；想当作家是你的自由。总之，一切都由毬子自己做主了。

顺带一提，这场风波的详细经过都在毬子写给长寿郎的一封措辞滑稽的信里。

古里家接受了毬子的全部主张，但提出了唯一条件，那就是她要以古里家之女的身份参加一守家的婚舍集会。集会将在长寿郎举行二十三夜参礼的三天之后举行。

所谓婚舍集会就是相亲，旨在决定一守家继承人的新娘。也许在新娘候选人看来，集会就是战场，她们将为秘守一族最高首领之妻的宝座展开争夺。

不管怎样，令斧高难以平静的日子已迫在眉睫，就在明天。不过，说到无法保持平常心，命中注定全村人都不能例外。

因为压根儿就没有人能预料到，竟会发生那么血腥恐怖的惨剧……

10

第十章 旅行二人组

高屋敷元坐火车从终下市警署回家，途中他思绪万千地想着明天就要举行的一守家婚舍集会。

前面的座位上坐着两个男人，从刚才开始就一直在谈论艰深的话题。其中一个肥胖魁梧，外表好似探险队员；另一个则身段修长，称得上是俊美青年——不过，他穿着一条奇怪的裤子，就像西部片里牛仔们常穿的那种。起初高屋敷还以为是专事坑蒙拐骗的小商贩，后来根据对话的内容，转念认为他俩应该是大学相关机构的研究人员。只是他俩的交谈内容说可疑也好，说可怕也好……总之就是不同寻常。

（好奇怪的两个人。）

高屋敷警觉起来，不过观察片刻之后，他断定这两人清白无害，便继续思考起明天的事情来。

（二十三夜参礼平安结束，姑且让人安了心，但是……）

两天前长寿郎举行二十三夜参礼时，他也委托了东守和南守的派出所，从仪式开始的三小时前就在媛首山的三个出入口展开了巡逻。其结果令高屋敷颇为自得——没有出现任何引发问题的异状，一守家的继承人圆满地完成了二十三夜参礼。

然而安心也只在一时之间，明天就将迎来婚舍集会。当然和代代延续的秘守家继承人之争相比，婚舍集会不过是为了让三个争夺新娘之位的女人与长寿郎相亲，所以高屋敷预计不会发生多大的事。很难想象几个女人会扭作一团大吵大闹。

（不过，这份候选人名单可谓问题多多啊。）

早早入围候选阵容的第一位是二守家的竹子。她是纮达和笛子所生的长女，纮弌和纮弍的妹妹。竹子比长寿郎年长一岁，这也是当地普遍看好的年龄差。村中已流言四起，说这位姑娘传承了二守婆婆的血统，没准很快就会骑到丈夫头上作威作福。

一枝夫人无疑也怀有野心，那就是靠孙女牢牢钳制住长寿郎，而她自己则身在二守家同时又掌控一守家。被寄予厚望的纮弌战死，纮弍品行日益不端，对二守婆婆来说，对抗富堂翁的最后一个棋子就是竹子了。

（话说，纮弍为什么开始接近长寿郎了？）

战后，时常可见二守家的纮弍对一守家的长寿郎亲热有加。一枝夫人自是怒火中烧，而纮弍本人却只是嘿嘿傻笑，脸露轻浮之色。他对长寿郎的谄媚态度始终如一，也不管目睹此情此景的村民们如何暗笑他这个二守家的次子。

“难道他现在就想讨好秘守族未来的族长？”

村里人口耳相传的流言，想拦也拦不住，不久便传入一枝夫人的耳中，导致她彻底放弃了纮弍。也就是说，战后二守家陷入了只能将未来寄托于竹子的窘境。

虽说不是当面讥讽和鄙薄，但程度极甚。然而即便如此，纮弍也似乎无动于衷。放在以前的话，他马上就会和人吵起来。不过，据说他和村民聚众喝酒时，有一次，只有一次，在醉后说过一句奇妙的话：

“啊，等着瞧吧。看谁会笑到最后！”

对此有所耳闻的高屋敷，想起了十年前在东鸟居口和纮弍对峙的情形。

（难不成他当时看到了什么……而且是对一守家，对长寿郎很不利的那种——）

由此高屋敷对纮式展开了调查，这才知道纮式接近长寿郎并非始于战后，而是在哥哥纮弌出征后就开始了。只是战时他还遮遮掩掩，战后才变得堂而皇之起来。

果然在十三夜参礼那晚……高屋敷想沿着这个思路推演下去，但立刻被一项事实挡住了去路——那晚无论是谁都不可能进入媛首山。更让高屋敷不解的是，假如纮式握有长寿郎的把柄，那他的态度不是颠倒了吗？像他这种人，采取更强硬、更盛气凌人的态度才合乎情理。

（要说能想到的理由，就是他本人也意识到他毕竟不是当一把手的料吧。）

换言之，虽然登上秘守家之长的权力宝座对纮式有着十足的吸引力，但由此而自然产生的种种义务、责任和重压烦不胜烦，他实在是不愿承担。想必这就是纮式的心态。就这层意义而言，他一定梦想过那样的生活：战死的哥哥纮弌如愿当上族长，他作为二把手只管捞好处占便宜。

（莫非那家伙预见到纮弌可能战死，为保险起见才去接近长寿郎——）

一瞬间，高屋敷的脑中情不自禁地浮现出这个令人不快的设想。但他一想到纮式的为人，就觉得未必没有可能。这让他又害怕而又难以忍受。

（不管怎么说，那家伙的样子实在是叫人心里发毛……）

二十三夜参礼结束后高屋敷一度放宽了心情，此时又霍然一惊。

（明天可能还得去媛首山周围巡逻。为了让妹妹竹子当上长寿郎的新娘，纮式未必不会对碍事的三守家华子和古里家毬子下毒手。）

纮式怀柔长寿郎的举动，也可视作一种障眼法，只为麻痹一守家和高屋敷等人以便日后实施恶行。

（假如二十三夜参礼的平安结束也是他安抚人心的手段……假如他真正的目标是这场婚舍集会……说、说不定，这都是二守婆婆的阴谋——）

总之，纮式接近长寿郎也好，一枝夫人对此事震怒也好，都是惺惺作态。为了让竹子嫁给长寿郎，为了让二守婆婆代掌秘守一族，他们布下了宏大的计划，而每一出戏恐怕都是计划的一部分。

（嗯……那位婆婆很有可能这么做。）

这么一想，高屋敷不知道还有什么可以信赖。

顺带一提，长寿郎的第二位新娘候选人是三守家的次女华子。战死的克棋和绫子生下了铃子、华子和桃子，都是女儿。其中铃子已嫁到村外，桃子又刚满十九岁，所以才选中了小长寿郎一岁的华子吧。想来三守家自有打算，即使这次婚舍集会不顺利，至少手里还有桃子这张牌。从这一点来看，也可以说在这次婚舍集会中，没有男孩的三守家形势优于二守家，还真是有趣。

至于第三位的古里毬子，则是区区数月前新冒头的候选人，这事也让村民大吃一惊。

说起历代继承人的新娘，惯例是从二守家、三守家，以及秘守家的“远亲团”中各挑一名候选人。这或许是因为婚舍一共建了前、中、后三间的缘故。当然各家都会推举合乎自家利益的姑娘，试图把自家或受自家荫庇之人的女儿送往本家。偶尔一守家也会主动点名，但这种行为会在秘守一族中播下不满的火种，所以向来很少发生。

且看这次的长寿郎，据说关于新娘问题一守家早已有所动作。有迹象表明，一守家知道会惹出风波但仍打算亲自物色继承人的新娘。这或许是因为他们想在长寿郎这一代，与二守家和三守家划清界限。

当然这立刻遭到了一枝夫人的干涉。其结果，风向开始转为从二守家和三守家最终锁定两位候选人。按惯例本应推出第三名候选人的众远亲，并没有遣人参与。村民们都说，这多半是二守婆婆为了减少竞争对手，哪怕是一个也好，在暗中做了手脚。

然而就在这个节骨眼上，第三位新娘候选人登场亮相了，而且还是秘守家远亲古里家的姑娘，所以出身无可挑剔。不过问题在于毬子的品行，听说一枝夫人请东京的侦探做过调查，她率先提出反对，说毬子不配当一守家的媳妇。但这番异议所招致的后果让她始料不及，而且竟然是出自长寿郎之口：

“我想请古里毬子小姐正式参加婚舍集会。”

虽说一切准备都是身边的人负责，但实际挑选新娘时还是由新郎做主。当然，届时富堂翁和户主兵堂会详加嘱咐，做孙子做儿子的自然也会洗耳恭听，但不管怎么说决定权还是在本人手中。因此，出现意外的逆转也不是不可能。

（二守婆婆肯定也在担惊受怕吧。）

高屋敷想象着她的那副模样，嘴角的线条微微松弛下来。

不过据斧高所言，长寿郎会不会选毬子做新娘，可以说还存在着相当大的不确定因素。或许他只是打算以同人志《怪诞》合伙人的身份邀请毯子，新娘候选人云云，说白了就是一种掩饰。听说那个叫江川兰子的怪作家也会来，不知这能否作为判断的依据。

（看来明天村里会聚集一堆怪人。）

让高屋敷烦恼的是，身为北守派出所的巡警，自己对此事应介入到何种程度。富堂翁和兵堂至少对二十三夜参礼那晚的巡逻都表示出了喜悦之情。鉴于十年前的“意外”，这种态度也是理所当然的，但说实话他自己也觉得很愉快。

（但是在喜庆的相亲场所周围，有个警察转来转去，这真的好吗？）

高屋敷举棋不定，他想起包里还有出门时妻子让他带上路的橘子，便取出来开始剥皮。他打算排空头脑中的种种思绪，休息片刻。

就在这时，他察觉了来自前方的视线。

猛一抬头，就见那个肥胖魁梧的男人正一动不动地凝视着他的手，就像在看某种闻所未闻的食物……

（嗯……怎么了？是在看橘子？）

他不由得视线下移，看向橘子。可剥了一半皮的橘子并无异样。

“我说前辈……你别这样啊！”

旁边的美男子用劝诫的口吻小声数落胖子。然而胖子充耳不闻，依旧目不转睛地盯着橘子。

“给、给你……”

看着对方那难以言喻的眼神，高屋敷下意识地把橘子掰成两半，将剥好皮的那一半递了过去。

“啊，啊呀……太感谢了。”

话音未落，胖男人就以迅雷不及掩耳之势抢过橘子，一把塞进嘴里。

“啊啊，真是难为情！”见同伴这副模样，身材修长的青年无地自容地叹息道。

随后他把头转向了高屋敷，白皙的脸庞看上去很有教养。他立刻低下头，说道：“对、对不起。这人眼前一有食物就会起这种异常反应……不，不，怎么说呢，别看他那样，其实也不是什么危险的坏家伙——”

“那还用说？”胖男人立马抬起扛来。

“呃……啊，你也来一点如何？”

奇妙的氛围使高屋敷向青年递去了剩下的那一半。

“不、不行，这怎么可以。这么一来你就没得吃——”

“哎呀哎呀，这怎么好意思呢！”

胖男人横插一扛，语声盖过了后辈的话，与此同时橘子已经离开高屋敷的手，到了对方嘴里。高屋敷错愕不已地怀疑他是否连皮也一块吃下去了。不过橘子皮倒还留在胖子的手上，也不知他是什么时候剥下来的。

“啊啊，所以我才讨厌和黑哥一起旅行。”

身材修长的青年与其说惊诧，还不如说是在嫌弃对方。

“你们是在旅行吗？这一带的话，只能爬爬山，或是到小溪那里去钓鱼吧。”

高屋敷感觉这是一个好机会，打算探一探两人的来历。

被称为黑哥的男人，一身打扮倒像是来登山的。同行青年的穿着也可视为钓鱼之用。不过高屋敷的警察本能告诉他，从两人散发的气质来看，旅游不会是此行的目的。既然如此，他们到关东郊外来干什么？高屋敷准备拐弯抹角刺探虚实。

然而，胖子已满脸堆笑地说开了：

"这家伙叫刀城言耶，怪人一个，尽写些怪奇小说和变格侦探小说，一副出不了头的穷酸样。我呢，名叫阿武隈川乌，说出来也不怕你笑话，我是京都某神社前途似锦、身份尊贵的继承人。我家的神社就算在京都也称得上历史悠久，不管是谁听了名号，都会'喔喔'地表示敬仰。"

话语内容虽然别扭，倒也干脆利落地做了自我介绍。

"原来如此。您的名字叫乌，所以外号是黑哥啊。"[1]心慌意乱的高屋敷把脑海中突然闪过的念头说出了口。

"喔！很敏锐嘛。莫非是警界人士？"

这回应让人无法置之不理，高屋敷一下就提高了警惕。

（这家伙可不是寻常人物……）

然而阿武隈川的下一句话就让他的警惕心烟消云散了。

"我说，你包里还有橘子吧？"

"我们对民俗学非常感兴趣——"可能是刀城判断不能再任由师兄胡闹下去，他开始讲述此行的目的。

从刀城的话里得知，他俩正在进行民俗采风，寻找日本各地流传的怪异传承和风俗以及不可思议的传说和旧习俗等。

"平时我们几乎是各走各的，但这次师兄提出同行——"

---

1. 阿武隈川：日本河流名，此处作为姓氏，因此他单名为"乌"。

“是你说‘一个人害怕，拜托你啦，陪我一起去吧’，不是吗？”

“谁、谁、谁说害怕了——”

“还是个写怪奇小说的呢，真没出息，你说是吧？”

虽然阿武隈川向他寻求支持，但高屋敷不想就这样点头。因为怎么看，也是刀城言耶更像个正经人，毫无疑问。

“你们说到了害怕，莫非说的是淡首大人？”高屋敷无视阿武隈川的存在，向刀城转过脸。

“正、正是！”

刀城突然两眼放光。阿武隈川发现了后辈的变化，脸上露出像是在说“喂喂，你又来了”的表情。不过在高屋敷看来，刀城的表情很给人好感，就像面对着一张能让自己的脸部肌肉也不禁松弛下来的孩子般的笑脸。

“看来你也略有所知，所谓淡首大人——”

受到笑容的感召，高屋敷一反常态，从淡首大人的传承，直讲到村民们至今仍相信淡首大人还在继续对秘守家作祟。当然他只是把它们当作刀城喜闻乐见的怪谈故事来讲。而有些事，譬如提到十年前的十三夜参礼事件时，他没说自己认为这是一桩刑事案件。

“我可以记录下来吗？”

刀城得到许可后，着手把高屋敷所说的种种故事记了下来。那模样看起来就像一个用功读书的学生，让人不禁会心一笑。

这时，高屋敷发现一脸淘气顽童相的阿武隈川正瞪视着后辈，像是在嫉妒自己无法融入这其乐融融的氛围，眼看就要说出什么难听的话来了。

（哎呀……不把这位哄住可不行。）

他犹豫片刻，还是无奈地从包里取出装有脆饼的袋子。这本来是买给妻子的土特产。他把袋子递给对方后，又和刀城回到了前面的话题。脆饼似乎威力巨大，阿武隈川从此一言不发，只顾一个劲地吃脆饼，发出“咯吱咯吱”“咔嗤咔嗤”的声音。

刀城听得入迷，待高屋敷的讲述告一段落后，他缓缓地开了口：“听了你的指教，我觉得这位淡首大人也可以说是秘守家的镇宅神。”

“哦？即使不在宅邸里祭祀？”

“是的，虽然都叫‘镇宅神’，但还是分成好几种的。一种是在村落中，只有特定的老式家族或本家进行祭祀。以媛首村为例，目前是一守家。第二种是同一家族祭祀一个镇宅神，以贵村为例的话，就是由一守家、二守家、三守家组成的秘守一族来祭祀。而第三种情况则是村里的家家户户都祭祀着各自的镇宅神。”

“原来如此。在媛首村里，第二种的意味最浓厚，但换个角度来看的话，又属于第一种。甚至还能这么看，村里人也都信仰。”

“好像是的。我总觉得这恐怕和媛神堂的选址有关系。”

“啊啊……是因为从三家的方位来看，媛首山的御堂正位于中央吗？”

“祭祀镇宅神的场所可以是宅邸内的一角、与宅基相连的一片土地、宅基的后山、离宅基稍远的自留山或自留田附近。离宅基近则只有这一家或这一族祭祀，离宅基越远则越可能出现全村人祭祀的情况——虽然不能一概而论，但未必不存在这样的倾向。就这层意义而言，媛首山的媛神堂在村中所处的位置也可谓是绝妙之极。”

“不好意思，我想顺便问一声，你对淡首大人有什么看法？”

高屋敷对眼前的青年抱有彻底的好感，刚见面不久就已亲近起来，以至于不假思索地从口中冒出了这样的问题。

“在大多数情况下，镇宅神祭祀的是祖先或历代已故者等与家族息息相关的人。当然，祭祀自然神和一般神的地方也不少，不过我认为在考察镇宅神的形成时，祖灵信仰仍是其中的关键。”

也许是刀城想答谢从对方那里听到了怪谈故事，对高屋敷元的提问没有露出丝毫嫌恶之色。

“确实，阿淡相当于一守家的祖先……但是，虽说人们也供了淡媛，可这个村的镇宅神也未免太会作祟——”

“是啊。说到镇宅神的特性，最主要的还是起守护作用。但另一方面，激烈作祟也是显著特征之一。”

“哦？这是全国性的倾向吗？”

“是的。祭祀方法不良或有所怠慢自不必说，也有因改建宅基、砍伐周围树木而引发的厄运。总之在日常生活中，不得不注意的事情很多。”

“但不管怎么说，淡首大人是淡媛和阿淡的——”

“是啊。这可能是一种若宫信仰吧。啊，所谓若宫，是指把那些会带来灾祸的凶暴怨灵，置于更高级、更庞大的神格之下进行祭祀，以平息其怒火。不过，媛神堂是否具备这至关紧要的高级神格，我是不太清楚……”

奇怪的是，从未把淡首大人作祟一事放在心上，也从不相信的高屋敷，听刀城这么一说后竟不安起来。

“祭祀怨灵，原本是将激烈作祟的愤怒导向外部，并期待内部受到恩惠。向外引导的力量是防御，指望通过郑重的祭祀让内部得到幸运。至于媛神堂，我感觉它并未有效地发挥机能……”

“所以会有灾祸，你是这个意思？”

“如果从民俗学角度来解释作祟现象，那就是这样。不过由于荣螺塔和婚舍的存在，也可看成淡首大人的力量是在那里被削弱或被吸收的。”

“嗯。那是一座很奇妙的塔。”

“其原型恐怕可以追溯到荣螺堂。荣螺堂是一座把观音圣地的本尊的复制品汇集一处的御堂，只要在堂内绕一周就可以一举完成所有的参拜，其实就是用作巡礼的设施。”

“原来这个是宗教性质的建筑啊。”

“是的。不过有人把它作为截断作祟的装置做了改良——那个人可不简单啊。”

“我好像听说过造塔人的名字……但就是想不起来。”

“所谓巡礼并非只做一次，要反复进行才有意义。所以荣螺堂的双重螺旋可以说是最理想不过的。而且，其中还含有模拟体验胎内回归和轮回转世的意味。也就是返璞归真和永生不息。对含恨而终的人来说，可能是最好的安魂形式。”

“啊，原来如此……竟然还有这种意义……”

“当然，这也是一种迷惑对方，让对方来回绕圈子的机关吧。总之都做得很出色。”

“婚舍那边又有什么讲究呢？”

刀城言耶虽然年轻得多，但高屋敷对他不仅有好感，更有一股近乎尊敬的情绪油然而生，语气也不由得郑重起来。

“考虑到婚舍的特性，大致可以分成三类。第一类是为选择配偶而提供的相亲场地。第二类是在得到村里的青年团等同辈青年认可和家长允准后，两人用来生活起居的地方。第三类则是正式入赘或正式出嫁后使用的场所。”

“那媛神堂的婚舍呢？”

“从你刚才的话来看，婚舍是用来相亲的，所以接近第一类。不过考虑到相亲对象是事先定好的，得承认其中也含有第二类的要素。”

“是这样啊。”

“另外，根据婚舍所在地，可以分为女方婚舍、男方婚舍和寝宿婚舍。因为入赘时得利用女方婚舍，出嫁时得利用男方婚舍。至于寝宿婚舍，大多为村庄公有，无论是哪种情况都可使用。换言之，媛神堂的婚舍是典型的男方婚舍。不过在特殊情况下，譬如与异类附体家族的人结婚时，谁都可以使用，从这一特性看，也能算寝宿婚舍。”

“以媛神堂为首的这些设施果然很特别啊。”

“也许可以这么说，一切都是为继承一守家的男孩而存在的。”

“哪里的人都希望得到继承家业的男孩，那种老式家族就更不用说了吧——”

“从各地传唱的拍球歌里也能看出，生下来的是男还是女，往往会有巨大差异。在滋贺的歌词里，如果是男孩，就是‘让他上京去求学’，女孩则是‘丢去河边吧’；在爱知，男孩就唱‘放在地上也不行’，女孩则唱‘乞丐的一路货’；在富山，男孩甚至成了‘玉之子’，女孩却要‘往死里踩’。”

“啊？那么过分的事都……”

“当然实际上不会真干，而且毕竟是少数特定地区流传的儿歌。”

“但是就算和那些例子比，一守家的情况也太夸张了吧。而且男尊女卑的现象可以说比别的家庭更严重。”

“为了平安养大孩子而实施各种咒术，这在从前是家常便饭。那位叫藏田甲子的婆婆巧妙地——这么说也许有点不妥——把男尊女卑结合进去了。”

“你是说，就算不存在淡首大人这种特别令人忌讳的对象，也免不了要对孩子施行咒术？”

高屋敷常常想，针对秘守家继承人的种种习俗，怎么说也太反常了。但这也是因为此地有淡首大人而别处没有——这是他个人的理解。

“嗯。人们认为，从刚出生到懂事前后为止，就算没有那种邪恶的对象，孩子也很容易成为妖魔的饵食。有些地方是到七八岁，也有到十几岁为止的，形形色色各不相同。”

“因为孩子的死亡率历来就高居不下。”

“生孩子也很辛苦。辛辛苦苦生下来的孩子，一转眼就死了，为人父母者毕竟是难以忍受的，对吧。所以，人们会向刚出生的婴儿破口大骂，比如‘生了这么一堆粪’‘这个狗娘养的孩子’‘生了个讨人厌的娃哟’等。他们担心孩子从来到人世的一瞬间，就被邪恶的东西缠住——”

“嗯？请、请等一下。‘所以’后面的那段话——我不太明白……”

“啊，我的意思是通过不赞反贬的做法，保护婴儿不受妖魔伤害。

换言之，就是宣布——这孩子不是可爱的人类婴儿。”

“啊，原来如此。不过，就算是这样也——”

“是啊，想想母亲的心情，我也觉得不太好。但是在自古就有这种风俗的地方，不骂一下反倒会心里不安。”

“唔，这些事还真是挺有趣，挺深奥的呢。”

“可不是嘛。对了，我有点感兴趣的是——”

“那个，被叫作什么来着？”

就在这时，阿武隈川突然插了一句话。高屋敷的视线不禁从刀城身上移开。只见阿武隈川正盯着他看。继续下移的视线前方，是一个空荡荡的脆饼袋子。

（已、已经吃完啦……而且是一个人吃完的……）

虽然被极为不祥的预感所包围，但出于阿武隈川那特有的与刀城言耶截然不同的吸引力，高屋敷随即回应道：“‘那个’是指……什么？”

“就是大家都说的在这一带的山里出没的妖怪，笑声让人毛骨悚然的——”

“啊啊，是山魔吗？”

高屋敷条件反射式地答道。就在这时——

“山、山、山、山魔！那是什、什、什么？”

高屋敷还以为是哪个素不相识的无礼之徒突然从旁插嘴，然而令人意外的是，居然是刀城言耶先生。

“啊？不，这……”

高屋敷被这过于急剧的态度转变吓了一跳，一时讷讷不成语。而刀城则噌地探出了身：

“由于是在山林出没，这种妖怪才会写成‘山之魔’，读作‘YAMANMA’吧。话说山这一存在，自古就是人类信仰的对象。譬如祖灵信仰认为人死后会回归于山；还有，春季来临时神下山入村，化为田神，秋收结束后再回山化为山神；等等，类似的传说全国都有。而在那些信仰中，人们认为川神河童会以春秋分的前后七日为界化为山神，抑或认为山神原本就是天狗的别称，总之与妖怪也有深厚的联系。这跟狼、猿、蛇等动物被视为山神的使者或山神自身，是一样的道理。当然这也和山姥、山地乳、山爷、山童、山兔、山男、山女、黑坊等栖息山林的妖魔鬼怪有关，然而山魔这一称呼，我是今天第一次听到。刚才你的话里，一次也没出现过山魔吧。这是为什么？那么稀罕的东西你为什么不提呢？嗯，我没法理解啊。不、等一下，也许对于这一带的人来说，山魔实在太普通了吧——”

“不、不是……没有这回事……而且关于山、山魔，我也没什、什么了解，那、那个，只知道是一种栖息在山里的妖怪——”

慑于刀城犹如怒涛一般涌来的迫力，高屋敷做出了判断：要从这奇特的攻击中逃脱，首先要做的是，赶紧让对方明白自己没有山魔方面的知识。

“啊，前辈！山魔的事你竟然瞒着我！”

看来高屋敷的想法没错，刀城的矛头转向了阿武隈川。

但阿武隈川本人却显得满不在乎，完全无视后辈的责难。他看向高屋敷，脸上浮现出可憎的浅笑：

“唉，对不起啊。这家伙有个怪癖很教人伤脑筋，只要闻所未闻的怪谈一入耳，他就会不顾身边的情况，立刻狂飙突进一般冲向发话者。哎呀，所以我才讨厌和你一起旅行啊。真丢人！”

说虽如此，他却丝毫没有难为情的样子。从那露骨的表情里看得出来，眼前的风波让他乐不可支。

不过，也许是刀城棋高一着。因为他完全没把阿武隈川的挖苦当回事，反而就山魔一事连连追问。

“这些都不重要，黑哥！究竟哪里有关于山魔的传说啊？”

“啊啊，烦死人啦。难道你不知道，我正在为你的无礼行为向人家道歉吗？”

“道歉的话，待会儿要我道几次歉都行。先别管这种事——”

“知道了知道了。见鬼，哎……”

虽说是自己燃起的火种，但后果很严重，阿武隈川脸上流露了些许后悔之色，拿出地图开始说明。

（搞什、什么嘛……这两个家伙。）

高屋敷后悔地想，果然最初的印象才是正确的。

（不过刀城总算比阿武隈川强些，这一点毫无疑问。不过毕竟是物以类聚人以群分吧……）

高屋敷战战兢兢地偷眼看着两人，考虑是不是要换个座位。就在这时火车开始减速，看来是快到下一站了。

“前辈，我要下车。”

刀城突然站起身，随即动手从行李架上取下行李。

“哎？还没到终点吧？”

“从这里下车的话，好像离山魔传说中心地的山会更近一点。”

“什么！喂喂，媛首村怎么办啊？”

“当然是以后再去了。”

“以后……这样计划不就乱套了吗？小言，你这么任性可不行哦。”

阿武隈川发出了令人反胃的肉麻声音，以至于高屋敷的双臂都起了鸡皮疙瘩。

“计划虽说也很重要，但随机应变地行动起来，才是民俗采风的生命之所在。”

“但、但是啊……”

“好啦，这是前辈你的行李——请拿好。”

“我说，鸟杯岛我们不是还没去吗？你也说过以后还想去神神栉村的，对吧？总之啊，别的还有很多——”

“一码归一码。未知的怪异就在眼前，怎么可以视而不见呢？好了，已经到站啦。啊，刚才真、真是太失礼了。”这时，刀城突然把脸转向高屋敷，“我、我们要在这里下车了……前面多有失礼之处，深感抱歉。谢谢您的橘子和脆饼，就此别过，祝您一路顺风。”

他深深地低头敬了一礼，拍拍还在嘟囔着牢骚话的阿武隈川的臀部，把他撵到车门口。下车前阿武隈川回过头，脸上露出乞怜般的表情，于是高屋敷满脸春风地挥了挥手。

（嘿，这就叫自作自受啊！）

没多久，火车便缓缓启动了。

这时，在站台上目送火车的刀城言耶，突然奔向高屋敷的座位窗边。

“话说，淡媛的头为什么会被砍下来呢？”

他追着火车一边跑，一边喊。喊完之后，又向目瞪口呆的高屋敷挥手道别。

第十一章

三个新娘候选人

“各位候选人都到齐了。”

二守家的竹子和三守家的华子，以及晚来的古里家的毬子，由女佣引路在各自的房间安顿下来后，斧高向富堂翁、兵堂和富贵报告了情况。

终于迎来了这一天。

对斧高的禀告“嗯”了一声大方点头的是秘守家之长；说着“噢，啊”跑去偷窥三人样貌的，则是年过半百依然好色的一守家户主。一般来说，在长寿郎挑选新娘期间，一守家的人不会和姑娘们见面。这是出于一守家特有的傲慢，也就是说，只有实际娶进门的姑娘才值得重视，别的候选人压根儿不屑一顾。

不管怎么说，这两位能有回应已经不错了。因为富贵一如既往地冷眼瞪视斧高，一声不吭，只是盯着他的脸，全无表情，也全无反应……

（我想无论长寿郎少爷和谁结婚，夫人都不会对媳妇满意。而且，来通知新娘候选人到齐的偏偏又是我，她哪里乐得起来。）

为了逃避富贵令人遍体生寒的冰冷视线，斧高行过一礼后急忙离开了她的房间。

“听说新娘们总算都到齐了。”

斧高正要去甲子婆的房间请示下一步的工作，被佥鸟郁子叫住了。年近四十的她，看起来还是那么年轻美丽。但冰凉剔透的气质也毫无变化，让斧高感受到了和富贵截然不同的寒意。

“是的，就在刚才，古里家的毬子小姐到了。”

一守家的自备车刚从滑万尾车站把毬子接来。为了遮挡村里人好奇的目光，车上一直拉着窗帘。

“所以，我刚才把这事禀告了老太爷、老爷和夫人——”

斧高不知道郁子向自己问话时心里在想什么，但他始终以礼相待，和对待秘守族人没什么两样。

“噢。那么，假如你要和三人中的某一位结婚，你会选谁？”对方提了一个出人意料的问题。

“哎……是说我、我吗？”

“对，就是在问你。你也到了对女人十足感兴趣的年纪了，不是吗？”

“……”

莫非是在影射长寿郎的事？斧高心里动摇起来。但是，他完全没有曾被郁子看穿过心意的印象。因为两人之间联系极少，除非对方心血来潮主动前来接触。

“老、老师，别逗我了。那几位小姐可是长寿郎少爷的相亲对象，我这种人怎么可能配得上她们。”

“一样的话，也能安在那三个姑娘身上。”

斧高小心应对，试图安稳地躲过她的刁难，然而郁子却抛下了一句出人意料的话，拂袖而去。

（不单单是富贵夫人，郁子老师也对长寿郎少爷的婚事十分不悦……）

妃女子亡故后，郁子的学生就只有长寿郎了。所以她把身为教师的所有感情倾注给了长寿郎一人。事实上她以自己的学生为荣，对他非常慈爱，这一点就连斧高也知道。据说从双胞胎幼年时起，富贵就对他俩不闻不问，相较而言，郁子倒更像母亲，又像年长的姐姐，有时简直还像恋人一般，始终照料着长寿郎。

斧高也曾听传言说，从很久以前开始，郁子就悄悄地频繁前往媛神堂参拜。起先他还纳闷这是为什么，现在看来，准是为了祈祷长寿郎能平安长大。

（不管谁成为长寿郎少爷的新娘，似乎都会很辛苦。）

仔细想想，郁子在学生顺利成人后，就算被辞退也不奇怪。之所以至今还把她留在家中，想必也和甲子婆一样，是为了奖励她长年工作、劳苦功高吧。这不是什么坏事，但站在新娘的立场来看，岂不是变成有富贵和郁子两个婆婆啦?

（想想就觉得恐怖……）

斧高对那三个原本绝不可能让他抱有好感的姑娘，也产生了同情心。

和佥鸟郁子说话似乎耗费了太多时间。

“你都干什么去了！”刚进甲子婆的房间，就迎来了劈头盖脸的责备声，“给老太爷们传话，要传到几时才算完?”

甲子婆近来明显衰老了，但今天显出了少有的好精神。也许是她自觉婚舍集会中的种种惯例必须由她来妥善处理吧。

“那长寿郎少爷……”

“他早就在祭祀堂更衣完毕了，正在等三位小姐。”

甲子婆仍有点气喘吁吁。看来她在照料完长寿郎后，立刻赶回了本家这里。

（不要紧吧？）

稍后她还必须伺候三人更衣。但斧高心里明白，如果表露出对甲子婆身体的担忧，她就会怒喝道：“我的心态跟那些老头老太太可不一样！”

“好了，现在你带三位小姐去祭祀堂。”甲子婆当然不可能知道斧高对她的关切之情，马上做出了指示，“不能从正门出去，给我记住啊小斧，你要把三位小姐的鞋子搬到后面的走廊，从那里招呼她们出来。”

“是，我明白了。”

“带人过去的顺序千万别弄错啊。”

“是，首先是二守的竹子小姐，接着是三守的华子小姐，最后是古里的毬子小姐——对吧？”

“对。”

“那甲子婆婆您呢？”

“我在走廊等候三位小姐。”

斧高一边按吩咐行事，一边回想着几个月来持续不断的新娘候选人选拔风波。

二守家的竹子和三守家的华子早早就已决定，有争议的无非是要不要把三守家的桃子也列入候选。当然，这被二守婆婆即一枝夫人阻止了。理由是她绝对不能容忍“二守家一人，三守家二人”这种不平等的对待。对此，三守家自然也不得不勉强顺从。如此这般不出意外的话，新娘选拔就是二守家和三守家的一对一竞争。

然而，谁都没想到古里家发话了。还说要推举毬子为候选人。这立刻引起了秘守家族的骚动。第一个反对的就是二守婆婆，富堂翁和兵堂的脸色也不好看。他们恼火的是，古里家固然是远亲，但毕竟还是门不当户不对。

本来嘛，闹成这样毬子就该消失才对，但长寿郎却表示希望她参加。不仅如此，他还拉拢郁子说服了祖父、父亲乃至甲子婆。这么一来，就连一枝夫人也无法干涉了。最后新娘候选人和以往一样，变成了三个。

（长寿郎少爷对毬子如此执着，不会是出于他对婚舍集会的反抗心理吧？）

也就是说，长寿郎从一开始就毫无请毬子做新娘候选人的念头，只是托她前来扰乱仪式……斧高甚至有了这样的怀疑。

（长寿郎少爷显然对婚舍集会不感兴趣。自从决定让毬子小姐参加后，他就显出了奇妙的欢愉之色。话说回来，斧高也不认为他真会决定让素未谋面的毬子小姐做自己的新娘。这么说，难道他俩想合力把婚舍集会弄个稀巴烂……）

这个想法让斧高心潮澎湃。但他也明白，即使起了那样的风波，也只能让婚事暂缓。只要长寿郎还是一守家的继承人，一守家就绝不会容许他轻慢婚舍集会。

（难道长寿郎少爷有喜欢的人……）

他立刻打消了这个在脑中一闪而过的念头。并非出于个人的愿望，而是因为周遭没有可能成为候选人的对象。要说有，能想到的也就是二守家的竹子或三守家的华子和桃子。至于村里人的可能性，只消看看长寿郎的日常生活，就可以率先排除，且不会有错。因为他压根儿就没有和谁一见钟情的机会。

（不不，一定是少爷对结婚本身还提不起兴趣吧。）

经常陪伴长寿郎的斧高，总有这样的感觉。

“让各位久等了，请这边走——”

搬完三人的鞋子后，斧高从竹子开始，依次把她们引到甲子婆嘱咐的后走廊。

被带往后院已是意外，还要接受一个怪婆子的锐利目光的审视。或许是因为吃惊不小，三人的脸上都浮现出吓了一跳的表情。不过，竹子当即用鄙夷的眼神还以颜色，华子害羞似的迅速低下了头，而毬子倒显得兴致勃勃，屡屡打量甲子婆。正可谓三人三态。

不愧是长寿郎的新娘候选人，三位姑娘容貌都很美，不过给人的感觉却截然不同。竹子是一个刚毅性格溢于言表的漂亮女孩，华子身上散发着温婉的美，而毬子则具有女明星似的靓丽风采。

不过如果只关注外表，就又会形成二对一的态势。“二”是竹子和华子，“一”是毬子。因为毬子身着洋装，其余二人却穿着和服。只是比起略施薄粉的华子来，浓妆艳抹的竹子身上甚至还有香水味，手上又涂着指甲油——这玩意儿斧高也是第一次见到。他对女性的化妆一窍不通，但即便如此，他也不认为竹子的打扮与这身和服般配。也许是她对来自都市的毬子燃起的对抗心，以浓妆的形式表露了出来。因此，虽说都穿着和服，但在容貌的差异之外，竹子和华子给人的印象也完全不同。

不过，这毕竟不像和服与洋装的差异那么明显，总之三个人还是分成了二和一。况且毬子的洋装有着艳丽的颜色和花纹，可想而知，当她走下滑万尾终点站时，就已是令人瞩目的对象。除了衣着，对女孩来说太短的头发，舞台演员似的异于竹子的浓妆，熠熠生辉的两个硕大耳环，想必都让她格外醒目吧。不管是谁都会觉得，她这套装束强烈地散发着挑衅村民的意味。

（不，也许她真有此意。）

恐怕毬子自幼就在古里家听过无数以一守家为首的媛首村秘守一族的事。而且当所有亲戚会聚一堂时，古里家在族中所处的地位想必也让她不得不感到面上无光。由于还是个孩子，那些情绪会化作难以忘怀的芥蒂，永远残留在她的心里。毬子的祖母，嫁入古里家的三枝，是否也像一枝夫人那样对富堂翁及一守家恶言相向呢？这一点虽然不得而知，但也无法想象她会说出赞美之词。显然她至少一直抱有野心——有机会就把自家的姑娘嫁给一守家的继承人。毬子来参加这次的婚舍集会，就是最好的证明。

（对此毬子小姐不可能没有抵触。）

当然，斧高对她没有直接的了解。但通过长寿郎和《怪诞》杂志的活动，他总觉得自己多少有点了解毬子的性情。

（虽是女性却富有行动力，固执己见，热衷于怪奇与幻想类的事物和侦探小说，尤其钟爱耽美系。）

就这个意义而言，也许她和高屋敷妙子比较像。在斧高发誓绝不外传后，妙子把她正用“媛之森妙元”这个笔名写小说的事告诉了他。两人的文风或有不同，但自主女性的形象是一样的。不过妙子是小心地藏于心底，而毬子则是锋芒毕露，近乎有意为之。

（一个在媛首村，一个在东京；一个是派驻巡警的妻子，一个是离家出走的姑娘。居住环境和身份也有差异……）

但斧高觉得，这毕竟还是因为她俩与生俱来的性格就有差异。

“喂，小斧，你在干吗？还不快点过来！”

斧高想着毬子的事，不知不觉地就入了神，以至于脚步迟缓下来，落到了所有人后面。被甲子婆斥责后，他慌忙小跑起来。

竹子和华子走着路，对斧高不屑一顾，只有毬子回过头饶有兴致地看着他。斧高有很多话想说，看来对方也是如此。但在婚舍集会结束之前这是不可能的。就连长寿郎和三人会面，也得在她们分别进入各自的婚舍后。斧高决不可能先主人一步，随便和新娘候选人交谈。

（竹子小姐和华子小姐，完全就是秘守族人的做派啊。）

凝视着背对自己，默默行走的二人，斧高又一次产生了这种念头。可能对她俩来说用人的言行无关紧要，需要时能在身边听命，迅速地完成任务即可，其他时候则直接当空气无视之。事实上，两人所表现出来的态度简直一模一样。当然这并不意味着她俩性格也相同。不，总觉得其实是正相反吧。

（也许是因为继承了二守婆婆的血统，竹子小姐极为争强好胜，村里无人不知。现在她还会装装样子，但要是和长寿郎少爷结了婚——）

就像村里人窃窃私语的那样，她准会骑到丈夫头上作威作福吧。

（相比之下，华子小姐貌似极为温顺。不过——）

完全不知道她心里在想什么，不知为何总给人一种阴险的感觉。

用“清丽的良家女子”来形容华子明明是很合适的，斧高却总觉得那是她的假面具。

（华子小姐和长寿郎少爷结婚后，某一天她突然脱掉假面具——）

会不会露出令人惊骇的真面目呢？斧高甚至展开了这样的想象。

（不，也许是我故意把她俩想得太坏了。）

因为是长寿郎的相亲对象，所以难免会戴上有色眼镜。但斧高倒是觉得，被公认为素行不端的毬子是三人中最靠谱的一个，往好里说也可视作表里如一的竹子位居第二，华子则排在末席。

（和村里人的评价完全反了。）

关于谁最有可能被选为新娘，村里预测的顺序是华子、竹子和毬子。不过这预测中包含着村民的愿望，同时也能看出华子和竹子之间仅存微小的差距。换言之，人们认为长寿郎会选择华子，但竹子也许会凭借天生的强悍夺走新娘之位。至于毬子，似乎从一开始就被排除在讨论对象之外。

（因为村里人不太清楚长寿郎少爷和毬子小姐的关系。）

就算听说过他俩和某本杂志有关，也不可能知道那是同人志《怪诞》，且两人通过作品和评论保持着亲密的交流。

斧高扫视着三位姑娘的背影，万千思绪涌上心头。

“好了，到了。这里是祭祀堂。请你们进去准备。”甲子婆扬声道。她的气息还是有点紊乱。

斧高一惊之下，猛然回过神，慌忙跑到四人身前打开了祭祀堂的正门。甲子婆率先进门，目送竹子、华子和毬子进入之后，斧高也跟了进去。

站在三和土[1]上时，可以看到十叠大的外间左侧有一座屏风，与墙壁隔开了一段距离，放置得很不自然。

（放的地方好奇怪啊。）

但疑惑也只持续了片刻，很快斧高就发现屏风后面坐着长寿郎。

按照规矩，婚舍集会开始前，男方不得与身为新娘候选人的姑娘见面。动身去婚舍也得在三人出发之后。所以到姑娘们更衣完毕离开祭祀堂为止，他会一直如此藏身。

三人似乎在途中听甲子婆说过此事，在进入八叠大的里间时，尽可能不去看自己的左侧。

“你就在这里待命。”

甲子婆一边拉上里间的拉门，一边指着面前的榻榻米说道。大概是因为斧高不能在年轻姑娘更衣时和她们同处一室，也不能和长寿郎说话，所以甲子婆才发出了这样的命令。

斧高面向纸门，端坐在榻榻米上。他朝屏风的方向瞅了一眼，勉强能辨别出同样端坐着的长寿郎的右手和右脚膝盖。看着那纹丝不动的手脚，斧高特别想知道现在他究竟在想什么。

就在这时，从里间传出了竹子怒喝似的声音：“竟然要我换上这样的衣服？”

---

1. 三和土：中文记为“三合土”，由泥土、石灰和水混合夯实而成。因混合了三种材料，故名“三和土”。文中是指用三和土浇筑而成的土间。日本传统民宅中，人们的生活空间分为两部分：高于地面、铺设木板的部分和与地面等高的部分。后者即为“土间”，通常位于室内与户外的交界处。过去土间是从事家庭内杂务或炊事的场所，因而相当宽敞。但在现代民居中，土间变得狭小，成为单纯的脱换鞋场地，即我们常说的玄关部分。

“哎？简直就跟囚衣一样。真土！”然后是毬子的声音，语气中透着一股乐呵劲。

“如果穿上漂亮的和服去媛神堂参拜，淡首大人立刻就会降灾于你们。”

“啊啊，原来如此。这是在说淡媛和阿淡的作祟故事吧。”又是毬子在兴致勃勃地回应甲子婆的解说。

“就算是这样，也不用穿这种……”听竹子的口气，她还是不能接受递到眼前的衣服。

“今天请忍耐一下。谁要是被长寿郎少爷看中，就能穿上华丽的新娘礼服……对吧？”

甲子婆劝解的措辞里似乎含着某种挑衅的意味，就像在说“也不知道你们有没有这资格”。

“我说……颜色只有这些了吗？”

然而有人轻松躲过了甲子婆的讥讽。令人意外的是，问话的人好像是华子。

“啊……噢，没错。灰色、藏青色、黑色、茶色、紫色……就是这些。”

短暂的犹疑过后，甲子婆如实做了回答。紧接着，怒气依然冲天的竹子，拿华子开起刀来：

“我说，这不是颜色的问题吧。当然，颜色确实都很老土。”

“我觉得要看颜色怎么搭配了，搭配得好还是可以上身的。”

“什么叫可以上身？你——”

“因为我们终究要穿这身衣服和长寿郎少爷见面啊。”

“……”

华子的回答让竹子哑口无言。淡然接受囚衣似的服装也就罢了，更让她吃惊的是，她发现华子竟还在思考如何妥善着装，以便给长寿郎留下好印象。

（果然，华子小姐不像是单纯的温顺。）

隔着拉门听两人对话的斧高，心中一动。

“真是的，这种衣服，我究竟怎么穿才会好看嘛！”

没多久就传来了竹子发火的声音，但很快又听到甲子婆一边劝慰一边帮她穿上衣服的动静。必须同时照看三个人，甲子婆似乎也很辛苦。

然而，就在八叠间也总算安静下来，一度只微微透出衣物摩擦的响声时——

“什、什、什么啊，这是？”

竹子又叫了起来。这一回，与其说她是在发怒，还不如说是惊呆了。

“哎呀呀，这样一来就更像囚犯啦。”

“那个，在长寿郎少爷面前也要一直……”

在毬子和华子陆续作出反应之后，甲子婆终于高声喝道：

“不戴的人，决不允许踏入媛首山一步！”

里间顿时鸦雀无声。

“好了，希望你们快一点。”甲子婆继续以不悦的语气催促道。

“听好了小斧，现在打开拉门。”

紧接着甲子婆又发出了指令。斧高慌忙拿右手扳住把手，将拉门横向打开——

“啊……”

从里间走出三人，斧高看到她们的模样，不由得倒吸一口冷气。

第一位全身藏青色，第二位灰色，最后一位则是茶色。虽然颜色不同，但每个人都穿着土得掉渣的和服。正如毬子所言，她们简直就像即将被带走的囚犯。而且，由于各自披着只能窥到双眼的奇怪头巾，所以一瞬间判断不出哪个颜色是哪个人。从现身的顺序来看，感觉藏青色是竹子，灰色是华子，茶色是毬子。想是这么想，但究竟如何其实并不清楚。

“现在就请各位按照藏青色、灰色和茶色的顺序，依次走向媛神堂。”

从十叠间里侧的拉门到玄关，搁着一列座垫，三个姑娘坐在上面。甲子婆则在长寿郎的反侧坐下，面向她们发出了指示。

“其间，你们一句话也不能说，当然也不能把头巾取下来。到了井边，请洗手然后参拜祓户神。接着进御堂，礼拜祭坛，用你们各自的方式就可以。不过别忘了，你们要抱着谦虚的心态，绝不能对淡首大人做出失礼之举。只有这一点必须格外小心。如果轻视这个仪式就会遭到意想不到的报应。老早以前就有一种讲法，说淡首大人最讨厌一守家继承人的新娘。”

也许是甲子婆有点激动，话至中途竟用起了关西方言。

“呵……”大概她自己也注意到了，于是呼出一口长气，又续道，“参拜完媛神堂，请你们登上荣螺塔再下去，进入婚舍。那时请摘下头巾，悬挂在自己即将进入的婚舍门前。各位出发后长寿郎少爷也会动身，所以进入婚舍后请你们静静等候。”

甲子婆逐渐恢复到标准语，继续向三人进行说明，最后语气沉稳地结束了发言。

祭祀堂的挂钟指向三点十五分时，第一个人率先动身前往媛神堂，五分钟后第二个，又过了五分钟第三个人也出发了。从这里到御堂大约需要走十五分钟。长寿郎终于从屏风后现身是在三点四十分左右，这时最后一位姑娘应该也已抵达媛神堂。

盛装的长寿郎穿着外褂和裙裤，威风凛凛，斧高发现自己心跳如鼓。长寿郎手里捧着一个淡紫色包袱，看起来就像一个带着艰深的学术书籍出席开学典礼的学生。这样的形象非常适合他，斧高甚至感到了自豪。

但是，这激昂的情绪没能长久持续下去。因为他马上想到长寿郎和三位姑娘在装束上的差异如此悬殊，心中隐隐升起了莫名的寒意。也许直到此刻，这扭曲得匪夷所思的相亲景象才让斧高感到害怕了。

长寿郎默默地向甲子婆施了一礼，对斧高也轻轻点了点头，离开了祭祀堂。斧高和甲子婆一起在正门口目送他穿过北鸟居登上石阶，直到他的身影消失在参道尽头。

“竟然能走到这一步……”望着长寿郎的背影，甲子婆深有感慨似的低语道。从昔日以产婆的身份接生长寿郎直到今天，发生过的种种事情此刻正在她的脑海中回旋吧。

不久长寿郎的身影消失了，或许是完成使命后的安心感催生了倦意，甲子婆在十叠间排好座垫躺下后，立马就发出了轻微的鼾声。

（该不该跟在后面呢？）

十年前十三夜参礼当晚发生的事，突然浮现在斧高的脑海中。顺带一提，长寿郎吩咐过不必担心二十三夜参礼，所以他才留在了祭祀堂。况且当时还有富堂翁、兵堂和甲子婆等人的睽睽众目，根本不可能跟过去。

但现在的话，就没有任何障碍了。不过问题在于斧高自己也不知道，他到底是想目送长寿郎到媛神堂，还是想去看一眼婚舍内部。

（但是，既然十三夜参礼时有过危险，那么婚舍集会也……）

看来最终就会变成以保护长寿郎为名尾随其后。斧高感到这是自欺欺人，但他别无选择。

（好啦，如果情况有变，御堂里面——）

也进去看看吧——斧高这样想。他留心着不吵醒甲子婆，蹑手蹑脚地走出了祭祀堂。

然而在鸟居前行过一礼，登上石阶，步入参道……来到境内时，斧高突然止步不前了。他的视线从眼前的媛神堂移到荣螺塔，再游移到婚舍，脚却一步也向前不得。

（婚舍集会……）

正因为知道这仪式对一守家，对长寿郎来说有多重要，不知不觉中，不可妨碍仪式的想法压过了守护长寿郎的念头。而且刚才斧高完全忘了，面前的境内铺着玉砂利。相比夜晚，白天时的森林十分吵闹，就算发出轻微的脚步声大概也不要紧。当然话虽如此，谁都不能保证绝对不会暴露行藏。

斧高无可奈何地转身，开始沿参道往回走。但是当走到石阶顶端，重见鸟居的时候，他又向境内奔去。不过他绝不尝试踏上玉砂利。此后他反复做着同样的事。如此往复多次后，就在他又一次回到石阶时……

“喂，斧高！”

突然被人喊了一声名字，斧高吃了一惊。由于声音从下方传来，所以他低头看去

“巡、巡警先生……”从石碑后现出了高屋敷的身影。巧的是，那里正是十年前斧高藏身的地方。

“您是在巡视吗？”

“是啊，和二十三夜参礼的时候一样，入间巡警和佐伯巡警分别在东鸟居口和南鸟居口巡逻。”

入间是今年春天二见巡查长的继任被调离后，新来东守派出所任职的巡警。佐伯和高屋敷一样，战后仍在南守派出所工作。当警察的，调职本是常事，但斧高好几次听妙子说，他俩每次照面都会叹息一句“看来我们是要长眠于此了”。

“那你呢？是不是又在守护长寿郎君？”高屋敷沿石阶走了上来，问道。

“不、不是，唔……”斧高支吾着低下了头，尽管对方的口吻中绝对没有咄咄逼人的质问之意。

“你的担心我能理解，但我们正在三个鸟居口巡视，所以不用担心哪个冒失鬼会偷偷潜入这里。不会有问题的。再说婚舍集会毕竟是相亲，所以……嗯，也就是说，你可不能去妨碍人家哦。”

虽然斧高认为高屋敷的话里没有那种意思，但还是觉得自己想要窥探婚舍的念头已被看穿，不禁涨红了脸。还好他面朝下方，也算是不幸中的万幸。

"不过嘛，在参道上来回巡逻之类的，没问题。"

"啊……"

斧高刚吃惊地抬起头，高屋敷就笑着催促起他来。他万万没有想到自己竟然能与警察同行，多少还是有点迟疑。

"来吧，我们走。"高屋敷说着，以极为舒缓的步伐率先走上了参道，因此局面自然而然地演变成了斧高也跟在他后面。

"怎么样，在斧高看来谁会夺魁？三个人里，哪个看起来适合做新娘？"

"不、不知道。"

他已经能和妙子无拘无束地交谈，但面对高屋敷时总会变得拘谨起来。恐怕是因为警察这一职业让他有所顾忌吧。

"村里好像分成了竹子派和华子派。东守村民当然是竹子派，南守是华子派。"

"北守好像是华子小姐一派的。"

"那是自然。如果竹子进了一守家，一旦今后遇到什么事，二守婆婆肯定会横插一杠进来。不留神的话，一守家很可能被二守家鸠占鹊巢。同时这也会在北守和东守两地之间造成问题。"

"我想富堂翁健在的时候不会有问题。"

"嗯。不过从几年前开始二守婆婆的身子骨就不太好了，不是吗？"

"是啊，我在一守家也听到了这个传言。"

"虽说比富堂翁大三岁，但女人通常比较长寿。当然这一点在秘守家尤其显著。不过，也没准一枝夫人会比体弱多病的弟弟先死。"

“所以二守婆婆会采取某些强横手段？”

“为此，竹子必须嫁入一守家。”

“总而言之，会有风波发生是吗？”

“是的。会不会发生需要我们介入的事姑且不论，族内纷争恐怕是不可避免的。”

“……”

“对了，听说毬子的熟人，一位和长寿郎君也进行过交流的作家要来。”

“……啊，没错，是江川兰子老师，和毬子小姐一起办同人志《怪诞》的那位。长寿郎少爷也加入了这个同人圈。”

“也就是说，风波的种子可能会来自外部吗。”

“啊？是说兰子老师吗？”

“听说那是一个孤僻而又难缠的怪人。”

“嗯，是啊……对了，长寿郎少爷说——”

“什么？”高屋敷不禁停下脚步看向斧高。

“不、不，可能不是什么大不了的事。毬子小姐在信上说，兰子老师的到访怕是会引发种种惊奇。”

“什么意思？”

“我也不知道……少爷说她根本没写具体的内容。”

“唔……这位怪作家其实是个大美女啦，本以为是成年人，其实是个早熟的美少女啦，什么的？”高屋敷似乎正在脑海中自说自话地描绘着江川兰子的形象，“但这样一来，没准会有预料之外的进展。”

“是什么？”

“啊，我是说如果是大美女，搞不好长寿郎君的注意力会从三位新娘候选人身上转移到她那里去——”

“长寿郎少爷不是那种人！”明白过来的斧高以强硬的语气打断了高屋敷的话，以至于话一出口连他自己也立刻吃了一惊。

“对、对不起……”

“没什么，是我说了不该说的话。你不用道歉。”

高屋敷爽快地回应道。就在这时，参道右侧出现了一座小型的马头观音像，那里大致位于参道的中间地带。

“都已经到这里啦？看来走得太快的话，就得像你一样来回跑上好几次了。”

高屋敷轻轻嘀咕了一句，把步伐放得更慢了些。此后，他特别留意着前方的情况，踏上了余下的参道。

（那种话不该说出来的。）

斧高并不认为高屋敷凭那句话就能觉察他对长寿郎的心意，但还是后悔不该把一时的感情吐露出来。

（可能已经被妙子阿姨发觉了。）

去派出所串门时，斧高会时不时地对她说一些在一守家的生活琐事。仔细想来，大多和长寿郎的言行有关，譬如说过这些话、告诉过他这些事、持有这样或那样的想法等。只要妙子不提别的话题，他就会没完没了地说长寿郎的事。

（毕竟还是很奇怪吧？）

高屋敷也在默默前行，似乎毫不在意身边低着头完全陷入沉默的斧高。

不久，两人转过了蜿蜒参道的一个弯，前方豁然开朗起来。一抬头就能看到媛神堂坐镇在铺满玉砂利的境内正中央。

高屋敷站住了脚，向御堂凝视片刻。

“那么，我们就在这里折回吧。”他一边说，一边迈步从参道原路返回。两人自然而然地再度交谈起来。斧高有意识地试图避开长寿郎的话题，但他的担心毫无必要，因为高屋敷对毬子和兰子进而又对《怪诞》的内容显示了兴趣。妻子当了作家，他毕竟还是不能不关心吧。况且不管怎么说，兰子和妙子都是在《宝石》杂志出道的。

“用不了多久，斧高也会开始写小说吧？”

由于走路悠哉悠哉，他俩此时还没离境内太远。就在高屋敷问完这句话时，身后传来了人声——

“谁？为什么会在境内？”高屋敷当即做出了反应。

“所有人应该都在婚舍里，我们快去看看吧。”

斧高生怕受到阻拦，立刻转身全力向境内跑去。但高屋敷不仅没让他停下，反而迅速紧随其后。

“啊，是竹子小姐和华子小姐……还有……”

媛神堂前站着三个人，除了身穿藏青色粗陋和服的竹子与穿着灰色同款和服的华子，还有一个西装革履的陌生男人。

“你们——”

高屋敷刚要上前问话，看到他的竹子就叫喊着跑了过来：

“巡……巡警大人！出、出大事了！毬、毬子姑娘被、被杀了！”

“你说什、什、什么？”

在参道终点和媛神堂的中间地带，在境内，竹子几乎抱住了高屋敷：

“婚、婚舍……中婚舍……里、里间……”

“你是说毬子被杀了？”

竹子激烈地点头。

“长寿郎君呢？难道他也……”

这回她则是大摇其头。

“那么他，长寿郎君在哪里？”

然而面对高屋敷的反复追问，竹子只是一个劲地摇头。

“怎么回事？人不见了吗？”

高屋敷无法了解情况，看上去十分焦躁，他径直向媛神堂走去。竹子搂着他似的纠缠不放：

“毬、毬、毬、毬子姑娘的……脑、脑、脑袋没了……”

12

第十二章 媛首山杀人案

“什、什么！”正向媛神堂走去的高屋敷不由得回转身，逼近竹子，“头、头没了？那、那你怎么知道那具无头尸是毬子？”

“御堂里不是只有我们三个人吗？”

一度惊慌失措的竹子，似乎飞快地冷静了下来。也许是天生的傲慢又冒了头，她的语气中透着讥讽。

“呃，好吧，话是没错……”

高屋敷也差点被她的声势压倒。

“不过呢，现阶段还不能妄下断言。”

但他还是勉力进行了反驳。然而竹子之后的发言，让他大吃了一惊。

“我说，你躲在那种石碑后面，怎么可能保护我们的安全嘛。”

（哎？我暴露了吗……）

这句话最终并未说出口，但高屋敷的脸色也许已有变化。

“华子姑娘也发现了吧，是不是？”

竹子发问是为了追加一道保证，但华子却表情暧昧，不肯定也不否定。然而这种态度看来就像是在认同竹子的话。

高屋敷心想再这么下去可不妙，于是问道：“你是说有情况发生，威胁到了你们的人身安全吗？”

“当然！不是有淡首大人的作祟吗？”

“什么嘛，是那个呀。荒谬！”

高屋敷觉着形势顷刻间逆转了。但是——

“哪里荒谬啦！现在毬子姑娘不是成无头尸了吗？”

被这么一反驳，高屋敷什么话也说不出来了。

“喂，你是谁？怎么到村里来的？是从什么地方进来的？”

多少也是为了在掩饰窘境，高屋敷突然盘问起那个先前就很在意的男人来。那人穿着西装，头上俏皮地戴着一顶软帽。

男人一直饶有兴致地观望两人的交谈，他的装束完全是都市化的，有着和“青年绅士”一词相称的仪表。然而他的美貌与长寿郎又不尽相同，五官非常端正，似乎脱下西装换上女装都没什么不合适。

（总觉得这家伙不靠谱。）

浑身透出所谓的贵族气质，这形象让高屋敷有点不舒服。在这种场所，而且还是在可能已发生杀人案的情况下，男人的一切自然都显得可疑。

（这家伙真的很奇怪。）

这张脸从未在媛首村见过，而且从服装和搁在脚边的大旅行包来看，此人显然是从外地来的，毫无疑问。

“喂，我在问你呢！”

然而男人没有看高屋敷，只顾盯着别处。高屋敷怒气冲冲地走上前，打算站到这家伙的正面去——眼睛无意中沿着他的视线一看，意外地看到了斧高的身影。

（这家伙为什么看斧高？）

高屋敷看着斧高，好像在问他俩是否相识。想来疑问已成功地传递过去，只见斧高带着不知所措的表情摇了摇头。

（果然不是嘛。）

高屋敷完全不明就里，正要再次面向那个男人时，对方开口了：

“初次见面，请多多关照，我是江川兰子。”

“什……”

虽然语声低沉，但这句话让高屋敷发现对方是女人。原来不是适合女装，正相反，这是一个穿上男装也像模像样的女人。

（原来如此……是女扮男装啊！）

兰子来了会让大家吃惊，原来毬子说的就是这个。既然如此，虽然没见过面，但兰子应该知道斧高的存在。

这么想着，高屋敷看了斧高一眼，这回轮到少年目不转睛盯着兰子了。对方的真实身份似乎让他大为震惊。他的头脑中大概从未有过女扮男装这种概念，因此格外惊讶。

“我在一个叫喉佛口的终点站下了公共汽车——”

因为兰子接了话，所以高屋敷重新把脸转向了她。看来她正打算回答第二个问题，即她是从何处进入此间的。

“我穿过村界东守大门，沿着一条路，大概是村里的商业街吧，一路走到被称为东鸟居口的媛首山入口处，这时一位巡警先生叫住了我。不过，我把受秘守长寿郎邀请的事向他说明后，他就爽快地让我通过了，所以——”

一个进村还只有半年多的巡警，一听是长寿郎的客人就做出不会有问题的判断，也算情有可原。高屋敷虽然这么想，但还是很懊恼。

（真见鬼！应该事先对他严加提醒，告诉他绝不能放任何人进来。）

考虑到对方缺乏经验，高屋敷认为事先进行指导以弥补这份欠缺，是自己这个做前辈的职责。

不过，他马上从兰子的说明中发现了疑点。

“等一下，这么说，是长寿郎君指示你在婚舍集会进行的过程中来媛神堂的吗？”

“不是。”素面朝天的兰子脸上浮起了微笑，“这是毬子姑娘的主意。她叫我突然现身，好让正在相亲的长寿郎少爷吃一惊……”

“那么，你和毬子——”

兰子的笑容顿时消失了：

“还没见上。御堂刚出现在眼前，我就遇到了这两位姑娘。后来她们说有人被杀了，没有头什么的，我也是因为事出突然……然后巡警先生你就大驾光临了——”

“你并没有见到尸体？”

兰子慌忙摇头。这时竹子开始吵闹起来，说现在不是在这里慢条斯理讨论的时候！

“知道了，知道了。我马上就去确认。”高屋敷走到媛神堂的格子门前，又回头吩咐斧高，“你也和大家一起留在这里。”

这是在悄悄委托斧高监视三人。幸运的是，少年似乎领会了他的弦外之音，对他点点头，眼里露出意味深长的目光。

“你们也是，在我回来前绝对不要四处走动。”

为慎重起见，高屋敷对三位女性也发布了命令，然后踏进了媛神堂。

（好暗啊。）

虽然祭坛上点着蜡烛，但是和外面的亮度相比，实在是太微弱了。窗户是格子构造的，而且数量很少，射进来的阳光好像还不到普通住房的一半。

（而且还有这么多……）

祭坛前和左右两侧杂乱无章地摆放、排列、堆积着各种物品，真是一派混沌景象。

即便如此，凝目望去仍可识别出，其中供奉着很多对于村民的营生和日常生活来说不可或缺的机械和工具。譬如养蚕用的竹制网框式蚕箔、织丝纺车，还有烧炭必备的工具——杆秤、竹箕和救火钩，以及背架、蓑衣等日常生活用品。

在杂乱的祭坛对面，建有媛首冢和御淡供养碑。

（在这种时候看到，果然会毛骨悚然啊……）

迄今为止，高屋敷进媛神堂的次数简直屈指可数。当然他也没有机会像现在这样细看两座冢碑，所以感觉尤为惊悚。

（不行，现在可不是在这里滞留的时候。）

他慌忙打开右侧的拉门，走过短走廊，经由走廊尽头的同款拉门进入了荣螺塔。

走廊也好，塔内也好，完全没有灯火。不过，因为间隔甚宽的格子窗在走廊两侧连绵不绝，所以感觉比御堂明亮。相比之下，塔内的窗户就像在左壁攀爬似的向斜上方延续，格子又小形状又不方正，只有几缕细长的阳光能从那里勉强射入。地点一变，明暗差也有巨变。这种不完善的采光方式，令视野更加模糊不清。

（就像胎内潜行[1]一样！）

向上延伸的通道和窗户保持着相同的倾斜度。步行其间，高屋

1. 胎内潜行：日文原词为“胎内潜り”。指从佛像肚内或洞穴等黑暗狭窄的地方钻过，是一种源自转世信仰的民俗活动。

敷莫名地想起了深入地下，在黑暗中潜行的情景。他很久没进过荣螺塔了。

（不管什么时候来看，这都是一座奇妙之极的建筑。）

一圈又一圈地回旋着攀登，终于到达塔顶时，立刻又要反向回旋下行。所以说到徒劳无益，恐怕再也没有比这更徒劳无益的建筑了。

（也对，驱邪什么的，尽是些不实用的行为嘛。）

到达塔顶时，高屋敷的视线自然而然地越过北侧的无格窗，投向了水井。在两者的正中间只有左侧的一棵像塔一样高的杉树，此外别无遮挡视线之物。

（十年前，妃女子究竟是如何从这里移动到水井去的呢？）

一瞬间，仅仅是一瞬间，高屋敷忘记了自己身处荣螺塔的目的。只有十三夜参礼的那桩怪案在脑中苏醒了……

（不、不行！）

他随即回过神来，一口气跑完了下坡的斜道。铺有木板的斜道表面横着一道道木条，虽然有所助益，但一不留神仍有可能失足滚落下去。高屋敷为反省自己先前那一瞬间的松懈，甚至忘记了危险。

高屋敷一路向下跑到塔的另一侧，打开眼前的拉门，首先出现的是一个正方形的狭窄空间，里面朝三个方向各自延伸着一条短走廊。

（从御堂正面，隔着荣螺塔能在右边看到的婚舍应该是前婚舍。只是一圈圈地回旋而方向不变，所以右侧走廊的尽头就是前婚舍了。换言之，中间的是中婚舍，左边的是后婚舍。而毬子在中婚舍……）

成了一具无头尸，这是竹子说的。高屋敷窥探中间的走廊，发现有什么东西掉在了走廊尽头的木门前。看上去像是一块灰布。他马上对其余两处也进行了确认，右和左的木门把手上分别挂着藏青色和茶色的同一种布。

（这是什么记号吗？）

高屋敷一边想，一边顺着中间的短廊向里面走。打开木门前，他捡起那块布看了看，才知道是一块只在两眼处开口的头巾。

（对啊，从祭祀堂走到这里来的时候，她们就戴着这个东西。）

高屋敷在北鸟居口旁的石碑后目送走上石阶的姑娘们时，亲眼看到三个人都戴着头巾。

然而，明明事实清晰，不知为何却让他感到蹊跷，无论如何也无法释怀。这是为什么呢？高屋敷险些陷入了沉思。

（不，这个以后再说吧。总之必须先去确认现场。）

说实在的，都已经到了这里，高屋敷还是半信半疑。虽然不至于认为竹子在说谎，但毬子是否真的成了无头尸，不亲眼所见的话怎么也没法相信。

高屋敷把手搭在拉门上，做了个深呼吸。等到心绪稳定下来后，他一鼓作气打开了门——

里面什么也没有。映入眼帘的只是一间四叠半的茶室。

（对、对了……竹子好像是说在里间……）

一瞬间的松懈反而加剧了紧张感。高屋敷踏入外间，缓缓地朝分隔里外间的拉门走去，途中心神再度平静了下来。他的手指轻轻扣住拉门的把手，这次也是一口气拉开——

“唔……”

里间确实有一具无头女尸。不过，竹子有件事忘了说，那就是尸体全裸。

六叠大小的里间构造简陋。打开拉门进去，只见门对面的墙壁左侧有壁龛，右侧配置着壁橱。左右墙上分别只有一扇纸窗，外侧安装着木格。拿这种房间当相亲的场所，实在是煞风景。

无头尸横躺在地，失去头颅的颈部对着壁龛和壁橱之间的细柱，双脚甩放在出入口的拉门前。不过，可能该说幸运的是，尸体下半身居然盖着一块淡紫色的包袱布。只是，在斩下尸体头颅这一残忍行为的映衬下，掩饰女性器官的审慎态度让人感觉极不自然，也进一步彰显了无头尸的诡异。

“慢着，包袱布可能是竹子她们盖上的，这个要做一下确认。”

高屋敷特意说出了声，在脑海中做下备忘，他从壁龛那一侧靠近尸体，蹲下身，首先检查了颈部的切面。

“这……肯定是拿斧子之类的东西砍了好多次！”

柱子和颈部的切面之间，正好隔着一个头的距离。此外，被砍掉的头颅下面的榻榻米上，能看到一些像被大型刀具扎过数次的痕迹。榻榻米表面的蔺草被劈开，露出了里面的稻草，粘血飞溅在林立的一根根稻草上，这景象实在惨绝人寰。

“一定是用了媛神堂祭坛处供奉的斧头或柴刀之类的工具。”

高屋敷推断，那十之八九就是斩首刀具的来源。

“身体部分……没有伤口。”

高屋敷仅靠目测对尸体做了一番检查，不曾发现殴打或刺伤的痕迹。为保险起见，他稍稍抬起尸体又看了看后背，还是找不到那样的痕迹。

“这么说，可能是头部被袭击了。”

高屋敷意识到自从进了这间屋子，自己就一直在自言自语地嘟哝，但要是不说出声音来，他又会觉得无法在这里待下去。

“有必要确认身份，但这具尸体是毬子的应该不会有错。不过，假如她是被害者，那么杀死她的——”

就是长寿郎了。想到这里，高屋敷又摇了摇头。

“不，只有他——是绝对不可能的吧。而且动机……”

高屋敷正要断言长寿郎没有动机，就想起了维系着他和毬子的同人志《怪诞》。也没准其中隐藏着意想不到的动机。况且，竹子和华子都在，唯独长寿郎不知所踪，只能说这的确非常可疑。

“现在暂时能做的只有这些吧。”

高屋敷检视完壁橱，最后环视了一遍六叠里间，又检查了四叠半茶室和茶器清洗间，然后离开了中婚舍。也是为慎重起见，之后他又到前婚舍和后婚舍走了一趟，然而别说长寿郎的身影了，就连像样的线索都没找到。

高屋敷返回媛神堂，粗略地看了一下供奉品。

“果然找不到斧子。”

当然他并不清楚最初究竟有没有斧子，但村里人一直从事烧炭和林业，所以他认为一把斧子也没有是很不自然的。

他打开格子门来到堂外，只见竹子和华子在媛神堂和通往北守的参道之间互相倚偎着。不，与其说是互相，还不如说是华子单方面紧紧搂着竹子。

（斧高和兰子呢……）

高屋敷慌忙在御堂四周转了一圈，发现斧高正在东守的参道附近，忽南忽北地张望着。再向南看去，只见兰子正在那里信步闲逛，这才姑且放了心。

“为什么不四个人待在一起？”高屋敷朝发现自己的斧高招招手，问道。斧高抱怨说，这是因为竹子、华子两人和兰子一人各自为营，不肯统一行动。

（二守和三守的大小姐，与东京来的男装丽人，哎，怎么可能合得来嘛！）

高屋敷把斧高带进媛神堂，对现场的情况做了简单说明。少年自然是大为惊骇。不过或许是因为立刻想到了自己的使命，他没有叫喊而是安静地侧耳倾听。等他大致了解了案情之后，高屋敷发出了一连串指令，还让他复述了一遍。斧高要做的是把此事通知给正在南鸟居口巡逻的佐伯巡警；转告佐伯，请他联络终下市警署；再请佐伯联系伊势桥医生，经由东鸟居口来媛神堂；佐伯一离开岗位，斧高就代为监控南鸟居口，不过，他还要拜托佐伯向青年团寻求支援，一旦有人来了就和斧高换班，好让他先回来；另外，他还要让佐伯派人去监视北鸟居口。

“那……长寿郎少爷他……”像是一直在等待高屋敷传达完所有指示似的，斧高谨慎而诚惶诚恐地问道，语气中透出了渴望知道所有信息的欲求。

“御堂和婚舍，当然荣螺塔也是，都没有他的踪影。”

“噢，是已经出山了吗？”

“大概是，也不排除还躲在某处的可能性——”

“这么说，是长寿郎少爷杀、杀害了毬、毬子小姐……”

“不……这个还没确定——不做进一步调查的话……”

——就没办法弄明白。高屋敷话到中途又咽了回去。因为就现状而言，无论怎么想都只能认为他就是罪犯。

“我去了。”斧高突兀地说完这句话，就奔出了御堂。

“……拜、拜托啦！”

高屋敷对着斧高的背影喊道。鉴于少年此刻的心境，他本想再说些别的话，但是传话的任务除了斧高无人可托。

（接下来——）

他沉思片刻后走出媛神堂，首先询问兰子从车站到此地大约耗时多久。其结果，他姑且做出了判断：虽然细节部分还需要讨论，但目前看来，她似乎没有作案可能。

“好了各位，我有事想拜托你们。”

他把三人聚到一起，请竹子和华子分别监视通往北守及南守的参道，请兰子以媛神堂的出入口为中心对荣螺塔和婚舍进行全面监控。竹子和华子当然不好说完全清白，但现状如此也只能向她俩求助。

“要、要是看见了什么人……”大概是有感于硬被摊派了一项意外之极的任务，竹子的口吻中失去了强悍之气。

“我、我们不、不会有事吧？”至于华子，已经害怕到了极点。

“巡警先生你要做什么？”似乎只有兰子一人头脑冷静。仔细一想，唯有她没见过全裸的无头尸，所以也算是理所当然。

“刚才我已经打发那孩子去我同事那里了。终下市警署马上就会得到消息，支援的人就快到了。”

对于发生在村里的案件，本地的派出所有查案结案的权限。不过遇到今天这种极其不可思议的诡异杀人案，自然是另当别论。

“你的意思难道是要我们等在这里，直到警署的人过来？现在你就应该立刻负责把我们平安送回去啊！”

竹子随即显出一副这可不是开玩笑的样子，手指高屋敷，激烈地抗议起来。看来她又恢复了元气。

（可恶，这女人真麻烦！）

不过幸运的是，当竹子发现戳向高屋敷的指尖上涂抹的指甲油，眼看就要悲惨地脱落时，突然安静了下来，似乎是被转移了注意力。

兰子见缝插针地问道：“那巡警先生你呢？”

她一直很在意自己提出的疑问，想要推动整个话题的进展。

“我要去东守——对了，那里不是有个你也见过的巡警吗？”

“啊啊，是那位年轻的巡警先生啊。”

“他是入间巡警，我这就去叫他。等我们俩回来，就让入间护送你们回一守家。在那里——”

“为什么要去一守家？拜托送我回二守家。华子小姐也想回三守家对吧？”竹子对着高屋敷大发牢骚，又向华子寻求支持。

“我、我、我嘛……只要能离开这、这里，什么地方都……”对华子来说，去哪里似乎只是次要问题。

“我很想这样做，但入间一个人很难办到，而且稍后我还会对你们进行单独询问，为此也得请你们暂时待在一个地方。”

“明白了。那么就请早去早回，我们在这里等你。”

也许是想避免竹子再次插嘴横生枝节，兰子一边说，一边配合地做出目送高屋敷离去的姿态。

“啊、啊啊……那好，我尽量早点回来。”

一瞬间，高屋敷莫名地差点对兰子敬了礼，不由得心中一慌。虽然他以相当不自然的体态挥动着已抬起一半的右手，进行了掩饰，但结果不但是兰子，连她身后的二人也显出了惊讶之色。

（不知为何有一种讨厌的预感，那个名叫江川兰子的女人会让我们方寸大乱。）

高屋敷一边在参道上疾步前行，一边为今天的事感到困惑。就在这时，他的脑海中浮现出昨天在火车上邂逅旅行两人组的情形，顿觉疲惫不堪。

（说起来，那个叫什么刀城言耶的男人也是作家。果然在爬格子的物种里，怪人大概特别多，全都一个德行。）

高屋敷为自己找到了合理的解释，至于自家贤妻也是其中一员就只好先不管了。

（如果不尽早回来——）

虽说是女人，但有三个，所以高屋敷认为不必担心会有人袭击她们。不过把她们留在案发现场附近，还是让他极为牵挂。

（不对，什么“有人”啊——从现状来看，无论如何都只能认为长寿郎是罪犯。可就算如此，他究竟从御堂逃往何处了呢？）

高屋敷心中升起了与斧高相同的疑问。从北鸟居口到境内，一直有自己和斧高在来回走动。入间和佐伯按理也在分头监视东面和南面。

（也就是说，人还潜伏在山里？）

由于参道的一侧时有石碑出现，高屋敷想到这里，便对石碑的背后格外留意起来。

（我和斧高的确在北参道来回走过好几次。但是，已发现这一点的长寿郎如果悄悄跟在我们身后，中途躲到适合藏身的石碑后……然后等我们折回从石碑旁走过之后，他再伺机脱身，从北鸟居口逃走。这么想的话……）

他很有可能早就离开了村子。

不过关于这一点，以后有的是时间确认。那套外褂和裙裤十分显眼，而且就算长寿郎在一守家偷偷换了衣服，他的脸可是无人不识、无人不晓的。何况村里人都知道今天有婚舍集会。如果长寿郎从东守大门出去，一定会有人看见。

（追查他的行踪不会太难吧……）

虽然这么想，但是每当有石碑出现在参道旁时……

（但是没准就在那背后……）

高屋敷不由自主地被这疑心所束缚，怎么也无法平复焦躁的心情。

（总之，现在最先要做的是和入间会合。）

他这样告诫着自己，不再去关注两侧的石碑，而是直奔东鸟居口。

然而，当左侧出现一座马头观音大祠堂时，他的脚步缓了下来。不管怎么看这里都是一个极为理想的藏身地。当然了，因此反而不选择这里藏身也是人之常情，但是穷途末路的人有时也会犯下意想不到的失误。

（只瞄一眼的话，耽搁不了多久。）

高屋敷迅速说服了自己，已然窥见了祠堂的内部。

然而——

难以置信的是，映入他眼帘的竟是一具全裸的无头男尸。

第十三章

首无

（长寿郎少爷杀害了毬子小姐？）

斧高奔跑在通往南鸟居口的参道上，同一句话在他脑中反复出现，嗡嗡作响。

（但是，今天应该是他们初次见面啊……）

真有一见面就萌生杀意的吗？把长寿郎视为罪犯毕竟还是不合常理。斧高刚这么想，就立刻意识到了一种可能性：也许长寿郎之前就已有杀害毬子的动机，两人的会面一下就激化了矛盾。

（毬子小姐一直想成为职业作家，但兰子老师反对她自立门户。因为如果她不当《怪诞》杂志的编辑，不再处理秘书方面的事务，就会带来种种不便。还有一个很现实的问题，那就是她成了职业作家也未必能以此谋生。换言之，兰子老师不愿意让毬子小姐脱离自己的庇护，而长寿郎则介入两人之间，试图做点什么。）

斧高也很清楚，数月以来这种情形一直在继续。

（话虽如此，要说长寿郎少爷会对毬子小姐起杀心，还是太奇怪了。绝对不可能。）

当然长寿郎未必会把所有事情都告诉斧高，不过从三人的关系来看，最不可能对另外二人产生那种情绪的，不就是长寿郎吗？

（如果说毬子小姐对妨碍她自立的兰子老师渐渐产生了恶念，倒还好理解。反过来，兰子老师见毬子小姐想要离开，恼恨她恩将仇报，结果发展成了杀意，也可以接受。但是长寿郎少爷想杀毬子小姐的理由，却是无处可寻！）

然而坚信这一点的斧高心中再度生疑，毬子究竟为什么要来参加婚舍集会呢？

（古里家一定是提出了强烈的要求，但毬子小姐早已脱离本家，所以说一声“与我何干”严词拒绝才合情合理吧。最大的理由可能就是长寿郎少爷热情邀请了她。但也可以稍稍错开日期，没必要非在婚舍集会当天来啊……）

那么，接受古里家的要求参加婚舍集会，毬子能得到什么呢？

（首先，是有望获得古里家的经济援助。对想以作家之身立足于世的毬子来说，这会成为她的最强后盾。）

看来这是最大的动机。

（不过，更能给她切实保障的方法也许是嫁入一守家。继承人的夫人从事写作通常会被斥为荒谬，但长寿郎少爷一定会给予理解，而且只要生下继承香火的男孩，恐怕以富堂翁为首的任何人都不会口出怨言。）

换言之，毬子是真心想来参加婚舍集会。但长寿郎完全没有那方面的意思，只是把她当作《怪诞》的同仁之一加以邀请。

（唔……这么一来，长寿郎少爷就更不可能杀害毬子小姐了。因为就算她强硬逼婚，长寿郎少爷也没有杀她的必要……而且长寿郎少爷应该还会体谅她的处境，提出给予经济上的援助。也就是说，婚事谈不拢，最终发展成杀人的可能性完全没有探讨的余地。）

然而事实是长寿郎突然从婚舍销声匿迹，留下了毬子的无头尸。

（竹子小姐或华子小姐向竞争对手痛下毒手的可能性呢……）

她们认为古里家的姑娘出身低微，原本就没把她当一回事吧。但不管怎么说，毬子拥有《怪诞》杂志的同仁这一层关系。如果她们中的哪一个担心毬子已和长寿郎建立起亲密关系，也称得上顺理成章。

（但如果是这样，长寿郎少爷为什么会消失呢？）

这时斧高想起了一件事，心里“啊”地大叫了一声。长寿郎离开祭祀堂时，甲子婆没有念咒……正是这个为保护长寿郎才念诵的重要咒语，让斧高在十三夜参礼时于堂外等候了良久。

（毕竟还是头脑糊涂了？）

担心之余，他又突然意识到二十三夜参礼时甲子婆也没有念咒。一阵战栗顿时窜过了他的背脊。

（难、难道没念咒的坏影响现在显现出来了……）

毬子成了全裸的无头尸也好，长寿郎踪迹全无也罢，没准都是淡首大人的作祟所致……不过，甲子婆的咒语曾经防住过那些灾厄……明明防住过——

（不、不可能有……那么荒谬的事。毬子小姐是被杀的。是有人下的手。也就是说，有罪犯存在。）

斧高重整思路。他告诫自己，一定要努力这样进行思考。

（从动机来看，凶手果然是竹子小姐或华子小姐中的一个吧？）

但是，就算其中的一个对毬子怀有杀意，并付诸实际行动，又有什么理由把头也砍下来呢？

（不过，这个疑问同样适用于长寿郎少爷。）

没错，凶手为什么要特地砍下古里毬子的头带走呢？

（首无……）

这个词一浮上心头，斧高就想起了十年前那晚在十三夜参礼中的可怖遭遇，他在井边看到了全裸无头女……同时，他还想起了之后在一守家的某段经历……

刚被一守家收养时，斧高偶尔也会尿床。早在八王子的家里时斧高就已不再尿床，所以他比谁都吃惊。究其原因，恐怕是生活环境的巨变吧。但这个问题可不是光靠吃惊就能解决的。因为甲子婆十分恼怒。即便如此，在他的记忆中，大约到第二次为止，甲子婆还会一边抱怨一边为他换垫被和睡衣。但没多久她就对斧高放任自流了，还说老年人的睡眠比什么都重要，不许来打扰。简言之，就是觉得半夜里照顾他很麻烦。

斧高自己找到替换用的睡衣后，一边在尿湿的垫被旁裹上被子，一边想：一直尿床的话，到了冬天肯定会被冻死的。

现在回想起来就像笑话一样，但当时他真心苦恼过。苦恼的结果似乎不坏，不久之后，就算在半夜里他也能被尿意唤醒。一定是打心眼里对性命难保的担忧，向斧高睡眠中的潜意识施加了影响。

能醒过来固然值得高兴，但另有一份挑战等着他。因为用人的厕所在后院尽头。

当时已经到了一入夜就有少许寒意的季节。如果是在夏日闷热的夜晚，即使上厕所本身让人害怕，也许还能把那阵阵发寒的感觉看作纳凉。当然，斧高应该完全没有那种闲心，因为就算他不愿意，也会身不由己地想起从甲子婆处听来的几个关于厕所的怪谈——讲述时她显然是在欣赏斧高的恐惧反应。不过，只要忍受住精神上的痛苦，往返一次感觉还是比较轻松的。

夏季时或因空气干燥，入夜后仍会使人感到舒爽。即使在漆黑的夜晚，氛围也十分澄澈，活动起来也颇为方便。然而当夏天结束，秋意渐浓时，不仅肌肤能察觉干燥的空气缓缓向阴郁的夜气转变的细微过程，还会陷入一种置身于寒气因而自身活动也日益散漫的感觉。也许这就是只在当地显现的气候风土吧。

第一次在半夜去厕所时，斧高刚走入后廊就立刻胆怯起来。于是他情急之下想迅速地在后廊解决问题。然而尿液击打在地面上发出的声音出乎意料地大，让斧高吃了一惊，结果他慌忙中止解手，无奈地向厕所奔去。如果有人被声音吵醒并发现了他，不仅会严加斥责，还会向甲子婆告发。这样一来，他明摆着会受到处罚。进入一守家后，他通过亲身体会记住了一句老话：君子不立危墙之下。话是从铃江那儿听来的，其中的含义则是他切身领悟到的。

不过，冥冥之中自有天意。斧高一味担心有人起身发现自己，以及随地小便的事败露后受到责骂，幸亏如此，他才得以在刚感到害怕时，就已在后廊和厕所之间走了一个来回。就结果而言，他算是逃过了一劫。

问题出在之后的某天晚上。数日后，同样被尿意唤醒的斧高，被一种绝望的情绪所笼罩。他怎么也不敢去厕所，所以想尽力忍耐。起身明明是为了不要尿床，然而就因为害怕夜里的厕所，他又打算再度入眠。这样的方法当然不可能有用，渐渐高涨的尿意迫使他不得不离开房间，从后廊下到了后院。

此后，也不知斧高耗费了多少时日，才对鼓足勇气去厕所这件事开始习以为常。不，不管过了多久他也没能做到习以为常。他只是在心里想一些琐事，或是相反，让脑中化为一片空白，借此勉强完事。

不久，斧高在半夜里感觉到尿意的次数少了，很快他就能一觉睡到天亮。当然也没有尿床。

然而在经历了十三夜参礼的数日后，斧高突然在深夜醒了过来。起初他不明白自己为什么会醒。但是马上——

（我想撒尿。）

明白的一刹那，久违的绝望感就朝他袭来了。

（怎么办啊……）

斧高心里犹豫不决，但尿意逐渐强烈，看来去厕所是唯一的选择。

他无可奈何地从舒适的被窝里爬起来，披上外套进入走廊，蹑手蹑脚地走上通向后院的后廊。接着，他从搁在置鞋石板上的草履里挑出一双合脚的穿上，睽违数月之后再一次走进了深夜中的后院。

这时突然刮起了寒冷的夜风。因为已是深秋时节，斧高不禁缩了缩脖子，拢住了外套的前襟。

天色阴沉，几乎没有月光。由于厕所已去过好几次，所以斧高闭着眼睛也能走到。只是一想到要独自在漆黑的夜晚，冒着寒冷的夜气横穿后院，还是会感到忐忑。曾经体会过的恐惧复苏了，脚步怎么也快不起来。

（让我想想……以前是怎么做的……）

以前是怎么在黑夜中走到厕所的呢？想着想着，斧高不觉愕然失色。他竟然已经忘得一干二净。应该是浮想联翩，努力用赏心乐事来岔开心神，但具体做法却茫然不知。辛辛苦苦习得了窍门，却完全不记得了。他不知如何是好，陷入了束手无策的境地。

斧高战战兢兢地向厕所那边望了一眼，身后竹林簌簌的摇曳声随风而来，听起来简直就像某个不明物体正在蠕动着拨开竹林。而且他总觉得那玩意儿出了竹林，已潜入到厕所背后，正静候着他的到来。

小解那边的厕所没有门。换言之，撒尿时背部会毫不设防地暴露在外。那期间，那玩意儿会绕到自己身后……只是想一想之后会发生什么，斧高就再也不能向前跨出半步了。

（讨、讨厌……）

不一会儿，斧高全身开始簌簌发抖。这不只是因为夜气冰凉，他的身体对去厕所这件事显出了排斥反应。不对，他立刻明白了，尿意也是原因之一，而且越来越强烈……

（要、要尿出来了……）

明明是为了不尿床才起的身，如果在这里尿出来，可就毫无意义了。大脑虽然明白，可斧高却怎么也挪不动步。更糟糕的是，尿意和不想去厕所的意念正在同比例地增长。他完全没想到还有对着主屋墙壁解手的方法。

身子的颤抖是夜气、恐惧还是尿意所致？此刻的斧高已全然不知。

（对、对啦，如果我是少年侦探团的团员——）

一瞬间，他的脑中浮起了这样的念头。

他想起了江户川乱步的《怪人二十面相》《少年侦探团》《妖怪博士》和《大金块》，长寿郎曾经分几回逮到机会就给他讲这些故事。当然那时的斧高不知道原著的存在。即便如此，他还是为少年侦探团的事迹欢欣鼓舞，甚至梦想自己也能成为团员之一。

不过故事本身也有一点恐怖的内容，所以此时此地联想这些绝非上策，只会起反效果。斧高也没那么做，只是假想自己是勇气非凡的少年侦探团一员，去厕所是小林芳雄团长的命令。

这一招竟然奏效了。仔细一想，对斧高而言小林少年就是长寿郎，所以效果如神也是理所当然。

去后院的厕所，向隐藏在竹林中的团员发送秘密暗号。这就是交给斧高的任务。

斧高精神饱满地对幻想世界中的长寿郎团长做出回应后，迈步开始横穿庭院。不，这里不再是一守家的后院，而是御屋敷町[1]的一角。隐约浮现在前方的四角形黑影也不是厕所，而是用来和负责监视的团员进行联络的秘密小屋。

行进到后院中央时，斧高已完全化身为他所营造的幻想世界里的居民。途中他还捡起几颗小石子，用来代替每一个团员都持有的 BD（Boy Detective）徽章，一边走一边逐一丢下。他已是杰出的少年侦探团一员。

假如不是那奇怪的声音传入耳中，斧高想必会在厕所解完手回到房间，再度进入安乐的梦乡。

啪……

斧高的意识被稍稍拉回到现实中。

啪……哗啦……

斧高的脚步略微迟缓下来。

啪嚓嚓……哗啦哗啦……啪……

斧高彻底站住了脚，朝奇怪响声传来的方向转过头。在面对厕所的他看来，声音来自右后方，来自主屋的边缘地带。那里是浴室。

（有人在里面？）

---

1. 御屋敷町：公馆、宅邸密集的街区。江户川乱步笔下的少年侦探团主要活跃于东京麻布的屋敷町。

一念及此，斧高就感到一股寒气从背脊直窜而下。不可能有哪个好事之徒，会在柴火早已熄灭的深夜来洗澡吧。

然而——

确实能听到从浴盆里汲水浇洒身子时发出的“沙……”声。

（是谁……？）

斧高的注意力完全转向了浴室，别说他所创造的有少年侦探团活跃其中的幻想世界了，就连最令人烦恼的尿意也被抛到了九霄云外。

他突然想去窥探一下，却再次打了个寒战。害怕上厕所，或许只是想象力导致的后果。然而一个不留神，浴室里的某人——或某物，就有可能变成实实在在的威胁。

即便如此，斧高回过神来却发现自己正向浴室走去。也许是好奇心战胜了恐惧，也许是单纯地想要看可怕的事物，也许是因为他其实受到了某物的召唤。连他本人也完全不明就里，身体却已来了个接近一百八十度的大转弯。

这时声音已经停止。但凝神细听，还能察知水面起伏的细微迹象。

可能正泡在浴盆里吧。耳边呼啸的夜风令斧高无论怎样倾听浴室的动静，也不能掌握确凿情况。他只能想象，想象着在没有点灯的漆黑浴室里，浸泡在浴盆中的那个身影……

随着离浴室越来越近，“谁在里面”的疑惑，逐渐转变为“什么潜伏在里面”的恐惧。但斧高没有停下脚步。不，他已经无法折回也不能改变前进的方向了，更不用说停下脚步——

“啊……”

他的右脚踩到了某样东西，随即发出了干涩的声响，他冷不防地失声轻呼。低头看去，好像是踩中了树枝。

他忍不住抬起头查探浴室的情况。

某种连他自己也难以理解的情绪驱使着他，仅凭个人的意志根本无法阻止。他承认这一点，但还是想在不为对方所察觉的状态下探个究竟，这个念头勉强平息了内心的胆怯。但是，如果他的行迹已被浴室里的那玩意儿知晓——

哗啦啦……

这时又传来了新的声音。迹象显示，那东西似乎正要从浴盆里出来。

再磨蹭下去，澡就洗完了。焦急的斧高不顾一切地小跑着靠近了浴室，稍稍打开设置在木板壁下的换气用小格子窗，当场蹲下身，向里面张望。

起初是一片黑，什么也看不见。但是斧高立刻发现，有某物从左侧徐徐走来，在他的眼前经过。

那是腿。虽然模糊不清，但仍然能看出是两条腿正在交互移动。斧高的目光向上移去，只见大腿根部是湿淋淋泛着微光的毛发所覆盖的妖异山丘。

（女……女人？）

视线继续上移，映入眼帘的是一对娇小却又鼓鼓隆起的乳房。斧高终于确定这是一个女人。

然而，怎么思考也想不出她究竟是谁。无法想象一守家中会有人在这样的深夜出来洗澡。为了满足瞬间抵达顶点的好奇心，斧高决定瞧一瞧对方的脸——

没有头……

虽然人影很模糊，但确实是一个无头全裸的女人横穿了黑暗的浴室。

斧高自觉忍住了冲到嘴边的惨叫声，但也不知真的忍住没有。他保持着下蹲的姿势，缓缓后退远离小窗。感觉已拉开足够的距离时，他悄悄地站了起来，然后留意着不发出脚步声，尽可能快地逃跑。不过，刚从置鞋石板跨入后廊，他就飞也似的狂奔向自己的房间。即便发出的响声吵醒了谁，即便因此被责骂甚至挨打，也都无所谓了。

冲进房间后，斧高钻进了被子，像乌龟一样蜷缩着身子，连一口大气也不敢喘。他惶恐不安地想，首无随时会从身后追来吧，为了寻找自己它会挨门挨户地搜查吧，然后还会走进这间屋子，把自己从被窝里拽出来吧。

斧高就这样颤抖着，也不知过了多久……

突然他陷入了一种奇妙的感觉。起初他完全不明白那是怎么回事。不久他就发现被子异常沉重，与此同时，室内的空气也顷刻阴郁了下来。他感到只有棉被里的那一点点空气是干净的，外面则很污浊。然后——

吱、吱……

斧高听到了那难以名状的可怕声音……不，不如说是他在屋里感觉到了气息一样的东西。

吱、吱、吱……

不知道是什么，但好像正在移动。也不明白要干什么，但能感觉到对方正一点一点地挪动着。

吱、吱、吱、吱……

而且似乎就在被子旁边，就在被子外面，蠕动着……

吱、吱……

不，好像是在被子的周围绕圈……那不明之物，似乎正在垫被四周的榻榻米上爬行。

此时的斧高，脑海中浮现出一幅荒谬的景象。

首无的头，把切断面贴在榻榻米上，像蜗牛或蛞蝓通过时留下痕迹一样，一边画着血线，一边拖拖拉拉地在自己的被子周围绕行。只有头，拖曳着长发，在榻榻米上爬行。

正当这可怖的景象在斧高的幻觉中出现时——

嚓、嚓……

他感到外面的情况起了微妙变化，但脑海中立刻又浮现出不祥的景象。

首无发现斧高已察觉它的存在，于是把一直朝向前方的脸转过九十度，就那样趴在榻榻米上，一动不动地注视着躲在被子里的他……这景象实在是险恶之极。

嚓、嚓、嚓……

最终，这令人毛骨悚然的可怕声响持续了整个晚上。从中途开始，嚓、嚓的声音和吱、吱的动静交织在一起，化为可憎的无法用人类言语表达的回响，不断冲击着斧高的脑髓。

（呜、呜、呜呜……）

在不属于人类世界的声音的围攻之下，斧高开始感到自己的头有所异变。

（啊……我、我的头……）

他的脖颈变得异常僵硬。不一会儿，头部就背离他的意志，微微向右，随后向左扭曲，紧接着，开始擅自地往前往后活动起来。

“呜、呜呜呜……啊……”

活动逐渐剧烈起来，不知不觉中，被子里的斧高像是发了狂，不停地前后左右摇晃自己的头——

“啊……哈……呜啊啊啊！”

“咔吧”一声巨响在头盖骨中震荡的瞬间，斧高感到自己的头也无力地脱落下来，“啪哒”一声掉在了地上。

“啊啊啊！”

斧高的惊叫在被褥中回响之际，间隔的拉门被打开了。

“你要睡到什么时候啊！”

伴随着甲子婆的怒吼声，斧高被推醒了，这才知道天已大亮。

他慌忙伸手摸向脖子，来回抚摩了数次，试着将头左右摇摆，前后运动，还转了几下。

（没、没出问题……）

刚松了一口气，一转眼强烈无比的尿意就向他袭来。他连忙冲去厕所，喷洒在便池中的尿液之多，使他感慨居然没有尿在被子里。

第二天晚上，斧高又一次被尿意催醒，他毫不犹豫地上一守家人使用的室内厕所解了手。如果被发现，自然会受到严厉斥责，但比起遭遇首无的恐怖来，这又算得了什么！斧高就是这么想的。

然而行走在漆黑的走廊上也需要勇气。特别是在转过廊角时，斧高打心眼里害怕首无会不会就站在对面，是不是正蛰伏在那里等着自己。幸运的是，由于斧高小心谨慎，没有惊动任何人，此后他也得以一直在主屋解手，一次也没有被抓到。

（话说回来，首无是不是很喜欢给自己浇水？）

十三夜参礼时出现在媛首山的井边，数日后又在一守家的浴室出没。两个场所的共通之处是有水。

但这究竟是从何时开始的呢？在井边目击到首无，斧高认为那是因为当晚有十三夜参礼。然而说到在一守家浴室的那次经历，比较自然的想法应该是首无很久以前就已出现，只是他不知道而已。以前斧高半夜上厕所的时间和首无出现的时间不一致；或是首无其实早在出没，但他没有察觉。这两种解释都说得通。

不过，之后要是没有发生任何事，也许斧高就会想浴室里的首无只是偶然在那时出现，或者相信一开始就是他看错了。

然而就在几天后的傍晚，他亲眼看到甲子婆双手捧着一件被布巾盖住的奇怪物品，消失在主屋背后。看她的举止像是有意避人耳目。那里只能通往一周前铃江毫无预兆地把他拉去密谈的场所。除了几乎不用的别栋仓库，那里什么也没有，就是一个无法通往任何地方的荒僻之所。

（她进不启仓干什么……）

斧高立刻跟上去，刚巧目睹了正要进入仓库的甲子婆。被不期而至的风吹卷起来的布巾下，不知为何竟是一份齐整的饭菜。

（啊……）

两件事当即在斧高脑中被联结起来。

首无栖身于一守家的不启仓，一到半夜就会去浴室洗澡……

随着年纪的增长，这个想法当然也被纠正了。不，应该说只是被一种更生动的想象所取代，即一守家的不启仓里住的或许是精神失常的妃女子，一到半夜就会去浴室洗澡。斧高做出了具有现实意义的解释。尽管他无法说明妃女子为什么没有头……

不过，别说首无之谜了，对于妃女子的怀疑斧高也没打算调查。甚至没去证实甲子婆是否每天都会去送饭。因为妃女子如果真在不启仓生活，那对一守家来说可是一个惊天大秘密，窥探这种事无异于自取灭亡。

铃江说过——

“有些事就算当时不懂里面的意思，后来也会想通。所以嘛，要是我觉得什么事有古怪，就会先记着再说。”

“光看表面可不行。凡事必然有另一面。”

但是，她可没说要主动去触碰那些事。当年斧高年纪虽幼，但对铃江的言外之意，也许已有深刻的理解。

（该不会是妃女子小姐……）

杀害了长寿郎的相亲对象毬子，砍下了她的头吧——从往事的回忆中一口气返回现实后，斧高不禁这样想到。

他重新做了思考：也就是说，十三夜参礼那晚从井里捞出来的无头尸是铃江。而且至少富堂翁、兵堂、长寿郎和甲子婆知道妃女子是凶手，一直窝藏了她整整十年。

当然一切都是纯粹的想象，可以确定的只有甲子婆拿着饭菜进过不启仓的事实。不过，假如妃女子还活着并杀害了毬子，就能解释长寿郎为什么失踪了。恐怕他是和妃女子在一起行动，以帮助她逃走。

（该不该把不启仓的事告诉巡警先生呢？）

正自烦恼之时，南鸟居已出现在参道的前方。

然而，因为斧高要把高屋敷委托的口信准确无误地传达给佐伯，还要回答对方的种种疑问，所以已经竭尽全力，顾不上心里的烦恼了。至于妃女子的事，他压根儿无暇提及。

传完话，结束了暂时监视南鸟居口的任务后，斧高飞快地向媛神堂跑去。杀害毬子的是谁，为什么她的头被砍下——想探听的事堆积如山，但最想确认的还是长寿郎是否平安。

可惜世事无常，等待斧高的却是一个令人震惊的消息。有一具无头男尸被发现了，应该就是长寿郎。

第十四章 密室山

在通往东鸟居口的参道边的马头观音祠中发现全裸无头男尸后，高屋敷忙得不可开交。

媛首村发生命案——假设十年前的怪事并非杀人案——还是第一次，进而在见到被害者的尸体之后没过十分钟，就发现了第二个牺牲者，转眼演变为连环杀人案，所以高屋敷忙得要命也理所当然。再加上两者都是无头尸这一特异之处，他的脑中都快被问号占满了。

起初高屋敷还以为全裸男尸的头钻在衣服里，仰面朝天倒在地上。但他随即发现，按理罩着头的衣服下奇怪地凹进去了，战战兢兢地拿警棍前端挑起衣服一看，没有头……

第二具无头尸的出现，真是让高屋敷不知道有多吃惊。

即便如此，他还是按照原先的计划，把案情告诉入间，在东鸟居口设下青年团的监视人员，然后携刚好现身的村医伊势桥，一行三人回到了马头观音祠。在伊势桥检查尸体期间，他又拜托入间先一步赶赴媛神堂，保护兰子等人。只把女人留在那里，毕竟还是让人担心。不过，他预先叮嘱对方别和任何人提起发现新被害者的事。

伊势桥断定尸体还非常新鲜，最多死了三四十分钟。闻言高屋敷惊呆了。

（这不就是江川兰子从这条参道去往媛神堂的时间段吗？那女人果然可疑。）

虽然起了疑心，但他马上想到兰子绝对不可能杀害毬子。

（不，必须完全落实她的不在场证明后，才能做此判断。）

他告诫自己，这里应该按部就班地进行调查。

“嗯……这具尸体……”

伊势桥突然沉吟起来。

“怎么了？”

“呃……好像头被砍下来的时候人还没咽气——”

“你、你说什么！”

“从肩膀以上……这是裙裤吧，盖着这东西是为了不被溅出来的血淋到吧。”

“你的意思是那时被害者还活着？”

“啊，我认为是头部被袭击后，昏了过去……至少是身体不能动了，不过人还没死。从颈部切断面的出血量来看，不会有错。”

令人心惊胆战的事实让高屋敷的身体不禁哆嗦起来。但是，不能再磨蹭下去了。他决定等终下市警局的搜查组到达后再进行正式检查，于是催促着伊势桥向媛神堂赶去。

刚接近境内，就见三个姑娘正围着入间，还看到了夹在她们中间的斧高。

一刹那，高屋敷有一种极为不祥的预感。遗憾的是预感似乎非常准确，认出他的竹子率先嚷了起来：

“长寿郎少爷也被杀了，是真的吗？”

高屋敷瞪了入间一眼，而对方垂下眼皮的表情说明了一切。他大概是受到三人特别是竹子的逼问，万般无奈才说出口的。但是，竹子也不可能无缘无故对巡警刨根问底，所以肯定是入间的态度很奇怪，使得对方有机可乘。

"这个还不清楚。"

"但那具无头尸是男性，不是吗？"

连这个都说了？高屋敷再次瞪视入间，生硬地作了回答。而竹子则不依不饶地向他确认道：

"还是个年轻男人对吧？"

"没错，但因此就说是长寿郎也——"

"那你说还会有谁？"

"接下来我们就会进行调查。听我说，现在我请求各位协助。请你们立刻动身，和入间巡警一起去一守家。"

高屋敷说出了明确的要求，又指示入间转告富堂翁和兵堂，请一守家做好接纳搜查组的准备。同时他再次嘱咐入间，案情自然需要说明，但务必点到为止，尽可能压在最小范围内。

"斧高，你给入间巡警打个下手——"

话到中途，他终于发现斧高始终一言不发，只是凝视着自己的脸。

高屋敷一惊，话到嘴边又咽了下去。斧高轻轻点头，又微微摇头，然后侧着头似乎有话要问。换言之，他想通过这种单纯的动作询问高屋敷，那具全裸无头男尸是不是长寿郎。

一瞬间高屋敷打算佯装不知，但看到少年真挚的目光，还是自然而然地点了头。不过，他随即把头一歪，表示这一点并未完全得到证实。

幸运的是，斧高似乎全都理解了。他向高屋敷重重点了点头，对入间说"我来带路"，对客气的兰子道了声"没关系，我来"后，拿起她的旅行包，带领众人走上了通往北鸟居口的参道。

竹子还想盯住高屋敷不放，虽说迟了点，但入间总算是打断了她。

加之又有兰子的催促，她只好老老实实地出发去一守家了。

（哎！看这情形，问口供可够呛啊。）

目送五人背影远去的高屋敷在心中叹着气，随后和伊势桥结伴步入了媛神堂。

医生似乎听说过荣螺塔的事，但仍然吃惊不小，他接二连三地提出各种问题，令高屋敷非常困扰。医生看起来比他年长十岁左右，大约在五十岁上下。可能是因为战后才进的村，对秘守家的事所知甚少。要满足他的好奇心还真是件苦差事。

不过这也仅限于在进入中婚舍里间之前。伊势桥一见无头尸，就突然停止了聒噪，从此只顾专心验尸。

“怎么样，医生——死后过了多长时间？”

“怎么说呢，一个半小时……大概吧。”

“四点四十分左右啊。”高屋敷看着手表低声念叨。

“我想这个女人多半是一死就被砍掉了头。刚才那具男尸也是，身上都没有外伤，所以不是头部遭到击打，就是被勒住了脖子。”

“这么说，凶手是男人？”

“唔……由于还不知道杀人手法，所以一切都很难说，但砍头这种事女人也能做到啊。先前那座祠堂里有一把沾满血的斧子，如果是那种东西，女人也用得了。而且两处的被害者不是一刀断头，都是被斧子砍了好几下才掉的脑袋。”

正如伊势桥所言，马头观音祠里留有一把斧子，可能就是它制造出了两具无头尸。换言之，罪犯多半是从第一次行凶的中婚舍现场带出了斧子，到马头观音祠实行了第二桩命案。

“扼要来说，就是一开始凶手就打算实施连环斩首杀人案吗？”

“嗯。斧子被随意丢弃在第二现场，由此可以认为罪犯事先就知道在那座祠堂需要斧子。当然也可以理解为是拿斧子过去当杀人凶器，但不小心的话可能会被大量溅出的血喷一身。”

“这里也好，祠堂也好，除了砍头处的周围，别的地方就找不到血迹了。也就是说，罪犯没用斧子袭击被害者头部。”

“看来是。”

“可凶手却特地把斧子带进了祠堂，仿佛最初的目的就是砍下被害者的头……”

“啊？你是说，杀人本身是次要的？”伊势桥从尸体旁猛然抬起头，似乎极为震惊。

“当然一砍下头，人自然就死了，但是——”

“原来是这样。说得荒唐一点的话，斩首后就算被害者依然存活也无所谓，只要能砍下被害者的头带走，罪犯就满足了，目的就达成了——你是这个意思？”

“是的……啊不，这想法毕竟太疯狂了。”

“怎么说呢，至少那个男的，凶手可是急着把头砍下来的，甚至连人断气都等不及呢。”

伊势桥的脸上初次浮现惊悚之色。他连续检视了两具无头尸也没有任何感觉，但一想到罪犯的疯狂心理，可能就突然害怕起来了。

高屋敷姑且请伊势桥做完目前能做的事，接着又返回马头观音祠确认是否有异常情况。然后他向正在东鸟居口负责监视的青年团请求支援，在祠堂前也同样布下了监视人员，进而又向媛神堂派去了援手。

当然他事先已拜托伊势桥在接替者到来前，一直留在毬子身边。

（终下市警署的搜查组来村子还需耗费很长一段时间。这期间有必要大致确认一下尸体的身份。此外还必须先对相关人员的活动情况做个汇总。）

高屋敷安排好整套保护现场的工作后，向一守家赶去，连喘口气的工夫都没有。

虽说早有预感，高屋敷也架不住一守家迎接他的富堂翁、兵堂、甲子婆甚至佥鸟郁子的连番发问，每个人都激动得溢于言表。他正要想方设法劝解众人，不料竹子在别的房间听到喧哗声后也来加入战团，情况变得一发而不可收拾。

“各位！请听我说！”

高屋敷大喝一声，让众人暂时闭上了嘴。

“可以听我说了吗？如果不知道被害者是谁，警察也无能为力。所以我们必须先弄清这一点。请问谁能确认长寿郎君和毬子小姐？”

他赶在有人再度开口前，以一种循循善诱的方式，缓缓地高声发问。

“看到赤裸的长寿郎少爷也能辨认出来的，只有老身一人吧。”

甲子婆简短作答后，富堂翁和兵堂无声地点了点头。

“藏田婆婆当过乳母，确实没问题。”

话虽如此，但是该不该让一位早已年过八旬的老婆婆看无头尸呢，高屋敷还是有点犹豫。然而，怎么想也不觉得另有合适的人选。这时，他的目光在斧高身上停住了。

（对了，他不也是离长寿郎最近的人吗？）

就在他打算拜托斧高确认尸体时，甲子婆斩钉截铁地说道："长寿郎少爷的最后时刻，就由老身来好生照料吧！"

她态度激昂起来，语声近乎叫喊，似乎已从高屋敷的表情和视线运行中察知了他的顾虑和想法。

"巡警先生，请您按照甲子婆说的做好吗？"

意外的是，富堂翁竟向高屋敷低下了头。也许他是想起了聘请甲子婆的初衷，打算让她负责到最后吧。

"明白了。那么确认长寿郎君一事，就拜托藏田婆婆——"

"毬子小姐由我来确认。"

兰子倏地举起手，众人的视线齐刷刷集中到了她身上。

"嗯，由你……来？"

把确认身份这一重要任务交给目前还是嫌疑犯的江川兰子到底行不行？高屋敷很烦恼。就在这时，富堂翁又一次开口道：

"就算特地从古里家叫个人过来，谁知道能不能辨认出这个离家出走多年的姑娘。"

"这话倒是没错，不过——"

"巡警先生正在怀疑我啦。"

兰子直率的话语，让众人喧哗起来。

"啊，我并没有这种意思——"

"无所谓了，这是你的本职工作嘛。毬子姑娘的左胸侧有三颗黑痣，看上去就像一个等腰三角形；然后右腰骨上方有四颗黑痣，那是——唔，我在纸上画一下吧。另外还有几处标记，能够证明是她没错。"

没等高屋敷说行还是不行，兰子已经拿出笔记本，撕下一页，开始详细描画毬子的身体特征。

她的言行似乎让甲子婆等人情不自禁地倒吸了一口冷气。他们大概很吃惊，就算都是女性，可兰子对毬子的身体细节也未免太了解了。不，不光是甲子婆，高屋敷也一样吃惊不小，只是他吃惊的意义完全不同。

（她俩的关系果然不一般。）

妻子妙子在给他看同人志《怪诞》时，也曾说过文坛中流传着江川兰子和古里毬子是同性恋的风言风语。但妙子又说，她觉得这是因为两人避人耳目、同居一处，又是那样的写作风格，所以才有人捏造出这种丑闻——照妙子的说法，这是“误解”。妻子支持《怪诞》的运作，所以更愿意往好处理解吧。

（啊，想必两人一起去澡堂的机会也很多——可是在一般情况下，真能这么了解对方的身体细节吗？）

高屋敷突然联想起妙子的裸体，年纪不小了却还是羞红了脸。

（且慢！假如眼前有一具全裸的无头女尸，让我确认那是不是妻子……我能自信地做出判断吗？）

他立刻认真地思索起来。他觉得自己能认出来，同时又感到很难断言。

（抑或女人会很在意同性的体态？所以平时就会无意识地观察，于是就知道了黑痣的位置和形状？）

高屋敷正试图做出解释。然而，他扫视了兰子递来的笔记内容后，一瞬间——

（不，毕竟还是太详细了。）

他确信两人的关系非比寻常。杀害毬子的动机就隐藏在其中吧。毬子参加婚舍集会和长寿郎相亲这件事，让兰子妒火中烧了吧。

高屋敷端详起江川兰子来，留意着不流露出疑心。接着他请求兵堂、甲子婆、佥鸟郁子以及兰子同行，与伊势桥会合后，一起回到了媛首山。

太阳早已下山。走过被黑暗笼罩的参道，在有无头尸恭候的媛神堂婚舍和马头观音祠之间穿梭，确认尸体身份，这种行为实在是让人心惊肉跳，简直无法用言语形容。一起行动的成年人虽有六名之多，现场又有负责监视的青年团成员，但高屋敷还是觉得御山的黑暗深处十分可怕。当然他没有在神色上泄露出来，但是，如果只有自己一个人……想到这里，他的上臂就起了鸡皮疙瘩。

（斧高六岁时就敢来这种地方，真是难为他了……）

事到如今，高屋敷不仅由衷地钦佩斧高，还体会到了他对长寿郎的感情有多深，突然就觉得确认身份的工作好残酷。不过，他提醒自己，这是他的本职工作。

抵达中婚舍后，他一手拿着兰子的笔记，和伊势桥一起仔细检查了那具无头尸。最后判明，几乎所有的特征都与笔记中的描述吻合，如出一辙。为慎重起见，高屋敷又请兰子来亲眼辨认，结果她一口断定这就是古里毬子没错。

“啊……”

甲子婆闻言，深深叹了一口气，随即两手拨弄着念珠诵起经来。现场的众人都效仿她，向遗体合掌。

然后，一行人来到了马头观音祠。意外的是，确认无头尸的身份竟大费了一番周折。因为甲子婆不做明确的断言。

“怎么样？请您好好看看。”

高屋敷把她叫到尸体旁，请她说明有什么地方可做确认。尸体上本应有头部的地方被席子掩住了。

尸体虽是男性，但肌肤白皙，体态也很纤细，怎么也看不出是二十三岁的男人，至少不是一个体力劳动者的身体。所以要说村里有谁符合条件，显然只有长寿郎一人。而且最重要的是，鉴于案发时媛首山的状况，也能明白被杀害的男性只可能是他。

所以甲子婆只是从尸体的颈部到脚尖扫了一眼：

“是长寿郎少爷。”

她的话一出口，高屋敷只是在心里默念了一句“果然如此”，满以为身份已经确认完毕。

“没错是吧？”

这不过是一种形式上的询问。回答当然会是“是”，因此高屋敷并不在意对方会有什么回应。

然而不知为何，甲子婆突然用毫无自信的语气应道：“我想……是。”

“哎？怎么回事？这具遗体是长寿郎君没错吧？”

“啊……所以说嘛，可能是——”

“请、请等一下，藏田婆婆您是说他可能不是长寿郎君？”

“不，我可没那么说……”

“但也不能断定就是长寿郎君……是这意思吗？”

“唉……巡警先生，因为毕竟没有头啊。”

“不、不，所以我才请您来细看遗体，确定是不是他啊。”

“嗯，我看了。”

“那结果呢？”

“我想是长寿郎少爷。”

“也就是说，能确认这具遗体是秘守长寿郎，没错吧？”

“嗯……我想是，不过……”

这样的对话重复了无数次。陷入困境的高屋敷向兵堂求助，兵堂却说甲子婆不能确定的事他也无能为力。问佥鸟郁子，她也犹疑不决无法断言，只是说看起来像是长寿郎。

（就算这两位不行，可——）

甲子婆为什么拒绝进行彻底的确认呢？高屋敷实在不能理解。像什么黑痣的数目和位置之类的身体特征，曾经当过长寿郎乳母的她应该很了解啊。

（也许是她不想承认长寿郎的死？）

这一点他也考虑过，但看看甲子婆此刻的模样，总觉得她已彻底进入达观境界。至少可以感觉到，她完全接受了长寿郎已死的事实。

（那么，为什么……）

就算继续追问甲子婆，也只会演变成相声似的对话。做出如此判断后，高屋敷决定返回一守家。

“诸位辛苦了。”

他表示要打道回府。甲子婆的脸上明显浮现出安心的表情，一副想要尽快离开的架势。

（这究竟是怎么回事？）

本以为祠堂的尸体辨认会比中婚舍更容易完成，谁知进程完全出人意料，令高屋敷感到束手无策。他甚至想还不如说不是长寿郎呢，这样反倒明明白白。

然而，他很快就会知道甲子婆不彻底证实无头尸就是长寿郎的惊人理由。那实在是令人震惊，怎么也难以置信的奇异理由……

只是当时的高屋敷有很多事要做。他决定维持现状，姑且把身份确认工作放一放。回到一守家后，他马不停蹄地开始询问相关人员的情况。在搜查组到达之前，他想整理出婚舍集会进程中各主要人物的行动和时间线，并记录下来。

最后，时间表完成如下：

婚舍集会中相关人员的行动

两点	二守家的竹子和三守家的华子到达一守家。 高屋敷在北鸟居口，入间在东鸟居口，佐伯在南鸟居口，开始了各自的巡逻。
两点半	古里家的毬子到达一守家。
两点四十五分	三位新娘候选人进入祭祀堂。
三点十五分	穿戴和服与藏青色头巾的竹子离开祭祀堂前往媛神堂。
三点二十分	穿戴和服与灰色头巾的华子离开祭祀堂前往媛神堂。

三点二十五分	穿戴和服与茶色头巾的毬子离开祭祀堂前往媛神堂。
三点半	纮式出现在东鸟居口，被入间逐回。
三点四十五分	长寿郎离开祭祀堂前往媛神堂。
三点五十分	斧高进入媛首山。
四点	长寿郎进入媛神堂。
	江川兰子在铁路终点站滑万尾站下车。
四点十分	长寿郎进入后婚舍，为竹子泡茶。
四点二十分	长寿郎进入前婚舍，为华子泡茶。
四点三十分	姑且认为长寿郎进入了中婚舍。
四点四十分	可以认为毬子遇害、头被砍下，就发生在这一刻前后。
	江川兰子在木炭巴士终点站喉佛口下车。从那里进入媛首村的东大门，向媛首山的东鸟居口进发。
五点前	斧高与高屋敷会合。
五点	入间在东鸟居口见到了江川兰子。
五点过后	竹子进入中婚舍，发现了一具全裸无头女尸。
	当时她为找长寿郎，从荣螺塔一路寻到媛神堂，但没有见到任何人的身影。
五点十分	竹子在前婚舍与华子会合，两人进入了中婚舍。
五点十五分	可以认为长寿郎遇害、头被砍下，就发生在这一刻前后。
	江川兰子在马头观音祠前，感到前方似乎有人。

五点二十分　　竹子和华子从媛神堂出来。

五点二十五分　江川兰子到达媛神堂，遇到了竹子和华子。

　　　　　　　高屋敷和斧高在那里与她们会合。

五点四十分　　高屋敷查过媛神堂和荣螺塔后，在中婚舍见到了全裸无头女尸。

五点五十分　　高屋敷在通往东鸟居口的参道中途的马头观音祠中，发现了一具全裸无头男尸。

之后，高屋敷等来了终下市警署的搜查组，并遵照大江田队长的指示，在青年团的协助下，继续对媛首山的三个出入口严加监视直至翌日清晨。在此基础上，警方一早就毅然展开了搜山行动，但并未发现可疑人物。此外，他们判明三条参道的两侧都没有人通行过的痕迹。向西延伸，通往日阴岭的道路也是如此。

当然还有一种可能，那就是凶手从日阴岭进入媛首山，沿西路成功侵入媛神堂杀害了毬子，再奔赴马头观音祠杀死长寿郎，最后沿来路返回。

不过，警方对岭中的险峻地形和来去的整个行程进行探访后，决定目前先剔除这种可能，因为工作量实在太大了。更何况凶手从祠堂折回的时候，竹子、华子或江川兰子按理会发现他的行踪才对。而山岭附近完全看不到有人通过的痕迹，也起了推动作用。

换言之，案发当时媛首山又一次成为巨大的密室，就像十年前的十三夜参礼那样……

第十五章 秘守家的人们

婚舍集会后，在媛首山发生双重无头杀人案的翌日下午，秘守一族全员会聚于一守家的里厅。

这景象委实异常。此时此刻，提供给警方的别室中挤满了终下市警署搜查组的人，他们还在勘查现场并对媛首山进行全面搜查；两具无头尸则已被运往大学医院，即将进行解剖。而众人聚集在一守家的目的，却竟然与接任兵堂之位的秘守家继承人有关。

（长寿郎少爷尸骨未寒……）

被甲子婆命令在末席就座的斧高，终究没能按捺住满脸不快。

把自己的孙子和儿子仅当作一族继承人看待的富堂翁和兵堂，把抚育亲骨肉的事务全盘托付给乳母，丝毫不尽母亲职责的富贵——这几位心态有问题的人姑且放到一边，至少甲子婆会由衷地为长寿郎之死悲伤吧。斧高是这么想的，然而从昨天到现在，从她的神态中几乎看不出类似的情绪。

（也许是因为太悲伤了？）

也可以认为，甲子婆的臭脾气让她忌讳在别人的面前掉眼泪。

（没有断言那具尸体是长寿郎少爷，也是因为承认少爷已死是非常痛苦的事吧。）

昨天，斧高被高屋敷叫到暗处，当他听说了甲子婆的可疑言行时，就把一瞬间产生的朴实想法说了出来，高屋敷也大致认可了。只是亲眼看见甲子婆的反应并和她进行过对话的巡警，好像觉得其中还隐藏着某种别的意味。他问斧高可有头绪，但斧高怎么也想不出个所以然来。

那时斧高当然不可能想到，他很快就能知道真正的理由，一个出人意料的理由。

“所有人都在这里了？都到齐了吧？”居于上座中央的富堂翁，环视着众人的脸庞开口问道。

“是，秘守家的主要人物都到齐了。”

兵堂立刻应声表示了肯定。从斧高的角度看，兵堂正坐在富堂翁的左侧。

从他俩并排端坐的上座的左右两侧，直到斧高所在的下座，秘守家众人分成两列就座。安排座次时还有过一场纷争，最后富堂翁一声令下决定了一切。

首先，从富堂翁的左侧往下是兵堂的妻子富贵，接着是甲子婆，然后是富堂翁最大的妹妹三守婆婆二枝、二枝战死的儿子克棋之妻绫子、参加过婚舍集会的次女华子、三女桃子六人。身为用人的甲子婆比三守家成员更居上位，由此可见她在一守家的地位。

至于相对的另一列，从兵堂的右侧往下是富堂的姐姐二守婆婆一枝夫人、她的儿子纮达、纮达的妻子笛子、夫妇二人的次子纮弍、参加过婚舍集会的长女竹子，以及江川兰子六人。

列尾空开了二人份的座位距离，在两列之间并排坐着的是佥鸟郁子和斧高，形成了斧高与富堂翁、郁子与兵堂相对而坐的局面。

换言之，全员坐成了短边二对二，长边六对六的长方形。

“富堂先生，讨论开始前我要提一个问题，这里为什么会有外人在场？”

从众人齐聚里厅开始，一枝夫人似乎就已心生不满，她措辞恭谨地用恶狠狠的语气发出了疑问。对她来说，富堂是弟弟，但更是秘守家的族长，所以称呼他时通常会加上“先生”二字。

“啊，是指江川兰子小姐？是这样的，交谈之下我才知道她跟古里家的毬子关系相当亲密，所以嘛，就请她以代理人的身份参加了。”

“那就应该把嫁到古里家的三枝和毬子的双亲叫来——”

“光是叫他们就得花不少时间。况且这种聚会也没必要非请古里家的人来，这一点姐姐也很清楚吧。”

“既然是这样，还要代理人什么的——”

“特地叫个人来当代理？我怎么可能做这种事。只是，侥幸有这位江川兰子小姐在，如果能请她参加我们的会谈，日后把会谈内容传达给古里家，就再方便不过了，不是吗？”

“但是富堂先生，像这样的外人——”

“烦死了！以前就是这样，不管我做什么事，姐姐都会反对——”

“此一时彼一时——”

“不都一样！”

在富堂翁的一声断喝下，江川兰子的参加终于得到了认可。当然一枝夫人看来尚未接受，不过，或许她已经放弃了，知道再坚持下去也无济于事吧，她只是一言不发地背过脸去，不再看弟弟。

（二守婆婆生气也是情有可原的。）

斧高对一枝夫人绝对谈不上好感，但此时此刻倒也赞同她的意见。

（和毬子小姐再亲密，兰子老师也只是一个完全不相干的外人啊。）

而且最近她和毬子的关系，应该用颇为险恶来形容。最重要的是，根本无从保证她会负责把讨论结果传达给古里家。她又没有这个义务。

（是兰子老师讨得了富堂翁的欢心……）

这个念头一闪而过，但他立刻推测事实也许并非如此。因为兵堂正用好色的目光，时不时地打量兰子。

（原来如此。老爷在老太爷那里吹了风！）

在这位生平初次得见的男装丽人面前，兵堂的好色心恐怕又在蠢蠢欲动了。或许是为了留兰子在一守家，久一点是一点，所以他才把她牵扯进来。兵堂这人，完全可能做出这种勾当。

富贵瞪着丈夫的丑态，目露凶光。不，不仅仅是她，曾被铃江指认为兵堂私通对象的二守家笛子，也向曾经的情夫投射出冰冷的视线。不过，当事人兵堂却不顾妻子和老相好的注视，他看着兰子，完全没有中止的意思。

然而，仔细观察之后斧高就发现，意味深长地看着兰子的似乎不止兵堂一人。从先前开始，二守家的纮弌也眼神奇异地注视着她。

（但愿事情不会搞得一团糟。）

“唔——我还是退席比较好……这里就留给秘守家的诸位——”

“哪里哪里，你不用操心。秘守家族长已经允准，还请你继续在此安坐。”

就像是为了证实斧高的想法似的，兰子和兵堂在他眼前进行了这番交谈。

“是啊是啊，这种场合有时也需要听听局外人的冷静意见嘛。”

从来不听别人意见的富堂翁，说着说着就笑了起来。想来他无从得知儿子为满足色欲利用了他，但出席者中有若干人和斧高一样立即洞悉了事实。但这件事无法加以证明，而且只会徒然惹恼富堂翁，所以谁都不吭声。虽然他们会在暗地里嘲笑……

（不祥的感觉！）

即使没有围绕江川兰子引发的纠纷，从一开始里厅的气氛无疑就是险恶的。现在又加上她的事，氛围确实变得更奇怪了。

“那么富堂先生，关于秘守家继承人——”

一枝夫人突然直指核心问题。也许她已经想通了，只要无视兰子就行。

“长寿郎少爷惨遭不测，已经无法继承一守家，现在秘守三家的男子就只有族长富堂先生，一守家户主兵堂先生，二守家户主纮达和他的儿子纮弍四人了。”

一枝夫人的脸对着富堂翁，但所有人都明白，她的意图是要把这四人——尤其是后二人的名字说给在座的每一个人听。

“当然，由于我和兵堂先生年纪相仿——”纮达立刻接过一枝夫的话头，继续说道，“我从来没想过今后当继承人。况且富堂翁精神矍铄，秘守家目前颇为安泰。只是话虽如此，总有一天需要更新换代。今后的事还得托付给年轻人。这么一想，我就觉得坐在这里的犬子纮弍虽然不才——”

“姐姐。”侧耳倾听的富堂翁似乎把这些话视为一枝夫人所出，“你认为那边那个纮弍是当秘守家族长的料吗？”

“什么料不料的，想想继承人的问题，还有谁——”

“不，这个问题先稍微放一放——我问的是，如果纮弍做一守家户主，最终当上秘守家族长，究竟会光耀门楣呢还是会招来灾祸呢？这件事，可以说关系到秘守家的安危存亡。”

“什……”

纮式的脸色一下就变了。虽然不用旁人指摘他也知道自己不成器，但在亲戚面前遭受如此露骨的贬损，还是让他怒气冲天。眼看他随时都会跳出座席去揪富堂翁。

这时，一枝夫人用从容不迫的语声道：

“真遗憾，这孩子确实有点靠不住啊。”

“母、母亲！你说什、什么——”

看到一枝夫人干脆利落地承认下来，纮达慌忙要插话。

“你这样成何体统。有什么好慌的？”然而，一枝夫人面容严肃地斥责了儿子，随即表情一变，脸上浮现出淡淡的笑容，“不过，富堂先生——秘守家可是历来都立男子为继承人，而且规定由一守家的直系男子继任、治理全族的。”

“是啊，姐姐。”

“但在一守家无男的情况下，担此重任的自然应该是二守家或三守家了。不过，三守家唯一的男人克棋为国捐躯，他和绫子膝下的铃子、华子和桃子又都是女孩，没有男孩。而另一边，二守家蒙老天爷眷顾，户主纮达依然健在。虽说是为了报效祖国，孙子纮弍的战死仍令人痛惜不已，幸好弟弟纮式还在这里。不用我特意说明了吧，秘守家继承人的状况不是显而易见吗？”

“原来如此。换言之，今后一守家和二守家的立场会完全颠倒，所以要我老老实实地把一切都交出来——是这意思吗？”

针对发言讥诮的一枝夫人，富堂翁用直言不讳的方式予以回击。但是，一枝夫人也毫不服软，继续用那种口吻说道：

“不，正如纮达所说，富堂先生还精神得很嘛。必要时若能有您从旁指点，我们也就有底气啦。”

和内容相反，她的话语中显然含有逼对方退位的意思。话一出口，厅内立刻喧哗起来。众人尚未成声的思绪已然纷至沓来。

然而，富堂翁本人故作镇定似的悠然说道：

“甲子婆婆啊，你确定在御山的马头观音祠发现的那具无头尸就是长寿郎吗？”

“不，老太爷。我对巡警先生说过‘我想是’，但绝对没说那确实是长寿郎少爷——”

“对啊对啊，也就是说，长寿郎有可能还活着呢。”

嘈杂的厅内顿时鸦雀无声。在斧高看来，兵堂以外的所有人表情都很奇特，他们一味将视线投向富堂翁和甲子婆，似乎在问“你们究竟想说什么”。

“长寿郎少爷没死……”不久之后，一枝夫人自言自语似的低声念叨起来，随即又道，“那么在御山发现的无头尸究竟是谁？是哪里的人？我听说三个鸟居口一直有三位巡警在监视。换言之，进入山中的男子只有长寿郎少爷一人。不管怎么想，那具遗体都是长寿郎少爷啊。总之甲子婆婆——”

“甲子婆婆本人不是说了吗，她还不能断定无头尸是长寿郎。”

“是啊，所以我才问如果是这样，那么遗体究竟是谁的？”

“这种事我哪知道！查明无头尸的身份是警察的工作。因为警察问是不是长寿郎，所以甲子婆回答说‘我想是’。因为警察追问是不是绝对没错，她就回答说没那个自信。这不是理所当然的吗？”

富堂翁的怒喝仅限于最初几句话，他的语气里渐渐透出了令人厌恶的嗤笑声。

（原来如此！甲子婆对身份确认一事模棱两可，就是因为预见到了这场关于继承人的骚动。只要长寿郎少爷有万分之一的幸存可能，那么秘守家的继承问题就会被搁置起来，直到弄清他的生死为止。）

虽然这是一般人怎么也无法想象的动机，但长寿郎疑似遇害的次日，全族人就这样汇聚一堂商讨继承的候补人选。看到如此现实，斧高倒也能勉强理解甲子婆的谨慎了。

“扼要地说，就是这么回事吧——”不愧是一枝夫人，看来已经迅速洞悉了一切，她以紧追不舍的态势问道，“在证实遗体是长寿郎少爷之前，不提继承人一事是吗？完全不谈搁置一边是吗？您是这个意思？”

“差不多吧，姐姐，但这也是没办法的事啊。”

“富堂先生，使出这种缓兵之计来，你不觉得丢脸吗？”

一枝夫人终于勃然大怒。

“想想御山昨天的状况，任何人都会认为那遗体八九不离十准是长寿郎少爷没错，这想法很正常吧。而且甲子婆婆，就算是没有头你也不可能认不出长寿郎少爷，不是吗？当然，你是为一守家考虑，才说出这种话的吧……只是啊，这么一来，不管过多久也抓不到杀害长寿郎少爷的可恨凶手啦。”

“那是警察的工作。我们只管祈求长寿郎平安无事——”

“还在装傻！”

“那么，姐姐的意思是长寿郎还是死了比较好？啊啊，原来如此，对二守家来说这才是正中下怀啊。”

“你到底在说什、什、什么……说什么不好非说这种话，真是的！好吧……你听着，我可不会让你偷换话题。明明可以确定那具遗体是长寿郎少爷，却故意不做，让秘守家继承人问题拖延不决的可是你们！”

“这也太冤枉人了。算啦，无所谓了。总之，在确认长寿郎死亡之前我们无法进行讨论，这一点是不言而喻的。”

富堂翁和二守婆婆互相怒目而视，里厅又一次安静了下来。不过那也只是没有声响罢了，现场的空气在急剧震颤、绷紧，就连斧高也能真切地感受到。

“我说——”兰子态度谦恭地开了口。

“哦哦，什么事？你有什么可供参考的意见吗？”

富堂翁暗道一声侥幸，把视线从势同水火的姐姐身上移开，扭头面对兰子，浮现出和蔼老人似的笑容。然而，这张笑脸因为她的下一句话，立刻黯淡下来。

“我想没头的那具遗体是不是长寿郎少爷，大概后天就能知道吧。”

“什、什么？这话怎么讲？”

“其实今天早上，斧高给我参观了长寿郎少爷的房间，当时那位巡警先生来了——”

“是北守的巡警高屋敷先生。”在旁人发问前，斧高补充了一句。

“后来，由于巡警先生想带走几件可能粘有长寿郎少爷指纹的物品，所以我就帮他斟酌了几件，也许有助于指纹采集。比如长寿郎少爷可能在读的书、以前我送给他的钢笔等常用物品。就在我拜访这里之前，我还和长寿郎少爷通过信，所以这次意外地帮上了点忙——”

随着兰子的陈述，富堂翁和甲子婆的表情很快就阴沉下来。就连兵堂看她的眼神也起了急剧的变化，原先的色眯眯转为对她多此一举的责备。

“哎呀，如果警察调查那些指纹，就能搞清楚遗体是不是长寿郎少爷了吗？”

一枝夫人的脸并没有完全转向兰子，只是目光稍稍向右瞥去。

“是，对照遗体和房间里的书籍与钢笔上附着的指纹，如果两者一致，那么很遗憾，被砍下头的人就是长寿郎少爷。听说最迟后天上午就会有结果。”

“是吗？不愧是作家，还知道这些有趣的知识。”

一枝夫人满脸堆笑，探身打量着坐在本列末端的江川兰子，就像从未对她的出席表示过恼怒一样。

顺带一提，所谓的长寿郎正在读的书，是指“雄鸡社推理丛书”的《小栗虫太郎》卷和新树社出版的范·达因著作《主教谋杀案》这两本书。

“如果是这样——”

一枝夫人的视线从兰子身上移回到富堂翁处，以得意的口吻缓缓说道：

“后天下午再举行一次今天这样的集会，请北守的巡警先生也出席——可以吧，富堂先生？”

她对身为秘守家族长的弟弟采取了居高临下的口吻，态度露骨，与其说是寻求允诺，还不如说是催促对方赶紧应承下来。

富堂翁露出极为不悦的表情，但还是回道“嗯……”。

这哪是在说话，只是出了一点声而已。

即便如此，一枝夫人仍大为满意地环视着众人，说道：

“那么诸位，今天就到此为止……我们后天再见吧。”

然而，两天后的集会竟然披露了一个对秘守家众人来说，震惊度远超双重无头杀人案的秘密。这一点斧高当然也没能预料到。

16

第十六章

搜查会议

秘守家众人齐聚一守家里厅之际，在特意为终下市警署搜查组准备的，由两间客房打通而成的大房间里，高屋敷正与负责人大江田队长和岩槻刑警面面相觑。

别的搜查员继续着上午的工作，在媛首山办案。只有这三人留在这里，打算根据昨天高屋敷整理的“婚舍集会中相关人员活动”时间表，从头开始整理案情，确定今后的搜查方针。

此刻，刚好进行到三名新娘候选人进入婚舍、长寿郎在各个房间露面的时间点。

“实际判断要等解剖结果出来后——”大江田队长的语声浑厚深沉，和他的壮硕身材十分相称，“从这张表和伊势桥医生的判断来看，第一起杀人、斩首的罪行发生在四点三十分到五点之间。”

“是。不过，我们认为作案大约花费了二十分钟。”岩槻当即补充道。

“所以完成第一桩杀人的凶手，完全可能在竹子进入犯罪现场——中婚舍之前离开媛神堂。”

“原来如此。不过在讨论这个问题之前，先听高屋敷巡警说说他发现的头巾矛盾吧。”

“是。”

可能是出于对方的队长头衔和充满重量感的体格，高屋敷随时会感到一种压迫，因而变得拘谨起来，但他还是尽力开始了说明。

“正如先前所言，下官一直在北鸟居口的石碑后面藏身。没多久三位姑娘就从祭祀堂出来了，当时和服和头巾的颜色依次是藏青色、灰色、茶色。”

“有头巾，所以看不见脸是吗？”

“是。不过考虑到三家的门第高低，可知最初的藏青色是二守家的竹子，接下来的灰色是三守家的华子，最后的茶色是古里家的毬子。我也向藏田甲子确认过，她说三人就是这么选的颜色。”

“我说那位甲子婆婆，这里没问题吗？”

岩槻用手指着自己的脑袋，脸上似笑非笑。之所以这么问，可能是因为他听过高屋敷就长寿郎身份确认风波向大江田所做的报告。高屋敷大约比他年长十岁，可他却用一种露骨的“你就是个乡下巡警”的态度待之。当然，由于岩槻等级在自己之上，高屋敷的应答始终彬彬有礼：

“唔，毕竟是上了年纪，所以可能有弄错或记忆发生偏差的时候。但竹子和华子也都做了证，一个挑了藏青色，一个挑了灰色，而毬子的是茶色。”

“哦……原来已经核实过了。”

对于岩槻自以为是而又轻慢的口吻，大江田似乎想说点什么，但他最后还是未置一词，把脸转向了高屋敷：“好了，这一点就算确认了。你继续说下去。”

“是，三个人的排列顺序自然也适用于婚舍。也就是说，竹子进前婚舍，华子进中婚舍，毬子进后婚舍。继承人进入各婚舍的次序据说也是如此，所以我觉得这种安排毕竟还是遵循了‘最先者最有利’的想法。”

“如果落在第二或第三位，也许还没轮到自己就结束了呢。”

岩槻低声道。大江田随即用力地点点头：

“竹子这个女人，怎么看都是个难缠的角色，只要长寿郎一进自己的婚舍，她就会想方设法挽留，不放他走吧。”

“我想长寿郎恐怕也充分预料到了这一点。但竹子比他更胜一筹。”

“你是指，最先进入婚舍的竹子硬是无视门第高低，选择了后婚舍？”

“没错。竹子在前婚舍，华子在中婚舍，毬子在后婚舍，对于这一点，长寿郎应该是深信不疑的。当时他究竟打算选谁做新娘如今我们已无从知晓，但至少可以说，他第一个想见的是毬子。”

“根据是什么？”

“他无视惯例，最先进了后婚舍。”

“然而出乎意料的是，在后婚舍里等他的竟是竹子。”岩槻用确认似的口吻插嘴道。

“是的。长寿郎一定非常吃惊。从门第来看，在那里的人当然只能是毬子。而且门口的把手上，真真切切地挂着她披过的茶色头巾。”

“等一下。”大江田扬手拦住高屋敷的话头，“我没记错吧？在祭祀堂的时候，长寿郎人在屏风后，没见到三位姑娘的身形吧？”

“是有那样的安排。不过，从他如竹子所预想的那样，按后婚舍、前婚舍、中婚舍的次序移动这一事实可以推测出，其实他在屏风后暗中窥探过三人的模样。此后，他可以根据动身前往媛神堂的次序，轻松推断出哪个颜色是哪个人的。”

“既然如此，为什么他从竹子所在的后婚舍出来后，又去了前婚舍——”

“因为他在那里看见了竹子的藏青色头巾。他应该是这么思考的，第一个抵达婚舍的竹子推测他首先会去拜访毬子，于是占用了后婚舍。其后抵达的华子不知道竹子的企图，进了分配给自己的中婚舍。最后抵达的毬子则去了仅剩的前婚舍。三人各就各位后，竹子还把自己的藏青色头巾和毬子的茶色头巾做了调换。”

“那么，就连长寿郎在屏风后窥视自己的事，竹子也觉察了？”

“她说看起来好像是。但她还说，不管自己有没有看错，调换头巾都是为了有备无患。”

“然而事实却和长寿郎所想的不同，华子发现竹子进了后婚舍，暗叫庆幸，选择了前婚舍而非中婚舍。而竹子连华子会这么做也预料到了。于是，她在自己所在的后婚舍、华子所在的前婚舍、毬子所在的中婚舍门前各自挂上了茶色头巾、藏青色头巾和灰色头巾，以此制造出自己在前婚舍、华子在中婚舍、毬子在后婚舍的假象？”

“没错，正是如此。”

“竹子设下让长寿郎首先到自己这里来的机关，还策划了后着——就算让长寿郎跑了，他也无法马上见到毬子。她把自己的藏青色头巾放到华子所在的前婚舍，好让人以为毬子就在里面。因为谁都会认为只是两条头巾被单纯地做了调换。这是第二个骗局。”

“我认为竹子的想法是，万一自己当不成长寿郎的新娘，让三守家的华子上位也好过古里家的毬子。连华子的行动她也做了推算。”

“好、好可怕的女人……”

岩槻又一次自言自语似的嘀咕道。高屋敷不由得苦笑起来：

“意识到自己被算计的长寿郎，应该是泡茶敷衍了一番吧。比如他会说‘依照惯例要先和每个人都见面’之类的。”

“啊，他就是那样在短短十分钟内从竹子的魔掌里逃出来的吗？”

在岩槻的脑中，竹子可能已完全成了一个魔女般的人物。

“长寿郎从后婚舍出来，在另外两个婚舍的门口窥探了一下，认出了前婚舍的藏青色头巾，于是就像大江田队长所说的那样，他单纯地以为竹子只把她的藏青色头巾和毬子的茶色头巾做了调换，结果却遇上了华子。”

“无奈之下，他又泡了茶，只待十分钟就走了？”大江田确认道。

高屋敷答了声“是”，又道：“我们认为长寿郎离开前婚舍进入中婚舍的时刻大约是四点三十分。由于死亡推定时间是四点四十分左右，可见在那里他也不情愿地耗费了十分钟时间。不过，中婚舍里丝毫没有泡过茶的迹象。”

“长寿郎是想尽快和毬子说话吗？”

“看起来是。”

“但是由于一言不合，长寿郎杀掉了毬子——这种可能性也不是没有啊。”

岩槻向大江田陈述自己的想法，但队长扬手打断了他：“在讨论嫌犯之前，我想问一下，竹子和华子没有注意到中婚舍的异常情况吗？”

“据她俩说，至少隔壁婚舍里的说话声是完全听不见的。不过从华子的证词来看，长寿郎走出前婚舍后，过了十分钟左右，中婚舍那边似乎传来了‘咚’的一声闷响。我向竹子求证时，她说她也觉得确实听到了奇怪的声音。”

“声音只响了一次？”

“是。接下来就纯属我的个人推断了……”

“你的所思所想，什么都好，都请告诉我。不管怎么说，对这个家族这个村庄的情况，你比谁都了解嘛。有你在我真的很有底气。”

“是，承蒙夸奖。下官当效犬马之劳，但愿不负所望。”

“高屋敷巡警，别那么拘谨——”

“是，对不起。”

“别……那么，你所谓的推断是指什么？”

“是，我这就说。从尸体在中婚舍所处的位置来看，被害者是被推倒或是因别的情况，以至于后脑重重撞在了壁龛和壁橱之间的柱子上，这大概就是死因。”

“华子听到的就是那时的声音啊。”

“那么，是意外事故了？”岩槻的语气里透着惊奇。

“我想也有这种可能。不过，从之后砍下了被害者头部的举动来看，认为凶手是想杀死对方，两人搏斗后形成了如今的结果，也许更恰当一点。”

“如果被害者的头部撞过柱子，就可能会在柱子上留下痕迹。唔……总之通过鉴识报告就能明白了吧。”大江田总结过后继续道，“关于被害人，怎么考虑都是古里毬子吗？”

“是啊。昨天出入过媛首山的女子，只有二守家的竹子、三守家的华子、古里家的毬子和江川兰子四人。毬子以外的三个人都健在，而兰子在我们推定的被害者遇害的那段时间里，刚从木炭巴士终点站喉佛口下来。”

“关于这一点，我们有证人。”

由于岩槻的补充，大江田转而指示他先说明江川兰子当时的行踪。毬子和兰子是外来者，所以对于她俩昨天来村子的行程，据说都已做了特别细致的调查。

“江川兰子从火车终点站滑万尾下车是在昨天下午四点。我们从若干名车站工作人员那里得到了证实。”岩槻拿出笔记本，“哗啦哗啦”地翻了几页，“呃……几乎所有目击到兰子的车站人员都很吃惊，说什么‘一开始还以为是个男人，戴着本地罕见的那种时髦软帽，穿着漂亮的西装，但总觉得样子很怪。说是个男人吧，头发也太长了点。仔细一看还化着淡妆，不免吃了一惊。想着这人是女装癖吗，凝神再看，却看到了一张俊俏脸蛋。虽然心里疑惑，觉得这家伙很奇怪，但没想到竟然是女人装扮成男人的模样……哎呀，真是做梦也没想到’。”

“那是自然。”

“木炭巴士的司机和售票员说的也一样。怎么也无法想象还会有另一个相同打扮的女人，所以江川兰子的行踪是确凿无疑的。此外也没有任何事实可以证明，昨天除了她和古里毬子，还有别的外地女人进过媛首村。”

“没有第五个女人进过媛首山的痕迹啊……”

“村里的同龄女性中，也没有下落不明者。”这次是高屋敷做了补充。

“在那种状况下出入媛首山本身就很困难，再说和毬子关系亲密的兰子也确认了尸体的身份。”

“关于身份确认的事，兰子说她一回东京，就会把可能粘有毬子指纹的随身物品送去警署。”

“好，虽然要做指纹比对，但现在先把无头女尸看成古里毬子也不会有问题吧？只是这么一来，我就不懂为什么凶手要砍下被害者的头了。”

“我们认为凶手也十分清楚案发时媛首山的情况。也就是说，即使砍下头藏起来，基本上不管谁看到尸体，都能推测出被害者是毬子。”

“关于那个凶手——”岩槻收好笔记本，对大江田说道，“由于作案时间内媛首山处于密室状态，所以我认为在山里的竹子、华子、长寿郎，从外部入山的兰子，以及在附近转悠的二守家纮弍这五位，目前都是嫌疑人。您以为如何？”

“是啊。只是，从动机层面来看嫌疑最大的纮弍，却由于进不了媛首山所以有不在场证明。”

“和十年前完全一样。”这话不像是说给大江田听的，更像是高屋敷在自言自语。

“是你说的那件十三夜参礼事件吗……这个相同点的确很可疑。然而不管过去还是现在，要推翻他的不在场证明都不太可能吧。”

“嗯，似乎不太可能。”

“那就暂时把纮弍排除在嫌疑人圈外——”

“问题是兰子啊，队长！”

看着干劲十足的岩槻一副要逼上前来的势头，大江田苦笑起来：“看来是到了听你说说想法的时候了。”

“关于毬子的命案，兰子确实有不在场证明。但在长寿郎一案中，她却堪堪有下手的机会。”大江田的话似乎助长了岩槻的气势，他语气振奋地继续道，“虽说她们正围绕新娘宝座展开争夺，但我不觉得竹子和华子会有杀毬子而后快的动机。那么余下的就只有长寿郎了。他和毬子之间可能发生了一些口角，虽然还不知道原因。结果，长寿郎把她推倒，毬子一头撞在柱子上死了。惊慌失措的长寿郎逃了出来，但在途中偶然遇到了前往媛神堂的兰子。他一时激动坦白了杀害毬子的事，因此被兰子报复，于是这次轮到他被杀——这应该就是本案的真相了。看起来是连环杀人案，其实是不同凶手犯下的两桩案子。”

“原来如此。但是岩槻啊，听了你这番解说，我总觉得你是想方设法要把江川兰子搞成罪犯，所以才牵强附会地凑出了这一段情节。”

听了大江田的指摘，高屋敷也许比岩槻更吃惊。

（回过神来想想，我也一直把她当罪犯看啊。）

而且还是一种更为无稽的怀疑，并没有岩槻那样的“非连环杀人”论。正是因此，可以说他在某种程度上比岩槻性质更恶劣。

（就因为她是个外人……还是个女扮男装的怪人，所以从一开始就戴着有色眼镜在看她吧。）

然而，实际上兰子非常配合警方的搜查。倒是竹子那边，不知有多棘手呢。

（但是，我对她总有一种难以言喻的不安感。她好像很愿意来到这里被卷入杀人案，正在伺机等候侦探游戏的开场……）

高屋敷暗自描绘着江川兰子的新形象，一旁的岩槻还在固执己见：

“可是队长啊，虽然也不是说绝对没戏，但如果不那么想，就没法解释这次的案子啦。”

“你看你看，从这个前提开始就不对，不是吗？用这种方式办案有多危险，以前我就提醒过你好几次了。”

“不、不是……唔……”

“其实我也觉得要把竹子和华子设为嫌疑人，在动机方面是有点薄弱的。只是，关于秘守家中的一守家、二守家、三守家和古里家之间的关系，一守家的继承问题，三三夜参礼的事，十年前的十三夜参礼事件，以及婚舍集会仪式的意义等，随着了解的逐步加深，我开始感到三位新娘候选人在前往婚舍时，心里的感受恐怕与我们所想象的相亲大相径庭。一定是这样。”

“也就是说，竹子和华子也完全够得上毬子命案嫌疑人的标准？”

“是的。不过，就算她俩能杀掉毬子也不可能杀长寿郎。因为从竹子与华子会合的五点十分起，到兰子看见两人身影的五点二十五分为止，她们可以互相确认对方的不在场证明。”

“在长寿郎的死亡推定时间——也就是五点十五分左右，她俩还在婚舍里。”

高屋敷指了指时间表，而岩槻又一次用振奋的语气说道：

“假如是她俩合谋呢？其中一人把长寿郎带出媛神堂，在这期间另一人杀死毬子砍下了她的头，然后带着斧子追赶先前离开的两人，在马头观音祠和等她的同谋以及长寿郎会合，最后两人合力一起杀害了他——”

“为什么要这么做？”大江田尖锐地问道。

“啊？”

“两人合谋杀死毬子还能理解，可为什么要对长寿郎下手呢？好不容易除掉一个竞争对手，却把最关键的新郎也杀了，这不是很奇怪吗？”

“因为罪行被长寿郎发现了，为了灭口——”

“既然如此，为什么要特地砍下两人的头？”

“这个嘛……但是队长，要么是竹子和华子的合谋，要么就是长寿郎和兰子的非连环杀人案——如果哪一个都不是，就无法解释这桩案子。啊不，您指出我这种思考方式是错误的，我完全能理解。只是，对于如此奇妙的案子，有时也需要这样的讨论方式吧。”

大江田听着岩槻的话，视线却落在了时间表上：

“长寿郎毫无回来的迹象，等得不耐烦的竹子在中婚舍发现毬子的尸体，与华子会合，然后她俩遇到了兰子。其中间隔的时间确实让人觉得有点长。”

“就、就是嘛！”

大江田不理睬急躁的岩槻，望着高屋敷似在寻求他的解释。

“她本人说是因为吓坏了，在现场直愣愣地站了一会儿。她还说，与华子会合后，因为对方实在太害怕了，所以又很辛苦地安抚了她一番。”

“嗯，看到这么一具全裸无头尸，也难怪啊。”

“但、但是队长——”

“再说那位兰子，从鸟居口到媛神堂大约是十五分钟的路程……只有她，竟然走了二十五分钟？”

“对、对啊，队长！这不正是她作案的明显证据吗？”

“关于这一点，她是怎么解释的？”

也许是为了让越来越亢奋的部下平静下来，大江田用淡然的口吻向高屋敷发问。

“兰子说她把参道途中那些让她大感兴趣的石碑一个个地看了过去，所以——”

“那种话是骗人的啦。年轻女子怎么可能对那些石碑感兴趣？”

“但是，她把刻在石碑上的文字抄进了笔记本。”

“啊……？”

“而且她是作家，对那种东西感兴趣，也不好说太奇怪……”

“那、那只要事先准备好——”

“但这是她第一次拜访媛首村——啊，当然也不能否定那种可能性，就是说，她在数月前就乔装潜入村庄，当时就抄好了碑上的文字，不过……”

“不，没必要想到这种地步吧。”大江田插入了两人的对话，“那样一来就成了谋杀，岩槻的非连环杀人的解释本身就站不住脚了。”

“不，如果是那样，那就是兰子从一开始就计划好了，让长寿郎杀掉毬子，制造自己这期间的不在场证明，然后在接头时杀掉长寿郎——”

“动机是什么？我的意思是，为什么一定要制订那么复杂的计划，在婚舍集会仪式进行的过程中杀掉两人呢？这话也可以用在兰子杀害毬子和长寿郎的理由上。如果想杀掉他俩，把长寿郎叫到东京，在那里做各种策划不是轻松得多吗？当然，砍下被害者头部的动机之谜也包含在内。”

“……”

大江田斜视着陷入沉默的岩槻，续道：“再说颈部的切面问题，伊势桥医生好像有一些看法。”

见大江田开始翻找桌上的资料，高屋敷立刻答道：

“是的。伊势桥医生推断，砍下毬子和长寿郎的头恐怕是同一人所为。他说，从切断面的特征来看基本不会错。”

“换言之，罪犯在中婚舍杀害毬子后砍下了她的头，然后在马头观音祠杀害了长寿郎，同样也砍下了他的头——是吗？”

大江田重新整理了案情经过之后，高屋敷说出了一直纠结于胸的疑问：

“对于长寿郎进入中婚舍后的活动，队长怎么想？”

“嗯，问题就在这里。如果要考虑在他身上发生了什么事，我觉得最初的部分用岩槻的解释可能也行得通。”

“哪、哪个部分啊，队长？”岩槻顿时活跃起来，用饱含期待的目光看着大江田。

“是指长寿郎和毬子起了口角，失手杀了她这一节。”

“就是死因是头撞在柱子上的这个观点吗？”

“因为从现场的情形也能推测出这个结论。不过人真的就这么死了吗？这一点还存有疑问。”

“您是说，也有可能只是失去了知觉？”

“不管是哪种情况，总之长寿郎相信自己杀了对方，一时慌乱逃出了媛神堂。出于某些心理因素，他没有去一守家所在的北面，而是走上了东参道。为什么选择东面还不清楚，但总之就在那时，他发现前方有人过来，情急之下就躲进了马头观音祠。”

“那人就是兰子？原来如此。我觉得到目前为止这流程还挺自然。”

“对，只是到目前为止……但接下来，异于常人的罪犯登场了。罪犯把死于中婚舍的毬子——假设还有气那就是给了最后一击——把她的头砍下来，带着当作凶器用的斧子赶赴马头观音祠，把长寿郎杀了，再砍下他的头，然后拿着两颗头销声匿迹了。”

“在那种情况下，罪犯的异常行动固然是一个谜，但在考虑这个问题之前，有一点我完全不能理解，为什么罪犯会知道毬子倒在中婚舍，长寿郎正躲在马头观音祠呢？”

“简直就跟说‘是偶然发现的……’一样。”

大江田用“异于常人的罪犯”来形容凶手时，高屋敷的脑海中浮现了妃女子的身影。

（荒唐……她不是在十三夜参礼那晚死了吗？）

虽然高屋敷立刻予以了否定，但媛首村再也没有别人称得上异常了，这一事实让他有一种无以名状的不安感。

（不，妃女子的母亲富贵是不是……还有家庭教师佥鸟郁子也……仅从斧高的话来看，那两位好像也是相当危险的人物。）

高屋敷改变了想法。尽管如此，他还是觉得不必特意把这想法告诉大江田。因为执拗地虐待小用人，因为异常信奉淡首大人——仅仅是这种理由的话，压根儿不可能让她俩成为媛首山连续斩首杀人案的嫌疑人。

（而且毬子也就罢了，难以想象她俩会去杀害长寿郎。也许富贵确实没有为人之母的慈爱，但为了一守家的安泰，长寿郎应该是必不可少的。而郁子则完全相反，对长寿郎满怀爱意。果然还是不能把她俩看成凶手。更何况还要砍下他的头……）

见高屋敷完全陷入了沉思，大江田饶有兴趣地问道：

“你是不是想到了什么？”

“不、不是……没什么——”高屋敷慌忙否认，但感觉对方并不相信，又开口说道，“其实也不用我多说。我突然想到，要解决这桩案子，比起弄清凶手是谁、如何作案、杀人动机是什么，更应该解开的一个谜也许是‘罪犯为什么要砍下被害者的头带走’。”

“你是说，找出斩首的必然性是解决本案的捷径？”

“是的。如果只有一个人，还可以想成是受了某种疯狂念头的驱使。但现在有两个人以同样的方式被砍了头，所以其中多半有着明确的动机。”

“难道你想说，是那个叫什么淡首大人的瘟神所为？”岩槻用异常轻蔑的口吻回应道。

“不、不是的，我绝对没有那个意思……”

“那不过是村里的老话。就说那块石碑吧，倒还有几分存在感，但绕到后面一瞧，不就是一块长满青苔的脏石头吗？”

“哎？你去了祭、祭坛的另一面，一直走到了坟、坟冢那里……”

“当然了。为了搜查，不管是哪里都得去。”

“是穿、穿着鞋……吗？”

“你要我在那种地方脱鞋？”

“喂，岩槻！”大江田介入了两人的对话，“迷信本身确实没有讨论的必要，但涉及特殊信仰的狂热型犯罪也是值得考虑的方向，所以打心眼儿里轻视可不好。”

“是、是……”

“一守家继承人的新娘竞选风波也需要纳入视野范围。话说回来，婚舍集会本身就是先前所说的信仰的一部分。”

“……是，非常抱歉。”

“还有，相不相信那种事姑且不论，接触被人视为信仰对象的事物时，就算是为了搜查，也必须以相应的礼数对待。”

“是、是……以后我会注意。”

“对了，大江田队长，在上午搜索媛首山的过程中，还是没发现两人的头吗？”

虽然高屋敷觉得如果有发现，自己早就会得到通知，但还是提到了这件令人牵挂的事。当然这也是为了尽快消除他和岩槻之间的尴尬气氛。不管怎么说，推进案情的讨论才是最重要的。

“哦，对啊，我还没把今天早上的搜索结果告诉你。唉，很遗憾现在还没找到。虽然没有人从参道进入森林的痕迹，但是要想把头抛过去的话，办法要多少有多少。最麻烦的情形就是在日阴岭上把东西丢进眼下广阔的森林地带。”

“如果是这样，我想搜索工作会很难开展。”

“不过，头是没找到，但奇怪的是有几本书掉在了那里。”

“书？”

“还都是一个叫什么来着的出版社的侦探小说。岩槻，给高屋敷巡警看看——”

接到大江田的指示，岩槻心不甘情不愿地打开笔记本递了过去。

“那个叫斧高的少年说，这些可能是长寿郎的藏书——”

笔记本中记录如下：“雄鸡社推理丛书”名下有七位作家的姓名，分别是江户川乱步、大下宇陀儿、芥川龙之介、森鸥外、木木高太郎、小岛政二郎、海野十三；《雄鸡推理》名下则有三位作家的三部作品，分别是艾德蒙·克莱里休·本特利的《特伦特最后一案》、伊登·菲尔波兹的《红发的雷德梅因家族》、弗里曼·威尔斯·克劳夫兹的《桶子》。

“这套‘雄鸡社推理丛书’是一位作家一部作品。不过，里面居然还有芥川龙之介和森鸥外，让人有点吃惊。江川兰子告诉我们，出版社原本预定出版七位国外作家的长篇，但没能完成，其中的几本后来就在这个《雄鸡推理》的名下出版了。”

“这些书还向兰子做过确认？”

高屋敷听着岩槻的报告，再度陷入了一种莫名难耐的不安之中，果然江川兰子是想插手这案子。然而，岩槻却把他的话理解成了一种责备：

“当然是先问了斧高。可他语焉不详，说觉得是长寿郎的东西，却有几本从没见过。你好像很重视那孩子的证词，不过——”

“喂，岩槻。别管这个，先说下去。”大江田立刻斥责道。

“是、是……于是我们就去了长寿郎的书房，看见江川兰子在那里写稿子。我当时就愣了，都什么时候了还工作哪。不过我拿笔记本给她一看，她就做证说这八本‘雄鸡社推理丛书’的书是她以前寄给长寿郎的，另加一个名叫小栗虫太郎的作家的集子，所以共计寄了九本。”

“就是为了确认指纹让她提交的那两本书里的一本吧？”

“对，恐怕是长寿郎只把他正在看的书除去——”

“再加上从个人藏书中选出的本会放入同一丛书的国外作品，打算拿给同好者毬子看，是吗？”

高屋敷不由自主地抢在岩槻说完前，把话接了下去。岩槻脸上明显流露出不悦之色。不过，大江田在他发怒前开了口：

“我们认为，长寿郎把书包进了那块盖在女尸下腹部的紫色包袱布里。残留在布上的四角形印迹已得到确认，虽然很淡。”

“至于那块包袱布——抱歉，稍微跑下题——我向竹子确认过，她说发现尸体时那块布就盖在下腹部了。”

“这么说是罪犯做的……但是这种体贴入微的举动和砍下人头的残忍性，怎么看都合不到一块儿嘛。”大江田发出重重的哼声，“罪犯杀害了毬子、脱下了她的衣服、砍下了她的头，却又特地用包袱布遮盖下腹部。你们不觉得这些行为在心理层面上相互矛盾吗？”

“的确啊。”瞪着高屋敷的岩槻附和了一句，又说，“凶手把毬子和长寿郎都剥了个精光，好像只砍头还觉得不满意似的。这通常是为了侮辱被害者，然而凶手却又用包袱布遮挡毬子的下半身，在行为上出现了矛盾。至于另一边的长寿郎呢，就那么光着。如此一来，我完全搞不懂罪犯究竟为什么要这么做，想要做什么了。”

“两人的衣物没在森林里找到吗？”高屋敷问。

大江田答道：“在从境内通往东守的参道——同时也是通往马头观音祠的道路——的左侧森林里，我们发现了散落一地的衬裤、短布袜和草鞋等物品，像是毬子和长寿郎的。刚才说到的书也掉在附近。”

“换言之，罪犯把长寿郎拿到中婚舍给毬子看的书带出去，从参道扔向了森林？”

“既然无法认为是长寿郎自己所为，就只能是这样了。”

“真是莫名其妙啊！”岩槻的语气中透出了束手无策的意味。

“结果，罪犯是拿着毬子的茶色和服和长寿郎的外褂逃走了？”

“还没找到的就是这两件东西。”

见大江田点了点头，高屋敷想象起那血淋淋的场景来。

“是把他们的头包进各自的衣服里了吗？”

“就算要把头丢弃在森林的某处，也不能毫无遮掩地带着走吧。不过，我们还发现了某处痕迹，让我们对是否已丢弃这一点起了疑心。”

“怎么回事？”

“其实就是这么回事。我们认为，罪犯曾在通往东守参道的手水舍中清洗过毬子的头。”

“啊？是真、真的吗？”

“盛满水的石台边缘留有微量血痕和污迹，污迹看似是已溶解的化妆品。这一点还需要等分析结果，不过鉴识科的人推测那多半是化妆品。当然仅此而已的话，也能认为是某个来参拜的女子留下的——”

“但是，首先村里就没有哪个女人会在媛首山的手水舍化妆。”

“可不是嘛，顺便说一句，竹子和华子也都说不记得做过这种事。这样的话，由于边上还有血迹，凶手清洗过毬子头颅的可能性也就出现了。”

虽然只是在石碑后瞥过一眼，但高屋敷也清楚地记得，毬子的妆化得确实很浓。要洗掉那些妆，在山里只有井边或手水舍才行。

“罪犯做那么麻烦的事到底是为什么？”

“不知道，可以认为是不想让什么东西被化妆和血迹弄脏吧，但如果是拿死者本人的衣服包头，我不觉得会有什么问题。”

“只是单纯想洗干净……会不会是这样？”

岩槻突发奇想，本以为大江田一定会否定，谁知他居然说：

“唔……也就是说，罪犯的目标可能是两人的头本身？你的意思是，因为头已到手，就姑且洗了洗？”

“砍头行为很残忍，抛撒书和衬裤的举动也不寻常，但罪犯偏偏又用包袱布盖住毯子的下半身，显示了体贴的一面。”

“一切都是罪犯想要头导致的结果吗？”

“是吧。当然了，我们还不知道抛撒东西的理由，为什么要两人的头目前也无从推测……”也许是想赶在队长指出问题前弥补纰漏，岩槻慌忙加了一句。

不过大江田静静沉思一番后，沉吟似的低声说道：“假如这是罪犯真正的动机，那就意味着本案的深处潜伏着相当棘手的东西！”

然后，他用下面的话结束了这次讨论：

“不管怎么样，就看能不能在媛首山找到头了。如果能比较容易地找到，我们就知道凶手对被害者的头并无执念。反之，如果找不到，就可以认为罪犯无论如何都必须把头带走。”

大江田的解说非常明晰。然而案发三天后高屋敷的某个惊人发现，使这番言辞从根基处就轰然崩塌了。

幕间（二）

媛首山双重斩首杀人案的发生令高屋敷狂喜不已，我这么写也许会被大家误解。虽然我也不愿认为他已高兴得手舞足蹈，但无疑他的兴奋近似那种程度。不消说，这肯定是因为他感到，对十年前的十三夜参礼事件无法进行充分调查的悔恨，可由此一举洗清。

不过，虽然丈夫向搜查责任人大江田队长报告了十三夜参礼事件，但没打算把它和媛首山连环杀人案牵强地联系起来。他似乎只是把它作为信息之一告知对方，而判断则由大江田队长来做。眼前就是一桩货真价实的杀人案，而且还是双重凶杀，所以他想的应该是如何全力破案。

话说，案情正如前一章为止所述的那样，但在说下去之前，我打算先向诸位读者展示几个之后判明的事实以及警方的见解。

当然一般来说，根据实际搜查的进展随时传达当时判明的新事实才是正理，我也是这么想的。不过，一旦采用这种手法，难免会让高屋敷元的章节无谓地变长。就像我起初所说的那样，本文若仅以丈夫的视点来写，是无论如何也无法成形的。如果因为发生了命案所以只追寻警方活动，我觉得要解开这可怕的惨剧之谜会非常困难。

不过，凭借警方的搜查而清晰起来的事实，毕竟可能成为重要的线索，所以我想在下面做个归纳整理。

一、关于中婚舍内发现的无头女尸的身份

到前一章为止，已经判明是古里毬子，而对返回东京的江川兰子小姐送交到终下市警署的物品，也即毬子小姐日常用品上的指纹进行检查后，再度确认是她没错。还有，古里家毬子的双亲也进行了身份确认，但正如富堂翁指出的那样，他们只说“觉得是女儿”，好像难以断定。另外，毬子的血型是A型，也和尸体一致。

二、关于古里毬子小姐的死因

中婚舍里间的柱子上粘有少量血迹——血型为A型，因此至少能确定一个事实，被害者的头撞到了柱子。当然，这是不是死因还不清楚。但头部以下的身体上没有任何伤痕，所以据说警方认为头部受击致死的可能性很大。

三、关于被害者是古里毬子小姐的事实

原本该进中婚舍的是华子小姐，挂在中婚舍门口的也是华子的灰色头巾。根据这两点，罪犯真正的目标是华子小姐，毬子小姐是被误杀的——关于这一问题警方也进行了讨论。听说讨论时，不少人对罪犯是否可能知道三位姑娘的头巾颜色提出了质疑。不过，就算这是真相，也说明罪犯不知道华子小姐的容貌，所以很难想象关系那么疏远的罪犯竟会打算杀她。换言之，警方的结论是毬子绝非误杀的牺牲品。

四、关于马头观音祠内发现的无头男尸身份

到前一章为止，大致已认定死者是秘守长寿郎少爷，但是由于藏田甲子婆婆证词暧昧，仍然留下了说不清道不明的感觉。不过，甲子婆婆的真意已经明了。此外，在我下一章将写到的一守家惊天风波后，她又做证说“那具遗体确实是长寿郎少爷”，所以身份总算是得到了确认。此外，长寿郎血型也是A型，当然也和尸体血型一致。

五、关于秘守长寿郎少爷的死因

要么是头部遭到重击，要么是被勒死，现在只能推测是其中之一。另外，和毬子小姐一样，尸体头部以下见不到伤痕。不过，关于长寿郎少爷的死因，在下一章会出现令人费解的新谜团。

六、关于斩首

毬子小姐是在死后，长寿郎少爷则是在生前被砍下了头，这一点再度得到了证实。另外，司法解剖结果表明，从两人的头被砍下的方式来看，基本可以断定是同一个人所为。换言之，警方已经判明这是同一个凶手犯下的连环杀人案。

七、关于砍头用的斧子

从村民的证词中可知，这把斧子一直被供奉在媛神堂。黏附在上面的血迹是A型血，斧上没能检测出指纹。

八、关于在东守的手水舍发现的痕迹

被视作血迹的东西，已判明是A型血液。但两个被害者都是A型血，所以无法判定属于谁。不过，由于从另一处痕迹中检出了多种化妆品成分，所以就和当初推测的一样，罪犯在这里清洗过毬子小姐的头这一解释似乎最被众人看好。

九、关于疑似被凶手带走的东西

两个被害者的头、毬子小姐的茶色和服、长寿郎少爷的外褂。人们推测罪犯是把两人的头包进了各自的衣物。另外，警方把“两人的头部被隐藏或丢弃在媛首山某处”的可能性也纳入了考虑范围，并连续数日进行了搜山，但最终一无所获。当然彻底地搜索广袤森林地带的每一个角落是不可能的，所以不能断言两人的头不在山里。

十、关于媛首山发现的东西

沿着从境内通向东守的参道可前往马头观音祠，人们在途中的森林里发现了男女各一套衬衣、衬裤、短布袜等贴身衣物和草鞋，以及数册侦探小说。警方已断定衣物为毬子小姐和长寿郎少爷所有。至于侦探小说的情况，正如上一章所述。

十一、关于作案时间带内媛首山的密室性质

婚舍集会当日的下午两点，三处派出所的三位巡警在三个出入口开始了巡逻。从这算起，直到翌日上午搜查组和村里的青年团进行搜山为止，人员出入完全受到监视，这一点已被证实和高屋敷整理的“婚舍集会中相关人员行动”表一致。不过，听说警方怀疑有唯独凶手才知道的出入口——譬如兽径等。

十二、关于嫌疑人

如上一章所述，讨论之下，有嫌疑的对象接连洗刷了清白，所以大江田队长和高屋敷都很困惑。据说问完相关人员的口供后，众人一致认为二守家的纮式是最大嫌疑人。多半是他在应答时显出了可疑神情，才导致了这样的结果。不过，那一天他没有踏入过媛首山，拥有完美的不在场证明，所以警方的工作也迟迟无法进展。即便如此，队长仍发出指示，希望通过彻查媛首山的周边地区来努力找出隐秘的出入口。然而正如村民所说的“只会徒劳一场”那样，最终果然毫无收获。

十三、关于动机

警方的最终见解是：围绕一守家继承人新娘宝座的私利私欲，和由此而起的男女间爱情纠葛所导致的情杀。不过，警方似乎另有表态：淡首大人的信仰所引发的狂热型犯罪这一方面，他们也会同时予以考虑。

十四、关于江川兰子氏

这条也许该放入第十二条“关于嫌疑人”。警方似乎彻查过江川小姐的来历。由于她的家世相当于过去的侯爵，所以据说调查极为慎重，是通过一位代代侍奉其家族的顾问律师进行的。当然在本文中，也请诸位允许我不写她的本名。意外的是，我们得知“兰子”竟然是真名。据说战乱去世的父亲酷爱兰花，所以她的哥哥也被取名为“兰堂”。兰堂氏似乎很溺爱妹妹兰子，有传言说，怪奇小说和侦探小说原先也是他的爱好。兰子小姐显出不爱和人交往的孤僻性格，好像是从哥哥去世后开始的。不过，她成为作家的契机似乎也正是哥哥的死，在后来的随笔里她清楚地写道：只有下面的名字用了本名，是因为其中含有我俩的共通字“兰”。

以上就是关于媛首山双重杀人案搜查状况的归纳。

现在我这样又书写一遍后，已经非常清楚地认识到，这实在是一桩令人费解的奇案。难怪高屋敷会越来越沉溺于其中，虽说这是他的本职工作。而江川兰子小姐身处案件的旋涡，却还打算发挥她爱掺和的天性——不，应该说是侦探天性吗——横插一杠，也就可以理解了。

可怖的命案令人恐惧，然而我也仿佛被魔物迷惑一般，不知不觉地被那独特的不可理喻性所吸引……

但是，一切并未就此结束。我在前面的章节中也有所提及，惊人事实的曝光、更进一步的凶杀和新的谜团……即将纷至沓来。

第十七章

指名仪式

在一守家里厅召开秘守家亲族会议的次日——媛首山双重杀人案发生后的第二个早晨，斧高起床后无事可做，简直闲得发慌。说起来可能有点夸张，但现在他确实是走投无路了。他来到一守家后，还是第一次碰到这样的情况。

现在主人长寿郎已经过世，他的工作也不复存在了。不过他认为甲子婆一定会马上差遣他做别的事。因为至今为止，甲子婆不止一次地说过“小斧，听好了，不干活的人就没饭吃”，这句话早已深入他的骨髓。

然而今天早上，当斧高询问现在该干什么活时，甲子婆的回答令人难以置信：

“啊，没有什么特别的事。”

“那么，我去给谁帮个忙——”他理所当然似的答道。

“没那个必要。听说长寿郎少爷的遗体明天才能回来，在那之前你好好休息就是。”

这话更让斧高怀疑自己的听觉了。错愕的他不由自主地支吾着。而这时甲子婆已经迅速离去，仿佛在说只有她是很忙碌的。

事实上，从昨天的亲族会议结束之后开始，她就屡次陪同兵堂前往富堂翁的别栋，大概真的很忙。连斧高也能想象到，他们是在为明天的第二次亲族会议做准备，说得更直白一点，就是在为如何哄骗二守婆婆商讨对策。

但因此就什么活都不让干，这可如何是好？斧高茫然不知所措。

（就算叫我好好休息……）

从五岁被一守家收养直到今天，斧高其实从未有过“休息日”。这倒不是因为甲子婆肆意驱使他干活，让他无法正常取得休假。对于这一点，斧高觉得就算跟别的用人比，也能看出自己享受的待遇极为公平。特别是在成为长寿郎的专属仆从后，他的工作内容可谓相当轻松。

不过，别的用人在年中年末告假回乡探亲时，只有斧高照常干活。虽然这是因为他无家可回，但和他情况相同的人也正常地拿到了休假，所以果然只有他最特殊。因此，甲子婆突然吩咐今天什么也别干只管休息，只会让他困惑不已。

（怎么办啊……）

烦恼中的斧高感到自己在一个完全陌生的家里。当然对他来说，一守家是供他食宿，给他活干的家，是一个原本就和他毫不相干的地方。但他已在这里生活了十一年之久。不管怎么说，他觉得自己在一定程度上融入了这个家庭。然而，当被告知今天大可自由活动的一瞬间，他意识到这里没有他的立足之地。

斧高呆立片刻后，猛然意识到了什么。

（对了，只有一个地方。一个会让我感到舒畅的地方……）

他要去的是长寿郎的书房。十一年来，他可能在那里度过了最多的光阴。最重要的是，那里充满了他和长寿郎的回忆。

想到这里，他就感到胸口一闷。随即又一次醒悟到，即便去书房他也见不到长寿郎了，于是胸中的苦闷化为了痛楚。他想象着没有主人的书房中弥漫的寂寥，渐渐陷入了难以言喻的心境。虽然已走到书房前，他却无法打开那扇门。

就在这时——

（哎？长寿郎少爷……）

书房里传出了某种气息。那是长寿郎面对书桌专心写作时才会散发的一种独特氛围，就算在走廊里也能感觉到。在这种时候，如果不是主人召唤，他就会悄然退下。

此刻，从眼前这扇门的彼方，斧高感受到了令他深为怀念的气息。

（难、难道……）

一种近似畏惧的情绪油然而生，但斧高还是缓缓打开了门。

（啊！）

他差点叫出声来。虽然只是一瞬间，但似乎真的感到长寿郎正坐在桌前撰写原稿。然而，坐在那里的是江川兰子。

（说起来，从昨天起老师就一直待在这里呢。）

昨日早饭过后，兰子央求斧高带她过来后，就一直占用着长寿郎的房间，仿佛这是她自己的书房。不可思议的是，斧高并没有对她产生什么不快感。通常来说，人们会觉得这是一个厚颜无耻的人，会对她的蛮横傲慢之举生气，但也许是受她奇妙个性的影响，斧高反而感到自己希望她积极使用这间书房。

（长寿郎少爷也一定会为此欢喜吧。）

突发奇想的斧高，愕然发现自己已在不知不觉中对长寿郎和兰子一视同仁了。他不由得惊慌起来。多半是江川兰子女扮男装的特殊气质，与长寿郎的中性魅力有某种共通之处，所以自己才会有那种感觉，一定是。他努力着，试图冷静分析自己的心态。

的确，她是一个非常有魅力的人。但是，无论如何她也不可能取代长寿郎。长寿郎尸骨未寒，自己就被一个名叫江川兰子的人——还是个同性恋——所吸引，光是想到这一点，斧高就心乱如麻。

斧高悄悄掩上书房的门，从一守家直奔出来。没有任何想去的地方，但他的脚却自然而然地向媛首山的北鸟居口迈去。他迷迷糊糊地思量道：参拜完媛神堂后，再到马头观音祠为长寿郎祈求冥福吧。

走在参道上，到处可见警察和村里的青年团成员。这些人似乎正在森林那边搜寻着什么，看起来没有一个人注意到斧高。当然他也没特地上前打招呼。为了不给众人添麻烦，斧高小心地放轻脚步，却又想着尽可能走快点。

不久斧高就能望见境内了，只见一个女人背对着他，伫立在媛神堂前。她的面前有一名男子，两人似乎在争执着什么。

（他们是谁？在干什么？）

他纳闷地向两人靠近，途中判断出女子是佥鸟郁子，和她对话的则是从终下市警署赶来的刑警。似乎是刑警在阻止想进入媛神堂的郁子。

又走近了一点，貌似刑警的男子目光敏锐地发现了斧高。

“喂，那边的人！你可不能随便进来啊！”

他斥责着斧高，又指手画脚地开始催促郁子离开媛神堂。

不过，被刑警轰赶的郁子并不甘心：“只是参拜而已，有什么不可以的？”

“这里是案发现场。直到搜查结束为止，严禁入内。”

“毬子姑娘被害不是在中婚舍吗？和媛神堂的祭坛有什么

关系？”

“砍头用的斧子是从祭坛拿走的。再说了，御堂、奇怪的塔和里面的建筑，不是三位一体的吗？”

“以前我就一直来这里——”

“总之不行就是不行。啊，说起来连进山也——”

“那就请你们在鸟居口安排岗哨。”

“我们哪还派得出人手？现在我们正在这一带做地毯式搜索，还希望多几个男的来帮忙呢，哪怕一个也好啊。所以你们也别来添乱啦！”

最终，在刑警的怒喝声中，斧高和郁子离开了媛神堂。

“老师也想为长寿郎少爷拜求冥福吗？”

顺势和她一起往回走的斧高随口问道。他以为会得到肯定的回答，但不知何故郁子一直沉默不语。

（不对吗？只是去做每日例行的御堂参拜吗？）

想归想，但即便如此，同时为长寿郎祈求冥福也是极为自然的事啊。因为不管怎么说，她曾经那么宠爱过的弟子如今遇害了。

然而，从郁子口中吐出了一句令人震惊的话：

“不，我是打算向淡首大人道谢。”

“道、道谢？谢什、什么？”出人意料的回答让斧高大吃一惊，他勉强反问道。

“当然是谢她圆满达成了我的愿望啦。”

“愿望？老师向淡首大人祈了什么愿呢？”

“唔……想知道？”

“是、是的……啊不，如果可以的话——”

“可以啊。”郁子突然站住脚，注视着斧高，依然面无表情，“要说最近的愿望嘛，就是长寿郎少爷的死。”

骇人听闻的表白。

事实上斧高起初不明白她在说什么。心想“SI”不是“死”，而是别的什么汉字吧。但是，这个念头转瞬即逝。郁子把他撇在当场，独自沿参道往回走去。目光追逐着她的背影，斧高知道了“SI”就是“死”。

（但、但是，为什么……老师为什么希望长寿郎少爷死，而且还偏偏向淡首大人祈愿？）

越想他的头就越痛。

回过神时，他已经抵达了北鸟居口的石阶顶端。到处都不见郁子的踪影，想必是回一守家了。一念及此，他也就没有回去的心思了。

（去神社如何……）

斧高刚要坐倒在石阶上，恍惚间想起了媛守神社的存在。还记得小时候他和村里的孩子在神社境内玩过几次，尽管这种经历屈指可数。他已经记不清为什么会获得那样的机会。记忆中，他很少有像普通小孩一样玩耍的时候。

（嗯，就去神社。）

从媛首山的中心望出去，媛守神社位于东北方，建造在一座刚巧耸立在北守和东守两地交界处的小山上。小山不怎么高，但石阶陡峭，所以上下山都要受点累。

（我那么小的时候，居然还爬过这个石阶。）

被寂静笼罩的树林中，除了鸟啼别无声响。斧高走在林间呈一直线延伸至山顶的石阶上，佩服起孩童时代的自己来。多半是能和同龄人一起玩闹的喜悦，令陡峭的石阶显得根本不像阻碍了。

（还真安静啊。）

原以为一定会从境内传来孩子们的欢笑声，谁知居然声息全无。

（现在不会再有孩子特地爬这里的石阶上境内了吧。）

斧高发现了一个事实，即使孩子们在同一个村子里玩耍，地点也会随年代的迁移缓慢变化。由于他没能成为他们中的一员，所以更能看清这种改变吧。不过，任何时代的孩子们，都有绝对不会去玩的场所。是的，譬如媛首山……

（媛守神社也完全失去了生机。）

想到这里斧高觉得有些可笑，但转念一想，也许现在还是安静点为好。因为他感到应该趁这个机会，仔细考虑一下自己的前途。

他当然有强烈的意愿，想知道长寿郎被谁所杀，为什么非死不可。十年前十三夜参礼上发生的怪事、这次的毬子被害案以及围绕着一守家发生的种种变故，这一切他也想弄明白。不过，他总觉得只要解开了长寿郎遇害之谜，自己恐怕就会满足了。在此之前，他绝不打算离开媛首村。然而——

（如果我被赶出去了，那可怎么办……）

最重要的长寿郎如今已不在人世，斧高在一守家也失去了存在价值。事实上今天早晨甲子婆就没给他活干。“让一个痛悼主人突然辞世的人干活也太缺乏同情心了”云云，这种慈悲为怀的作风，绝对不可能在甲子婆身上出现。

（没有一技之长，也没有做生意的经验。体力活没自信，也没好好上过学，所以念书也不行……）

不过，读书方面多亏了长寿郎的照顾，斧高其实有初中生一半的文化程度。因为长寿郎求过富堂翁，在郁子给兄妹俩授课期间，也让斧高学点适合他年龄的功课。当然他学习的时间很少能和兄妹俩一样长，但确实接受过郁子的一对一教学。令人意外的是，她也不讨厌这项任务。不过由于她性格喜怒无常，所以教学方式也忽好忽坏，即便如此，斧高也已经非常开心了。

（但这种程度的学历，在社会上是不可能有用的吧！）

思绪回归现实后，斧高发现攀登石阶的脚步彻底沉重下来了。没有停步是因为他已经决定去媛守神社的境内，唯有这个理由在支撑着他。虽然心里明白到了那里又能如何呢，但他无处可去也无事可做，所以这也算是无奈之举。

然而事实并非如此。

没多久石阶也所剩无几，能看见延伸至境内的参道了。这时，斧高发现右侧的灌木丛里伫立着一个人。

（咦？是竹子小姐……）

的确是二守家的竹子，但显然神色有异。她正从灌木丛的阴影中频频向境内窥探。

（看什么呢？有谁在那里吗？）

斧高想。他没有登上余下的石阶而是向参道尽头凝目望去，只见小小的本殿右侧有一个男人的背影。

（啊，还有一个。）

他很快就看到了第二个男人，站在那名男子的对面。两人好像在对峙。

（那是……二守家的纮式少爷？）

斧高认出来了，背对自己的男子，就是正在偷窥这一幕的竹子的哥哥。

（兄妹俩在干什么呢？还有，里面那个人是——）

为了看清是谁，斧高又走上了几级石阶，那人在纮式身前现出了身形。

（啊，是兰子老师！）

兰子老师是在他去媛首山时出来散步的吗？可要这么说的话，连二守家的兄妹俩也出现在同一个场所，就太让人费解了。三人在散步途中，碰巧都到了媛守神社，怎么想都觉得不可能。

（没准兰子老师是被叫出来的……）

昨天在一枝夫人突然结束亲族会议后，斧高亲眼看见纮式避开旁人的视线向她靠近过。斧高也知道，就像好色的兵堂关注兰子一样，纮式也时不时地偷眼看她。所以，纮式接近兰子并不会让他感到太意外。但是，假如昨天他的举动是为了约定今天在这里见面——

（幽会？）

这个词在斧高的脑海中浮现，他慌忙摇头。就算纮式有意，兰子也不会正儿八经地搭理他。而且最重要的是——

（她是一个同性恋，所以……）

但纮式不可能知道这件事。斧高这么想的时候，只见兰子已在本殿前踱起步来，脸也转向了这边，所以他急忙俯下身子。但是，贸然之举产生的动静，似乎传到了竹子那边。

（啊……）

暗道不妙的时候，他已经被回头望向石阶的竹子发现了。

（怎么办……）

斧高慌乱到了极点，但多年以来的习惯实在非同小可，他从欠身状态回复到站姿后，当即行了一礼。

只是一瞬间，竹子神色凌厉地瞪着斧高。不过很快她就像完全没注意到也完全没看到斧高似的，彻底无视他的存在，径直奔下了石阶。势头之猛，令试图避让她的斧高险些从石阶上滚下去。

偷窥别人的事偏偏被一守家的用人撞见了，所以倨傲的竹子会有如此反应也极其自然。而且事已至此，不管她如何相待斧高也不会介意，他现在更关心的是兰子和纮弍。

他取代竹子藏到灌木丛背后，窥视着二人。

（他们在说什么？）

不过，开口的好像只有纮弍一个。兰子悠然自得地在本殿前来回走动，也不知是否在听他说话。纮弍似乎无法忍受她的这种态度，嗓门越来越大。就在他终于向游走不定的兰子逼近时……

“啊哈哈哈哈！”

境内回荡起兰子无比爽朗的笑声。

只见纮弍一惊，不由自主地身子一僵。兰子对他说了些什么，这回纮弍脸上又浮起了愕然的表情。不过，由于他正好在兰子身后，斧高无法看到他之后的神情变化。

然而下一个瞬间把斧高吓坏了。因为纮弍径直朝他这边奔了过来。

（糟、糟了！被发现了……）

斧高猛然缩头打算逃走，可惜参道并不长，他立刻就感到了纮式迫近的气息。

（要挨揍了！）

斧高刚做完最坏的打算，纮式就从灌木丛旁通过，转眼奔下了石阶，消失得无影无踪。

（咦……这是怎么了？）

完全让人摸不着头脑。不过，斧高随即挂念起兰子的事，再度向本殿处望去。

只见她依旧迈着悠闲的步伐，朝石阶这里走来，还观赏着左右两侧的树木，仿佛在快乐地散步，看起来似乎已经把二守家纮式刚才还在身边的事忘得一干二净了。

（这样下去绝对会被兰子老师发现。）

斧高心里着急，但现在沿石阶往下跑已经太迟。无奈之下，他转身背对参道，祈祷兰子就这样从旁经过，不会发现自己。

“咦，是斧高君吗？”

可惜事与愿违，兰子在身后招呼了他一声。斧高局促不安地回过身来，只见她巧笑嫣然地站在他身后：

“唔，你是什么时候来的？”

“这、这个嘛，五分钟左右……不、不是，要更早一点。”

“那你看到了我们的密会是吧？”

“没、没、没看见！我没偷、偷看……”

斧高抵死否认，但兰子说出“我们的密会”这句话，让他心头大震。他不禁大胆询问道：

“你是和纮式少爷约好在这里见、见面——”

笑容从兰子的脸上倏地消失了，但很快她又展颜一笑：

“什么啊斧高，你在想这个？对了，是因为我说了‘密会’二字吗……不过，你是不是在担心我？那样的话我倒是很高兴。”

斧高立刻意识到自己问了一个愚蠢的问题，他心里羞惭，低着头不敢直视兰子。然而，兰子却细细端详他的脸：

“谢谢。你是在担心我吧？”

“不，哪、哪里——”

“怎么说呢，对方可能是抱有密会的意图。”

这句话着实令人在意，斧高条件反射式地抬起了头。

“果然是纮式少爷……”

“对，就是他把我约了出来。哪知他说话老是拐弯抹角，我也烦，只当是耳旁风，不料他竟然——”

“什么？”

“向我求婚啦。”

“啊……”

“其实他想说的是，将来他会成为一守家户主，要不了多久还会当上秘守家的族长。不过，由于有婚舍集会的惯例在，所以得跟原来的一守家、三守家、古里家那些各怀鬼胎的新娘候选人相亲，从中挑选新娘，一想到这里，他就觉得浑身发寒，厌恶到了极点。”说到这里，兰子微微一笑，指着自己继续道，“但是你的话，就很适合当我的新娘。如果跟我结婚，你也能过上奢华的生活。想想你一个女人竟然在写什么小说，现在有一步登天的机会可不就像在做梦吗——大致就是这些。”

斧高实在没想到，昨天纮式注视着兰子的目光中，竟然含有那么丰富的意味。

“那兰子老师是怎么回答的呢？”

“回答之前，我就忍不住笑了——”

得知这就是先前那无比豪爽的笑声的起因后，斧高充分理解了为什么纮式会逃也似的离开境内。纮式和竹子一样为人倨傲，而且成为一守家继承人几乎已是铁板钉钉的事，对他而言，兰子的反应无疑是莫大的侮辱。

（太好了……）

虽然认为兰子不可能答允，但知道她确实拒绝后，斧高也就放了心。

“那你为什么会在这里？”

被兰子一问，斧高就从前往媛首山遇见郁子开始，直到自己对未来的不安感，都说了出来。

“金乌老师又说了这么大胆的话啊。”

兰子果然也吃了一惊。不过看她的表情，似乎正专心思索着什么，也许是想探索那句话中的真意吧。

“的确，从长寿郎少爷的信里也多少能看出点迹象，他和家庭教师之间的关系不太好……”

“这、这是从什么时候开始的？”

“应该说是在他成人以后吧。特别是这一年来……你看，再怎么说二十三夜参礼就要到了。”

“这是为什么呢？”

“学生一旦成年，老师自然就得卷铺盖走人。而且二十三夜参礼一结束，马上就是婚舍集会，长寿郎少爷会结婚。尽管她以前倾注感情培养了长寿郎，但终究是不相干的外人。虽说这样措辞有点失礼，但她不过就是一个雇用来的教师罢了。正是出于多年来的深厚感情，才导致了爱之深恨之切——”

“但是，为此盼望长寿郎少爷死也太……”

“可不是吗？怎么想都觉得太过分了。”随声附和之后，自言自语般低吟的兰子，突然目不转睛地盯着斧高的脸，“而且，突然特地对你说这种让人心惊肉跳的话，这是为什么呢？”

“老师知道其、其中原因吗？”

“哎呀，叫我兰子小姐就行啦。我可是一直叫你斧高君的。”

兰子对拘谨地称呼“老师”的斧高，报以爽朗的笑容。无量寺的钟声乘风而来，正午到了。

“已经是晌午了吗？去东守的话，总该有什么地方吧？”

斧高点头回应兰子的询问。兰子随即邀请他共进午餐。

“啊？但是我……”

“当然是我请客啦。”

“但、但是……”

“甲子婆婆不也叫你今天好好休息一下吗。既然如此，这可是个好机会，所以饭我们也到外面去吃啦。西餐啊什么的，选你想吃的就行。请允许我作为同伴和你一起就餐。”

斧高最终接受了兰子的好意。不过很遗憾，说是下馆子，在媛首村能挑选的地方却少之又少。当两人来到地处东守，也是村里唯一的繁华街道时，连兰子也预见到了这一点。

“看来没有西餐厅啊。”

“我什、什么都吃。”

“你又这么说。呼……不过这样一来就算是请客也——”

兰子再次眺望了整条街后，把斧高拉进了最大的餐馆。

犹豫再三，斧高最后要了咖喱饭，兰子也和他一样。饭后斧高自然是客气了一番，但兰子不仅点了年糕小豆汤，甚至还叫了果汁。对斧高来说，这份奢侈简直就像同时在过盂兰盆节和新年。

他吃完年糕小豆汤开始喝果汁时，兰子突然问道：

“怎么样，要不要当个作家秘书试试？”

斧高嘴里的东西差点喷出来。

“其实呢，我一直拜托毬子帮我做事，和编辑接洽、必要的采访活动、参考文献的资料检索和整理、原稿誊写……还真是什么样的事都有。我不喜欢出门见人，但她正相反，所以非常顺利。”

“唔，看起来兰子小姐怎么也不像那种人……”

“啊，是在东京的时候哦。特别是出版业界，还有文坛，一到那圈子我就会得孤僻症。”

“但、但是……我当作家秘书，这也……”

“工作嘛，一点一点学就行啦。确实，找个有经验的人，我这边可能也会轻松一点，不过在我这里，性格投缘比什么都重要。”

“……”

“虽然和斧高君相识没多久，但我已经从长寿郎少爷那里听说了你的人品，所以总觉得很久以前就认识你了。”

“啊……”

“他在信里经常写你的事呢。”

斧高的心脏突然咚咚地猛跳起来。

“他总是夸你，那可不是什么奉承话。说你是一个非常细心的孩子。不光是这些哦。他好像还认为你也许有写小说的才能。”

“是说我、我吗？”

“没错。从这个意义上来看，我也觉得如果你到我这里来，应该能帮上不少忙。怎么说呢，我们应该能建立起互帮互助的关系一起工作吧。当然了，你的事不白做，我会正常发你工资。”

兰子的唐突提议自然让斧高吃惊不小，然而对他来说，知道长寿郎这样看待自己，心里的惊讶更是翻了数十倍之甚，同时也感激不已。

“啊，你不必在这里勉强答复。”斧高想起了长寿郎的事，不禁怔怔出神。看在眼里的兰子也许以为他正在烦恼，于是微带慌乱地续道，“幸好据说我可以在一守家再逗留一段时间。明天为长寿郎少爷守夜，后天还要举行葬礼不是吗？我打算之后在村里再待几天，所以你有时间慢慢考虑，就算我回东京后再答复我，也没有关系。”

“非常感谢，我会考虑一下。”

想想如今自己所处的境况，还有什么好犹豫的——虽然心里这么想，斧高还是非常不安。

（去大城市……）

自己究竟能否胜任作家秘书一职固然是一大担忧，但更重要的原因其实是，一想到要离开一守家，斧高就陷入了一种无以名状的失落感。就在今天早上，他明明已经领悟到自己无处容身，然而……

午后，他以北守为中心，带兰子游览了村庄。听说兰子对刻在石碑上的文字很感兴趣，斧高把她带到了媛首山之外能见到各式石碑的地方，不过兰子更喜欢参观养蚕和烧炭等村民们的日常生活。虽说早有预料，但两人走到哪里都会引来人们奇异的目光。因为对村民来说，连斧高也只是个外乡人，而且不管怎么说，兰子也太令人瞩目了。

即便如此，他俩也没退缩，第二天又一早就出了门，计划先去南守，然后上东守转一圈再回一守家。

“嗨，我听说十年前十三夜参礼的时候，长寿郎少爷的孪生妹妹妃女子不明不白地死了——能和我说说吗？”

去南守的途中，兰子单刀直入地开口发问，让斧高吃了一惊。

“啊，这个……我倒、倒是无所谓——”

“还有啊，希望斧高君把在一守家的所见所闻，那些令人感到玄妙、奇怪或诡异的……淡首大人的事当然也包括在内，都详详细细地告诉我。”

在兰子的催促下，斧高不知不觉就把自己到媛首村后经历的怪事全说给她听了。

“唔，是这样啊……”

斧高结束漫长的叙述后，兰子深深叹了口气，发出一声感慨。

“这诡异之极的斩首连环杀人案背后，似乎隐藏着什么深不可测的东西呢。”

中午，他俩在媛首川河畔吃了斧高一早就开始准备的便当——说是便当，其实只是几个饭团，用来作为昨天受款待的小小谢礼，这是斧高能做出的最高回报。

“真好吃。这饭团是斧高君亲手捏的吗？对了，如果你当了我的秘书，想必我俩每天都能做一桌好菜啦。”

只是饭团而已，这也太夸张了吧。但斧高还是非常高兴。说起来，兰子也许是长寿郎之外第一个这样称赞他的人。

在河畔闲聊了一阵后，兰子道：“这就回去吧。我们必须在秘守家的亲族会议开始前，赶到那间里厅去。我和你都是外人，但正因为如此更不能迟到。否则，他们会以人没到齐为借口不进行讨论，我可不想这样。”

兰子似乎早就摸准了富堂翁的性格。她催促斧高一起离开媛首川，直接回了一守家。

途中，乘坐私家车的二守婆婆从两人身边经过。让斧高吃惊不已的是，车刚在不远处的前方停了下来，一枝夫人就立刻催促兰子和她一起坐车。前天的指纹一事，兰子不经意间成了二守家的帮手，多半就是这一点起了作用。

然而兰子彬彬有礼地拒绝了邀请。

“为什么不坐呢？”汽车驶远后，斧高问道。

“因为那人没说让你一起坐嘛。”

两人在一守家里厅现身时，除了富堂翁和兵堂之外，所有人都到了。

“你去通报一声，就说各位都已到齐——”

甲子婆整句话还没说完，斧高就已经起身唤人去了。

向他下达指示的甲子婆，表情里透着责难之意，像是在说“这么重要的时刻，你究竟跑哪去了”。若在以往，甲子婆少说也会斥责一句，奇怪的是这次她却一言未发。这是因为她说过这几天斧高可以自由活动吗？这一点斧高也不是没想到，但甲子婆不可能做出这种令人称道的事。多半是因为还有更让她牵挂的事吧。

禀明富堂翁和兵堂后，斧高急忙返回里厅。就在这时，由女佣引路的高屋敷到了。不久，秘守家族长和一守家户主也进入了客厅，参加第二次亲族会议的全体人员终于到齐了。

座次和前天一样。上座中央的右边坐着富堂翁，左边坐着兵堂。从富堂翁的左手起，依次是兵堂之妻富贵、甲子婆、富堂最大的妹妹即三守婆婆二枝、二枝战死的儿子——克棋之妻绫子、次女华子、三女桃子，此六人向下座一字排开。

对面的那一列，兵堂的右手是富堂的姐姐即二守婆婆一枝夫人、她的儿子纮达、纮达之妻笛子、两人的次子纮弍、长女竹子，以及江川兰子共六人。

至于列尾空开二人份的座位距离、两列之间并排坐着佥鸟郁子和斧高，也与上次一样。唯一不同的是，斧高旁边多了个高屋敷。

换言之，六对六的长边依旧，而短边成了二对三，所以长方形稍稍变了样，成了梯形。

“嗯，看来所有人都到齐了。”富堂翁环顾众人的脸，然后视线停留在高屋敷身上，“那么巡警先生，我问你，遗体指纹的调查有明确结论了吗？”

“有，今天早上我收到了报告。”或许是意识到了客厅中飘荡着的异样空气，高屋敷也显得很紧张。

“那我们就听听结果吧。”

“明白了。”

所有人都探出了身子，一守家的富堂翁、兵堂和甲子婆三人，二守家的一枝夫人、纮达、笛子和纮式四人，反应尤为强烈。

“如果略过专业性的说明，只叙述已判明的事实，那就是从长寿郎房间借出的书籍和钢笔上粘着的指纹，和马头观音祠发现的无头尸的指纹，完全一致。所以，遗体确认是秘守长寿郎无疑。”

“呵……”

甲子婆长叹一口气，兵堂呼应她似的塌下肩膀。最后是富堂翁发出了语不成声的低吟。这些表现既可以看成他们总算是死了心，也可以理解为终于卸下了承重已久的包袱——端看你怎么想了。

和一守家三人形成鲜明对照的是，二守家的人们毫不掩饰喜悦之情，每个人的脸上都露出了笑容。

“巡警先生，辛苦了。”似乎是为了赶快进入下一个议题，一枝夫人代替富堂翁慰劳了高屋敷，随即又道，“方便的话，就请继续旁观一守家下任继承人的指名仪式吧。”

“啊，是……”

对高屋敷来说，这番好意显然让他左右为难。他征询意见似的看着斧高，所以斧高也只得无奈地轻轻点头，表示留下来比较明智。因为对斧高来说，有高屋敷在身边，也能安心不少。

“那么富堂翁，就请您作为秘守家的族长，向我们全体族人指定下一位一守家继承人吧。”

在斧高记忆里，他还是第一次听到一枝夫人称弟弟为“富堂翁”。

而且现在她正向弟弟深深垂首。

富堂翁再度扫视了众人一番，然后目光凝望着虚空，开了口：

“现在，我将以秘守家族长的身份，明确指定继我儿兵堂之后成为下任一守家继承者的人选，并在这里宣布他所嫡出的家族是今后的一守家。在这里，他本人及其家族全员必须严肃对待这一任命，将致力于光宗耀祖的责任铭记在心。”

二守婆婆当即恭身叩拜，纮达和笛子夫妇也效仿一枝夫人，立刻低头施礼。就连纮弍也一本正经地垂下头，表示遵从，令斧高也为之瞠目结舌。

（果然，想到自己即将成为一守家继承人，过去的二守家即将升为一守家，连不成器的纮弍少爷都自然而然地庄重起来啦。）

只是，斧高一想到这本是长寿郎的使命，与其说深感悲伤，还不如说是满心的不甘。

“听好了，一守家的下任继承人是——”

不知为何，富堂翁闭上了嘴。斧高本以为他是故意想惹人着急，但又觉得他的表情很奇妙。

“那么，富堂翁，这位重要的继承人是谁？”

一枝夫人竭力忍耐着催促对方的冲动，以温柔得让人心惊肉跳的语气询问道。一刹那，始终面无表情的富堂翁，脸上漾起了淡淡的笑容：“是斧高啊。”

众人齐刷刷地猛然转头，向斧高望去。他们的动作让斧高感到客厅里似乎刮起了一阵狂风，正从上座向他所在的下座袭来——

“富、富堂先生，你究、究竟是在开什、什么玩笑？”最先恢复过来的毕竟还是一枝夫人，“你再怎么不甘心把一守家的地位交给我们二守家，也不至于说出斧高是继承人这种话吧，而且还是个用人——富堂先生，恕我失礼，你的脑子没问题吗？兵堂先生！这究竟是怎么——”

“斧高是……”一枝夫人把矛头转向兵堂时，富堂翁抬手直指斧高，“坐在那里的斧高是我儿兵堂和，你看，就是他和那位家庭教师所生的孩子。”

不光是二守婆婆，所有人都惊呆了。此时此刻，斧高眼前完全成了白茫茫的一片，什么声音也听不见了。

紧接着，他突然感到头部隐隐作痛，随即深深地、无止尽地陷入了漆黑一片的世界。

18

第十八章

第三桩命案

富堂翁揭开了斧高的身世秘密。

“咿咿咿咿咿咿咿咿！”顷刻间，无法视之为人声的尖叫响彻了里厅。

这非比寻常的声音，与其说令高屋敷震惊，还不如说令他震颤。他的身子不由得哆嗦起来，朝怪声传来的方向望去。原来那声音是从龇牙咧嘴的富贵口中发出的。她气质偏冷，但容貌本来也算秀美，正因为如此，扭曲的表情看来格外狰狞。

不过，胆战心惊只是一瞬间，高屋敷立刻戒备起来。因为他从叫声中察觉到了异样之极的情绪，唤起了自己身为巡警的警戒心。

然而为时已晚，就在他猛然醒悟的时候，富贵已经拿起搁在面前的茶碗，向斧高扔了过来。高屋敷还没来得及伸手阻挡，茶碗就击中了少年的额头。

“喂、喂！你个……”兵堂堪堪站起身，但也许是慑于妻子的可怕神情，又再度坐回椅中。

“斧高！你不要紧吧？”

高屋敷抱住向后倒去的斧高，呼唤他的名字。但斧高毫无反应。感觉到什么的高屋敷抬头一看，只见佥鸟郁子正一动不动地注视着她的孩子。两人的视线相交了。

“医、医生……请把伊势桥医生叫来。”

“不用担心。”

“啊？什、什么叫不用担心？”

“因为淡首大人正在好好地保护这孩子。”

高屋敷搂着斧高身体的双臂上，激起了一阵鸡皮疙瘩。

（这女人是斧高的亲生母亲……）

他情不自禁地盯住对方的脸，不过很快就意识到现在可不是做这种事的时候。他想请人把伊势桥医生找来，但立刻发觉这非常困难。因为一场极其激烈的唇枪舌战已在秘守家族人之间展开。

“富堂先生，你竟然……唉，就算你再怎么不甘心，不想把如今的地位让给二守家，也不该厚颜无耻地撒这种谎啊。”

“我撒什么谎了？斧高确实是兵堂和那女人的儿子。”

“不，这是捏造！”

“喂喂，这家伙的好色成性，姐姐也是知道的吧？”

自己的恶习在全族人面前被提及，兵堂竟毫无羞耻之色，反倒露出了猥琐的笑容。不过，当他发现富贵正严厉地怒视着自己时，又慌忙神色一正，收起了笑意。

“好色什么的，根本不能证明那个谁就是兵堂先生的嫡子。”一枝夫人立刻向富堂翁发起奋力反击。

“斧高这个名字呢，就是从兵堂上来的。兵堂的‘兵’字有‘两手持斧’的意思，而‘堂’有‘堆着土的高地’之意。所以，我们从两字中各取了‘斧’字和‘高’字，把孩子命名为斧高。”

“这……这只是你们后来牵强附会想出来的吧！”

“甲子婆婆，把那个给我——”

富堂翁不紧不慢地向怒不可遏的一枝夫人点点头，朝藏田甲子伸出一只手。接老太爷的指示，甲子婆从怀里取出一个香囊似的小荷包，躬身双手递上。

“里面是脐带和——”富堂翁打开荷包，把手指伸了进去，“一张证明文书，上面记载了那孩子是谁和谁所生、哪年哪月哪日在哪里、由哪一个产婆接生下来的等。”

“那、那种东西，你们这几天想准备多少就能准备多少啊。一守家有幸捡了个不知从哪里来的孩子，于是策划阴谋，耍花招说这孩子其实就是一守家的继承人……一定是这样！”

不仅是二守家，就连三守家的人也对一枝夫人坚决不承认斧高的态度，纷纷表示赞同。

“原来是这样。”然而，富堂翁丝毫没有为难之色，“姐姐的疑惑我认为理所当然。不过我的话还没说完。那张证书上分别按着父亲、母亲以及新生儿的手印。指纹从出生那时起就一直不会变——对吧，姐姐？”

“……”

二守婆婆无言以对的时候，富贵出人意料地开了口：

“一枝婆婆……虽然我不愿意承认这种事，但这个用人真的是我家那位和那女人生的孩子。”

听了这话，一枝夫人似乎也有了一定程度的动摇。因为她应该比谁都清楚，虽说富贵是嫁进一守家的女人，但其后的婚姻生活十分复杂，所以她绝不会站在兵堂那一边。

“对我来说，自从长寿郎死后，一守家也好继承人也好都已经无所谓了，没有兴趣了。各位可能会想我没好好照看过孩子也敢大言不惭，但事实上，是我想做也不让我做。不过，我是一个母亲，我一直期盼能亲眼看到长寿郎成为一个出色的继承人。”

“富贵夫人，你想说的话我明白，但——”

“我家那位，让那女人怀了三次孕。”

就连一枝夫人也对富贵的坦白话语无言以对了。

“第一次就是这孩子，第二次和第三次流产了。那是当然，因为我向淡首大人许了愿，让他俩的野种流掉啦！啊哈哈哈！”

最初语气倒还平和，渐渐就转为了疯狂似的怒吼，最后变成了凄厉的大笑。

富贵狰狞的模样，让高屋敷背后掠过了一阵难以言喻的恶寒。当然这不光是因为他听到了富贵的疯狂笑声，其话语中的内容也是原因之一。事实上，自从她一开口，里厅的气氛就越发沉重了。从一开始便四处弥漫的紧张气氛进一步升级，更有异样的气息涌了进来。

而这时，一枝夫人语惊四座，把不祥的气氛搅得更为混乱。

“说起来，长寿郎少爷的头还没找到呢。好像是有一种叫指纹什么的鉴定手法，但我身为二守家之长，没法接受这种玩意儿。所以在正式找到长寿郎少爷的头，确认他已死亡之前，就算出现了拥有一守家继承权的人，我也绝不认可。”

“姐、姐姐！你这不是胡来吗？”

“我怎么胡来了？”

“通过确认长寿郎的身份一事，你应该已经明白指纹是什么东西。所以听说证书上还有婴儿的手印，就觉得不承认是不行了。正是因此，你才胡搅蛮缠提出那种要求——”

“胡搅蛮缠的人是你吧！一开始就是你不想承认长寿郎少爷

的死——"

"什么啊！那已经正式——"

"巡警先生……"

高屋敷已完全被富堂翁和一枝夫人针锋相对的气势所吞噬，而这声呼唤终于让他回过了神。呼唤他的是江川兰子，不知何时她也站在了斧高身后。

"姑且把斧高抬到我的客房去吧，然后再联络医生——"

"说、说的是啊……"

高屋敷慌忙抱起斧高，跟在走出里厅的兰子身后。临走前他回头看了一眼里厅，发现除了正在激烈争执的富堂翁和一枝夫人，所有人的视线都专注在斧高身上。

视线的目标并不是自己，但高屋敷还是觉得毛骨悚然。之前高屋敷也一直同情斧高的境遇，但一想到他如今、今后会是怎样的命运，就有一种绝望之感。

（对他来说，做一个孤苦伶仃的用人更好吧。）

哪怕长寿郎还活着也好啊。但高屋敷转念又为自己的头脑不清而羞愧。如果长寿郎在世，斧高的身世秘密压根儿就不会被揭开。

"请等一下。我马上铺垫被。"

一到客房兰子就把桌子移至角落，从壁柜里拿出垫被铺在了榻榻米上。

"小斧情况怎么样？"

甲子婆出现了。看来她是紧随两人之后来的。

"啊，藏田婆婆——"

“我已经吩咐人去叫伊势桥医生了。来，我看看……”

甲子婆的回答表明她知道高屋敷要问什么。随即她用手摸了摸躺在垫被上的斧高的额角，又在他头上到处抚摩。

“嗯嗯，看样子没什么大不了的。突然听到那些话，所以吃了一惊嘛。刚巧那时夫人扔了个茶杯过来，所以更是吓得不轻，结果就昏过去啰。”

“是精神上和肉体上的双重打击导致的……对了，藏田婆婆，富堂翁所说的——”

“嗯，是真的。”相比高屋敷的气势逼人，甲子婆应答的语气十分淡然。

“难道把他收养过来，就是因为预见到了今天这样的风波……”

“巡警先生，怎么说这也不可能啊。要不是几多家出了那种事，斧高现在应该还在八王子生活。”

“这么说，是因为父亲战死，母亲杀了他的兄姐后又自杀，所以一守家才不得已收养了他吗？”

“是。因为他已经记事了嘛，所以也不好送给外人了。不过现在看来，那孩子会来这个家，也许是某种看不见的力量起了推动作用——”

“藏田婆婆的意思是，这是命？”

“是啊，淡首大人的……”

万幸的是，斧高在伊势桥到来之前就恢复了知觉。医生的诊断和甲子婆一样。不过他认为，虽然没有大碍，但斧高还是睡到明天早上比较好。

接受伊势桥诊治时，斧高很安静。但医生一回去，他就急着想问甲子婆，关于自己身世的详细情况。他还央求兰子告诉他，自己晕过去后里厅的人们都说了些什么。

当然，她俩和高屋敷都只说现在应该静养，拒绝回应他的请求。然而斧高却执拗地什么话也不听。高屋敷也是第一次见他如此强硬地抗拒大人的意见。不，甚至连甲子婆都十分惊讶。无奈之下三人商议决定，姑且说一些事好让他心满意足地入睡，否则他只会激动不已。不过，他们没忘记叮嘱斧高，他只能躺在被褥上静听。

高屋敷也想陪伴在侧，但他能参加亲族会议是因为大江田给了特别许可，所以现在必须回工作岗位。他把接下来的事托付给二人后，向媛首山赶去，那里正延续着昨日的大规模搜索。

第三天搜山以一无所获告终，当晚一守家举行了长寿郎的守夜式。高屋敷和大江田、岩槻一同前往吊唁，他确凿无疑地感到，聚集在棺前的秘守族人之间流淌着一股难以言喻的异样气息。

队长似乎也有同感，从一守家告退后他立刻说道：

“这气氛真教人受不了。那个家充满了阴森之气，就像随时会发生第三桩杀人案一样……”

遗憾的是，大江田的话在翌日成了事实。

第二天早上，高屋敷去终下市警署的主要搜查官们留宿的百姬庄，参加第四天搜山活动的讨论。大江田激励全体人员，请众人致力于查找罪犯的遗留物品和逃离路线，尤其是要全力找到两位被害者的头。

今天高屋敷的负责区域是媛神堂通往日阴岭的参道南侧。依靠青年团的协助，前三天警方也得以在上下午人员轮换的基础上，尽可能没有遗漏地进行了搜查。而今天已是第四天，想必众人都在想，无论如何哪怕找到一个也是好的。

高屋敷从北鸟居口进入了媛首山，即便是在前往负责区域的途中，他也绝不放松对周围情况的查看。事到如今，他不认为在参道的可见范围内还能发现什么，但凡事总有万一，既然进了山，他就一刻也不想虚度。

可惜负责区域的搜索工作，不曾为高屋敷的良苦用心带来半点回报。

不过，今天当黄昏降临媛首山，高屋敷遵从收队指示回到境内的时候，他突然目不转睛地盯住了媛神堂。他会这么做，正是得益于细致入微的观察。

（咦……）

起初没发现什么异常，但不久他就看出来了，挂在媛神堂格子门上的锁头似乎有点歪。

（昨天有人又来搜查，后来没好好锁上门？）

心里虽然这么想，但警方用了两天时间在御堂里进行了彻底搜查，所以昨天全体人员应该都被派去搜山了。况且搜查人员从堂里出来时不把门锁好，还不做确认，这是不可能的。

（总觉得有点奇怪啊！）

他的心脏立刻“扑通扑通”猛跳起来。

（要冷静……也许没什么事。）

高屋敷虽然这样宽慰自己，但可以说越是靠近媛神堂，他就越是确实地感到情况有异。

他站在御堂的格子门前，刚碰到门闩，那闩就脱落下来了。

（是有人硬把锁撬开的！）

他慢慢地、悄悄地打开格子门，向昏暗的堂内窥去，一具全裸无头男尸横躺在祭坛前的地面上，赫然映入了他的眼帘。

（啊……见鬼！果然……）

不过，这具无头尸和中婚舍及马头观音祠发现的两具有一点不同。不知为何，被砍下的头就在祭坛上。

（为、为什么……这、这个头没被拿走呢……）

相比新被害者的出现，罪犯特意留下头颅的事实让高屋敷更为震惊。

（打、打住，我要先看看被害者是——）

后知后觉反应过来的高屋敷走进堂内，打算确认尸体的身份。

（怎、怎、怎么会有这、这种事……）

看着这张令人难以置信的脸，他几乎叫出声来。

“队、队、队长！大江田队长！你在哪、哪里？请赶紧来媛、媛神堂！”

高屋敷慌忙冲出媛神堂，为了通知理应正在搜山的大江田，他绕着御堂四处飞奔，面对三条参道大声喊叫。一声声呼唤在警察和青年团成员之间传递开来，很快南守参道上就现出了大江田的身影。

“第三个被害者吗……”

无头尸异样地扭曲着，横躺在堂内的祭坛前。目睹此景的大江田忍不住喃喃自语。他的表情中流露出的与其说是惊愕，还不如说是羞愧，自己竟然只能坐视新受害者的出现。

“看来只能认为罪犯硬行脱掉受害者的衣服后，就这样放着不管了。”

就像岩槻指出的那样，无头尸的身体和手脚全都不自然地扭曲着。

“毬子仰卧着，形态可谓齐整；长寿郎的情况虽然有点乱，但也是仰面躺着。相比之下，这具尸体就处理得比较草率了。很好，现场的特异情形包括尸体状态，先别对外界公布。”

“队长，被砍下的头遗留在现场的事也要保密吗？”

“笨蛋！好好动动你的脑子。那么大的事能瞒得住吗？我是指更细节的部分——好了，不说这些了，先告诉我这是谁？”

见大江田回过了头，高屋敷勉强出声答道：

“一守家的……长寿郎。”

“你说什、什么？你是说这、这头是长寿郎的？”大江田震惊的吼声一下就变为了困惑，在堂内回荡不止。

“那、那么，在马头观音祠发现的无头尸是谁、谁啊？”

岩槻一筹莫展，而大江田毕竟有过人之处，他迅速恢复了常态，观察力也似乎十分卓越：

“好好看看！这个头被砍下来，至少过了好几十个小时！”

“啊，这么说……”

“我的意思是，这具无头尸的确是继古里毬子和秘守长寿郎之后的第三个被害者。”

“怎么会……那、那么这具尸体的头呢？”

话音刚落，岩槻环视堂内一圈后，探头望了望祭坛背面。高屋敷根本来不及阻拦，他就一脚踏入了祭祀媛首冢和御淡供养碑的区域。

“见鬼，石碑后面也没有。”

“喂，那地方从旁边也能看到啊！”

虽然大江田警告了岩槻，但第三桩命案的发生似乎让岩槻极为兴奋。

“凶手莫非是打算砍下被害者的头，好把罪责推给这个叫什么大人的作祟？真以为这手段对警察有用吗？”

这后半句话好像是对罪犯说的。然而他为了发泄这股怒气，竟然往眼前的媛首冢上踢了一脚。

“岩槻，你去调查荣螺塔和三间婚舍。除了搜索第三个被害者的头，也确认一下有无可疑之处。”

岩槻为执行大江田的命令向荣螺塔走去。高屋敷望着他的背影，暗自叹了口气。既然身为警官就不该相信作祟之说，但他还是觉得，嫌恶到那种程度也不是什么好事。

（在没人看到的时候，谁知道他会做出什么遭天遣的事。）

万一秘守家的人和村民目击到他的行为，没准真会引发严重事态。

没多久，岩槻回来了。

“哪儿都没发现头。另外，我也没发现任何可疑的地方。”

岩槻报告时依然兴奋得溢于言表，与之相对，大江田发言的语气则很沉稳：

“是吗？也就是说，罪犯带走了第三个被害者的头，不知为何却把藏匿到现在的长寿郎的头放了上去。”

第十九章 淡首大人的意思

在秘守家第二次亲族会议上，斧高知道了自己的惊人身世。翌日，一守家举行了长寿郎的葬礼。

说是为一守家继承人送葬——就算是前任继承人——可这仪式也太简陋了。虽然不像妃女子那时一样给人密葬的感觉，但默默排斥吊唁者的气氛依然笼罩了一守家。可以说这是一场只有秘守族人参加的葬礼。然而，新继承人的出现导致的一守家、二守家和三守家众人之间的不睦，令同族之间也流淌着疏远的气息。纮式甚至都没来参加。当然他们原本关系就不好，但是能把这种气氛带进葬礼，尤可见程度之甚。

不过，斧高压根儿无暇关心周遭的状况。他有幸在兰子的客房躺下，接受了伊势桥的诊治，还姑且从兰子和甲子婆那里听到了自己想知道的事，之后又得以一觉睡到天亮。这些待遇大大缓和了他在亲族会议上受到的冲击。为了他，兰子搬到了唯一空置的面向后院的别栋客房。虽然处于半梦半醒状态，但斧高还依稀记得夜间兰子曾经不无担忧地探望过自己好几次。她的这份关切，确实进一步对他的恢复带来了助益。

然而，斧高刚在长寿郎的葬礼上现身，就发现众人的视线如针一般刺向了自己。他顿时陷入了走投无路的感觉。而且盯着他看的不光是秘守家的人，直到昨天为止还身份相当的用人们——不，应该说在一守家用人里他的地位也是最低的吧——也向他投以莫名的目光。

（从前在一守家被视为最低贱的人，突然蹿升到最高位置，可能成为自己的主人，所以……）

他根本不想去思考，这些人的眼里隐藏着怎样的思绪。

（如果铃江在，她会对现在的我说些什么呢？）

一念及此，斧高的心头才多少有了点温暖。

葬礼的进展极为神速。所以上午棺材运至火葬场，傍晚就在无量寺的墓地安置了骨灰，进程之快空前绝后。别说历代秘守家了，纵观整个媛首村送葬仪式的历史，这种异常而又扭曲的情形也几乎从未发生过。其中还包括在残留着土葬风俗的地方特意实施火化这一点。

（和妃女子小姐那时完全一样……）

斧高对这一事实产生了难以言喻的战栗感。

不过异常简短的葬礼对他来说也许是一种拯救。因为甲子婆催促他越过二守家和三守家的人，跟在富堂翁和兵堂之后烧香。此外，午餐的座次也表明他已是一守家真正的继承人，抑或为了让世间认可这一点才这样安排的。但就他本人而言，无异于如坐针毡。

“出去走走吗？”

所以午餐后兰子招呼他时，他马上就点头答应了。

甲子婆问他俩去哪儿，他俩回答说傍晚前回来，又一次向媛守神社进发了。那里人迹罕至，不会受到打扰。

“说起来，为什么要那么匆忙——”

“你是说办葬礼？”刚从一守家出来，斧高就匆匆开了口，而兰子似乎也在考虑同一件事，“他们是想尽早办完丧事，彻底解决悬而未决的继承人问题啦。”

“因为服丧期间不便行动吗？”

“严格来说，还有头七和七七——”

“最重要的毕竟还是守夜、葬礼和安放骨灰吧？”

“不完成这些的话，二守婆婆肯定会以此为理由从旁干扰。她会说‘这件事姑且放一放，让我们先为长寿郎少爷祈求冥福吧’。然后二守家就会趁这期间商量对策。那位一枝夫人显然做得出这种事。”

“原、原来是这样……可不是吗，应该是……”

“富堂翁当然很了解自己的胞姐，所以才想尽早搞定继承人问题吧。我个人认为只要有那张证书就万事大吉了，但不给一枝夫人时间是最保险的。”

斧高觉得又一次窥见到了江川兰子的过人之处。入村至今也不过是第五天，她竟能如此准确地把握秘守家众人的性格，观察力可谓不凡。果然作家什么的，看人的眼光就是不一般吧。

“对了，关于担任兰子小姐的秘书——”神社石阶遥遥在望的时候，斧高提起了这件事。

对于此刻的他来说，去都市具有强烈的逃离一守家的意味。他想这样对兰子也未免太失礼了。但眼前突然出现对比如此鲜明的选项，他的心不由得大大偏向了其中一方。

然而，兰子似乎产生了误会。

“啊，那个就算啦。毕竟是昨天上午之前的事了。”

“啊？不过……”

“不必介意啦，现在你应该考虑自己的事。你不是已经知道自己是一守家的孩子了吗？一直是用人，突然被告知说其实是主人，确实会有点不知所措吧，不过这种事要看你怎么想了。想想看，假如你完全是从另一个地方、另一个家庭突然来媛首村的一守家当继承人，情形又会怎样？如今你已经在这村子，在一守家生活了十一年之久，所以只要利用这些年的经验就好，对吧？”

“是……”

“我想在一个历经若干代的老式家族当继承人当然很辛苦，但是能拥有这么气派的一个家，在这世上也算是可遇不可求啦。在这个家里生活的人，包括亲戚，诚然多少都有点怪癖……啊，抱歉，我的意思是虽然看起来不好相处，不过，你以前当用人时，应付那些人不也十分自如吗？”

“嗯，是吧……”

“那就没问题啦。因为今后你就是家族的一员了。当然，无论发生什么事一家人总是应该住在一起……之类的话，可轮不到我这样的人来说。”

斧高想起兰子如今孑然一身。从她的角度来看，对刚有了个家的斧高说“应该住在一起”，也是理所当然的吧。不过，有一件事让他很在意。

“怎么了？没精神？”可能是兰子注意到斧高攀登石阶的脚步缓慢了下来，她站住了，“难道是对过去的待遇——”

“不，那……倒是无所谓。怨恨之类的情绪我从未有过……不知该怎么说好……这话由我自己来说也挺奇怪，对那些事我是看得很淡的……”

“噢？这还真叫人意外。不不，这样比较好。没让你受到太大的伤害自然是最好不过了。不过，也许是我胡思乱想，我以为你受到了巨大打击，一时之间未必能振作起来——”

“一定是我不知不觉中在一守家经受了种种锻炼吧。”

斧高脸上浮现了苦笑。兰子则显出安心的表情，做了个催促他上石阶的动作。

没多久，两人到达了顶端。兰子低头看看自己的脚下：

“哎呀呀……尺寸虽小毕竟是男式的鞋，所以就是穿不惯啊。其实女扮男装也很辛苦。啊，我果然还是喜欢站在这里看风景。”

明明很在意鞋子的舒适度，却又似乎立刻被铺陈在眼前的风景吸引了。不过悠闲的家常话也到此为止，她随即扭头面向斧高：

“那么，究竟是什么事让你耿耿于怀？”

“兰子小姐相信淡首大人的作祟吗？”

这问题好像出乎兰子的意料，她一时语塞过后，说道：

“怎么说呢……很难说。”

看起来，她是姑且作了回应，好争取时间思考如何应答。

“虽然小说和现实不同，但兰子小姐的作品里就会直接出现怪异现象，对吗？”

“嗯，不过正如你所说，我写的毕竟是故事啊。就算是创作怪奇小说的作家，也有很多人对幽灵付之一笑。但是，你为什么又……啊，你是在这村子长大的，有这种想法我能理解，但为什么现在还要提这种事——”

斧高把自己五岁时在八王子几多家发生的母亲逼迫全家自杀的惨剧，说给兰子听了。

“是吗……还有那样的事啊，长寿郎少爷没告诉我那么多。”

“今天早上醒过来时，我突然想到——”

“想到什么？”

“想到那天傍晚来我家的也许就是淡首大人……”

“……”

“那天明明天气很晴朗，但到了傍晚突然下起雨来。井也好，浴室也好，总之淡首大人喜欢水。”

“等、等一下。不能因为当时下了雨，就思维跳跃地——”

“我被一守家收养到此的一年后，有一场十三夜参礼。妃女子小姐就是当时死去的。这件事最让我耿耿于怀。为什么落井的会是妃女子小姐呢？直到现在高屋敷先生还觉得疑惑。换言之，如果是长寿郎少爷的话倒还好理解……”

“扼要来说，就是这样对吗？长寿郎少爷注定会在十三夜参礼中死去，所以淡首大人的意志让你在前一年被带到了一守家。然而，也不知出了什么差错还是纯属意外，死去的却是妃女子。但十年后长寿郎少爷依然在劫难逃，不仅自己遇害还把毬子小姐也卷了进来。”斧高默默点头，兰子向他凝视了片刻，又道，“你认为那个淡首大人这次会作祟到你身上？”

“不，我不知道。我不想说‘作祟好可怕’这么严重的话，但……怎么说呢，今天早上我就一直心里发慌，总觉得自己似乎被什么操纵了，自己的人生被随意摆布着……”

“原来如此，不过，你有这种感觉大概也不奇怪。”

“你这么认为吗？”

“嗯。不过，如果是我的话，就一定会冲出家门——不不，我可不能说这种不负责任的话，刚才还说应该一起住呢。”

“哦……”

“好了，你听我说，就算淡首大人真会作祟，我也觉得你多半不会有事。”

“啊！为、为什么？”

“这个嘛，不是我现在随便一拍脑袋想出来的。我听长寿郎少爷讲过秘守家的历史，昨天又从你这里听说了各种各样的事件和变故，结果我意识到了一件事。”

“什，什么事？”

“一守家历代男孩确实体弱多病、不易成年，几乎都在儿童期就夭折了。但是，发生过继承人一个都没能长大成人的情况吗？有过一守家灭绝的先例吗？一次也没有。真的和二守家地位互换过吗？没有吧，一次也没有。”

听兰子一说，斧高发现倒还真是这么回事。虽然不止一次面临“完了，这一代后继无人”之类的危机，但始终把持着秘守一守家的地位，直到现在。

“你看，奇怪吧？如果淡首大人真想作祟，为什么不干脆屠杀全家呢？不管性别把生下来的孩子一个不留全都杀掉，不就结了？”

“这么说起来，所谓的作祟果然还是迷信……”

“这样解释也行，但我可是在假设淡首大人真会作祟的基础上说的。”

“啊？那么……”

“我是说过真要作祟的话灭门就好了嘛，但我想作祟的程度要是真的极为激烈，那么淡首大人反而会有意让这一家顺利地繁衍。”

“这是为、为什么？”斧高觉得答案不言而喻，但还是无法不问出口。

“当然是为了可以继续作祟啦，永远继续下去……”

明明已经有了预感，但答案一入耳，斧高仍感到背后一阵恶寒，好像有冰水在那里淌过一般。

“如今的一守家，如果你有个三长两短……这个家就真完了。当然他们可以从外乡收一个养子，重整旗鼓，但在此期间一守家的地位会被二守家夺走。”

“……”

“我也觉得怪异事物通常不可理喻，但淡首大人并不是对谁都作祟，只要不去惹是生非，它只会影响秘守家尤其是其中的一守家不是吗？要我说啊，可以认为它还是有理可循的。”

因为斧高完全没有这样思考过，兰子指出的问题让他吃惊不小。

“好了，这种事先放一边——”兰子以认真的眼神目不转睛地看着斧高，“昨天我也说了，你可以慢慢考虑。关于秘书的事，只要你有那个意思，我这里无论何时都没问题的。不过，理由如果是为了逃避一守家继承人的重担……我不能接受。”

自己的心思似乎被看穿了，斧高吃惊之余不由自主地垂下了头。

“不过，如果一守家继承人的生活实在太异常，让你无法忍耐，倒是可以到我这里来避难哦。”

斧高猛然抬起头，只见兰子莞尔一笑。

“但是，我能很好地接替毬子小姐吗？”

“嗯？是说秘书吗？嗯，没问题的。毬子的确完美无缺，但我想江川兰子这位作家也太依赖她了。你明白吗？也就是说，现在的环境对我来说过于舒适，但对毬子来说相当恶劣。她多半有能力成为职业作家吧，只是没有机会罢了。不，是江川兰子剥夺了她的机会，扼杀了她的萌芽。假如两人的关系就那样持续下去，也许会变得更加险恶……”

不知不觉中，兰子的眼睛望向了远方。

“毬子小姐找长寿郎少爷商量的就是这件事吧？”

“嗯……如果他介入进来，就算恢复不了原样，我想我们的关系也会有所转变，现在也许已经走上了各自的人生道路。”兰子的视线再度投向斧高，“因为有了她给我带来的教训，我觉得一定能顺利地和你相处。但是啊，我希望你先好好考虑在一守家生活。不管怎么说那里都是你的家。”

此后，他俩来到媛守神社的本殿，在木阶梯上坐下，谈论了一些与案件毫无关系的话题，比如《怪诞》杂志今后的活动等。

不久，两人感到了微微的凉意，便回了一守家。

然而等待他俩的却是二守家纮式的无头尸在媛神堂中被发现的惊人消息，而且和长寿郎的头颅在一起……

20

第二十章

四颗人头

媛神堂发现的第三具无头尸疑为二守家的纮弌。

从昨晚和一枝夫人、双亲一起从长寿郎的守夜式回来，直到众人就寝为止，都有人见过纮弌。然而今天早上迟迟不见他起床，所以母亲笛子遣女佣去叫他。不一会儿女佣就慌忙回来报告说“房里没人，被褥也不像有人睡过的样子”。纮弌就此踪迹皆无，也没出现在长寿郎的葬礼上。当家人开始有点担心时，刚巧警方来问是否有人失踪，于是二守家顿时炸开了锅。

据伊势桥推断，无头尸的大致死亡推定时间是凌晨一点到三点。换言之，假如被害者是纮弌，那就说明他在家人和用人们入睡后，溜出家门去了媛神堂。

“凶手是那女人！”竹子当即嚷嚷道，认定是江川兰子所为。

高屋敷追问理由，她就说出了前天上午看见两人在媛守神社密会的事。她坚称昨晚两人肯定也有密会，当时发生了争执，于是兰子就把纮弌杀了。

高屋敷立刻奔赴一守家，打算问兰子的口供，却被告知兰子和斧高外出了。

“现状如此，只好姑且先让二守家的人来确认一下无头尸究竟是不是纮弌了。”

大江田刚下判断，围绕着媛神堂进行搜索的搜查组，就急报说发现了人头。

高屋敷随同大江田队长来到发现人头的现场。原来地点就在境内通往东守的参道左侧，也就是前往那座马头观音祠的途中会看到的左侧森林里。长寿郎和毬子的衬裤、草鞋以及侦探小说也是在那里找到的。据说纮弍的头被包在衣物里，随意地丢弃在地上。还有人说那衣物看起来像是长寿郎的外褂。此外，周围还散落着不少东西，从上衣到衬裤什么都有，应该是纮弍的衣物——

在暮色急速蔓延开来的森林里，后脑好似石榴一般破裂的人头滚落在皱巴巴的外褂上。

“你们看是不是这么回事？”岩槻低头看着头颅，“罪犯拿着用外褂包好的长寿郎的人头来到媛神堂，在那里杀死纮弍后砍下头颅，然后将长寿郎的头留在现场，把纮弍的头包进外褂，进而又扒下纮弍全身的衣服，和人头一起遗弃在了这一带。”

“从御堂和森林的情形来看，是这么回事。”大江田回应道。

岩槻立刻接了下去：“罪犯特意把长寿郎的头带走，为什么又要还回来呢？还有，罪犯特意砍下了纮弍的头，又为什么要轻易丢弃呢？”

“说到长寿郎的头——”

高屋敷小心翼翼地加入对话，见大江田轻轻点头示意他继续说下去，便扼要地报告了前天在一守家亲族会议上发生的风波。

“只要长寿郎的头没被发现，就绝不承认他的死——原来二守家的一枝说过这样的话啊。”

“所以罪犯就把长寿郎的头……”岩槻接下大江田的话头，但话至中途，立刻又流露出不解之色，“但那样的话，为什么一开始要砍下头带走呢？而且罪犯处理纮弍人头的方式可谓草率，这种突然的变化该如何解释？”

“就像是为了导演一出把长寿郎的头再度送回世间的戏码，才需要一具无头尸一样啊。”

高屋敷脱口而出的话，令大江田和岩槻身子一僵。

“也就是说，只要是男性，被害者是谁都无所谓？”

“不、不……我只是看了御堂和现场，突然冒出了这个念头……但、但是，这也太荒唐了。非常抱歉。”

“唔……”

大江田眼神复杂地注视着垂下头去的高屋敷。从这眼神来看，他没有责怪他胡乱发言，倒像是正在玩味话里的内容。

“好了，这方面以后再讨论吧。御堂里的是长寿郎的头，这个则是纮弌的头，虽然高屋敷巡警确认过了，但还是需要询问各自的家人进行核实。另外，纮弌这里，为慎重起见，还是要找一下他在二守家的私人物品，拿上面黏附的指纹和尸体比对一下。然后我们继续以媛神堂为中心，对周边地区进行搜索。”

搜查组众人按大江田的指示迅速出动，完成各自的任务去了。

“我和岩槻去问江川兰子的口供，不是说我相信竹子的话，但她掩人耳目和纮弌见面的事让我有点起疑。至于高屋敷巡警，我希望你去试试看，能不能从那个叫斧高的少年那里问出些什么。”

“啊，是说……斧高吗？”

“一方面是因为他新近成了一守家的继承人，是当事人之一，但最主要的原因是他对秘守家的情况了如指掌。如果面对的是你，一些不方便对警察讲的话他也可能会说出来。”

“明白了。”

然而，无论是从兰子还是斧高那儿，高屋敷都没有获得纮弍被害案的有用信息。至于媛守神社前兰子和纮弍的可疑密会，也不过是竹子毫无根据的臆测，多亏了斧高当时的冷静观察，警方才明白此事和案件无关。

百姬庄的某室中，大江田、岩槻和高屋敷再度陷入了困境。

“从动机来看，斧高难道不是第一嫌疑人吗？”岩槻说出了高屋敷暗自害怕、最想回避的一种解释。

“有了那张按过手印的证书，就能证明他是一守家的继承人。不过从高屋敷巡警的话来看，我觉得二守家的一枝不会轻易承认。她会坚称纮弍是正牌继承人，无论如何也不可能让步。事实上她存心给对手出了道难题，说如果找不到长寿郎的头就如何如何。换言之，亮出长寿郎的头，杀死纮弍，从中最能受益的人就是斧高。”

“但这样一来，就意味着斧高还杀死了毬子和长寿郎。但他并没有杀害两人的动机吧。”

面对大江田指出的问题，岩槻显现了沉思之色：

“也许他其实以前就知道，自己是兵堂和家庭教师生下的孩子？不管怎么说佥鸟郁子都是他的亲生母亲，所以在日常生活中和他接触时，言行中不经意地流露了母性的一面，而斧高也察觉了这一点。于是他自然对自己在一守家遭受的待遇感到了愤怒，就打算夺取一守家的继承权。他先杀了长寿郎。至于毬子嘛，可能是为了掩饰动机，才把她也牵连进去的。”

“原来如此。但这样一来，砍下长寿郎的头并特地带走这一行为本身就和杀人动机矛盾了。让大家都认识到长寿郎已死才是最重要的，否则就没有杀他的意义了。”

“这个嘛……”岩槻一时语塞。

这时，高屋敷表情凝重地开了口：

“关于佥鸟郁子……她好像不是一般意义上的那种小妾。”

“怎么讲？”

“这是从她本人和藏田甲子那里问出来的，呃……据说一开始兵堂是用暴力，强迫她……”

“是被强奸的吗？”

大江田的语气中隐隐透着惋惜，但岩槻好像不能接受：

“开头也许是，但后来她还不是两次怀上了兵堂的孩子？既然如此，还不是跟小妾一样？而且她一直生活到现在，并没有逃离一守家啊。”

“其中似乎另有隐情。据说她在从前任教的私立学校里出了点问题，被开除了，这件事也传到了别的学校，导致她生活没有着落，可以说她是被一守家收留的。除了当教师，她没有其他谋生手段，一旦被赶出来，就再也无处容身了吧。”

“那都是借口——”

“在一守家，她和斧高的关系如何？”大江田打断岩槻的话，提了一个很现实的问题。

“据说前一秒还对斧高很温柔，后一秒就会冷冰冰地一把推开……态度瞬息万变。藏田甲子一口咬定，佥鸟郁子绝对没说过和斧高是母子，斧高也绝对不会在之前就发现这项事实。”

“那个婆婆肯定会向着斧高啊。”

“不，她的脑子里只有长寿郎一人，换句话说，是只有一守家的安泰吧。至于斧高，终究不过是把他视为用人，而且——”

因为岩槻怎么也不接受，所以高屋敷试图从别的方面来表明斧高的清白。

“在纮弌遇害的推定时段内，斧高正在睡觉，看起来并无不在场证明。不过，他在亲族会议上昏倒了，所以兰子很牵挂他，频繁地过去探视，确证他一直在屋里。”

“这个报告我听过，但她不是整晚都在他身边，只是隔一段时间去看看他而已。”

“确实如此，但站在斧高的立场来考虑，他又不知道兰子会在什么时间出现。前往媛神堂杀害纮弌，砍下头，脱掉他的衣服，把这些东西扔进森林再赶回来，其间如果兰子到过他的房间，那就全完了。我问兰子有没有因为上厕所人不在的时候，她作证说每次去探视都看见斧高在被窝里好好地熟睡着。”

“那同谋的可能性呢？今天下午他俩也一起出去过不是吗？他们可能是这么约定的，等斧高继承了一守家，就付兰子相应的钱财。”

高屋敷摇摇头，说兰子在得知斧高身世之谜前曾请他做自己的秘书。另外他也没忘提一句，兰子自己就拥有资产，很难想象她会产生金钱方面的动机。

接着，高屋敷打算再加几分保险：“岩槻刑警说到了证书的可靠性，下官也觉得确实如此。二守婆婆的确很难对付。但是，只要有那张证书，就算可能会等上一段时间，总有一天她也得承认其中的内容。而且斧高只有十六岁，我不认为他已被逼到必须马上杀掉纮式的地步。”

“嗯……”发出一阵意兴阑珊的沉吟后，岩槻看向大江田，仿佛在请求他的裁决，“但是，还会有谁是嫌疑人呢？”

“现在只能说所有相关人员都是。正因为作案时间在深夜，所以谁都没有不在场证明。”

“您说得对。”高屋敷和赞同大江田的岩槻一样点点头，“罪犯预见了这种情况，所以才会在深夜把纮式叫出来吧。当然，媛神堂也不是那种深更半夜会有人去的地方。”

“这个应该不会错。叫他出来的托词恐怕也是‘关于一守家继承人的事，我手里握有非常重要的秘密’之类的。”

“这么一来，最容易把被害者叫出来的——”

“就是一守家的人。”高屋敷接住了岩槻的话头。不过，赶在对方贸然下结论前他又续道，“但是，就以两家的现状来看，如果在那样的深夜约人出去，地点偏偏还是媛神堂，纮式会没有戒心吗？”

“有一定的道理。”

大江田似乎也认可这种说法，随即陷入了沉思。岩槻也效仿上司闭上了嘴。

“对了……其实我从斧高那里还打听出了几件怪事。”

在两人默然期间，高屋敷决心说一件先前就在犹豫该不该报告的事。他个人认为这是未经核实的不确切信息，但此刻转念一想，感到还是应该交由大江田判断。

那是十三夜参礼的前一天，被铃江叫到别栋仓库的斧高听到的那些奇妙无比的事。

把从斧高处听来的话向两人大致说了一遍后，高屋敷又补充道：

“也不知当时的他对铃江的话理解了多少。还有，那些话不过是出自一个即将离开一守家的姑娘之口，有鉴于此，我认为不必过于较真，但又非常在意。”

“但如果是真的，那么围绕一守家继承人杀人的这条思路，就完全错啦！”

出乎意料的是，岩槻竟嚷了起来，言下之意这可是个大问题。大江田也若有所思，向高屋敷问道：

“假如一守家只有女孩，或者长寿郎死了但妃女子活着，那么秘守家的继承状况会怎样变化？”

“二守家的纮弌应该会继承大业。同时，如今的一守家和二守家地位将会对换。”

“那么妃女子和纮弌结婚的可能性呢？”

“怎么说好呢……富堂翁肯定乐意，但二守婆婆和纮弌自己会怎么想？还有，如果铃江的话是真的，那么兵堂也许是在考虑让纮弌而非纮弌做继承人。然后他再把妃女子嫁给因此被淘汰的纮弌就行了——”

这时岩槻插嘴道：

“但、但是……假如兵堂和二守家的笛子确实勾搭在了一起，纮弌是他俩的孩子，那他和妃女子不就是异母兄妹吗？再怎么说这也……”

“没错，其实我一直犹豫要不要报告铃江说的那些话，理由就是——"

"你是说不可信？"大江田向前一探身，"说谎倒未必，但可能是她的胡思乱想？"

"嗯，兵堂在家里面对富贵抬不起头，对实权由富堂翁掌控心中不快，这些都是确凿无疑的。和笛子之间的关系恐怕也……不过，纮式是两人所生，这一点该怎么说好呢？我总觉得这种含有恶意的揣测，很像是厌恶兵堂好色成性的铃江会有的观点。"

"原来如此。不过观兵堂的言行，他好像真的很盼望一守家倾覆，也就是让二守家升级。"

"这也许是他个人的一种复仇方式，针对傲慢的父亲和冷若冰霜的妻子。"高屋敷对岩槻指出的这一点表示赞同，又续道，"但他也希望秘守一族能够繁荣，所以有可能原先是想让战死的纮式当一守家继承人。"

"这么说，其实那个纮式才是兵堂和笛子的孩子吧？"

岩槻的敏锐见解，令高屋敷不由自主地低吼了一声。他很惭愧，自己竟然完全不曾意识到，可以从别的角度来看待铃江的疑问。一旦重新审视，便能无比清晰地看出她当时的想法。

"铃江猜测兵堂的孩子是纮式而非纮弍，恐怕是因为纮式素行不端的形象和兵堂有所重叠。"

"纮式也好色吗——对啊，江川兰子就是一例。"

"没错。而纮弍对待用人也是和蔼可亲，实在是个好小伙，外表也比弟弟强得多。"

"铃江也许迷上了纮弍。但话虽如此，长寿郎不也是兵堂的孩子？”没等高屋敷回答，岩槻又道，“这就是年轻姑娘常有的误解了。长寿郎是兵堂生下的亲儿子，因此相较而言，纮弌更可能是兵堂之子，这种事冷眼一看就能明白。然而，铃江压根儿就不愿去设想，她所迷恋的男人也许和一守家的色老头血脉相连。她准是无意识地在排斥这一点。”

“如果妃女子没死在井里，纮弌也没战死，只有长寿郎一个人死了，结果会怎样？”大江田看了看高屋敷。

“秘守家的族长由纮弌继任，现在的二守家升级为一守家。我总觉得那样的话，将来妃女子和纮弌可能会结婚。”

“为什么？”

“最大的理由就是这两位是各自家庭的累赘。不管嫁人还是娶媳妇，恐怕都很难。”

“但是一守家和二守家之间，有一些无法轻易解决的过节吧？”

“是。不过也正是因为这样，妃女子和纮弌的婚事不会对两家的大势造成什么影响。至于富堂翁和一枝夫人，我总觉得他们完全可能会考虑轻松地结下这门亲事，甚至还预计到了这样一种场景——即使夫妇两人中的某一个惹是生非，来一句彼此彼此也就万事大吉了。”

“啊，多么可怕的一家人啊。”岩槻感慨万千地说。

相比之下，大江田的声音则有些生硬：“继承人问题可能还是一个重要的动机。”

说着，他露出了严肃的表情。不过，像是要暂时中止这个话题似的，他又问道：“对了，关于纮弌的死因还有别的，现场调查的结果怎样？”

“噢，对。呃……”岩槻急忙取出笔记本翻阅起来，“纮弌的后脑被供奉在祭坛上的铁锤重击，我们认为这是致命伤。切断人头用的是同样也放在祭坛上的柴刀，似乎是死后进行的。从尸体的状态来看，要比处理毬子和长寿郎的时候草率得多，这个是毫无疑问的——”

“的确，毬子那时是被好好地摆成仰卧的姿势后砍了头。长寿郎也一样，虽然和毬子比起来稍微马虎了点。但对于纮弌，罪犯硬扯去他的衣服后，好像没怎么收拾，就立刻着手砍头了。”

“不断地重复作案，罪犯也渐渐开始懈怠了吗？”

“也可以认为是对被害者的杀意有程度之分……”

“从被害者的死亡推定时间来看，‘没有充足的时间’这条理由至少不符合纮弌被害案的情况。”

“没错。那么砍头的手法呢？”

“根据伊势桥医生的判断，和前两位一样，不同的只有凶器。换言之，把纮弌遇害视为同一个罪犯的第三次杀人不会有错。”

“也就是说，罪犯并不满足于前一次的双重杀人啊。”

“难不成还要杀第四个人……”

岩槻被自己的想法震得大惊失色，见状大江田摇摇头，既像是在否定部下的忧虑，又像是在说目前不必考虑这种事。

“那么长寿郎的头情况如何？”

“啊，是……长寿郎头颅的切断面被按在一种叫蚕箔的器具上，罪犯事先搞了点手脚没让头滚下来。所谓的蚕箔，据说是一种用竹子编成的网眼框架，是养蚕专用框笼的总称，用的时候好像要放在蚕架上。罪犯用小型蚕箔当底座，把人头立在了祭坛上。伊势桥医生谈了一下他的观点，他说这么做是为了让打开媛神堂格子门进来的人，正好和长寿郎脸对脸……”

“真是低级趣味。”

“我们检查了头颅，结果在后脑勺发现了击打的痕迹。看起来是生前受的伤，可能就是这一击让长寿郎失去了知觉。”

“医生认为是用什么打的？”

“医生说暂时就外观来看，应该是棒状物。”

“那就奇怪了……”

“什么奇怪？”

“用来砍头的斧子就是绝好的凶器，有必要特意用别的东西来击打吗？”

“这个嘛……恐怕是因为罪犯不想在砍头之前被喷出的血溅到。”

“嗯……不过呢，如果是这样的话，不用斧刃，用斧背来击打不就行了吗？这么做按理更轻松，也不费什么功夫，何必要找别的工具来作案呢？”

“确实……可不是吗。如果罪犯觉得用斧背也会弄出血来，还可以用斧柄部分，那个用来打人也足够啦。”

“但是，斧柄打出来的伤痕可是很细的。”

“对。我们认为是用了更粗的东西。”

“这么说，当时斧子不在手边？”高屋敷猛然想到了一种可能性，“斧子还不在现场，不在那个马头观音祠里，所以……”

然而他完全无法理解这意味着什么，所以最终没能说到底。但大江田承接了他的思路，归纳整理似的说道：

“罪犯在中婚舍杀害毬子，砍下她的头带出了媛神堂。而长寿郎当时也许在马头观音祠，也许正在前往祠堂的路上。罪犯与他会合后，用棒状物击打了他的后脑。说不定就是一根掉在参道边的粗木柴。也许罪犯是这么盘算的，即便沾到了一点血，只要扔进森林就很难被找到。”

“那么罪犯是把斧子留在了中婚舍，不，应该说是直接丢在了现场？”

大江田向提问的岩槻点了点头：

“这么一来就出现了一种可能性，那就是罪犯真正想砍的不过是毬子的头。换言之，砍长寿郎的头只是一种伪装，是打昏他后即兴想到的，所以才会急忙回去拿斧子。正是因此，罪犯才毫不犹豫地归还了他的头。我们也可以这样想，归还人头绝不是因为二守家的一枝说了那些话，而是罪犯巧妙地利用了这一点。因为罪犯没有必要把一开始就不想要的头一直带在身边。既然砍长寿郎的头是为了伪装，那就把纮弍的头也一并砍了吧。由于罪犯同样不需要纮弍的头，所以也就扔了个干脆。”

“很符合逻辑啊。”岩槻附和道，语声中透着喜悦。但他的表情很快又黯淡下来，“但是罪犯为什么要砍下毬子的头呢？这一点可越来越不明白了。”

“总觉得和妃女子那时很像……”高屋敷心里突然涌起了这样的感觉，“那时也是，明明知道被害者就是她，却有流言说尸体好像没有头……”

大江田听着两人的对话，又开了口。

“就算把以前的事件和砍头动机先放一边——”他指着高屋敷制

作的“婚舍集会中相关人员行动”表，“看到没有？问题在这里。先前我们认为罪犯拿着斧子从御堂去了祠堂。但是，从这张时间表来看，没有任何人能做到这一点。如果是岩槻提出的非连环杀人案，倒还有可能，然而验尸结果也证明，砍下两人头颅显然是同一个人所为。简言之，这就是一桩地地道道的连环杀人案。”岩槻和高屋敷用力点头，而大江田正相反，他直摇头，“然而如今又出现了罪犯在御堂和祠堂之间有过往返的可能性。但这种事又绝对不可能。我们究竟该如何思考呢……”

第二十一章 无头尸的分类

在媛神堂发现二守家纮式的无头尸的翌日，斧高一早就待在长寿郎的书房内闭门不出。

这也是因为甲子婆提醒过他：“在罪犯有眉目之前，最好暂时别出来走动。”

她多半是担心已经成为一守家继承人的斧高会遭人毒手吧。

完全无法理解三个人为何被杀——包括妃女子在内就是四个人。所以斧高也感到恐惧，或许自己也会……不过，他老老实实地听从甲子婆的吩咐，是因为他后知后觉地发现，自己一出门就会遇上村民们烦人的视线，此外，也是为了能静下心来好好考虑前程。

然而涌入脑海的尽是往事……而且还是富贵、甲子婆、佥鸟郁子这三个知道斧高身世秘密的人，对待他的种种言行。

（夫人一直恨着我啊。）

想到此处斧高浑身发寒，但也只是一瞬间。他感到不再像以前那样惧怕富贵了。当然这是因为他知道了富贵用诸多狠毒手段对待他的理由。动机完全不明、蛮不讲理的虐待是极其可怕的，但如今他已经明白对方憎恨自己的缘由，就没那么害怕了。

（至于甲子婆的态度……嗯，符合她的一贯作风。）

虽然没到偏袒的地步，但比起别的用人来，她对斧高较为宽松。这是为了以防万一吧，他毕竟有可能成为一守家的继承人。不过，她对自己给长寿郎施加的各种咒术持有绝对的自信，所以深信长寿郎一定会继承一守家。事实上，长寿郎虽说身体瘦弱，但从小到大没生过什么病。不用参照富堂翁和兵堂的例子，仅凭他是一守家的男性这一点就值得大书特书。所以甲子婆并不怎么看重斧高。

（即便如此，她多少还是有点在意的。）

这微妙无比的心理，显然在她对斧高同样微妙的言行中有所表现。正因为是如此的一目了然，斧高觉得特别可笑。

（但是，老师……）

喜怒无常的郁子那瞬息万变的态度里，究竟隐藏着怎样的情感呢？想想还是觉得害怕。起初斧高以为这缘于她无法公开母子关系而导致的烦躁，但他立刻否定了这个想法。这时他突然意识到了，郁子冰冷之极的举动里含有和富贵相似的气息……

（和夫人一样，那是憎恨之情啊。）

斧高当即领悟到，一定是郁子并不希望生下他。他明白了，郁子不幸被好色的兵堂玩弄，怀孕非她所愿。

（所以老师恨我，但另一方面，也有少许“这是我孩子”的感觉。）

如果不这样理解，就无法说明她时隐时现的温柔。

（老师祈求淡首大人让长寿郎少爷死，也是出于一个母亲的心理……因为她希望我继承一守家……）

想到这里，斧高脑中突然产生了一个无稽的念头。

（那时，老师说的是“最近的愿望”。换言之，从前她还有过各种各样的愿望。难不成最初的祈愿是希望我从八王子的家来一守家……所以那天傍晚淡首大人出现了……）

斧高慌忙摇头，像是要驱赶那段不祥的回忆。

（过去的事再想也没用，还是考虑一下今后的事吧。）

虽然斧高拼命告诫自己，但脑中浮现的尽是往事，完全无法设想未来的自己。何况眼前还有长寿郎被害之谜这一巨大阻碍。而且听高屋敷说，罪犯本已带走的人头，竟被孤零零地搁在纮式的被害现场——也就是媛神堂的祭坛上……

斧高抱住头，这时响起了敲门声，门也被打开了少许。

“能打扰一下吗？”江川兰子从门缝中探出头。

“啊，是要用这里吗？”

斧高霍然从书桌前的椅子上起了身，他以为兰子一定是想在这里工作。但兰子进了书房却示意他坐下。

“在这里可以正儿八经说说话的就只有你了，所以想请你和我聊聊。”兰子在斧高从前常坐的位子上坐了下来，“打扰你沉思了吗？如果是，请直说——”

“没那回事。”

斧高立刻否认，随后自然而然地说起了他对那三个女人的想法。

“这样啊。我不便说三道四，但要是站在她们的立场看，倒也合乎情理。不过，如果站在你的立场，我会同情你，身边围着这样三个人，你以前的日子一定很难过。之前还要加上妃女子小姐，所以……铃江姑娘还在的话，也许又会有所不同。”

“像兰子小姐这样的人……”

斧高几乎脱口说出“在一守家该多好”，但话到中途他就慌了神。因为他感到这简直是在背叛长寿郎。

“啊？你是说如果我来这个家当女佣？”

“不，不，抱歉，我不是这个意思——”

“我明白了，你的意思是，如果我在就会站在你这一边，那该多好，是吗？但是，这又有谁知道呢，假如我处于妃女子小姐的位置，谁知道我究竟会不会像长寿郎少爷那样对待你。如果像铃江姑娘那样也是个用人，我准会选择明哲保身吧。”

“怎、怎么会……”

“你觉得不会？不过呢，我希望你做我的秘书，并不是因为我同情你的遭遇。但要说完全没有，我想也不是……最大的因素是我断定你有那个能力，当然也因为我觉得你会对我有所帮助。回顾过去、解读当时周遭人等的心思也没什么不行，但现在应该是你考虑未来的时候。别太感性，要保持客观。”

“你说的是，不过，就和考虑自己的事一样，长寿郎少爷的事也让我牵挂……”

“嗯，这也难怪，我也是。如果说眼下什么事最让我在意，那就是媛首山的连环杀人案了。我甚至在想要不要干脆留在这里，直到破案为止。”

“那、那就留下来吧。”

“唔……几天就能解决的话自然好，但我想搜查恐怕很难有进展……那样的话，我也不能永远待在这里给人添麻烦啊。”

“你的意思是，警方破不了案？”

“真正的警察自然远比侦探小说里的那些优秀，但我总觉得这件案子情况有点特殊。”

“怎么讲？”

“罪犯为什么要砍下被害者的头——我认为如果这个问题得不到

解答，本案就一定会深陷在迷雾里。遗憾的是，我总有那么一种感觉，那就是靠警方通常的搜查方式不可能解开这个谜。”

“光靠检查犯罪现场、听取相关人员的口供，对破案几乎没有帮助吗？”

“那些搜查并非徒劳无益。我想当然是必要的。不过，假如不对以媛首村为首的媛首山、媛神堂、秘守一族，以及一守家……这些案件的背景之后的隐情进行深入挖掘，其实就是白费功夫吧。我觉得不那样做就永远也解不开斩首之谜。”

“具体是哪些方面呢……”

“知道的话，还会这么伤脑筋吗？”兰子苦笑着说。也许是因为斧高露出了害羞的表情，她又立刻正经起来，“所以嘛，说是挖掘，但我觉得会很困难。只是假设哦，假设现在要对过去发生的和一守家继承人问题有关的事件进行探索，是否真能弄清一切也不好说……在本地的老式家族中长大的你，应该很能体会到其中的艰难吧？”

“的确是这样。就算没什么亏心事也会从一开始就遮遮掩掩，可能这就是他们的行事风格。”

“我就说吧。至于秘守家，怎么着也得再加几条，譬如围绕继承问题发生的丑恶争夺和阴谋诡计，甚至还有神神道道的作祟什么的。”

“但这样一来，就意味着破案几乎无望……”

“怎么说呢。”

“兰子小姐是不是有什么设想？”

从语声中，斧高感到她似有她的见解。也许是错觉，但他还是大胆地问了一句。

兰子微微侧着头："是啊。如果是我，在断定案件背景很难把握的时候，会先把所有能想到的斩首的必然性列一列——也就是对无头尸进行分类——然后依次嵌入这次的案件进行讨论。"

"无头尸的分类……"

"要不我们来试试？"兰子的语气听起来像是开玩笑，但表情很认真。

"好、好的，请多多关照。"

"还是这么拘谨，你也被长寿郎少爷数落过吧。"兰子又一次苦笑起来，但没等斧高回答就又道，"我觉得这次的案子和侦探小说里常见的'无面尸'基本相同。"

"就是那个被害者和加害者互换的诡计吗？"

"没错没错，这是'无面尸'案件中最常见的真相。"兰子附和道，"有A和B两个互相敌对的人物，A在无头或脸部毁损的状态下被发现，B则下落不明。想着一定是B杀A后逃走了吧，但其实A是凶手，A给头被砍下或脸被毁损的B套上自己的衣服，制造出凶手A是被害者、真正的被害者B是凶手的假象。就是这一类替换诡计。"

"但是，和现在的案子……"

"是啊，完全套不进去，而且如果像这样一开始就采取侦探小说式的思考方式，接下来不就很难展开讨论了吗？所以我认为最初讨论时就应该把视野扩大，明白不？"

"明、明白了……"斧高完全不得要领，但为了不打断话题，还是点了点头。

"首先，人类历史上有过一种被称为猎头族的人，有猎取人头的行为——”

“啊？要从这种地方切入吗？”听到实例的一瞬间，斧高就因为吃惊过度叫出了声。

“我嘛，也不认为媛首村存在猎头族，但在做这种讨论时，有必要列举所有的可能性。”

“是……”

“而且也未必能断言毫无关系嘛。”

“什、什么意思？”

“斩首的第一个理由，是在咒术方面的要因成为动机的情况下产生的。我不是人类学家，所以无法说得头头是道，总之猎头族想要对方——这里指的是敌方战士——的人头，是为了把自己打倒的男人的魂魄据为己有。就算是敌人，也可以把身为战士的对方所具备的勇气和力量等，吸收进自己的体内。一般认为，需要对方的头就是出于这个原因。砍下自己打倒的敌方战士的人头，在他们的世界里不过是理所当然的习俗。所以嘛，我想对他们来说，把敌人打倒了却不砍头，那才叫有问题呢。”

“啊，原来如此。这倒也是。”

原来还有砍头反而是合理行为的世界，受到点拨因而瞠目结舌的斧高，想起了长寿郎以前给他看过的《国家地理》杂志上的一则报道。

“想起来了，我在杂志上见过把晒干后萎缩的人头像念珠一样穿起来的照片。”

“嗯。我想那些斩首的目的可以说是咒术方面的。而且我举的是敌方首级的例子，其实还有一些种族，会在族长死后也同样把头砍下，好让活着的众人继承领导者的力量。换言之，在这个信奉淡首大人的村子里，未必没有类似想法的人。”

虽然可以理解兰子的言外之意，但斧高还是想说，这里不会有狂热成那样的人。就在这时，他的脑中突然浮现出富贵和佥鸟郁子的脸。

兰子好像和他想到了一块儿。

“为了祈愿不厌其烦上媛神堂参拜的人，暗地里有那么几个也不奇怪。啊不，事实上一守家的富贵夫人和佥鸟郁子女士都主动承认了。”

“是啊。”

“只是说起妃女子小姐和长寿郎少爷的头……由于是一守家的人，尤其是长寿郎少爷身为继承人，在咒术方面可以说有很高的价值，但一想到罪犯为什么连毬子的头也要，这第一个理由自然就说不通了。因为罪犯在长寿郎少爷之前先砍了她的头。”

“而且长寿郎少爷的……长寿郎少爷还干脆地被送了回来。”

“长寿郎少爷的头”这种说法无论如何都让斧高有抗拒感，所以他中途改了口。而对他指出的这个问题，兰子用力点了点头：

“所以咒术之类的说法不成立。明白了吗？就是要像这样展开思考。”

看来，斧高开始参与“无面尸分类”的话题让兰子很是欣喜。

“第二种情况，是需要头作为杀死对方的证据。只要看看日本战国时代的例子就明白了。特别是在击斩敌军大将的时候，割下的人头是世所公认的最好证据。”

“为了把头带回去才砍下来的，对吗？”

“因为需要展示首级嘛。通常还会对这种击毙敌人得到的人头进行涂黑牙齿的‘首化妆’，或附上名牌，在城中的瞭望台上排成一列。”

“虽然目的不同，但是对敌人首级的处理方式，或者说对待方式，我觉得和猎头族很相似。”

“就是就是，都充分体现了对敌人首级的敬意。”

“但是，和这次的案子好像没关系——”

“嗯，我没异议。第三种情况是为处决而进行斩首，然后基于以儆效尤的目的，需要拿首级示众。”

“所谓处决，就是指日本的斩刑和欧州的断头台什么的？”

“据说断头台是追求人道主义处决方式的产物，这个姑且放一边。归根结底，通过断头台这种装置砍头的方法之所以被采用，无非是因为它最迅速、最可靠。在那之前欧洲和日本的情况一样，砍头的刽子手必须具备相当的技巧。断头台则不需要那样的专职人员。可能这也是断头台被采用的一大理由。”

“如果只是处决，用绞刑和枪杀也不会有问题，而斩首的话，其实里面也含有斩首示众的意图。”

“正所谓一石二鸟。有一段时期在欧洲，为了警示民众，重犯就不用说了，还会把别的犯人尤其是政治犯的人头，挂在广场的柱子或桥栏杆等人流较多的地方，也就是说，特意选择民众的目光容易触及的场所。”

“说到处决，我就感到有一种对死者生前的罪行进行惩罚的意味。但是，从这次的案子里我感觉不出那种意思。”

“如果罪犯抱有处决被害者的意识，就会把现场安排得更像那么回事吧。况且没有任何人的头被示众。”

“长寿郎少爷……算不算呢？”

“啊，是啊……不过，那会不会是罪犯稚气的表现呢？”

“啊？”

“啊，不好意思。这话说得有点奇怪了。我是说，归还头颅的动机虽然不清楚，但罪犯必须这么做。可如果只是平淡无奇地把头一放，罪犯会觉得很没意思。罪行已在村里引起轩然大波，警方也忙得不可开交。罪犯之所以特意弄出那种小花样，会不会是故显从容，或者说句不中听的，是为了玩场游戏取乐呢？”

“不会吧……”

“不过呢，我认为至少罪犯没打算拿长寿郎少爷的头示众。如果有这个心思，就会选择更为人多眼杂的地方，而不是御堂了。”

“我也这么想。”

“所以第三种也不可能。顺便说一句，到目前为止所讨论的斩首理由，可以说都是特定民族中所见的习俗，抑或基于特定国家、特定时代下的社会制度。但从现在开始，个人动机将成为我们讨论的中心。”

“这么说，接下来就会出现适合本案的斩首动机了？”

“我想可能性会比较大。好了，第四种情况，出于爱与恨。”

“啊？恨而斩首多少还能理解，出于爱又是怎么回事？”

“昭和十一年的阿部定案你应该知道吧？女凶手和身为有妇之夫的被害者，避人耳目一次又一次幽会，其间她开始想要独占对方，于是就把男人杀了，还割下了心上人身上的一样东西。就是那个案子。”

“对，对……我知道，不过，那……那割下来的部位……可以说比较特殊……”

“那倒也是。好吧，昭和七年在名古屋发生的无头女杀人案你看怎么样？”

“头被砍下来了吗？”

“被害者是个十九岁的姑娘，当时人们在田里的棚屋中发现了她的尸体，不光是头，两个乳房、肚脐和阴部也被割了下来。凶手是个四十三岁的男人，是被害者去学裁缝手艺的那个家的主人。两人年纪相差这么大，却有了那种关系。最初是男方强行侵犯了女方，所以姑娘心里只有憎恨。然而在被迫发生关系期间，女方对男方也生出了感情。”

一瞬间斧高的脑海中浮起了兵堂和郁子的脸。他俩的关系也正是如此吧。

（不过，老师对老爷的态度一直都很冷淡。）

想到这里斧高放弃了，如此复杂的，男女之间交织着爱与恨的微妙情感，现在的他完全无从理解。而且怎么说他俩也是自己的父母。这些事他本来就不愿去想。

“没事吧，斧高君？”

不知不觉中斧高带着阴沉的表情垂下了头，一抬脸，发现兰子正担心地注视着自己。

“没、没事……一点事也没有。对了，我们把这些类别记到笔记本上去吧。”

斧高这么说也是为了掩饰先前陷入自我世界的窘态，但他确实后知后觉地意识到，还是记录下来比较好。

“标题就叫‘无头尸的分类’吧，首先第一个——”写完第四种后，斧高催促兰子继续说名古屋无头女杀人案的事，“所以那姑娘被砍头的动机，和阿部定的一样？”

“嗯。不过案子的骇人之处在于尸体的可怕状态。姑娘的头很快就被发现了，头发连着头皮被剥了下来，两眼也被剜出，左耳被切下，同时上唇和颚部也不见了。”

“那、那是凶手……”

“正是凶手所为。人们很快就在冬季休业的茶馆里发现了上吊自杀的男人。尸体头上披着女人的头发——还连着右耳呢——口袋里的护身符包着两颗眼珠，另一侧的袋内有个包袱，里面是左耳和肚脐。双乳和阴部据说被收在茶馆的冰箱里。男人留下了一张类似遗书的便条，说他本想和姑娘组建家庭。”

“并不是完全不能理解，但也太违背常理了吧。”

“谁说不是呢。不过第四种分类里，无论是因为爱还是恨，被害者是一个人的可能性很大。至少很难搞成连环杀人，光是想想本案三位死者的情况，我就觉得不可能。”

“好，排除。”

“第五种情况，是为了让尸体易于搬运、收纳或藏匿。”

“是指分尸杀人吗？”

“通常都会这么想吧。不过只割头的例子可能几近于无。肢解尸体大多是为了从杀人现场搬出尸体，遗弃到别的地方。虽然可以设想成用来埋尸的箱子或洞穴太小所以只把头砍了下来，但在本案中，现场留有头颅以外的所有部分，所以也说不通。”

“第六种是什么？”

“第六种构想极具侦探小说风味，那就是凶手利用人头本身实施某种诡计。”

“怎么讲？”

“只是头的话，拿来拿去很方便，所以可以拿头在某人眼前晃一晃，造成被害者还活着的假象，给自己制造不在场证明。”

“啊，让人看不到头以下的部分……”

“嗯，就是这样。此外还有拿头当秤锤、镇石或当凶器使用等，可以想出各种各样的用法。不过，包括利用躯体而非头颅的方案在内，这些也都套不上。好吧，第七种，为了隐瞒被害者的身份。”

“一听是无头尸就会立刻想到这个动机吧。”

“本案中罪犯砍下了被害者的头，连衣服都扒了，所以乍一看感觉是这么回事。”

“但是，参加婚舍集会的三名女性中只有毬子小姐不见了，而且我们都知道作案现场中婚舍就是她进去过的房间。至于长寿郎少爷，也可说是大致相同。况且衣服大部分被扔进了森林。”

“另外还有指纹的问题。如果目的是隐瞒身份，那么除了头，还应该把手掌也砍下来啊。当然，罪犯不懂指纹知识的可能性也是有的。”

“……”

“不过最重要的问题是，就现场而言，任何人稍加思索都能判断出，只把人头带走绝对不可能隐瞒被害者的身份。有鉴于此，我们就要进入第八种的讨论啦。准备好了吗？第八种情况，是为了让人误会被害者的身份。”

斧高在脑中反复咀嚼兰子的话，开口问道：“也就是说，在那种情况下发现尸体的话，即便尸体没有头，被害者也会被认定为毬子小姐——是这个意思吗？”

“嗯。当然，是罪犯导演了这一切，让人误以为如此。如果下落不明的不是长寿郎少爷而是竹子小姐，那么真相可能就是，毬子姑娘是真凶，她把竹子小姐的尸体伪装成了自己。这就是我先前说过的那种例子，侦探小说中常见的被害者和加害者互换的无面尸诡计。”

“但不见踪影的是长寿郎少爷，而且……”

“而且他不但成了无头尸，后来连最为关键的头颅也出现了，所以这种设想也说不通。”

“纮式少爷也是，头很快就被找到了，可以说情形是一样的。”

“再说第九种，为了隐藏在头上残留的某些痕迹。”也许是看到斧高一瞬间不解地歪了歪头，兰子立刻给出了具体的例子，“譬如，罪犯用非常特殊的工具击打了被害者头部，所以一经调查就能锁定凶器，罪犯也可能因此被追查出来。”

“原来是这么一回事。不过，如果凶手从供奉在御堂里的工具里选出合适的——”

“凶器云云，不过是我举的例子。简言之，就是被害者的头上残留着对罪犯来说近乎致命的证据，却又无法轻易去除，无奈之下只好把整个头都带走。”

“能锁定罪犯的证据……”

还有什么别的例子吗？斧高歪着头左思右想。而兰子又一次预先提醒到，接下来的讨论将建立在第九种情况的基础上：

“可能第十种情况听起来也差不多，那就是检查被害者头部会让罪犯陷入困境。”

“咦，和第九种有什么不一样吗？”

“第九种是指罪犯留下的痕迹，而这种是指和被害人自身有关的事物。譬如，虽然家里人谁也不知道，但被害者的脑、眼、鼻、齿等，也就是头部某处其实患有某种疾病，而罪犯担心这一点曝光就会牵扯出犯罪动机，或导致自己的身份被锁定等。”

“这、这种情况我觉得相当特殊啊……”

“那好，你看这个例子怎么样？毬子不是化了一个很厚的妆，把村里人都吓了一跳吗？”

“嗯，那化妆果然是——”

“对，可以认为她是想用个人的方式进行挑衅，反过来也可视之为一种自我保护。不管目的为何，她来这里时显然已经做了相应的心理准备。”

“这也难怪。毕竟以前出了那么多乱七八糟的事，而且她还以古里家女儿的身份参加了婚舍集会。”

“就是啊。不过现在先别管那些事。总之警方经过调查，在东守的手水舍发现了罪犯清洗毬子人头的痕迹。这个你知道吗？”

“知道，我听高屋敷先生说过。”

“如果是毬子生前自己清洗的呢？虽然我们不知道理由为何。然后，如果这一事实被揭穿对罪犯来说是致命打击的话，又会怎么样？”

“对啊……罪犯无法化出一样的妆，所以就把头砍下来带走了。”

“因为没有别的手段，所以只好砍头。”

“毬子小姐自己清洗妆容——这当然也只是个例子吧？”

“嗯，其实我不认为有那个必要，而且她也没有那么多时间吧。想一想死亡推定时间就该明白，她没有从中婚舍出来的闲工夫。”

“以上是所有分类了吗？”

“不，最后还能想到一种——为了得到被害者头部的某个部分。但这种情况太特殊了，不说别的，就说这次的案子吧，反正也套不进去。”

“譬如说哪个地方，是为了什么……”

面对表情惊讶的斧高，兰子挥了挥手，就像在说很难找出例子：

“一九三〇年，苏联大学的一位学者证实尸体的角膜可以移植，从此世界各国都开始了角膜移植手术。这么说吧，归根结底我只是在讨论可能性，而这样的动机也是有可能的。”

斧高把第十一种情况写进笔记本后，说道：“从目前为止的讨论结果来看，最有可能的是第九种——为了隐藏在头上残留的某些痕迹，和第十种——检查被害者的头会让罪犯陷入困境。基本可以锁定这两种设想，但是……”

“换言之，本案的关键就在于毬子的头。”

“杀掉长寿郎少爷是为了混淆视听吗？”

“从罪犯爽快地把头送回来的举动来看，你这么想也许不无道理。”

“纮式少爷也一样吧？”

“嗯。因为罪犯把他的头砍下来后，似乎立刻就丢进了森林。”

“毬子小姐的头会在哪里呢？”

面对斧高的提问，兰子像外国人常做的那样耸了耸肩：

“媛首山的森林无疑已被警察和青年团搜查过，那可是地毯式搜索啊。然而那么广阔的森林地带，要处处搜遍本来就不可能吧。”

“是啊……”

“可以想象，如果罪犯熟悉这里的地形，难度就更大了。”

“啊……”

“斧高君也不认为连环杀人案是过路人所为吧？”

斧高不禁语塞。兰子凝视了他片刻。

“好了，侦探活动到此为止——”似乎是想转换气氛，她故意用诙谐的语气继续道，“啊，你把这份笔记拿给高屋敷巡警看也完全没关系。如果是我说这些话，准得挨批，他们会说你这种外行显摆什么啊。但如果是斧高君说的话，那位巡警先生也许会认真倾听。刚才归纳出来的这些分类如果能给破案带来少许帮助，我也会很高兴。”

说着她正要走出书房，突然又回过头来：“不过，你老是纠缠案子可不行哦，自己的事也要好好考虑……知道吗？”

“是。我两头都会认真对待。”

听了斧高的承诺，兰子终于面带微笑地离开了书房。

斧高决定先给高屋敷看看他和兰子一起归纳出来的“无头尸分类”。他知道那位巡警曾经把十三夜参礼事件的相关人员活动制成了一张时间表，见到这份笔记想必也不会嗤之以鼻。

斧高的判断完全正确。然而，在以核心人物大江田队长为首的搜查人员进入充分讨论阶段之前，警方的大本营终下市却发生了骇人听闻的凶杀案。

22

第二十二章 无头悬案

媛首村媛首山发生古里毬子和秘守长寿郎双重杀人案后的第五天夜里，终下市的繁华区爆发了诡异的连环杀人案。

从当晚十点多到次晨两点半左右，一夜间竟有四人被杀害。被害者均为男性，每个人的喉咙都被一字形笔直割开，死在人们看不见的店铺后或露天空地上。在初期搜查阶段，无论年龄、职业、住所、家庭结构、病例、前科还是兴趣爱好，四人之间完全找不到任何关联点，因此很快被认为是街头杀手所为。

案子发生后，进驻媛首村的终下市警署的大部分搜查人员，只好又返回了原地。当然媛首山连环斩首杀人案的调查并没有因此被搁置。但是，第二天夜里闹市区又出了两桩命案，于是终下市警署的全体人员都投入了捉拿“深夜割喉魔”的行动中。进而，第三天夜里虽然没有出现死者，但第四天有一人被杀，第五天又有一人遇害。受害者持续增加，可警方甚至无法确定嫌疑犯，所以搜查人员连睡觉的时间也没有。

报纸连日来用诸如《嗜血恶鬼，再次现于闹市》《割喉魔再次行凶》《割喉老大，横行无忌》《深夜割喉魔，嫌疑犯不明》《街头随机割喉案的受害者已达九人》等触目惊心的标题大肆渲染，眼看终下市就要成为举国侧目的中心了。

结果，媛首山命案首当其冲受到了波及。加之割喉魔案一拖再拖带来了更大的影响，最终媛首山连环杀人案的搜查本部落了个名存实亡的下场。也许应该这么说，几乎已不能发挥实质性的作用。

因此，案件相关的一切事宜都重重地压在了高屋敷肩上。当然这也是他本人所希望的。因为他已不想再次品尝十三夜参礼事件时的那份艰辛。

一连数日，高屋敷听取相关人员的口供，还去了媛首山现场，和终下市警署也联络频繁，不止一次亲身前往。大江田队长在百忙之中也尽可能抽空和他会面。然而，警署内的氛围已经完全转向了割喉魔案。不管是什么样的调查和分析，优先考虑的总是割喉连环杀人案。

不久，新的一年开始了。割喉魔倒是没了当初的势头，但仍在警方和市民联防队的巡逻下，见缝插针一般犯下了一桩又一桩可怕的罪行。

杀人手法无比利落；即使在加强警戒的街区也能轻而易举地连续作案；明明有可疑人影被目击到却转眼就消失得无影无踪了——于是，割喉魔并非人类的谣言在坊间流传开来，顿时引发了大骚动。搬离街区的市民数不胜数。闹市区早已冷冷清清，灯火全灭。各家报刊纷纷报道，说日落后的终下市宛如被下了戒严令。

最终，被誉为昭和时代名侦探的冬城牙城助了警方一臂之力。当时他刚刚解开可怕的火鹃邸杀人案，未经休整就赶到了这桩诡异的大量杀人案的现场。

冬城抵达终下市两天后，就有消息说，割喉连环杀人案的嫌疑犯岩槻刑警被逮捕了，令高屋敷大为惊骇。据说岩槻本人不但全面否认所犯罪行，还行使了沉默权。至于作案动机，现阶段一概不明。不过相传警方在他租借的公寓房中发现了附有血迹的小型镰刀，所以他的嫌疑基本已无法洗刷。

还有一个事实更让高屋敷吃惊，用作凶器的镰刀似乎是媛神堂祭坛上的供奉物之一。这也就意味着，在以大江田队长为首的搜查人员都没注意到的情况下，岩槻从御堂拿走了镰刀。

岩槻被捕的三天后，一早就阴雨连绵。这天下午，岩槻在审讯中用藏在身上的剃刀割喉自杀了。然而剃刀来自何处完全成了不解之谜。拘留时警方对他进行过充分的身体检查，之后他也绝对没有机会拿到剃刀。负责审讯的刑警们对此最为了解。

不过，据说当天上午发生了一点怪事。

那天早上，有个女人请求探视岩槻。接待人员正要确认她的身份，听到有人呼唤自己的名字，于是转过头去，却到处都找不到呼唤自己的人。心里想着好奇怪，再回身却发现那女人已经踪影皆无。

然而没有迹象表明那可疑的女人径直闯入了署内，何况她也不可能接近拘留中的岩槻，所以探视人牵扯其中的可能性当即就被否定了。为慎重起见，警方还调查了岩槻的亲朋好友，但不曾发现符合条件的女性。不知为何接待人员除了对方是女人之外，完全不记得她的体貌特征；而见过来访者的另一位工作人员却说，那不是女人，而是一个相貌端正的男人。由此可见，这件事压根儿就无从查起。

结果，“来者是谁”这一令人毛骨悚然的谜始终没能解开。

在疑犯否认罪行且已死亡的情况下，割喉魔一案就此告终。之所以能结案，是因为岩槻被捕后没有发生新的命案，于是警方和大众也勉强认可了他是真凶的结论。虽说留下了太多的谜，但姑且算是破了案。

然而另一方面，媛首山连环杀人案在没有任何进展的情况下，逐渐从世人的记忆中淡去……不久便陷入迷局，成了悬案。

幕间（三）

如上所述，我想我基本上是把战时及战后发生的媛首山命案细说完毕了。

另外，关于终下市的割喉魔案，因为不是本文应该涉及的内容，所以仅在前一章点到为止。况且，虽说还有诸多问题悬而未决，但罪犯既然已经落网，也就算是结案了。

不过我个人不禁认为，两案之所以一明一暗，差别似乎就在于关键人物是否踏入了现场。割喉魔一案的关键人物自然是冬城牙城氏，媛首山命案中则是刀城言耶氏。刀城先生就是案发前一天高屋敷在火车上遇到的那位青年。原本他正要来媛首村，不料却因为我丈夫讲述的怪谈而中途下了车。而两位奇人其实又是父子，这一点也让我不得不产生了宿命感。

冬城牙城氏本名刀城牙升。刀城家是世袭公爵的名门望族，但先生年轻时就厌恶这种特权阶层，没多久，身为长子的他拒绝接受成为户主并继承公爵之位的使命，以近乎离家出走的形式拜入了私家侦探大江田铎真门下，刀城家也和他断绝了关系。出于对本家的考虑，先生改名为冬城牙城。而这位牙升氏的公子就是言耶氏。

刀城言耶氏是一位作家，他用东城雅哉的笔名撰写怪奇小说和变格侦探小说，常去现地取材，在全国各地游历。然而据说言耶先生不知何故，走到哪里都几乎必然会被卷入怪异事件，有时甚至性命堪忧。

不过，毕竟是血脉相连吧，虽然他本人似乎没有破案的意识，但往往会在不知不觉中担当起侦探的职责，回过神时才发现，案子已经被他解决了。

如果刀城言耶氏按当初的计划来到媛首村……想到这里，我不禁心乱如麻。因为是刀城先生，所以一定能把媛首山连环杀人案引上解决的正道，高屋敷之后的人生也会因此变得不同……啊不，抱怨的话就到此为止吧。

比起抱怨来，原本我应该把高屋敷元孤军奋战的情况传达给诸位读者，说一说他如何锲而不舍，如何踏踏实实、孜孜不倦地埋头查案，直到生命的最后一刻仍不放弃，说一说关于他的那些事……

然而抱歉了，我无论如何都没有勇气书写这一部分。虽然明白这只是小说，但要把丈夫高屋敷日渐憔悴的模样记录下来，还是会让我痛苦不堪。我无论如何也无法描述案发后的第十年中秋，丈夫心力衰竭与世长辞的情景。

当然这也是出于我的些许自负。因为之前的章节基本用完了手头的资料，我相信自己已经按事实的本来面貌成功再现了一桩离奇死亡事件和三桩连环杀人案。换言之，我认为即使描述高屋敷后来的搜查过程，也无法再为诸位读者提供多少新信息和线索了。就请诸位把这一点视为最重要的理由吧。

话虽如此，关于第三桩杀人案我还是想稍做补充，虽然内容也不过就是形式性的确认罢了。

一、关于在媛神堂发现的无头男尸的身份

森林中发现的人头以及血型和指纹，也证实死者就是秘守纮式少爷。

二、关于纮式少爷的死因

和伊势桥医生推断的一样，已判定致命伤是后脑部遭到铁锤击打。同时也判明砍头行为是在他死后实施的。

三、关于斩首

司法解剖结果表明，砍下纮式少爷的头时所用的手法和前两者完全相同。换言之，警方断定是同一人所为，也就是说，这无疑是一桩如假包换的连环杀人案。

好了，本文已撰写至此，但令人羞愧的是，靠我自己的力量似乎很难解开案子。以小说的形式持续写作，在此过程中一定会涌现出以前未曾注意到的线索、被湮没的背景或意想不到的解释——这是我最初的想法，不，应该说我那样期待过、盼望过。

讽刺的是，和着手撰写本文之前比起来，如今的我更是一头雾水。然而另一方面，我又感到真相就在眼前忽隐忽现。这不是因为我不服输。如果用“真相”一词太夸张的话，那么可以这样说，我一直被一个想法束缚着，解开本案谜团的关键其实近在咫尺。但不得不承认的是，凭我一己之力根本无济于事。

看到这里，诸位读者是否已明白媛首村、媛首山、秘守一守家中究竟发生了什么呢？在此我希望能得到诸位读者的帮助，这一点我在《前言》中也曾做过预告。

关于十三夜参礼事件和媛首山命案，什么样的意见都好，所以心里已有想法的读者若能不辞辛劳，与“迷宫社”联系，本人将深感荣幸。

“迷宫社”地址参见本杂志的末页。

也许在四个月前写下的《幕间（二）》结尾处，我就该提出第一次请求。不过，下一期杂志的连载会暂停一次，所以有足够的时间。

衷心期盼诸位读者的协助。

23

第二十三章 来自读者投稿的推理

收到了读者的大量来信，实在是让我感激不尽。

另外，本章原本是“正文”而非“幕间”，不过，由于不再采用小说体裁，所以我打算以“幕间”的行文风格继续下去。

话说昨天，杂志社把诸位的信件和明信片都转发过来了，数量之多让我吃了一惊，随即又喜不自禁。不完整的拙作还能得到如此回应，真是喜出望外。请允许我再次向诸位读者表示衷心的感谢。

然而这样的喜悦心情没能持续多久。岂止如此，在浏览来信的过程中，某种带着微微寒意的东西，从脖颈滑下背脊，使我陷入了浑身不适的窘境。

因为信件和明信片里的内容，绝大多数是读者诉说阅读本文时遭遇的不可思议的经历，譬如头部、喉咙、手腕和脚踝被弄伤、挫伤，变得不适或者不灵便因而辛苦不堪等。

我完全没想到竟会产生如此反应。由于太意外了，以至于一瞬间我真的完全不明白自己为什么要撰写本文了。

当然，大部分读者认为这只是心理作用，是单纯的错觉。但即便如此也未免数量太多了，其中还能见到一些无法归结为误解或错觉的事例，这些都令人深感不安。我原想在这里介绍几个例子，但还是忍耐着没写。因为我突然感到，这种举动就像在扩散传染性疾病，实乃愚行。况且……

是的，其实从撰写《幕间（三）》起，我也总觉得喉咙有点不舒服……当时没太当回事，还以为是感冒，不料不知不觉中脖颈也痛了起来……

而且，虽然最初和落枕的感觉相似，但我渐渐陷入了一种奇怪的——如何表达才能让读者明白呢——对了，就是头部被什么拉扯似的……讨厌的感觉。人类肉眼不可见的某物，不知何时已站在我的正后方，悄然伸出双手，不慌不忙地夹住我的头，缓缓地左右拧动试图把头从颈项上拔出……就是这种感觉。

我本来不想写这些。如章名所示，我打算借助诸位读者的智慧，设法破解案件。

现在，我感到有人来了……

似乎又是我的错觉。

真糟糕，难道从拆阅读者来信的昨夜开始，我就神经质起来了吗？但是，来历不明的什么，似乎正向我渐渐逼来，毛骨悚然的……不，这个话题还是就此打住吧。

好了，现在我想从信件和明信片里只选出涉及案情谜底的部分，依次进行介绍。

首先，“真凶是妃女子”的见解被提到的次数最多。持此观点的读者对案情做了如下解释：十三夜参礼中被杀的不是妃女子，而是女佣铃江，尸身无头是为了让人误会被害者的身份，而罪犯妃女子则一直生活——抑或是被软禁——在不启仓里。

不过，大家只说出了罪犯的名字，几乎无人涉及具体的作案方法。换言之，大量谜团依旧——

很抱歉，继续执笔无论如何都会让我感到痛苦。我曾经为了转换心情去打理过后院，于是现在我完成了剩下的整顿工作，买来红薯幼苗打算种植下去，哪知……

这次伤到了右手，没错，就是右手的手腕。虽然还不至于影响执笔，但这么一来，安然无恙的就只剩左脚踝了。不，不是开玩笑，我总觉得最初在媛神堂境内扭伤右脚踝就是一切的开端。那时我的右脚踝被什么抓住了，就那样被附了身。此后，它在我体内缓缓穿行，抵达左手腕后又折向颈部绕了一圈，刚才又来到了我的右手腕。不久它就会向左脚踝进发吧。如此这般夺走四肢自由活动的大部分能力后，再度爬上我的脖颈，到那时就真的要……

我不该回媛首村吗？

我不该重提十三夜参礼事件，把焦点又一次对准媛首山杀人案，以这样的形式发表文章吗？

也许我已经惹恼淡首大人，招来了厄运，得到了报应……

现在，似乎有人来了……

是我的心理作用吗……

啊，好像开始下雨了。从清晨起天空就一直阴云密布，看来气候终于要彻底转坏了。原本就已心情阴郁，此刻更是雪上加霜……

不，似乎不只是雨的声音。

现在，我确实听到了人声……

“叨扰了。”

我吃惊得差点一跃而起。因为来这里做客的人少之又少。然而，门外确实有一个男人。

“啊、请……请问是哪位？”

我突然想到要不要装成不在家？但房子很小，外面的人完全可能察知房内的动静，所以我如实作了回应。

就听对方开口道：

“突然造访实在是抱歉。事情是这样的，我拜读了您在《迷宫草子》上连载的小说，所以特意前来拜访。”

我一度担忧这是一个性格古怪，无视本人恳求读者静静关注的意愿不请自来的读者。但来者那稳重而得体的口吻，给我造成了完全不同的印象。

回过神来才发现，我已经本能似的打开了门。

“啊，您好，突然上门叨扰真是太抱歉了。”

男人看起来约有三十五岁，上罩蓝色斜纹布底外衣，下穿颜色略浅的牛仔裤，笑容中透着腼腆。

“您是……刀城言耶先生吗？”在对方自报家门之前，我已经叫出了声。

“啊……您知、知道？”

“这打扮……不不，这尊贵的装束不正表明您就是那位到处流浪的怪奇小说家吗？”

“哪、哪里，我哪称得上……”

幸运的是，刀城先生似乎把这句在旁人听来绝非褒扬的话——其实是我不小心说漏了嘴——朝好的方向理解了，一再显出难为情的样子。

“不过，您究竟为什么——”

“抱歉，如此突然让您受惊了。其实我是《迷宫草子》的忠实读者，拜读了您之前的连载就迫不及待地跑来了。不妙不妙，连我自己都觉得很冒失，怎么说呢，给您添麻烦了。”

说到不妙——不知如何应对这次意外来访因而束手无策的我——才是——非常不妙。

“唔……也许是我多事，但我试着用自己的方式对案件做了整理。”

刀城先生岂止是没有察觉到我在为难，眼看他就要在门口展开他的推理了。

“啊，啊，其实……”

“欸？啊！莫、莫非您正在撰写小说的结尾部分？啊，啊呀，那就完全用不着我啦。给您带来意外的困扰……真、真是羞愧之极……”

“不、不是，我不是这个意思。”

“嗯？啊……是不是您还没吃午饭？”

多亏这位刀城先生略显滑稽——这个形容词有点失礼——的提问，我的心情放松了点。于是我做好被嘲笑的心理准备，坦率说出了先前突然产生的那种情绪——我认为自己不应该继续纠缠此案了。

“原来是这样啊。”刀城先生却没笑，反而露出了沉思之色。

“啊，话虽如此，我身边发生的现象可没有刀城先生周游全国搜集来的故事那么怪。”

要是让对方产生过分的期待就难为情了，所以我慌忙提醒了一句。

刀城言耶先生的兴趣是搜集日本各地流传的怪谈，有时还以此为题材进行创作，出游只为寻找怪异故事。所以，他也被众多编辑称为“放浪作家”或“流浪中的怪奇小说家”，不过，和先生最般配的称号也许是“怪异搜集家”吧。

这时，只见先生脸上露出了微笑。

“如果是这样，刀城言耶真正该出场的时候也许到了。”面对一脸诧异的我，他继续道，“自吹自擂难免显得狂妄，但我搜集怪谈故事可不是为了充门面。所以，如果是这一类的话题，我想我一定能帮上忙。”

“啊？但是……”

“当然我这么做不是为了满足自己的搜集癖，而是为了和您讨论，可以采取什么措施应对您体验到的那些怪异现象。”刀城先生说着，深深施了一礼，“所以，请原谅我的冒昧。”

他泰然自若地走进了我家小屋。

“请、请……您看我这地方又小又乱，请、请进吧。”

对方的态度可能强人所难，按理我该表示一下愤慨，然而他那爽朗的言行却让我无法生出半点怒气。

“还别说，您好年轻啊，看起来比实际年龄小了十来岁。”

结果我非但没发火，还说出了奉承似的话——啊，不——事实上对方看起来确实年轻。

“啊，谢谢您的恭维，因为我一直对怪谈感兴趣，所以多少还有点孩子气吧。不过，我看您简直比实际年龄小了十五岁呢。”

“什么啊刀城先生——尽说些逗人开心的话。”

我这时的心，其实嘭嘭直跳。

“女性再怎么显年轻也不会有麻烦吧，但是，如果去什么地方打听怪谈，一个男人看起来乳臭未干就损失大于便利了——”

“是啊，年轻就会被人看低啊。对了对了，说到怪谈，我最近偶然听见孩子们在传，马吞池一带出现了某种可怕的怪物……”

“喔，马吞池吗？记得十三夜参礼那天，二守家的纮弍氏说自己散步的地方就是那里吧？”

“欸？啊，是啊……对了，我还没向您致以问候。我是媛之森妙元，初次见面请多多关照。先生的大作我早已拜读过。”

“您、您真是太客气了，谢谢。今天我突然不请自来，实在是失礼之至——”

“哪里哪里，哪儿的话。我这里很少来客人，您又是同行，再也没有比您来访更值得高兴的事了。”

“您这么说我就放心啦。不过，我们绝不是——初次见面。”

刀城先生脸上浮起了恶作剧般的笑容。

“是、是吗……那我真是太失礼了。我是一个不折不扣的乡下作家，很少去中心都市。而刀城先生给人的印象是总在旅行，几乎从未在文坛聚会中露过面……”

“啊，确实如此。而且我和您会面是很久很久以前的事了，请别这样惶恐。”

我不由得冷汗直冒。因为我一直以为今天是两人的初会。不过听了先生的话，我的心情放松下来了，进而释然地想，先生之所以唐突到访，正是因为至少在他的概念里两人有过数面之缘吧。

“啊呀啊呀，就这样让您站着，真是不好意思。请这边坐。”

我劝先生在客厅桌边的椅子上坐下，开始准备沏茶。说是客厅，其实也兼当厨房用。

“怎么样？和小说中所描绘的当年相比，我觉得村子似乎冷清了很多。”

“嗯，如您所言，村民的主要营生是养蚕和烧炭，但到了昭和三十年间，蚕茧减产为战前的半数左右，炭也渐渐被石油取代，村子变得越来越暮气沉沉了。”

“秘守家后来怎么样了？”

我把灌满水的茶壶放到火上后，正在厨房翻找茶叶，闻言不禁停下了手。

“不管是延续数十代的名门望族，还是屡屡上演继承人争夺战但总能安度难关的大户人家，要灭亡时往往只需一代……也就是一眨眼的工夫。”我一边说，一边徐徐转身面向刀城先生。

“斧高君没有继承一守家？”

“说来话长，案件过后江川兰子小姐、高屋敷和我都曾帮他出过主意，最后他留在了一守家，正式以一守家嫡子的身份开始了新生活。然而——”

“是不是出了什么问题？”

“成人那年的秋天，他突然消失……”

“消失？是指下落不明呢？还是就像字面意思上说的——消失了？”

“不知道。藏田甲子婆婆似乎是最后见过他的人，她说斧高从北鸟居口进了媛首山。”

“这又是……”

“不过，当时一守家刚好在谈一门亲事。明确地说，就是政治婚姻。据说富堂翁和兵堂先生想让出现没落征兆的一守家重振旗鼓，所以才策划了这桩婚姻。”

“这么说，斧高君也可能是因为讨厌这门婚事才离家出走的？”

“是，完全可以这么认为。”

“恐怕连淡首大人也想不到，竟然会有舍弃秘守家族长之位离村而去的一守家继承人吧。”

我告诉刀城先生，不仅仅是淡首大人，秘守家族全员显然都为斧高的行动震惊不已。

“只要他不再是一守家的继承人，就能逃脱淡首大人的作祟吧……”刀城先生喃喃自语。

一瞬间，我浑身战栗。因为我突然想到——斧高会不会没能成功逃脱？

“没有迹象表明斧高君去了江川兰子老师处吗？”

“没有。虽然惨案过后斧高和她时有书信往来，但没有给过她任何通知。”

“斧高君也没有和您或高屋敷先生商量？”

“是，是的……”

“他是决定独自一人生活？抑或——”

“不过……”

我想说一件以前就很介意的事，但依然犹豫不决。因为这件事太不确切了。然而刀城先生直催我往下说。

“从十多年前开始，我在《宝石》等小说杂志新人奖的最后评选名单中，不止一次看到过很像斧高的笔名。”

“叫什么名字？”

“几守寿多郎。”

我说明了汉字的写法，同时把此名由“几多”“秘守”和“长寿郎”组合而成的想法提了出来，还向刀城先生征询意见。

“五个汉字里，‘几多’二字都用了，‘长寿郎’里也取用了两字。相比之下，‘秘守’里只取了一个字，我觉得这样的组合正反映了斧高君的复杂心境。”

“那么，果然——”

“如此契合，说偶然是不可能的。那么您问过出版社吗？”

“没问过。”

“几守寿多郎氏也没得过什么新人奖？”

“还……没有。”

“那可就难办了。就算要联系，也许还是等他得奖之后再说比较——”

“比较好对吧，刀城先生也这么想？”

“抱歉，说实在的，我也不太清楚。我又觉得好像没什么关系。不过一想到他是怀着怎样的心态持续投稿的……”

“可不是吗。不，得知刀城先生您的感受和我一样，我也算稍稍松了口气。虽说我这样有点自说自话。”

“哪、哪里哪里，对了，秘守家后来……”

“嗯，斧高的出走成了一守家触霉头的开端，后来他们万事不顺，走上了衰落的不归路。二守家和三守家也一样，但是详细情况我并不清楚……讽刺的是，只有古里家延续至今，反倒十分兴旺……”

“是吗——”

我再度转身，背对着唏嘘不已的刀城先生，专心地沏起茶来：

“粗茶而已，请慢用。不凑巧的是点心刚吃完——”

“哪、哪里，请别再费心了，我才应该携带礼品登门啊。有失礼数，还请您见谅。”

互相致歉鞠躬之后，我和刀城先生再次相对而坐。

“那我就直奔主题了——”沉默哪怕延续片刻也会让我恐惧，“关于读者来信里那些令人惊恐的内容，还有我那些莫名其妙的怪异经历，刀城先生是怎么想的？当、当然，我和很多读者都认为那是心理作用……”

“事实上，不仅是脖子，连手腕和脚踝都出现了异常情况，这不是很奇怪吗？”

“是，是的……”

“不过，我想这些现象要解释起来毕竟太难，所以应该暂时放到一边，现在最重要的应该是解开案件之谜。”

“但、但是，不就是因为和案子扯上了关系才……”

“嗯，我想是。”

“欸？既然如此——”

“换言之，我是这么想的，只要解开案中之谜，真相大白，那些异象就会自然停止。幸运……这样说也许不太好，幸运的是，本案的相关人员大多已经不在村子里了。”

“原、原来是这样……”

“引发异象之物，只要叫破其名往往就会立刻消失。这一次，我觉得破解本案就等于叫破其名。”

“我懂了，那么您打算如何进行？”

我提心吊胆地问，暗地里做好了最坏的打算。就在这时，正要从长方形的箱包中往外取什么的刀城先生，露出了奇怪的表情，就像在说“啊，忘带啦！”。

“对、对不起，有没有什么可以写……不不，是说纸什么的。”

于是我里里外外翻遍书房，找出一本全新的笔记本交给了先生。

“我就这性子，最后如果不这样把所有的谜和问题用笔写下来，就无论如何也没法继续思考。”

刀城言耶先生一边解释，一边在笔记本上奋笔疾书。书写内容如下：

关于十三夜参礼事件

一、斧高最初以为是妃女子的第一个女子（或首无）是谁？

二、那女子（或首无），为什么会出现在十三夜参礼中？

三、前往媛神堂的妃女子拿在左手、形似人头的东西是什么？

四、妃女子从密室状态的媛神堂中消失了，其方法和理由是什么？

五、在井中发现的全裸尸体，真的是妃女子吗？

六、如果被害者是妃女子，那么杀人现场是媛神堂、井边，还是别的地方？

七、井中的尸体没有头，这个传言是真的吗？如果是真的，那为什么要把头砍下来？

八、在井中和周围发现的大量毛发，是尸体的毛发吗？

九、凶手是谁，杀人动机是什么？特别是，如果被害者是妃女子，那凶手为什么非杀害她不可？

十、兵堂为什么不许用人看井中的尸体？

十一、一守家为什么匆匆为井中的尸体送葬？为什么要火葬？

十二、当初知道富贵生下女孩后，兵堂为什么非常高兴？

十三、兵堂和二守家的笛子私通后，生下的是纮式还是纮式？这和一守家的继承人问题有什么关系？

十四、斧高在浴室外看到的首无，就是他在十三夜参礼中遇到的首无吗？如果是，为什么首无又出现了？

十五、十三夜参礼事件后，甲子婆为什么要去不启仓送饭？

十六、十三夜参礼事件后，二守家的纮式为什么会来接近长寿郎？

关于媛首山连环杀人案

一、古里毬子为什么被杀？

二、为什么她会被砍下头并且全身赤裸，衣服被抛撒在森林里？

三、头被砍下并且全身赤裸，为什么偏偏只有小腹被包袱布盖着？

四、为什么需要清洗她的头？

五、在她被杀，头被砍下期间，长寿郎在哪里？

六、本来就对婚舍集会不感兴趣的长寿郎，为什么单单欢迎古里毬子参加集会？

七、一守家的长寿郎为什么被杀？

八、为什么他会被砍下头并且全身赤裸，衣服被抛撒在森林里？

九、为什么作案现场是马头观音祠？

十、为什么不用斧子做杀人凶器？杀人凶器又是什么？

十一、如果斧子不在现场，那罪犯是怎样在祠堂和中婚舍之间往返的呢？

十二、为什么要拿走侦探小说，还特地扔进森林？

十三、毬子和长寿郎的两颗人头被藏在哪里了？

十四、二守家的纮式为什么被杀？

十五、为什么他会被砍下头并且全身赤裸，头和衣服被丢弃在森林里？

十六、为什么只有他的尸体状况混乱？

十七、现场为什么出现了长寿郎的头？

十八、判明斧高是一守家继承人对本案有什么影响？

十九、媛首山连环斩首杀人案的凶手是谁？

二十、江川兰子所做的“无头尸分类”中，是否包含本案的斩首理由？

二十一、当初淡媛为什么会被斩首？

“请允许我省略了敬称。”

我浏览了笔记本上的内容后，把本子放在桌上摊开：

“的确有那么几项看起来能推测出真相，但只有这些还是不能接近案件核心的，或者说，仍然无法把握全局不是吗？”

“我认为，基于兰子老师的‘无头尸分类’进行考察是非常有效的方法。不过一上来就想把本案往那些分类里套，是行不通的。真不愧是兰子老师啊，外部框架完成得如此出色。但是最关键的内部——

我是指案子本身——却搞得蒙昧不清，没能把所有的信息整理好，所以无论怎样试图从外部嵌入框架，都会轻易滑脱。这种时候，我们必须先确认内侧的中心在哪里，内部的核心是什么，再探讨其中是否有矛盾点存在。只要能发现矛盾之处——”

“请、请等一下，内侧的中心？内部的核心？发现矛盾点……？”

“啊，我的表达实在是太抽象了。其实只要发现一个事实，就那么一个，我在笔记本中列举的所有谜题都能迎刃而解。”

“就那么一个！”我不禁大叫起来，目不转睛地盯着刀城先生。

“是，而且，只要你发现那个问题——某人在某个场合本来一定会做点什么，其实却什么都没做——只要你破解了其中的深意，那么唯一的事实就会自然而然在你眼前浮现。”

“莫非是二十三夜参礼和婚舍集会的时候，长寿郎少爷离开祭祀堂去媛神堂前，藏田甲子婆婆忘了诵经……”

“不，不对。不过某人没做某事的思路倒是对头了——”

“是比送行时遗忘诵经更重要的事？”

“是的。非常重要的大事。”

“发现这一点就能明白谁是凶手吗？”

“没有直接联系，但如果基于此事来审视本案，一切就会不言自明——”

“罪犯到、到底是谁呢？”

我的提问过于直率，令刀城先生一时语塞，不过他随即答道：

“十三夜参礼的凶手是二守家的纮弍氏，而媛首山连环斩首杀人案的凶手是……”

24

第二十四章

刀城言耶先生的推理

在前一章结尾我只写出了凶手的名字，而且不上不下，也未加任何说明，为此好像有大批读者致信出版社表示了抗议。

真的非常抱歉。但我也无可奈何。因为之后刀城言耶先生很快就回去了。

先生说完前一章的最后一句话后，笑道：“现在是杂志连载，所以在这里断章比较好吧。”

他又说，等《迷宫草子》的下一期——刊登《第二十三章 来自读者投稿的推理》的那一期——发行后再来叨扰，说完就告辞了，只留下了目瞪口呆的我。

从那以后，我每天都过得十分苦闷。刀城先生究竟得出了什么样的推理结果，掌握了什么样的解释呢？我尽为这些问题伤脑筋。

所谓的“某人”是谁？“某个场合”又是哪里？“本来一定会做”的要事是什么——我反复研读了几遍原稿，但依然不明就里。而且，在那个重要时刻“什么都没做”，意味着“某人”其实可能是一个与众人所持印象大相径庭的人物。想到这里，虽已事过境迁，但我仍感到了阵阵寒意。因为这可以解释为“某人”有着表里不一的两张面孔……

说来惭愧，我还离开了村子一段时间。因为在刀城言耶先生下次来访前，我实在没有勇气留在这里。光是想到在此期间可能还会弄伤唯一幸存的左脚踝，我就立刻出了村子。至于再度回到媛首村，已是《迷宫草子》发行后的事了。

翌日，刀城言耶先生和上次一样，在午后两点半左右突然大驾光临，就像算好了时间似的。这天不巧也是个雨天，从早晨开始就阴雨连绵。媛首山怪案之谜即将解开，就这层意义而言，现在的氛围或许是最合适不过的。

草草寒暄过后，我把先生让进了客厅。

“十三夜参礼事件的凶手真是二守家的纮式少爷吗？”

我麻利地沏完茶，火速启动了前一次话题的后续部分。

“是的，完全正确。”和我的急躁态度相反，刀城先生心平气和。

“但妃女子小姐遇害的那段时间里，他不是在媛首山外吗？换言之，御山对他来说就是一个密室。所以他有不在场证明——”

“是这样。不过，只要明白了我上次所说的唯一事实，媛首山就不再是密室，纮式氏的不在场证明也将不复存在。”

“到底是什么事实？”

“你觉得一连串命案的中心……其核心处究竟存在着什么？”

“啊？这、这个嘛……不就是一守家的继承人问题吗？”

“是啊。不过光有这个的话，就是很常见的争端根源了，在所有的乡下老式家族里都能见到。”

“但秘守家有淡首大人的作祟……您想说的是这个吗？”

“对，就是这个！”刀城先生探出身子，似乎有点兴奋，但他随即又用冷静的语气说道，“话虽如此，但异象本身可能不是问题。”

“怎么讲？”

“某些时候，应付异象的人却往往会播下厄运的种子……”

“所谓的‘某人’果然是指藏田甲子婆婆吧？”

“为了让一守家继承人长寿郎氏平安成长，她可是从使用婴儿洗澡水的那一刻起，就不断在各种场合施行各种咒术来守护他了。”

“嗯，我想她在长寿郎少爷身上布下了一切可用的咒术类防御。”

“然而，如此细致入微的她，却在长寿郎氏最重要的某个场合什么也没做……”

“所谓最重要的场合……是指十三夜参礼吗？”

刀城先生摇头。

“啊，是二十三夜参礼吧？”

他再摇头。

“这样的话，剩下的就只有婚舍集会——”

但是，从他那里得到的回应，却是第三次表示否定的摇头。

“但、但是接下来就……难道是三夜参礼？但那时甲子婆婆可是非常周到地——”

然而，我没来得及说明，他已第四度摇头：

“比三夜参礼还要早。”

“还要早……婴儿的时候吗……”

“不对，是出生的一瞬间啊！”

“……”

“《第十章 旅行二人组》中，刀城言耶对高屋敷巡警说过，孩子的死亡率历来就高居不下，生孩子也辛苦，所以人们会对刚出生的婴儿破口大骂，比如‘生了这么一堆粪’‘这个狗娘养的孩子’‘生了个讨人厌的娃哟’等，让世间知道这孩子不是可爱的人类婴儿，使其不被妖魔伤害。因为人在降临这个世界的瞬间，最有可能被邪恶之物缠身。”

“文章里的确是那样写的。”

“但藏田甲子婆婆在最重要的出生瞬间，完全没采取任何举措，是她不懂和婴儿出生有关的那些咒术吗？”

“这……应该不会。”

“我也这么想。懂才是理所当然的。”

“也就是说，甲子婆根本没有守护长寿郎少爷的意思……”

“但你看她在孩子出生后全身心投入的样子，这个说法怎么也无法接受不是吗？”

“嗯……而且把她召回一守家，原本就是为了让富贵夫人平安生产，如果生了男孩一定还会让她担当乳母之职。”

“然而，面对继承人出生这一重大场面时，藏田甲子婆婆行事极为普通，轻描淡写就完事了。和任何地方的产婆没什么两样。”

“为什么呢？”

“怎么想都觉得矛盾不是吗？”

“嗯，很没道理。”

“不过，这样考虑你看如何？其实她做了某件事。但是，由于这件事看起来太自然了，所以我们没能领会其中的含义。”

“究、究竟是哪件事啊？”

刀城先生停顿了片刻，才道：“就是把出生婴儿的性别反过来报。换句话说，明明最初生下来的不是妃女子小姐而是长寿郎少爷，但她却大叫‘是女孩’；妃女子小姐出生时她又说‘第二个是男孩’。”

“……”

“关注一下通报性别的方式，你就会觉得奇怪了。明明众人都盼望生个男孩，为什么她还要大叫‘是女孩！’？当盼望已久的男孩降生时，她的声音却‘沉着镇静、不带丝毫慌乱’。怎么看这反应都正相反啊。”

“这么说，兵堂老爷笑也是……”

“当然是因为生下了期望中的男孩啊。富堂翁和兵堂氏应该事先就从她那里听说了这种咒术。不过之后除了自然会知晓的富贵夫人，他们只告诉了家庭教师佥鸟郁子，余人则一概不曾透露。这么做也是为了保持咒术的效力吧。”

“那样的话，兵堂先生让二守家的异母私生子继承一守家的计划就——”

“根本就没那回事。兵堂氏似乎说过要把妃女子小姐嫁给纮弌氏，从这一点我们就能明白，就算他和二守家的笛子夫人之间有私生子，那也应该是纮弌氏。但亲生儿子又如何？如果纮弌氏成了秘守家继承人，一守家和二守家的关系就会发生逆转。何况二守家还有笛子夫人的丈夫纮达氏在。不管对富堂翁怎样心存叛逆，兵堂氏也不会希望这种情况出现吧。”

“对、对啊……”

“他纯粹是为了男孩降生、后继有人而高兴。”

“可是，那也太……换言之，两人从出生那一刻起就对换了性别，然后就这样被抚养长大啦？也不用做得那么过分——”

“可不可以这么说呢，淡首大人的作祟就是那么强悍。”

“啊……”

“没错，至少富堂翁和兵堂氏，尤其是被请回来的藏田甲子婆婆就是这么认为的。而且淡首大人或许不是唯一的问题。富堂翁有过三个儿子，其中两个在孩童时期就夭折了。”

“一枝夫人对参拜媛神堂十分热心，风传孩子早夭就是源自她的执念……”

“富堂翁知道了姐姐的不轨举动后，命令藏田婆婆无论如何也要让兵堂活下来。而她也用身家性命担保，发誓保护婴儿，抚养他长大成人。据熟知掌故的老人所言，她俩还上演了一场斗法似的激烈交锋呢。”

“甲子婆婆再度被要求做同样的事，而且这次是从婴儿出生前就开始……”

“没错。然后，根据从前的经验，藏田婆婆认为通常手段恐怕无法对抗淡首大人的作祟和一枝夫人的执念。所以她在孩子出生的一瞬间，就设下了非常宏大的咒术。”

“这样一来，就变成了妃女子小姐才是男孩，才是真正的一守家继承人了？”

“是的。因为一开始就颠倒了性别。假如第二个也是男孩，想必也会被当成女孩抚养吧。”

“不对啊，如果两个都是男孩，而且都把他们当作女孩平等抚养，我感觉在逻辑上完全没问题。但这次甲子婆不仅把一守家的继承人取名为妃女子，还布下机关把人们以为会降临到长寿郎身上的各种灾厄引向了妃女子。这样一来，特意施行颠倒性别的咒术不就毫无意义了吗……”

“骗人先骗己，以毒攻毒——我想这就是他们的思路。藏田婆婆认为不做到底就没有胜算，所以才下定了决心吧。再说她想必是预见到了，只要最初颠倒性别的咒术成功，就能筑成最好的防御。”

“按说妃女子小姐是一守家的女儿，却也体弱多病，这不是因为‘她’承担了长寿郎少爷的所有灾厄，而是因为‘她’自己就是男孩，是真正的继承人。”

“同理，长寿郎氏身为男孩体格却很纤弱，也不是因为‘他’是一守家的男孩，而是因为‘他’本来就是个女孩。假如长寿郎氏真是男孩，那么即便有妃女子当替身，也不可能从小到大几乎不生什么病。作为一守家继承人，那也未免太不自然了。”

“确实……”

“这种互换在幼年时期还不要紧，但等他们长大后就出现了种种不良后果。”

“不知从何时起，妃女子小姐变得举止粗鲁态度蛮横，做事也很乖张，您是指这个吧？”

“多半是到了青春期，被迫颠倒性别的负面影响开始显现了。但这时，一守家的女孩中偶尔会出一两个精神失常的狂女的先例，成了最合适的隐身衣。”

“那还不把人逼疯啊。”

“所以藏田婆婆决定在十三夜参礼时让两人换回原先的性别。我想她本来是打算等到二十三夜参礼的。但看到妃女子的情况，她断定无法再维持下去。再说了，从昔日的例子来看，男孩夭亡基本上发生在出生到十三夜参礼之间。”

“那么，十三夜参礼那晚……”

“我们把当天的大致情形从头说一遍吧。”这时，刀城先生喝了一口早已变凉的茶，“支走斧高君后，长寿郎氏和妃女子在祭祀堂恢复了原貌。此时两人已互换身份，为便于理解，我用‘长寿郎（女）和妃女子（男）变成了长寿郎（男）和妃女子（女）’来表述。”

“这样一来，名字和性别终于一致了。”

“不过，这不是第一次。三夜参礼时藏田婆婆也把两人换回去过。考虑到那天是参拜淡首大人的特殊日子，那么做实在很大胆。那也证明藏田婆婆对平日里所施咒术的效力是如何地自信。因此，她认为不在三夜参礼这个特殊的日子实施大型咒术会显得不自然，制造了替换两人性别的假象，然而其实是换回了原样。连淡首大人也完全……不、不，还是别信口开河的好。”

不知刀城先生此言是否出自本心，但是，看他脸上露出了少许畏惧之色，我用力点了点头以示鼓励，接住他的话茬：

“也就是说，十三夜参礼时，最先从祭祀堂出来的是长寿郎（男）啊。”

“斧高君说过，长寿郎少爷登上石阶也好，走过参道也好，都与平时的稳重步伐大相径庭，步履比平常快了很多。而且，他看到长寿郎（男）的裸体后，感觉意外地粗壮，因此受到了冲击。另外，差点被发现的那一次，长寿郎（男）一边喝问一边来近旁查看时，那强有力的呼喝和脚步声，使斧高感到他已不是自己熟知的长寿郎。”

“因为以前是长寿郎（女），现在换成了长寿郎（男），所以其中的差异一下子就显现出来了吧。”

“何况那天还是个月黑夜。在手提灯笼的状态下只能照到腰部至脚的部分，几乎看不清最关键的脸。”

“那么是长寿郎（男）在井边做祓禊的时候……”

“嗯，事先隐藏在附近的纮弌现身了，他猛击长寿郎（男）的后脑勺或其他地方，把他推下了井。当然这是为了制造以前发生过的事故再度上演的假象。”

“那时高屋敷还没到东鸟居口。”

“所以媛首山不是密室，纮弌氏没有不在场证明。高屋敷巡警在东鸟居口看到纮弌氏时，正是他结束作案从御山出来的时候。”

如果丈夫生前知道这件事……刚想到这里，我又感到他没能查出真相就去世，不也很好吗？

“纮弌氏的动机恐怕是想让哥哥纮弌氏成为一守家继承人，以便身为弟弟的他将来大捞好处吧。他自己无意担当责任重大的一把手，但可以在哥哥下面当个二把手，轻松获取财富和权力。这计划很符合他的作风。”

“动机能理解。但是作案时，躲在近旁的斧高一点也没注意到长寿郎（男）遇袭后被推入井中吗？”

“由于见到长寿郎(男)的裸体后深受打击，斧高在树后捂住双耳，闭上眼睛，就一直这么蹲着，完全处于视听封闭状态。”

“啊，没错……”

“不久之后斧高平静下来，听到有人在境内玉砂利上走动的声音，以为一定是做完祓禊的长寿郎（男）正向媛神堂走去。但其实这是纮弌氏逃离作案现场的脚步声。”

“在他后面来的人是谁？”

“当然是妃女子（女）。对了，再后面来的那个自然也是妃女子（女）。”

“这、这是怎么回事？”

“妃女子（女）在长寿郎（男）后动身前往媛神堂，到了井边她正要做祓禊。我想就是在这个时候，她发现了被推下井的哥哥。与此同时，她也注意到有人正躲在暗处窥探自己。”

“因为斧高叫出声来了吧。但、但是，他叫出声是因为……”

“嗯，是因为她没有头。这很可能是因为她披着黑色头巾，就和婚舍集会时三位姑娘披的那个一样。”

“为什么要披那个呢？”

“恐怕是藏田婆婆的指示。你听我说，在长达十三年的岁月里，妃女子（女）一直在以长寿郎（女）的身份欺瞒淡首大人。由于要换回身份参加十三夜参礼，藏田婆婆一定叮嘱过她，必须披上头巾直到仪式平安无事地结束，或直到进入婚舍为止。因为只要一看脸，就知道这是长寿郎氏。”

“黑色头巾混杂在黑夜中，看上去就像没有头……”

“是的。妃女子（女）发现了躲在树后的斧高君。虽然不清楚他看到了多少，但从他惊恐的样子知道情况非同小可。然后，考虑到自己的装束和周遭状况，妃女子（女）不难推断出，斧高君误以为自己看到了首无。即使事实并非如此，但若是在这里惊动了众人，不仅一守家的秘密会被曝光，继承人已死的消息也会传开，长年来的辛劳都将化为泡影。于是她急中生智决定要个花招。在短时间内，而且还是在形势如此逼人的状况下，她迅速拟好了计划，真了不起。”

“于是她走回参道，再度以妃女子（女）的身份登场了？”

“对。这次她取下了头巾，不过妃女子应该有一头长发，所以为了掩盖没有长发的事实，她拿手巾包住了头。她打算通过这些举动让斧高君相信，第一个人不是她而是首无。因为对方毕竟只是个六岁的孩子嘛。”

“接着她做完祓禊，走向了媛神堂。”

“这就是斧高君第二次听到的踩在玉砂利上的脚步声。”

“那时妃女子（女）左手提着像人头一样的东西是什么？”

“是长寿郎（男）搁在井边的灯笼。”

“啊……”

“纮弌氏袭击他的时候，灯笼里的火一定是熄灭了吧。如果就这样放着被斧高君看见的话，可能会让他起疑心，所以只好带走。她很可能是用长寿郎（男）遗留的衣物包住了灯笼。”

“这么说妃女子（女）——”

“进入媛神堂完成仪式后登上了荣螺塔，这时她灭掉了灯笼的火，制造出妃女子（女）遭遇变故的假象。然后她匆匆赶到前婚舍，穿上带来的长寿郎（男）的衣服，恢复了长寿郎（女）的形象。”

“所以在斧高看来，妃女子（女）就像在荣螺塔中消失了一样。”

“当然了，长寿郎（女）压根儿就无意表演什么密室状态中的消失。她只是要在斧高君看不到的地方从妃女子（女）变成长寿郎（女）。想做到这一点，只有以妃女子（女）的身份进入媛神堂，别无他法。”

“由于斧高一直注视着媛神堂，结果就变成了诡异的消失剧。”

“不过，当时斧高君看到了很有意思的一幕。”

“什么？”

“灯笼的火光在荣螺塔顶消失后，前婚舍外间的灯亮了起来。这不是很奇怪吗？如果长寿郎（男）先前已进入前婚舍，从一开始那里就该亮着灯不是吗？”

“也可以理解为人在里间，所以熄掉了外间的灯……里间的灯火情况如何？”

“斧高君人在北侧，视线被一棵大树挡住了，所以就算里间一团漆黑，他也不会知道。”

“确实。”

“复归于长寿郎（女）的她，走出了媛神堂。那时她已发现可疑人物——也就是斧高君，但没有加以喝问。这不是很奇怪吗？明明在井边时长寿郎这样做过。”

“因为人不同了嘛。”

“嗯。而且当时长寿郎细细审视着斧高君的脸，见他一句话也说不上来，神色又转为不安，还问他‘不要紧吗？还认得出我吧？’。其实她是在拼命试探自己演的这出戏有没有被看穿。”

“原来如此。”

“而且，关于长寿郎（男）井边被褉这一节，当斧高君说‘果然那时候少爷没有发现我吧？’时，她大为震惊。当错解其意的斧高君否认说‘我没看’时，她就借口说‘我只是没想到旁边藏着人，所以有点吃惊’。这不是很奇怪吗？明明那时长寿郎喝问了一声‘是谁！’，还四处查看来着。”

“这也是因为人不同了吧？”

“我想当时长寿郎（女）慌了，因为她不知道长寿郎（男）落井前做了什么，斧高君又看到了多少。于是她吩咐斧高君把离开祭祀堂到此刻为止的全部所见所闻都说出来。”

“听了斧高自述的经历，她断定不会有问题了。不过，考虑到斧高喜欢长寿郎（女），说出真相求他帮忙不是更省事吗？”

“对方只是个六岁的孩子啊。毕竟不能凭一己独断，就把一守家的未来交于斧高君之手。她让斧高君捎去那句奇妙的留言就是明证。”

“啊？就是那张通知妃女子落井的便条吗？”

“没错。内容是‘妃女子落井。我让小斧儿给你们传话。这不是谎话也不是玩笑。长寿郎’。”

“哪里奇妙了？”

“为什么要特别说明‘我让小斧儿给你们捎信’呢？明明捎信来的千真万确就是斧高君。”

“为什么呢？”

“因为只有长寿郎（女）才会用‘小斧儿’这个称呼。通过这个称呼，她向兵堂氏等人传达了一个信息，便条的署名‘长寿郎’不是换回身份后的长寿郎（男），而是一直以来的长寿郎（女）。换言之，落井的人是长寿郎（男）。”

“难怪兵堂先生和甲子婆的反应有点奇怪。”

“佥鸟郁子女士提醒完全处于震惊状态的两人，长寿郎少爷还在境内——当然此处是指长寿郎(女)，这时藏田婆婆一不留神说了句‘老爷，长寿郎少爷还在呢’。明明长寿郎才是中心人物，可她却用了个‘还’

字。真要用这个字，就该说成‘妃女子小姐还在’，否则就很奇怪了。”

“难怪从井里打捞尸体的时候，不能让用人们看。”

“在那之前，藏田婆婆用准备好的线香和蜡烛完成了简单的超度。但是，她拿念珠非常自然，可为什么还需要拂尘呢？”

“这么说来……”

“那不是拂尘，而是藏田婆婆在祭祀堂把妃女子（男）变回长寿郎（男）时，从他头上剪下来的长长的黑色发束啊。”

“原来如此。斧高之所以把长寿郎（男）认成了长寿郎，是因为他的头发和长寿郎（女）一样短。”

“对。就算天太黑看不清脸，有没有长发还是能辨认出来的。”

“原来是甲子婆婆在打捞尸体前，把剪下来的头发撒到井里去了。”

“就为强调死的是妃女子小姐。”

“迅速办完妃女子（男）的葬礼也好，实行火葬也好，都是为了防止身份暴露吗？”

“是的。由于长寿郎（女）举止一如原样，原本不必如此担心，不过作为当事人一方，还是希望慎之又慎吧。”

“那尸体没有头的传言呢？”

“把尸体从井里捞出来的溜吉先生和宅造先生，在接受高屋敷巡警问话时什么也没说。关于头发的事，巡警也是从斧高君那里听到的。由此可见，两名用人严格遵守了兵堂氏的吩咐，不但在打捞过程中闭上了眼，后来也没说一句多余的话。”

“是啊。”

“另一方面，葬礼刚结束，曾坚决拒绝验尸的富堂翁不但允许高屋敷巡警搜查，甚至还显出了合作的姿态。就在那时，传出了其实是一具无头尸的流言。而且，更有流言说其出处就在一守家。”

“啊！难道是富堂翁自己……”

“实际传播流言的是藏田婆婆吧，当然这是受了富堂翁的指示，作为应付村民的一种障眼法。不需要让人们真的相信是淡首大人在作祟。其最大目的，归根结底是想通过散布谣言，让人们以为十三夜参礼那晚发生了变故，妃女子小姐死了。”

“但是，这个谣言却让我和丈夫起了疑心，怀疑被害者是否真是妃女子。”

“这也叫造化弄人啊。不过，富堂翁和藏田婆婆根本不可能想出无头尸替换诡计之类的东西。”

“那倒也是。啊！这么说，甲子婆婆送到不启仓的饭菜是……”

“我想可能是给铃江姑娘的吧。”

“铃、铃江！但是，为什么……”

“离开一守家的那天，她和斧高说了很多知心话。我想一定是被藏田婆婆听到了。”

“这么一说我想起来了，当时斧高好像看到了一个人影。”

“铃江姑娘本人似乎没有意识到，她的话里含有和双胞胎秘密相关的重大信息。藏田婆婆是这么想的吧，如果就这样让她出了村，回到八王子的老家在那里乱说一气，可就麻烦了。”

“所以就把她关起来了？”

“是的。不过我想时间不长。当藏田婆婆知道她不会回老家，并断定威吓已充分奏效时，就悄悄放她离村了吧。”

“我还以为铃江姑娘就这样一直……”

“嗯，这种可能性也不好完全否定，但不管怎么说，监禁的日子越长，就越可能被用人发现。既然如此，不如干脆处理掉……”

“不、不会吧！”

“事实如何我也不清楚，但形势还没到迫不得已的地步，所以很可能是给了点封口钱，威胁她不许再回村子后，就解除了监禁吧。”

“就、就当是这么回事吧。”

“十三夜参礼后，听说妃女子小姐落井身亡，又当真见到了长寿郎（女）本人的纮弍氏，想必是大为震惊。”

“可不是吗。就算天黑看不清脸，那也是在看清男性裸体的情况下动的手，谁知杀掉的人却变成了妃女子。”

“他是否立刻领悟了其中的奥妙呢？这个问题姑且搁置，总之不久他就发现了一守家双胞胎的秘密。”

“是在战后发现的吗？难怪那时纮弍开始接近长寿郎（女）了——”

“不，在战后接近她是因为纮弍氏战死了。”

“怎么说？”

“本来他恐怕是想等哥哥复员并稳定下来后，寻觅适当的时机揭穿双胞胎的秘密，实施当初的计划。所以战中他还只是遮遮掩掩地接近长寿郎（女）。然而哥哥却战死了。”

“原来如此。归根结底是因为他本来可以当一个只管捞好处的二把手，谁知现在计划受挫，所以就想着去敲诈长寿郎（女）吧。”

“但是，如果做得太露骨，无异于承认自己杀了人。结果，他想取巧利用长寿郎（女），让自己轻松过上安稳日子的意图，表现出来却成了他和一守家继承人若即若离的怪异举动。”

“一守家为什么不快点公布斧高的真实身份呢？”

“当然是因为害怕淡首大人的作祟啊。”

“怎么会……”

“他们肯定是想隐瞒下去的，直到斧高君迎来二十三夜参礼那一年。所以硬是连他的十三夜参礼都没举行。因为斧高君之后已再无退路，富堂翁也好，藏田婆婆也好，想必都已经豁出去了。妃女子（男）死后，斧高君似乎成了长寿郎（女）的专属仆从，工作变得异常轻松，就是因为存在这样的背景。”

“在浴室出现的首无也……”

“是长寿郎（女）。我想，在十岁出头以前只要遮掩下半身就能瞒过去，但是胸部渐渐隆起后就难了。而在日常生活中最需要操心的地方就是浴室。想必后来她再也不能在热水里舒舒服服地泡澡了。”

“所以就在所有人都已熟睡的半夜——”

“不过，谨慎起见，进浴室时她还是带了一条黑色头巾。当时她听到后院有动静传来。因为斧高君踩到了枯树枝。迅速披上头巾的她，慌张地想要从浴室出来。而斧高君看到的正是这一幕。”

“之后侵扰斧高的怪异现象呢……？”

“怎么想都只能是他的幻觉或噩梦吧。长寿郎（女）为今后打算，逮住这个好机会吓唬他的说法也行得通，但她疼爱斧高君是事实，所以怎么也不会做出那么过分的事吧。鉴于受惊吓的是一个六岁孩子，相较而言，把怪异现象解释成他后来做的一场噩梦要自然得多。”

“话说回来，也真难为她一直没让斧高察觉啊。妃女子（男）死后，斧高不是成了长寿郎（女）的专属仆从吗？”

“话虽如此，但日常生活仍由藏田婆婆负责照料。换言之，她们不会让斧高君介入有可能暴露女性身份的场合。”

“原来如此，呼……”我深深叹了一口气，“那么……其实斧高没有特殊性取向吧？”

“真实情况我也不太清楚。不过，鉴于他曾被江川兰子小姐吸引，可以认为他不是同性恋。在斧高君看来，成人后的长寿郎氏是一个充满中性魅力的美男子，所以他被女扮男装的兰子小姐所惑也就不难理解了。但是，他明知兰子小姐是女性，即便如此还是被她吸引，这和同性恋毕竟还是略有不同吧。”这时刀城先生突然露出意味深长的表情，“对了——”

“什么？”

“斧高君来到媛首村一守家后的一年多，其间记忆非常模糊，唯独十三夜参礼中发生的变故却化为异常鲜明的影像，深深印入了他的脑海。这不正是因为在那天晚上他成了一守家的继承人吗——这样解释过于异想天开了吧……是不是？”

“但、但是，他不可能知道……”

“当然不可能，正是因此，我才从中感觉到了某种可怕的东西。”

我俩互相注视着，沉默了片刻。

“啊，我去沏新茶——”

“不、不用了，我自己来。”

刀城先生扬手制止已站起身来的我，同时点着了身后放有茶壶的煤气灶。水沸腾后，他再次拦住我，迅速沏好了两人份的茶。每次我都慢了一拍……

“真对不起。谢谢您沏的茶。”

“别那么过意不去。我一个人旅行惯了，结果养成了什么都自己来的毛病。”

“不，我是在想……明明您是客人。”

“啊啊，我常被人这么说，明明拿你当客人招待，猛然一回神才发现已经像是自家人了。”

刀城先生露出亲昵的笑容，开玩笑似的说道。想必这就是他从初次见面的人那里也能打听出怪谈的诀窍，也是他遭遇案件时得以发挥侦探才能的根本原因吧。

“言归正传，到目前为止都是对十三夜参礼事件的解释。”

“刀城先生，您不累吗？”

我知道先生打算继续解说媛首山连环杀人案，不禁有点担心。不，我还是实话实说吧。因为光是听了先生刚才的那些话，光是想到接下来不知还会从先生口中说出怎样的事实，我就已深感恐惧。

“而且，像上次那样姑且在这里中断，把媛首山命案的解说留到下一回，连载效果不是会更好吗？”

“哈哈哈……啊呀，您可真是将了我一军啦。不过说句任性的话，既然我已经开始解析案情，不进行到最后我是不会善罢干休的。如果原稿显得过长，您也可以在这几段内换章——”

“不，没关系。解谜部分还是让读者一口气读完比较好。”

我下定了决心。事已至此，只能奉陪到底了。

“那好，接下来我想进行媛首山命案的解说。”

“有劳了。”

“说起一守家历代继承人的新娘，惯例是从二守家、三守家，以及秘守家的‘远亲团’中各挑一名候选人。在某些时候和场合下，一守家也会主动点名，但这种行为非常危险，会在秘守一族中播下不满的火种，所以向来很少发生。”

“确实如此。”

“然而，据说一守家对长寿郎的新娘问题早已有所动作。啊，从现在起妃女子（男）和妃女子（女）都不太会登场了，所以和以前一样我用长寿郎氏来称呼——当然其实是女的。”

“嗯，这样的话我说着也方便。关于长寿郎少爷的新娘，一守家是想物色一个明知长寿郎是女人也会和她假结婚的人吧？”

“想来不会有错。但是物色新娘的举动遭到了一枝夫人的强烈反对。这时，长寿郎氏说服富堂翁和兵堂氏，准许古里毬子姑娘参加婚舍集会。”

“你是说长寿郎少爷……不，是她向毬子小姐吐露了自己的秘密？”

“这个应该不会。也许她们有过频繁的书信往来，但毕竟不会在信里说那种事……”

“那么她是想当面劝说毬子小姐吗？但是，这样更危险啊。”

“确实，在婚舍集会上，长寿郎氏第一次见面就打算立刻游说对方。不过，这是因为她心中有胜算。”

“啊？什么胜算？”

“就是古里毬子姑娘和自己一样，也是同性恋。”

“……”

“所以她认为，关于假结婚只要说明情况对方自会接受。当然，提出支援毬子姑娘创作这一理想的交易条件，也在她的打算之内吧。”

“请等一下，所谓毬子小姐和兰子小姐之间似乎颇为暧昧，虽然只是谣言，但在当时的文坛也是流传甚广。但要说长寿郎也是……”

“引她入门的正是佥鸟郁子女士。”

“啊……”

“应该这么说吧，是她引诱长寿郎氏走上了这条路。佥鸟女士在她任教的女校引发的问题，多半是指她和女生之间的不伦关系。正是因此，她再也无法以教师身份立于讲台之上。”

“富堂翁明明知道这件事……”

“却宁可捏住她的把柄大作文章。虽然他压根儿都没想到她竟会去诱惑长寿郎氏吧。不过对一守家来说不可或缺的是妃女子（男），所以即使发觉也可能根本不放在心上。”

“但郁子老师真的是……”

“婚舍集会当天，她对三位新娘候选人明显流露了嫉妒情绪。”

“但是，另一方面她又祈求淡首大人让长寿郎少爷死。”

“这种状况不正是所谓的爱恨交加吗？大约从婚舍集会的一年前开始，长寿郎氏和佥鸟女士的关系就出现了问题。正好在那个时候不是吗？有一个叫丝波小陆的作家加入了《怪诞》杂志，开始发表一些赤裸裸地描写女性师生间关系的耽美小说，譬如女校老师和学生，在避暑地度过夏季的千金小姐和家庭教师，钢琴或小提琴导师和徒弟等等。”

“啊？这么说，那个丝波小陆是……”

“正是佥鸟郁子女士。我想她是把过去工作时的经历，恐怕还有和长寿郎氏的那些事都写成了小说。当然，那是为了让她的学生读到。也许这是她表达爱情的独有方式，但长寿郎氏却对此十分恼怒。”

“并非完全不能理解，但这种表达爱情的方式相当扭曲不是吗？不过，光靠这个契合点，就认为那位作家是郁子老师是不是……”

“佥鸟郁子的拼法是‘MINATORI IKUKO’，把字母重新排序后就得到了丝波小陆的拼法‘ITONAMI KORIKU’。”

“啊，我真粗心。”

“哪里。不过，斧高君的存在可能影响了她对长寿郎氏的爱恨的转化。”

“是因为亲生儿子的缘故吗？”

“说实话，我不太清楚她的心理。但我总觉得她希望长寿郎氏死去，不光是因为两人之间的感情问题。不说别的，她还把许愿的事告诉了斧高君呢。”

“假如郁子老师是同性恋，那她和兵堂先生的关系……”

“让她很痛苦吧。这应该不是两厢情愿。”

“难道是为了报复，所以才把长寿郎……”

“你要这样说，我可真没辙了。但她有这种性取向是毫无疑问的，所以就算没有兵堂氏的侵犯，我想她早晚也会……”

“婚舍集会时究竟发生了什么？”我再次做好了最坏打算，请求刀城先生解说关键部分。

“长寿郎氏误以为江川兰子小姐和古里毬子姑娘的关系，与她和佥鸟女士的一样。在持续书信往来的过程中，她对毬子姑娘的为人也有了一定了解。就在这时，她得知毬子姑娘想离开兰子小姐自立门户，便邀她来婚舍集会，打算提议让对方和自己假结婚。在长寿郎氏看来，对方绝不会强烈拒绝。”

“然而发生了意想不到的事？”

“嗯。事实上发生了什么已是不解之谜，很可能毬子姑娘面对长寿郎氏的逼迫，表现出了惊人的抗拒反应。结果发展成互相推搡，长寿郎氏被推开时，后脑撞中了里间的柱子，不幸身亡。”

“这么说……”

“是的。在中婚舍发现的全裸无头女尸是长寿郎氏，而凶手则是古里毬子姑娘。换言之，此处上演的正是无头尸诡计中最为基本的模式——加害者和被害者的互换。”

“毬子小姐为什么要……”

“她没有其他办法可想。虽说是意外，但她确实杀了长寿郎氏。想逃走吧，可既然北鸟居口有高屋敷巡警守着——竹子小姐注意到了，所以毬子姑娘应该也知道吧——于是她推测东面和南面可能也有人监视。而且，就算逃走，自己即凶手也是一目了然的事。我想那时她脑中一定闪出了两个天才的灵感。”

“什么灵感？”

“其一，恐怕只有一守家的个别人知道长寿郎氏是女性，而且他们绝对不想公开此事。其二，江川兰子老师正在来媛神堂的路上。”

“于是毬子小姐为了让人们误以为长寿郎的尸体是她自己，就砍下了头脱下了衣服？”

“对。不过身为同性毕竟于心不忍。用包袱布遮掩尸体下身，这个与残忍的斩首行为格格不入的举动，就是她的心情写照。”

“到这里为止我都能理解。但兰子小姐是怎么牵扯进来的呢……”

“当然是作为无头尸牵扯进来的——马头观音祠里发现的那具全裸无头男尸。”

“……”

“长寿郎氏是女性，而江川兰子老师实为男性。所以他不可能和毬子姑娘陷入同性恋关系。换言之，毬子姑娘在信中说大家会吃惊，其意不在女扮男装，而是指兰子老师是一位拥有女性笔名的男作家。在命案中被带走的不是毬子姑娘的头，而是真正的兰子老师的头。”

“那出现在媛神堂的兰子小姐是……”

“古里毬子姑娘。”

“……”

“来梳理一下吧。只把长寿郎氏的尸体伪装成自己的尸体，解决不了根本问题。如果她熟悉那里的地形，应该会迅速逃出村子，让人们以为凶手就是长寿郎氏，但是她办不到。于是毬子姑娘和长寿郎氏做了一次互换后，想出了和兰子氏再度互换身份的方案。如此一来，她就能在长寿郎氏被当作古里毬子姑娘、江川兰子氏被误认为长寿郎氏的基础上，取代江川兰子氏。这个双重替换的主意不仅能助她度过危机，对于希望成为作家的她来说，正所谓是一石二鸟。”

“想得那么深远……”

“既然能在情急之下制订出如此厉害的计划，我想将来的事她也早就预想过了。”

“但是，您说兰子曾是男性，可有什么证据？此人确实极为孤僻，所以隐瞒性别之类的或许不是难事，但……”

“长寿郎说过，江川兰子氏‘假如生逢其时，据说能当个侯爵’。这事想必是从毬子姑娘的信里得知的，而本文的《幕间（三）》里刚巧有个很好的例子可供参考。就是在涉及刀城牙升的地方，有一段说到‘身为长子的他，拒绝接受成为户主并继承公爵之位的使命’。换言之，爵位这种东西，事实上必须由家中的嫡长子继承。而长寿郎氏不懂这种贵族制度。”

“那这位兰子究竟是……”

“就是被认为已经去世的哥哥兰堂氏啊。不过，哥哥对妹妹的溺爱恐怕是真的。正因为这样，他才把亡妹的名字用在自己的笔名里。‘江川兰子’这个名字也很奇怪，稍加思考就能明白。”

“哪里奇怪了？”

“兰子氏——啊，今后就这样吧，名字后加‘氏’指身为男性的真正的江川兰子，称呼‘小姐’时指古里毬子姑娘假扮的冒充者。假设这位兰子氏不是哥哥而是妹妹，便不难理解随笔里提到的说法，即为了保留两人的共通字‘兰’，只有下面的名字用了本名。只是，既然如此为什么要取‘江川’这个姓呢？”

“咦……那不是从乱步老师的合集——”

“长寿郎也指出过，乱步的《恐怖王》和系列作品《恶灵物语》中有一个也叫‘大江兰堂’的侦探小说家。假如要追忆亡兄，就该取名为‘大江兰子’啊，或是直接使用‘江川兰堂’这个男性名字。”

“之所以取名‘江川兰子’，是因为死的不是哥哥而是妹妹……”

“对，这么一想，笔名的事也就能理解了。”

“但警方应该对兰子的身份做过一番调查吧。”

“文中写道，调查极为慎重，是通过一位代代侍奉其家族的顾问律师进行的。既然如此，就算面对的是警方，我也难以想象这位律师会公开作家‘江川兰子’的秘密。”

“联络律师当然也是由秘书毬子小姐来做的，所以不会有任何问题？”

“恐怕是——”

“对了，砍头的动机我明白了，但有什么必要弄成全裸……啊，我明白啦，尸体如果穿着长寿郎少爷的衣服，可就大为不妙了。”

“这是第一项理由，此外另有一个非常重大的动机。”

“另有？”

“那就是记住长寿郎氏的身体特征，做证时把它们当作毬子姑娘的特征来描述。”

“……”

“兰子小姐开始向高屋敷巡警描述毬子姑娘身体特征的细节时，藏田婆婆似乎‘情不自禁地倒吸了一口冷气’。因为那些都是长寿郎氏的特征。可以说，兰子小姐和一守家以富堂翁为首的三人瞬间达成了默契，建立了同谋关系。也就是说，罪犯和被害者家属暗自联起手来了，完全不需要语言交流。”

“原来弄成全裸竟含有这样的双重意义。不过既然如此，把换下来的衬裤留在现场也没……”

“是没关系，但为了掩饰某个异常举动需要这么做。”

“异常举动？”

“就是把侦探小说抛入森林的举动。只有书的话会很显眼，所以需要和其他东西一起扔。”

“不，话说为什么要把长寿郎少爷的侦探小说往森林里——”

“那些书大多不是长寿郎氏的藏书。她的书在其中只占三本吧。”

“啊……那余下的书是？”

“是江川兰子氏的书。准确地说，是他当天作为礼品带给长寿郎氏的书。”

“不是以前寄来的书？就算是这样吧，又有什么必要扔进森林——”

“为了在旅行包里腾出放两颗人头的空间。”

“……”

“斧高君毫不知情地把放有长寿郎氏和兰子氏人头的包，从媛神堂搬到了一守家。”

“不会吧……”

“‘雄鸡社推理丛书’的《小栗虫太郎》卷和新树社范·达因的《主教谋杀案》，作为长寿郎氏正在阅读的书被交到高屋敷巡警手中，它们没有被丢进森林。因为兰子小姐无论如何都需要这两本书做道具，好让警方把兰子氏的指纹误认为长寿郎氏的指纹。钢笔也是如此。最初那是兰子氏常用的钢笔——就放在西装口袋里吧，却摇身一变成了赠送给长寿郎氏的东西了。说起来你不觉得奇怪吗？长寿郎氏第一次给江川兰子氏写信时，回信是由古里毬子姑娘寄出的，之后也是两人之间在保持通信。然而兰子小姐说得倒像是自己和长寿郎氏有过频繁书信往来似的。”

“确实啊。”

“我说兰子小姐和一守家的三人是同谋关系，但他们总不能碰头商议吧。所以一听到她要把长寿郎氏的书和钢笔交给高屋敷巡警，一守家这三位的表情立马阴沉下来，连看她的眼神也起了急剧的变化，流露出责怪她多此一言的意思。也正是因此，在指纹鉴定结束，尸体被认定是长寿郎氏时，三人的反应就像是卸下了承重已久的包袱。”

“只是想象一下那两个场景，就觉得气都快透不过来了。”

“其实‘雄鸡社推理丛书’里也有线索。日本作家一人一作共出版了九本书，但后面的七位国外作家没有出。这些书后来以‘雄鸡推理’的名义，只出版了其中三本，即艾德蒙·克莱里休·本特利的《特伦特最后一案》、伊登·菲尔波兹的《红发的雷德梅因家族》和弗里曼·威尔斯·克劳夫兹的《桶子》。其实余下的四本里就包括范·达因的《主教谋杀案》。换言之，如果兰子氏真的把日本作家的九本书寄给了长寿郎氏，而长寿郎氏因此打算把‘雄鸡推理’未出版的国外作品给毬子姑娘看的话，她当然应该会把《主教谋杀案》也带去。”

“实际情况如何呢？”

“兰子氏把日本作家的九本作品和《主教谋杀案》放在旅行包里，而长寿郎氏则用包袱布把《特伦特最后一案》《红发的雷德梅因家族》和《桶子》三本书包了起来。长寿郎氏离开祭祀堂之前，斧高君曾看见她手里捧着一个淡紫色包袱。被抛撒在森林里的侦探小说共有十一本。假设长寿郎氏的包袱里真有那么多书，无论如何也是捧不了的。”

“兰子小姐回东京后，提交的毬子小姐的物品呢？”

“是她偷偷从长寿郎氏的书房拿走的、可能沾有长寿郎氏指纹的东西吧。正是因此，兰子小姐才要在案发的第二天早晨起，就一直待在长寿郎氏的书房里。”

“然而她居然没有暴露。还是古里毬子的时候，她的脸至少被竹子小姐、华子小姐、甲子婆婆和斧高看到过啊。”

“是浓妆帮了她的大忙。在东面的手水舍留有清洗过毬子人头的痕迹，事实也正是如此。不过不同的是，洗脸的是活着的本人。”

“卸妆换上男装后，给人的印象确实会大不相同吧。”

“化的妆里也含有线索。见过兰子氏的车站工作人员做证说，明明是个男人却化着淡妆。就这层意义而言，兰子氏可能是在假扮男装丽人。但是，高屋敷巡警在媛神堂前和兰子小姐对峙时，她却是素面朝天。”

“因为人不同了。”

“另外，毬子姑娘的头发‘对女孩来说太短’，而兰子氏呢，‘说是个男人吧，头发也太长了点’。换言之，毬子姑娘摇身一变成了兰子氏，也一点都不奇怪。”

“卸下浓妆，摘下大耳环，再戴上软帽的话，就瞧不出毬子小姐的模样了吧。”

“而且竹子小姐和华子小姐一开始就没把古里家的姑娘放在眼里，藏田婆婆在长寿郎氏的新娘正式决定前对三人也都是一视同仁吧。如果说兰子小姐需要注意谁，那也只有斧高君。”

“而他也完全没跟毬子小姐说过话……”

“不过，如此厉害的兰子小姐毕竟也感到了不安。所以斧高君和高屋敷巡警在媛神堂现身时，她才会目不转睛地观察他的反应。这与长寿郎早年在十三夜参礼时所做的如出一辙。顺便说一句，手水舍里之所以留有血迹，我想是因为她在那儿洗过手——杀害兰子氏时被弄脏的手。”

“即便如此，也未免太大胆了吧。而且她还和甲子婆婆说过话。”

“毬子姑娘是怎么与兰子氏相识的？”

“那个嘛……啊，是演戏……”

“也许只是业余演出，但毬子姑娘的演技至少应该比一般人强。换言之，她具备这方面的素养。”

“马头观音祠之所以成为犯罪现场，是因为毬子小姐要在那里伏击兰子氏吧？”

“对。就算兰子氏走过了祠堂，说一句想给你看样东西，他也会折回来。兰子氏对石碑上的文字很感兴趣，如果告诉他祠堂里有稀罕的东西，他会毫不起疑地来探个究竟吧。”

“趁这个机会，凶手从后面靠近，击打了他的后脑？”

“嗯。不过在那之前，她应该慎重地打听过，兰子氏从车站来媛首山的途中，有没有遇到过谁，说过什么话。如果接触过什么人，毬子姑娘当然得事先有个了解。兰子氏不爱和人交往，一般不会有问题，但我想她一定会考虑周全，以防不测。”

“所以毬子小姐才知道东守有入间巡警在，也知道那是一位‘年轻的巡警先生’。”

“和竹子小姐等人一样，她也注意到北守的鸟居口有巡警潜伏。

她肯定心里存了戒备，担心东守也有人，所以我认为她对这一点特意做过确认。”

“那么击打兰子氏的凶器呢？”

“凶器是斧子吧，不过并没有用很大的力气。”

“为什么呢？”

“因为如果击打过猛，就会出血把衣服弄脏。”

“所以……”

“所以他的头被砍下来时还一息尚存。让对方失去自由行动的能力，脱掉他的衣服是最先需要解决的问题。因为杀害兰子氏的最大动机无非是想获取他的衣物，这比让大家误认他的尸体是长寿郎更为重要。兰子氏‘虽是男性，但肌肤白皙，体态也很纤细，怎么也看不出是二十三岁的男人’，所以就算是身为女性的毬子姑娘，想必也能穿这身衣服。只是，鞋子似乎不太合脚，登上媛守神社的石阶后，她忍不住漏出了一句实话，‘尺寸虽小毕竟是男式的鞋，所以就是穿不惯啊’。”

“鞋子确实和衣服不同，不容易蒙混过关。”

“伊势桥医生曾指出，‘凶手可是急着把头砍下来的，甚至连人断气都等不及’，现在我们知道她的目的只是剥下衣物，正和这种状况相符。”

“那么刀城先生认为，毬子小姐杀害兰子氏只是为了穿上他的衣服，冒充江川兰子吗？”

“只有这个方法才能救她脱险。当然恰好在那时，两人之间出现了种种不和，因而可以认为其中存在着某种导致杀意萌发的因素。也许正是因此，毬子姑娘杀害兰子氏时并不怎么犹豫。”

“可不是吗，我觉得肯定有一些只有她俩才明白的隐情。”

“关于秘书的事，当斧高君担心自己能否取代毬子小姐胜任这份工作时，兰子小姐说，江川兰子这位作家也太依赖毬子姑娘了，环境对兰子氏而言太过舒适，但对毬子姑娘来说相当恶劣。而且她甚至断言，毬子姑娘明明有能力成为作家，但她不仅没有机会，还被兰子氏剥夺了机会、扼杀了萌芽。随后她总结说‘假如两人的关系就那样持续下去，也许会变得更加险恶……’。我们可以认为，此处隐藏着凶手毫不迟疑杀害兰子氏的动机。”

“噢……这么一来，我心里稍稍明朗了一些。对不起，问了一句多余的话。”

“哪里，这件事其实很重要……之后高屋敷巡警在犯罪现场让众人确认身份时，藏田婆婆明明在前婚舍念过经，但在马头观音祠里却什么也没做。只吊唁毬子姑娘的遗体，而长寿郎氏的遗体则不管不顾，这也反了不是吗？”

“原来如此……”

“另外，藏田婆婆对长寿郎氏的死没有显出过多的悲伤，斧高君把这理解为她太悲伤了，但实际上是因为长寿郎氏早在十年前就死了。这一点从富贵夫人的言行中也能窥得一二。亲族会议上，当斧高君是兵堂先生和佥鸟女士所生一事被披露时，她说‘对我来说，自从长寿郎死后，一守家也好继承人也好都已经无所谓了，没有兴趣了’。可是案发后才过了三天，‘自从长寿郎死后’的表述方式不是很奇怪吗？”

“和甲子婆婆一样，富贵夫人心里也存有‘十年前’的意识……

那么，迅速办完葬礼的理由和妃女子（男）那时如出一辙对吗？”

“对。不过葬礼之所以简陋，是因为那尸体不是一守家的人吧。”

“都到了这时候还要差别对待……”

“案子的起因不就是秘守家根深蒂固的差别对待吗？”

为了拂去不由自主消沉下来的情绪，我不合时宜地用明快的口吻说道：“不过，古里毬子小姐化身江川兰子真的很成功！”

“是啊。不过，还有种种证据能证明毬子姑娘冒充了兰子氏。”然而，刀城先生只是冷静地做了应答，“譬如，兰子小姐请斧高君到村里的餐馆吃饭，但在去之前，她不知道那里没有西餐厅。兰子氏是沿商业街从喉佛口车站走过来的，所以就算不想看也该看得到沿街的商店。另一方面，毬子姑娘是从滑万尾车站乘坐一守家的自备车来的，为了遮挡村民好奇的目光，车上一直拉着窗帘。换言之，她没有机会看到村里的情况。”

“我本该注意到的。”

“除了秘书事务和《怪诞》的编辑工作外，毬子姑娘还要照料兰子氏的生活起居，譬如做饭、洗衣和清扫等。简直可以说就是在照顾一个单身男性。即使不提这一点，斧高君做了饭团后，她一不小心说了句，如果他当了自己的秘书，两人‘每天都能做一桌好菜啦’。另外，长寿郎氏在信中屡次提到斧高君的事，不仅夸他是‘一个非常细心的孩子’，甚至还写到他‘也许有写小说的才能’。这些都是真的吧，但正如我刚才所指出的那样，有书信往来的明明是毬子姑娘，但在兰子小姐和斧高君的交谈中，却比比皆是‘我从长寿郎少爷的信里得知’之类的话。”

“也因为对方还是个孩子，所以不知不觉就大意了吧。”

“斧高君烦恼自己该不该留在一守家时，兰子小姐告诫他‘一家人总是应该住在一起’后，又说这话轮不到她这样的人来说。与其说这是孑然一身的江川兰子氏的感言，还不如说是离家出走的古里毬子姑娘的反应吧。同样的失言，在斧高君惧怕淡首大人作祟，或者说感觉自己的人生被随意摆布的时候也出现了。兰子小姐对当时的斧高君说‘如果是我的话，就一定会冲出家门——’，话到一半没说下去。这也像有过实际经验的毬子姑娘会说的话，不是吗？”

“果然不管想冒充谁，都不是轻而易举的事……”

“嗯。要说细节的话还有很多，譬如明明对石碑上记载的文字很感兴趣，但斧高君要带路时她却有别的请求；媛守神社的石阶她只来过两次，却说果然还是喜欢站在这里看风景——小时候她应该来过吧；明明刚来村子没多久，她就能准确地把握秘守家众人的性格。但最不自然的是，身处村庄的兰子小姐实在太擅长交际了，虽说兰子氏不爱和人交往只针对出版业界，尤其是文坛。”

“因为她毕竟很在意查案的进展吧？”

“我认为有这方面的因素。对毬子姑娘这样的人来说，老老实实地待着是件痛苦的事。所以她甚至干起了侦探活，却没有意识到这不像兰子氏的行事风格。”

“嗯？”

“就是那个‘无头尸的分类’啊。”

“这个又怎么了……”

“虽说江川兰子氏和古里毬子姑娘一直在《怪诞》杂志上发表耽

美类作品，但原本兰子氏的志向是怪奇幻想小说，毬子姑娘的志向是本格侦探小说——这个背景在本文有明确记载。那么，想到做‘无头尸的分类’、不费多大周折就能完成的会是哪一位呢？”

“这简直是自掘坟墓啊。”

“兰子小姐做那个分类，是为了再三给警方造成一种印象吧，即加害者与被害者互换的可能性是绝对不存在的——”

“结果却适得其反。这么说，纮弌少爷被杀是因为他威胁了兰子小姐吗？”

“应该没错吧。不过求婚的事也许是真的。但我想有一点可以肯定，那不是求婚的态度，而是某种更为卑劣的做法。斧高君目睹了那一幕，据他说兰子小姐当时面对着石阶，所以想必兰子小姐已注意到他的存在。于是她向纮弌氏说明情况，约定半夜在媛神堂见面后，为蒙蔽斧高君演了一出好戏。”

“砍下纮弌先生的头、扒下衣服丢入森林，无疑只是单纯的伪装。而且我也明白了，为什么只有他的尸体被处理得很草率。但兰子小姐为什么要在现场放上长寿郎少爷的头呢？”

“那是因为她听了一枝夫人的话，担心这样下去斧高君的继承人问题会变得纠缠不清吧。我想兰子小姐至少对斧高是诚心相待的。秘书的事也好，建议他留在一守家也好，无不如此。”

“说得也是啊。”

“只是……如果斧高君知道了真相，会不会因此而原谅她就不好说了……”

“那个嘛……”

“好了，在这里担心也是无济于事的。”

“……”

“在第三桩命案里，兰子小姐也犯下了错误。”

“哪里？”

“正确地说是在案发后——和斧高君讨论案情的时候，她不小心说道，在长寿郎氏的头上弄‘那种小花样’，是罪犯稚气的表现。在纮式少爷遇害案中，大江田队长曾严令不许向外界公开现场见到的特异情形，所以高屋敷巡警就算说过祭坛上放着人头，应该也没透露更多内容，即使是对斧高君。然则兰子小姐为何知道长寿郎氏的头上被做过手脚呢？”

“那时斧高没觉得奇怪吗？”

“可能他以为说的是长寿郎氏的头被放在祭坛上这件事。但是，用‘小花样’来表述把人头放上去的单纯行为，不是很奇怪吗？”

“只因多此一举的表演，露出了破绽。”

“不，把人头的切面按在蚕箔上，不让它倒下的小伎俩，绝非多此一举。”

“那您说，这有什么意义？”

“兰子小姐归还长寿郎氏的头，是为了解决斧高君的继承人问题。话虽如此，如果葬礼还没办完，她绝不会采取那样的行动。因为一旦检查中婚舍里发现的无头尸和长寿郎氏的头，就会发现两个切面并不吻合。”

“所以……”

“为以防万一，她把头压在蚕箔的竹网眼上，破坏了切面。”

“有时考虑得极为周详，有时却相当缺乏防范意识——从她的言行中我们能同时看到这两种情形。”

“正如您刚才所言，对方是斧高君的话她就会比较大意，或者说，面对旁人时的那份紧张自然而然就会松弛下来吧。”

见对话似乎已告一段落，我赶在刀城先生客套前，站起身从桌边转过，向煤气灶走去：

“我去沏新茶，请您稍作休息。”

“好，多谢。对了，这边是书房吗？”

刀城先生走到没关门的房间前，略显顾虑但还是探头看了一眼屋内。

“啊，里面见不得人……”

“哪里哪里，不是收拾得很整洁吗？都说小说家的书房再怎么理都是一个‘乱’字，您真是了不起。”

“刀城先生还是经常在旅途中写作吗？”

“是啊。拜其所赐，不管在哪里，只要有纸和笔，我就能凑合着写写。”

“呵，真厉害。”

“不不，只是习惯了而已。”

没多久，我们啜着冒热气的新茶，再度隔桌相对。短暂的沉默后，刀城先生开了口，就像对话从未中断过一般：

“当时暗地里有传言，说一枝夫人身体不佳，所以没准会比体弱多病的弟弟先死——”

“啊啊，是有这么回事。”

“我想一守家的那三个人可能打算把双胞胎的秘密，至少保留到一枝夫人去世为止。想必他们一直也在劝慰长寿郎氏，说只要熬到那时就好了。”

“二守婆婆……不，富堂翁也是。虽然这话有点过分，但我是觉得，这两位如果早点过世的话，就不会发生那么严重的凶杀案了。”

“是……我也有同感。”

“对了——”话到中途，我不由自主地停了下来，以至于刀城先生用询问的目光注视着我，让我有点慌乱。不过我还是勉强续道，“也就是说，案后古里毬子小姐一直以江川兰子氏的身份，活跃在文坛上……”

“嗯，正是。我们所熟知的‘创作过多部本格推理名作’的本格推理作家江川兰子氏，已经是古里毬子了。不过命案已是二十年前的事，早就过了追诉期。”

“但是，话……毕竟不能那么说……那位兰子小姐应该受到社会的制裁，或者说……”

“是啊，如果她是真凶的话——”

“……”

我怀疑自己听错了。然而，刀城先生的措辞分明就像在说古里毬子小姐不是罪犯。

“这、这是怎么回事？”

“直接也好，间接也罢，这一年来江川兰子小姐是否联络过您？”刀城先生反倒问了我一句。

“没、没有……完全没有任何联络。如果出版社接到过她的消息，一定会通知我吧。”

“那么，您不觉得奇怪吗？江川兰子小姐在她去年出版的随笔集《昔日幻想逍遥》中提到了《迷宫草子》。换言之，她知道这本杂志的存在。即使没在随笔集里提到，我也不认为她会对《迷宫草子》这样的杂志毫不关心。”

“您的意思是，她正在读连载……”

“我敢说可能性极大。然而她丝毫没有和您接触的迹象，如果她本人就是真凶，您不觉得有点奇怪吗？”

“因为最糟糕的情形，就是真相在杂志上被揭晓……是吗？”

“是的。考虑到罪犯的心理，我觉得这一点非常不自然。”

“也、也就是说……真、真凶另有其人……？”看到先生徐徐点头，我简直惊呆了，“凶手究、究竟是谁？”

“斧高君。”

幕间（四）

“斧、斧、斧高……”过于意外的人名，真是令我瞠目结舌，“再怎么说……这、这也不可能吧。”

“二见巡查长曾对十三夜参礼事件进行过解释——”面对心慌意乱的我，刀城言耶先生用平静的口吻说道，“如果在推定妃女子小姐落井的时段内，谁也没进过山，那就是意外事故。而无头女和人在荣螺塔上消失等超出人类认知范畴的现象，是斧高君的谎话。”

“确、确实……我认为这很符合二见巡查长一贯的思维方式，但是……”

“由此他把难以解释的现象，全部归结为长寿郎氏和斧高君的幻听、梦和幻觉。”

“嗯……”

“看起来的确有点武断，但也可以说解释得合理之极。”

“请等一下，难道刀城先生打算完全抛弃先前洋洋洒洒所做的推理吗？”

“不，绝非如此。藏田婆婆互换双胞胎性别这一咒术引发了十三夜参礼事件，当晚两人恢复原先的性别后转眼又进行了一次互换，这些我想不会错。而且我确信在十年后发生的媛首山连环杀人案中，也确实上演了双重替换剧。只是——”

“您的意思是，连环杀人案的凶手不是古里毬子小姐而是斧高——”

“十三夜参礼事件也是，我是说，杀害真正的长寿郎的人也是他。”

“连那个也……”

“如果毬子姑娘不是凶手，那么究竟谁有可能作下那些案子呢？怎么想，脑中都会浮现出斧高的名字。如此一来，就必须重新审视过去的事件——”

“咦？斧高不是最先被排除在外的吗……”

“为什么？”

“您还问我为什么……正如刀城先生您所读到的，观其言行就知道不管是哪桩案子，作案人都绝对不可能是他。”

“是啊，从我读过的文章内容来看，确实如您所言。但是，那不是小说吗？”

“……”

“的确，案件负责人高屋敷巡警记录的资料，其妻高屋敷妙子夫人从丈夫处了解到的信息，以及从置身于案件旋涡的斧高君处听到的故事，是构成文章的基础，但依然无法改变那是一篇小说的事实。”

“刀城先生的意思是，文中有不实之言——”

“不，我一点也不认为作者故意做了虚假叙述。”

“既然如此——”

“换个说法吧，我的意思是，用什么来保证构成小说写作之基础的资料里，尤其是证词里完全没有谎言呢——”

“……”

“当然也不会都是作伪，因为影响较大的言行没那么好隐瞒。就算说谎，也可能被轻易揭穿。”

“但是，哪些是真哪些是假，要怎样——”

“是的，不可能区分。但我认为高屋敷元巡警的言行可以全部采信。”

“这个嘛……对我来说是理所当然的，不过要证明我丈夫没有说谎——”

“嗯，确实无法证明。但想想当初作者撰写文章的动机，就不妨判定高屋敷巡警的资料没什么问题吧。而且，从作案动机方面来看，我也不认为他和本案有什么关联，所以也就没有理由故意留下虚假资料。再说我也看不出作者在以此为基础创作的小说里，故意进行虚假叙述的必然性。”

“您能这么说，真是……好吧，就算只信我丈夫的资料，我们究竟又能从中明白什么呢？”

“能明白一个事实，那就是案发当时，关于媛首山状况的叙述真实可信。”

“是指处于密室状态吗……”

“是。仅根据这一点进行考虑，就能发现斧高君有充分的机会。”

“请、请等一下，如果害死真长寿郎少爷的是斧高，就意味着他已发现双胞胎的秘密……”

“没错。不过斧高君并不会因此而感到为难，不是吗？因为他喜欢女长寿郎。仅从他后来被兰子小姐即毬子姑娘所吸引来看，就不能断定他对男人有兴趣。心上人是男性一直让他很烦恼，所以一旦得知对方是女性，他反倒会放下心来吧。”

“那么他杀害真正的长寿郎少爷的动机是？”

“独占欲。长寿郎（女）处处显出对妃女子（男）的关心，让斧高君颇为嫉妒。于是他想‘如果没有妃女子小姐，也许长寿郎少爷还会更偏向自己’。可能你觉得我一味选用了文中对自己观点有利的叙述部分，其实不然，因为这种心理层面上的东西，和作案时罪犯的举动——这种物理层面上的事情毫无关系。”

“但是，当时只有六岁的斧高把十三岁的真长寿郎少爷推下井，那才叫不可能吧。”

“不，正因为是六岁所以有可能。”

“究竟是怎样做到的？”

“趁真正的长寿郎少爷准备从井中打水时，抱住他的双脚抬起来，拿自己的头顶他的腰就行了。因为个子矮，所以这方法应该很有效。”

“然后……”

“真正的妃女子小姐发现了哥哥的尸体，再度恢复为长寿郎氏。但她做梦也没想到凶手是斧高。这就是真相。”

我陷入了沉思。不过我意识到，假如把斧高视为真凶，那么首无及妃女子消失这一不可思议的现象就烟消云散了，一切都能得到完美的解释。

“您是想说，在媛首山一案中斧高也有机会？”

“他说他在北鸟居口通往境内的参道上来回走动，却没有一个目击者。而高屋敷巡警与他会合是在他进山约一小时后。也许在这期间，他从外面窥探婚舍，确定古里毬子姑娘在中婚舍，就闯了进去。文中提到过，白昼时境内和夜里不同，很吵，所以只要蹑手蹑脚，踩在玉砂利上发出的声音就不会太响亮，也不会被婚舍里的三人发觉。”

“动机是……嫉妒吗？”

“是嫉妒的话，就说明斧高君已发现长寿郎氏是同性恋，虽然我不清楚他是何时得知的。根据长寿郎氏和毬子姑娘在婚舍集会前的书信往来，斧高君察知长寿郎氏打算选择她。总之他闯进了相亲现场，所以如你所说动机应该是嫉妒——而且是被不计后果、迷失本性的疯狂情绪所驱使了。”

“这是因为毬子小姐也在场吧。既然如此，毬子小姐为什么不去劝阻呢……”

“肯定劝阻过。但她被斧高君猛力推倒，一头撞上了柱子，暂时晕了过去。”

“啊？柱上的痕迹是毬子小姐撞出来的？”

“就算后脑起了个肿包，只要冒充成兰子小姐，就可以用软帽遮住。”

“那长寿郎少爷呢？”

“斧高君从北守派出所的架子上，拿来本属于二见巡查长的那根特殊警棍打了他。”

“的确，斧高对那根警棍非常感兴趣。而且他能自由出入派出所……”

“后面的计划，准是毬子姑娘苏醒过来明白了发生的一切后，急中生智想出来的。她在脑中飞快地设计出一石二鸟的剧本，既能拯救斧高君，同时又能让自己当上作家。”

“杀害江川兰子氏的是……”

“实际行动的还是斧高君吧。正因为毬子姑娘没有动手杀人，所以她，也就是兰子小姐才会对文章采取静观其变的姿态，这样也就能理解她为什么完全不来接触你了。”

“纮式先生被害时斧高的不在场证明，原来是兰子小姐的伪证啊。”

“而且是毫不牵强、极其自然的证词。”

“那为什么又要把一度带走的长寿郎少爷的头还回去呢？”

“虽然斩首是为了混淆身份，但人头本身或许对斧高君来说才是最重要的，就像昭和七年在名古屋发生的无头女命案那样。不过我想，应该是兰子小姐为了彻底解决一守家的继承人问题，说服斧高君归还的。她理解斧高君真心喜欢长寿郎，又考虑到斧高君的身世秘密，于是做出判断，认为他还是继承一守家比较好。”

“然而斧高却离开了一守家……啊，您是不是觉得他也在看连载？”

“嗯……怎么说好呢，虽然不像分析兰子小姐那样确信，不过，既然他压根儿没来跟您联络，也许该视作他全然不知吧。”

“……”

我把视线从刀城先生身上移开，微微垂下头，再次陷入了沉思。

先生看在眼里，似乎也察觉到了什么。在我开口之前他始终保持着沉默，显然正在安静耐心地等候。

“您认为哪种结尾方式好？”

没多久，我就开口问道。先生却侧头不语。

“以作者患病为由就这样中止连载；或者推说真相不明，不做解答就结束连载；或者坚持创作一个推理小说式的结尾以飨读者；或者索性公布刀城言耶先生的推理，指明凶手是斧高，再等他来联络——

刀城先生您会选哪一种？”

“怎么说呢……”刀城先生露出微微困扰的表情，但随即神色一正，“如果是我的话，以上方案都不会采用。”

“为什么？”

“当然了，因为你才是真凶。”

⛩ 尾声

“您、您说什么……我、我是真凶？这、这真是岂有此理……您看，十三夜参礼也好，婚舍集会也好，媛首山都完全处于密室状态，不是吗？再怎么说，我也绝无可能作案。而且我也没有任何动机吧？这一切究竟是怎么回事？最重要的是，我在本文《前言》的最后部分也特地声明过，这种怀疑‘是完全错误且徒劳无益的’。啊……难道您又想说，一切都是小说所以撒什么谎都有可能吗？可是，您说作者不惜做虚假叙述也要撰写文章的动机究竟是什么呢？这也太不合情理了吧？”

我情不自禁地问了一连串问题。刀城言耶先生则轻轻摇着头：

“《前言》的叙述中不含任何谎言。”

“嗯？”

“也就是说，作者完全没有做虚假叙述。不，可以说整篇文章都是这样。作者绝对没有故意说谎。”

“既、既然如此，我就不可能是真凶……”

“确实不可能吧，如果你确实是高屋敷妙子的话。”

“……”

“媛之森妙元女士即高屋敷妙子夫人执笔的部分，开始于《前言》的‘面对纯白稿纸的这一刻’，结束于《第二十三章 来自读者投稿的推理》的‘不过，大家只说出了罪犯的名字，几乎无人涉及具体的作案方法。换言之，大量谜团依旧——’。而下一句‘很抱歉，继续执笔无论如何都会让我感到痛苦’以后的文章，则是你代替真正的作者写的。没错，就是江川兰子女士你代为执笔——不，是不是称一声古里毬子女士比较好呢？”

“什、什么啊……开、开玩笑也要有个限度……”

“高屋敷夫人感到脚踝和手腕不适，读者也来信诉说有相同的症状，于是你利用这一点，假装弄伤了右手腕，想以此掩饰原稿的笔迹。当然了，你这么做是为了代替高屋敷夫人写下去，把这篇连载的结局设成悬案未决。”

“太荒唐了……首先，我在耕作后院是真话，您要是说我在撒谎，不妨就去看一看，如果只是为搪塞出版社而借口说弄伤了右手腕，也没必要真去耕作吧。”

“那你为什么要去耕作呢？”

“所以说嘛，就像文章里提到的那样，我为了转换心情，买来红薯幼苗——”

“种植下去吗？即使你写那段原稿是在二月或三月，而红薯幼苗的种植期是五月到七月？”

“……”

“就算手边没有刊登《第二十三章 来自读者投稿的推理》的那一期《迷宫草子》，我也知道那部分原稿是二月或三月写的。因为撰写《前言》是在十一月，而文中最初就已明言，以后会一次连载两章——也包括单设《幕间》的情况，从执笔到杂志刊登，之间会有两个月延迟。

这样一算，自然就能确定各章节的撰写时期了。”

“这个嘛……”

“随手一写，出纰漏了吧。”

“这个嘛……我只是有点糊涂，但丝毫不能证明我没耕作过后院啊？您要是去看看，一切不言自明。因为我确实在后院耕作过嘛。还有别的理由需要我特意费那么大的功夫吗？”

“不，你有。”

“……”

“为了让真正的高屋敷妙子夫人完全消失，你需要挖开后院的地面，不，应该说你必须挖一个和尸体尺寸相合的洞才行。”

“……”

“高屋敷妙子夫人回到媛首村后，把深夜写作的习惯彻底改为白昼写作了。换言之，她过着日出而作打开稿纸，日落而息搁笔休憩的生活。”

“对、对啊。”

“我来拜访的那天，你也和平常一样吗？”

“是啊，那还用说。和往常没什么两样。”

“不过，为了转换心情，再加上有点糊涂，你去后院开始耕作，但很快就弄伤了右手腕所以只好作罢——你是不是想这么说？”

“没错，这没什么不对劲吧？”

“对了，上次拜访时我中途就回去了，你可知道为什么？”

“啊？您究竟……在说什、什么呀……不是刀城先生您自己说的吗，‘现在是杂志连载，所以在这里断章比较好吧’。”

“嗯，但是我还有个脾气，一旦开始解析案情，不进行到最后我是不会善罢干休的——至少那种不上不下、故弄玄虚在中途罢手的事，我并不常做。”

“……那究竟是为什么？”

“为了在《迷宫草子》上读到你应该会续写下去的《第二十三章来自读者投稿的推理》，那时我只能先回去。”

“……”

“我是在那天下午两点半左右到访的。当时《第二十三章》换算成四百字稿纸，只写了六页不到，这一点只要读过这一章就能明白。文章内容是以作者的第一人称，诉说了脖子、手腕、脚踝不适等令人毛骨悚然的怪事。如果一个职业作家日出而作打开稿纸，那么应该能在上午就十分从容地写完这点内容。而你却写到了两点半。你说你在后院劳作时弄伤了手腕，所以很快就罢手不干了。那么，没有花费在撰写原稿上的时间，究竟被用在了何处？”

“……”

“古里毬子女士？不，还是叫你江川兰子女士吧，可以吗？难道你还想继续扮演高屋敷妙子夫人，执着于这最后一次替换吗？”

“你是在算计我呢，刀城言耶——”

我恶狠狠地吐出这句话，而他却可恶地露出了无辜的表情。

“说得真难听，我自认一直对你很公平。”

“瞪眼说瞎话，明明你一直彻底把我当成高屋敷妙子对待。”

“但是，我没有对你称呼过一次‘高屋敷夫人’或‘媛之森女士’。”

“……你是什么时候察觉的？”

“最初起疑心是在玄关。”

“骗、骗鬼啊！难道你想说你一看我的脸就恍然大悟了？”

此情此景刀城还要装腔作势，让我不禁产生了强烈的厌恶感。

“不，我绝不是随便一说。只要读过之前的原稿，我们就能真切地体会到，高屋敷夫人确实对身体的不适产生了恐惧。所以我认为，她立刻向我吐露不安情绪才是最自然的态度。”

“那不是没问题吗？”

“然而，之前我明确说过‘也许是我多事，但我试着用自己的方式对案件做了整理’。以高屋敷夫人的立场，抱着不行也没什么的心态姑且一听，也是极为自然的态度吧？”

“暗暗想着赶你走，结果显出了不自然吗？”

“是的。这让我觉得有点奇怪。而‘有点奇怪’变成‘着实奇怪’，则是在你沏茶的时候。”

“啊？”

“为了找茶叶，你在厨房里到处乱翻。就像在别人家里找东西似的。”

“原来如此……”

“而且，当我问你要纸时，你又把书房里里外外找了一遍，好不容易才拿来一本笔记本。”

“那也是你……”

“为慎重起见，先前我窥探过书房，里面收拾得非常整洁。这间客厅也是。在这个家居住的人，竟然会不知道茶叶和笔记本放在哪里，怎么想都不至于啊。”

“一个大男人尽去关注那种小细节，嘿……”

“顺便说一句，写在你笔记本上的那些项目，也记在了当时放在我包里的笔记本上，内容一模一样。”

“什么……”

“我明确告诉过你，我用自己的方式对案件做了整理，还说如果最后不把所有的谜和问题写下来，就无法思考下去。你看，我很公平不是吗？”

真是个讨厌的男人。说着那样的话，却丝毫没有显露得意之色，这反而令我无比恼火。

“于是为了进一步观望，抑或是为了抓住确凿证据，你打算读《第二十三章》的内容，就在那时回去了？”

“是的。我非常感兴趣，想知道你会如何在原稿上弄虚作假。因为顺利的话，你也许会在这里露出破绽。”

“可恶……”

“后面就都是细枝末节了。你一边表示不太清楚秘守家没落的详情，一边却能斩钉截铁地说只有古里家延续至今反倒十分兴旺，这是因为你毕竟在关注自己的家族吧。另外，当我指出江川兰子氏是男性，而你还未接受这一解释的时候，问过‘您说兰子曾是男性，可有什么证据’，在兰子身上你用了过去时。你坚称毬子姑娘杀害兰子氏的动机绝不只是为了穿他的衣服冒充他，也让我觉得有点不对劲，感觉你好像特别在乎这一点。”

“一件一件都是微不足道的琐事，却积少成多了。”

“况且，从高屋敷妙子夫人的年纪来看，你这人也太年轻了点。”

“呵……如果我是她本人，听到这话一定会很高兴，可惜了。不过也对嘛，我和她确实差了十五岁左右，你的眼光真可谓毒辣。”

“哪里哪里，你的演技也厉害之极。我所说的几乎都是你已知或已觉察的事，你却能显出刚刚才听到的样子——不愧是年轻时演过戏的人。”

“说虽如此，我的演技最终还是不管用，对不对？”

“话虽如此，我也是刚刚才做出了最终判断。”

“啊……此话怎讲？”

“如果你是真正的高屋敷妙子夫人，那么当我指出斧高是真凶的时候，你绝对会袒护他。然而你接受了。你甚至暗示可以将此作为文章的结尾。至此我才确信无疑。”

“直到最后的最后都对我紧逼不放，真是难为你啦。明明东城雅哉作品里的大部分内容，与其说是本格推理，还不如说是变格侦探小说呢。”

“那种充满逻辑和理性的东西我怎么可能写得出来。”

“那么，最后留下的谜也顺便解一下如何？”

“嗯？还有谜？”

“淡媛为什么被斩首——这不是最后一个谜吗？”

“啊，没错。淡媛从媛首山——那时还叫媛鞍山——向日阴岭逃亡的途中，被弓箭射中头部倒地。给她最后一击的话，倒还能理解，有何必要特地把头砍下来呢？”

“就是嘛。即便是绝世美女，没那种怪癖的话谁会要人头啊？”

“但她还是被砍了头。”

“为什么？”

“我想恐怕是因为淡媛扮成了武士的模样。”

“啊……是为了当替身？”

“嗯。丰臣氏攻陷媛神城时，城主氏秀自刎，其子氏定穿过媛鞍山，经由日阴岭好不容易逃去了邻国。而淡媛紧随氏定之后出逃，就是在那时被扮成了氏定的模样。”

“是被逼的？”

“于是敌人以为击毙了少城主氏定，就砍下了头颅。但后来他们发现是替身，而且还是个女人。他们粗暴对待淡媛的尸体也可以理解为泄愤。”

“难怪她要作祟……”

“烧炭人在窑场的经历中，不是有过那样的异象吗？最初明明看到的是落难武士，但一下就变成了无头女。如果想成那是因为淡媛曾经扮成了武士模样，那么虽说是怪谈，却也合乎情理。”

“我觉得这样来解释怪谈很无趣，不过，确实能说通呢。”

“也许是我想得太多了，如果淡媛扮作武士对应的是氏定乔装成女子——如果他因此而得以逃脱……”

“啊？”

“我总觉得，男与女和兄与妹的替换似乎就是一切的开端。”

“……”

短暂的沉默降临在两人之间。刀城一脸悠闲地再度环视着客厅。我使劲伸了个懒腰：

“你也累了吧？要不先给你沏杯茶——”

“不，不用。我已经不想自己沏茶了，但又懒得再从座位上站起来。”

原来如此——刀城早就发觉了，发觉我两次伺机，试图以极为自然的方式绕到他背后……那自然是为了请他步入高屋敷妙子的后尘。

“那么，你打算怎样？”

“这个嘛……还是请你在这里把文章写完吧——”

“什、什么？”

——于是我把自己关进书房，此刻，执笔写到了这里。

不过，正在客厅等待的那个名叫刀城言耶的男人，真是个怪家伙。因为他主张有始无终的连载会剥夺读者的乐趣，所以应该给出一个严丝合缝的结尾。刀城还宣称他的名字出现也罢不出现也罢，总之必须拿出一个任何人读后都能接受的解答。我觉得他真是个怪人。

然而说这话的我又如何呢？直到完全露出马脚的那一瞬间为止，我竟一直模仿媛之森妙元即高屋敷妙子的文风，趣味低下地写着这篇文章……这可能是因为我骨子里就是个推理作家。

但是，我输给了刀城言耶。竟然被这难缠之极的家伙横插一杠。他只管专心做他那兼顾爱好与生计的怪谈搜集工作就好，哪知不但对没解决的杀人案感兴趣，还多管闲事要来解谜——

怪谈搜集……

没错，一听到闻所未闻的怪事，他就会不顾一切。譬如村里的孩子们在传，马吞池一带出现了某种可怕的怪物……

那么，为什么他当时没有对此事紧咬不放呢？

我说出马吞池怪物的传闻，显然是想把他的注意力从案件上引开。然而他却说起了二守家纮弍的事，以至于我为自己的话所起到的反效果焦虑不已。但现在回想起来，当时刀城言耶没有任何反应不是很奇怪吗？

刀城言耶……

话说他还不曾自报家门……记得他说过，他和高屋敷妙子并非初次见面。然而高屋敷妙子是一个不折不扣的乡下作家，刀城言耶则常年在外旅行，他俩应该很难有相见的机会。案发当时，他又没进过媛首村。难道所谓的并非初次见面指的是和我？如果是这样……

在一门之隔的客厅里静坐的人，真的是刀城言耶吗……

这么一想，我就觉得一阵毛骨悚然的恶寒从背脊窜过，这可怕的感觉让我不禁颤抖起来。

那家伙是何方神圣……

不，现在我必须冷静思考——

很久以前见过，看起来比刀城言耶还年轻十岁，对一连串的案子又了解又有兴趣，这么说来……

斧高……

怎么会……太荒唐了……他究竟为什么……目的是……

对啊，是报仇……长寿郎被我杀了，而且他还被我彻底欺骗过，所以想来报仇也……

但是，如果是斧高，容貌应该有几分眼熟啊……

容貌？

坐在隔壁的男人……不，我已记不清那个人的脸……甚至不清楚那究竟是不是男人……

那家伙来之前，两次，都下着雨。

雨……水……

在这扇门的彼方等着我的，究竟是什么……

民宅内
发现无头女尸

十三日下午五点二十分左右，某邮递员前往东京都西多摩郡媛首村北守的出租屋送信，在屋中发现了一具全裸无头女尸。推定死亡时间约在两周之前。

民宅承租人是推理作家媛之森妙元女士（本名高屋敷妙子），因其本人下落不明，终下市警署急于确认死者身份。

死者年龄在四十五岁至五十五岁之间——

新发现

又一具无头女尸

继十三日在西多摩郡媛首村北守的出租屋中发现全裸无头女尸后，这次警方又从后院挖出了一具同样全裸无头的女尸。

由于居住者推理作家媛之森妙元（本名高屋敷妙子）下落不明，目前终下市警署正全力以赴追查两具无头尸的身份。

最初发现的尸体究竟是——

神秘的蒙面作家
下落不明?

经证实，本月四日多家出版社史无前例地携手向警方报案，称以怪奇幻想文风而知名的推理作家江川兰子氏今已下落不明。

江川氏是一位完全不露真面目的作家，连责任编辑也无缘得见，工作方面的洽淡均通过电话和信件完成。据说此人从上个月初开始便音信皆无，任何一家出版社都无法与之取得联络，因此有了这次史无前例的搜寻请求。

江川兰子氏究竟——

书斋的尸体

四月号＊目录

连载小说

土屋隆夫《鬼子之歌》

西东登《蜂巢之中》

天藤真《可怕的死者们》

完篇小说

梶龙雄《黑色的线》

藤本泉《翁血脉记》

远藤桂子《漩涡》

濑下耽《无花果病》

飞鸟高《杀人的空间》

第三届新人奖发表

几守寿多郎《御堂中有人头》

专栏

中岛河太郎／权田万治／伊藤秀雄／濑户川猛资／二上洋一

主要参考文献

瓜生卓造《桧原村见闻・其风土与人物》 东京书籍

须藤功《照片故事・昭和的生活：2 山村》 农山渔村文化协会

斋藤玉《出生与鬼魂》 新宿书房

宫本馨太郎编《日本民俗讲座 4：衣・食・住》 有精堂出版

閈美山犹稔《藏于童谣的隐秘传承》 知层舍

濑川清子《婚姻纪要》 讲谈社学术文库

横尾忠则 画／毛纲毅旷 文／藤冢光政 照片《神圣空间缘起》 住宅图书馆出版局

江户川乱步《复刻・侦探小说四十年》 冲积舍

权田万治、新保博久・编著《日本推理百科词典》 新潮选书

⛩ 解说

木秀于林，必成栋梁

一、一段公案

2007年5月，原书房出版了三津田信三的《如首无作祟之物》（刀城言耶系列的第三作，以下简称为《首无》）。这部作品深受本格推理迷的好评，于2008年顺理成章地杀进了第61届日本推理作家协会奖的决赛。

但是，最终结果多少让人有些意外，获奖作是今野敏的警察小说《果断隐蔽搜查2》。在日本，“推理小说”的概念非常宽泛，而日本推理作家协会奖需要兼顾推理小说的各个门类，所以这一年的最佳本格推理小说未能得奖也不足为奇。更何况，《首无》没准只是惜败呢？即所谓的虽败犹荣。

然而，只要去日本推理作家协会的官网看一下当年各个评委的评选意见，便会发现事实并非如此。六位评委中，只有福井晴敏对《首无》以及另一本入围的本格推理小说《密室王国》（柄刀一著）有较高评价。其他五位评委或对人物和情景的描写、或对故事的可读性、或对诡计提出了意见，几乎是在第一轮就将《首无》淘汰出局了。其中尤以逢坂刚的点评最为“刺眼”。

逢坂刚一方面认识到了推理奖与一般文学奖的区别，另一方面则不能忍受作者“将全部才能和激情注入诡计”的创作理念；他一方面认为作品注重推理层面还是注重小说层面，取决于作家的小说观，只要有读者爱看就行，对两者强分优劣没有意义，另一方面则强烈地表现出对前者的不喜。继而，逢坂刚搬出了文风与三津田有颇多相似之处的横沟正史，说“横沟在半个多世纪前写出的更短、更富有人情味、更有趣的作品，如今的作家却仍然不能超越，这一点我无法认可”。随后，他又突兀地泄了《首无》里一个小谜团的底：“如今还拿出披着黑色头巾的无头人这种真相，让我不知该说什么好。”

逢坂刚的点评之所以显得刺眼，一是因为他犯了评委不可泄底的忌讳，尽管那个小谜团在《首无》中无足轻重。而且，正因为无足轻重，特地拿出来进行批判不免有误导之嫌，会让读者以为这就是《首无》的核心诡计。二是因为他明明心里有着强烈的偏好，却不断地用冠冕堂皇的话去掩饰。这一点在逢坂刚之后发表的随笔《真理和艺术属于谁？》中，表现得更为明显。

逢坂刚曾在日本推理作家协会的会刊上设有一个随笔专栏，名叫“新・刚爷栏目”。也许是听到了一些不满的声音，逢坂刚特地在该栏目的第三十六期上发表了题为《真理和艺术属于谁？》的文章。文中他一方面否认今野敏的获奖是因为长年以来的功绩和良好的人品，另一方面则对三津田和柄刀一提出了更多的批评：

“写小说的人应该都希望很多人来读自己的作品；‘光是懂我的人来读就行了’，这种想法有点傲慢；既然通过出版社、把小说作为商品推向了市场，至少要祈祷一句‘别出现赤字’吧，这才是人之常情；

说不是为钱而创作的那些了不起的作家们，可以自费出版、免费把书发放给读者，别去跟出版社打交道……”

这种随意揣测作者心理甚至为作者“指明出路”的无理之辞，引起了推理评论家千街晶之的不满。2008 年早川书房也设立了一个推理小说排行榜，名叫“这本推理小说好想读”，并在当年年末发行了特刊《这本推理小说好想读！ 2008 年版》。千街晶之在特刊上发表了题为《逆风中的秀作群》的评论，对逢坂刚的言论提出了猛烈的批评：

“逢坂刚个人的小说观如何无关紧要。问题是他拿‘不关心书的销量、不通人情世故’这样的形象对本格派作家一概而论，并利用它为自己在担任评委时所表现出来的姿态辩解（事实上，《首无》和《密室王国》都已再版）。这显然是对三津田、柄刀一以及其他许多本格派作家的污辱。如果说要以销量为基准，可当初被认为是面向资深爱好者的新本格最终形成热潮、获得了一定数量的读者，对于这段历史逢坂刚是如何看待的呢？即便是这样的无理之辞，但若是从协会前理事长这样的权威人士口中说出来，难保不会有人信以为真，觉得说得很有道理。我想本格派的作家和评论家应该对此稍稍表示一下愤慨……”

千街晶之完全说出了我——一个本格推理小说读者的心声。

可惜的是，在随后的第 8 届本格推理大奖的评选中，《首无》以 5 票之差惜败于有栖川有栖的《女王国的城》，再次与推理奖项失之交臂。日本最优秀的本格推理小说《首无》，在当年的确是一部不折不扣的“逆风中的秀作”。

二、推理的盛宴是如何被摆上的?

既然《首无》被视为“作者将全部才能和激情注入诡计”的作品，而我也认为它是日本最优秀的本格推理小说，那么就有必要趁此机会对本书的推理层面做一次解析。

抛开那个“作中作”的大机关不提，《首无》在推理层面上的核心无疑是解谜小说中最常见的主题——无头尸诡计。耐人寻味的是，2010 年讲谈社发行《首无》的文库本版时，请当年同受批判的难兄难弟柄刀一撰写了解说。文中柄刀一对《首无》的无头尸诡计发表了相当独到的见解。

“读完媛首山命案的经过和真相，我感觉这是一出脱逃戏。逃离仪式现场、逃离媛首山，在其外部的牢笼——媛首村中化身为无辜的人物像。

“为了从这众人环视下的不可能状况中、从这‘牢狱’中脱逃，三津田创造了‘二重替换’这一划时代的方法。进行二次替换便能脱逃！进而，本书通过最令人毛骨悚然的素材——人头，将此过程展现在人们面前，于是二重替换脱逃这个我首次见到的公式便拥有了更强大的冲击力。

“惊人的构图——利用人们隐藏在心中的秘密，替换多名死者的人头，最终罪犯甚至成为自己希望成为的‘理想人物’，悠然地逃脱了。

“这种手段以前有过吗？此诡计已经是一个公式、一种原理了。新型的原理。”

柄刀一把《首无》的无头尸诡计上升到了公式、原理的高度。换言之，现在如果要做一张新的“诡计分类表”，我们应该把《首无》的无头尸诡计列为分类表中的一项，而不是某一项下的“作品例”之一。其实，本作的无头尸诡计可谓陈腐至极。但柄刀一不拘泥于真相本身，而是从表现方式、深层动机、最终效果的角度，指出了其中的创新之处。柄刀一在解说中对《首无》除诡计之外的魅力亦有详细分析，建议有条件的读者一阅。

不过，柄刀一的解说对象终究还是具体的诡计，而我更想对推理的整个过程——读者们熟知的那三重解答进行简要的分析。这就需要一个切入点。《首无》的中文版早在十年前就已问世，因此关于推理层面的分析可谓多如牛毛。譬如，有从民俗推理着手分析的；有从推理小说与恐怖小说的融合着手分析的；有围绕着作品对“替换”的极致运用进行分析的；有因为作中出现妖怪而与京极夏彦做对比的；有因为故事舞台和文风与横沟正史相近，而对两者进行比较的；更有人试图分析卡尔的《燃烧的法庭》对《首无》带来的影响，只因两作都含有超自然的元素。这些评析各有精妙不同，都达到了相当高的水准，所以我无意在此多做重复，而是想从一个新的角度加以解析。

最近我读了日本推理评论家饭城勇三的《埃勒里·奎因论》，又因修改译文的缘故重读了一遍《首无》。在此过程中我突然发现，相比京极夏彦、横沟正史、卡尔，我分明从《首无》这部作品中看到了更多的奎因的影子。

在展开分析之前，有必要介绍一下饭城勇三的基本观点。饭城勇三认为奎因的侦探小说追求的是“意外的推理”；而大多数推理作家追求的是“意外的真相”；奎因发出挑战书，是想请读者猜出“意外的推理”，而非“意外的真相”。

《埃勒里·奎因论》的整本书都围绕着这一基本观点展开论述。此外，饭城勇三还有一段重要的论述，与我接下来的分析有关。

“许多读者在阅读侦探小说的过程中不做推理。他们只是拥有一个基于过去的读书体验而构建起来的、存放诡计的数据库，然后去里面检索。于是作者一方拼命研究数据库里没有的诡计，或者把数据库里已有的诡计做变形处理，使之无法被检索到；读者一方则高度评价数据库里没有的诡计，或者评曰‘虽然有先例，但由于做了变形处理，所以没能意识到’。这种作者与读者隔着诡计数据库进行对决的侦探小说属于‘意外的真相’派作品。

（中略）

“对于创作‘意外的推理’的作家来说，这类读者是一个非常棘手的群体。因为即使作者拼命地嵌入线索，他们也不看一眼，不做推理，说什么‘这个故事的话，罪犯肯定是警方相关人员了’‘这个人是凶手的话会很意外，所以凶手就是他了’，拿已知的诡计去套，主观臆断谁是凶手。然后偶尔猜中了，他们可不管自己其实没注意到线索，只是得意扬扬地宣称‘猜到凶手啦，这不是明摆着的事吗’。

“更让人困扰的是，在书评中对侦探小说进行评判的，正是这些手握诡计数据库的狂热爱好者。明明奎因写的是‘意外的推理’的故事，可得到的却是侦探小说狂热爱好者用‘诡计数据库检索方式’做出的评判。”

当然，奎因意识到了这个问题。那么他们是怎样应对的呢？答案是：搭建一种令读者无法使用“诡计数据库检索方式”的小说结构。

1.《首无》存在“挑战读者书”吗？

奎因的“国名系列”有一个重要特征，即当推理所需的一切线索都给出后，作者会插入一封挑战读者书。那么，我所认为的有着奎因影子的《首无》是否也存在“挑战读者书”呢？

答案是“存在”。当然形式有所不同。奎因作品中的挑战书就叫“挑战书”，而《首无》则采取了隐蔽的方式。那么它究竟被放在什么地方呢？或者说，文中从哪里开始到哪里为止是“挑战读者书”呢？

恐怕细心的读者已经发现，本书的《第二十三章 来自读者投稿的推理》带有强烈的“挑战读者书”的意味。这一章的前半部分介绍了读者来信，显示出读者早已开始参与对案件的推理；后半部分“刀城言耶”登场后，不仅对案件的所有谜团进行归纳，整理出了那个著名的“37条”，更放话说“其实只要发现一个事实，就那么一个，我在笔记本中列举的所有谜题都能迎刃而解”。

这句话是对作中人物“高屋敷妙子”说的，更是对作外的读者们说的。世上还有比这更具挑衅性的挑战读者书吗？

不过，要说第二十三章就是挑战读者书，或者说挑战读者书结束于第二十三章的末尾，我却无法赞同。因为，挑战读者书的插入位置必须遵守一项原则：在推理所需的一切线索都给出之后。显然，在第二十三章结束时，线索并没有全部给出。关于这一点，柄刀一在解说中也有言及。

“本书的《第二十三章 来自读者投稿的推理》，也可理解为对读者发起的挑战。作者向读者征集推理，（虽然还不是最后的线索提示）

并从容不迫地对谜团进行整理。（后略）”

那么，这个最后的线索到底是什么呢？毫无疑问，当然是“双胞胎出生时，反过来报其性别”这一事实。所以，《首无》的挑战读者书开始于第二十三章，结束于《第二十四章 刀城言耶先生的推理》中的下面这句话：

“就是把出生婴儿的性别反过来报。”

大家也许会感到奇怪，这难道不是侦探推理出来的真相吗？怎么就成线索了呢？

我认为，无论有多少迹象显示这很可能就是真相，我们依然无法只通过推理来确定它。事实上，侦探在指出这一真相的前后确实做了一番推理，但所依据的材料全是心理层面上的东西，没有一个是确凿的人证或物证，所以这只能是一种猜测。但问题是，正如侦探所言，要解开案件的 37 个谜团，又必须依赖这项事实。如果这项事实本身就是不可靠的，那么整个推理体系都会有崩塌的危险。

因此，我认为把这个真相视为作中侦探以信誉做担保、给出的最后一条线索，是比较妥当的想法。而作者也没有把双胞胎出生前后相关人员的奇异举动列入那 37 个谜团中，并反复强调“只要发现一个事实，所有谜题都能迎刃而解”，显然也只是把这个真相当作最终线索，而非需要进行推理的对象。

2. 第一重解答：意外的真相、“不意外”的推理

在作者发出极为特殊的挑战读者书后，作中侦探基于最终线索，结合文本中的海量伏笔，通过长篇大论的推理，一举解开了本案的 37

个谜团。这段推理可谓本书的重头戏，全方位地展示了三津田这位作家的特色与魅力。

正如柄刀一所言，通过双重替换完成“脱逃”的真相着实令人意外，其诡计本身也足以成为一种原理、一个公式。不过，此处的推理是否是令人意外的呢？

侦探本人早已说出了答案：其实只要发现一个事实，就那么一个，我在笔记本中列举的所有谜题都能迎刃而解。显然这里并不存在“你们必须是绝顶聪明之人”这样的条件。换言之，普通人就能正确地做出推理。普通人都能正确做出的推理，应该很难称之为“意外的推理”。

比如，关于媛首山连环杀人案的真相，我们可以做出这样的推理：古里毬子是女性，江川兰子被认为是女性，而现在知道了长寿郎也是女性 → 那么案发后出现的一男一女两具尸体便与上述认知互相矛盾了 → 由于古里毬子和长寿郎是女性乃确凿无疑的事实，所以男尸必然是江川兰子 → 所以女性的江川兰子是冒牌货……如此这般，不仅读者能轻易窥破真相，当年警方若是知道那条最终线索，想来也早就能破案了。

但即便如此，大多数读者仍会被侦探的推理所折服，不停地发出惊叹。我想这应该归功于作者的以下两点设计。

1）特殊形式的挑战读者书。奎因作品往往在发出挑战书后另起一章，且不会马上开始解说案情，总要插入一些情景描写或对话，营造起足够的氛围，然后再进入埃勒里的推理秀，这样就给了读者充分的思考时间（这大概也是作者奎因所希望的）。而《首无》中的侦探在抛出最后一条线索后，不等读者从震惊中反应过来，立刻展开了狂风暴雨般的推理。这既是情节发展的必然结果，客观上也令读者根本无暇思考，在心中揣着无数问号的同时，只是急切地盼望侦探为自己解惑。特殊形式的挑战读者书，加上令人震惊的最终线索，使得读者完全被作者牵着鼻子走，使得并不意外的推理过程在读者看来也充满了意外性。

2）大量而精巧的伏笔。诚然，知道最终线索后，每个人都能轻易识破基本真相。但补强推理的伏笔有哪些？它们是如何为解谜而服务的？读者却未必都能猜出来。通过侦探的解说，读者才发现许多貌似不经意的描写其实都是重要的伏笔。更厉害的是，往往一个伏笔（一个现象）还含有多重意义。比如，关于长寿郎捧着的包袱（里面是侦探小说）。这件事对谜团八、十二、十三都具有重大意义。猜出基本真相对读者来说也许不是难事，但要做出那些从旁印证基本真相的附加推理则不那么容易。可以说，这些附加推理还是达到了“意外的推理”的境界。回过来头看，侦探所说的“其实只要发现一个事实，就那么一个，我在笔记本中列举的所有谜题都能迎刃而解”也不尽然，对其中一部分谜团的破解仍需要过人的智慧。

3. 第三重解答：意外的真相，意外的推理

近年来，国内的一些推理作家喜欢在作品中插入几段“突然推理”。所谓“突然推理”，按我的理解，是指毫无征兆地抛出一个令人猝不及防的真相（比如，在与某人友好交谈的过程中，侦探突然说“其实你不是 XXX 吧”“其实你刚杀完人吧”等），然后利用之前埋设的伏笔展开合乎逻辑的推理。与一般意义上的推理相反，“突然推理”

是结论在前，推理在后。

一般意义上的推理，由于读者事先知道其目的（多是为了查明案子的真相），除非推理的结果匪夷所思，否则要让读者感到意外并不容易。而“突然推理”由于事先毫无征兆，真相是令人“意外”的；同时也因为事先毫无征兆，读者原本就不会有意识地去拾取前文中的伏笔，猝不及防之下，自然会觉得推理也是令人“意外”的。

《首无》的第三重解答也称得上是“突然推理”。侦探炮制出“斧高罪犯说”完成第二重解答，令“高屋敷妙子”陷入了困境。当我们期待真相的第二次反转时，侦探突然抛出了一个不同维度上的真相。这个真相完全超出了我们读者的设想，极度令人意外。而读完尾声后，读者也会被抵达这一真相的“意外的推理”所折服。

在这里我想特别强调的是，读者会在第三重解答中感受到推理的意外性，不只是因为“猝不及防”。仅是如此的话，这“意外的推理”未免有取巧之嫌。其实和第一重解答一样，在进入第三重解答之前，作者也提示了最后、也是最为露骨的一条线索。甚至还提示了真相！饶是如此，读者仍不易做出把线索和真相串联起来的推理。这是为什么呢？

4. 第二重解答：第二封挑战读者书

长久以来，我总是烦恼于如何为《首无》的第二重解答辩护。实事求是地讲，第二重解答（斧高罪犯说）的精细度远逊于第一重解答，推理随意、经不起推敲的地方比比皆是，处处透着敷衍了事的气息，因而受到了大量读者的诟病。此前我一直用“侦探只是为试探假高屋敷妙子，才炮制了这个伪解答，本来就不需要特别精致”这一理由，试图说服诟病者。但一部本格推理小说既然以多重解答为卖点，若不能一视同仁地对待每一重解答，确实说不过去。《如水魑沉没之物》贵为本格推理大奖的获奖作，也常因为这一点而被人批评。

然而我们是否想过，尽管《首无》号称拥有三重解答，但这三个解答却不是针对同一群案子的。第三个解答和前两个解答分别揭示了性质完全不同的两种真相。所以准确地说，《首无》其实是一部拥有两层真相，且第一层真相拥有二重解答的推理小说。

如前文所述，在侦探揭开第一层真相之前，作者插入了一封特殊形式的挑战读者书。那么在侦探揭开第二层真相之前，作者也应该插入挑战读者书，这样才对等啊。没错，我认为第二重解答就是作者发出的第二封挑战读者书！在这重解答里，作者给出了指向第三重解答的终极线索，并用揭示真相的一句话“当然了，因为你才是真凶”向读者发起了第二次挑战。所以准确地说，《首无》其实是一部拥有两层真相和两封挑战读者书的推理小说！

在《尾声》中，侦探明言“话虽如此，我也是刚刚才做出了最终判断”，其理由是：“如果你是真正的高屋敷妙子夫人，那么当我指出斧高是真凶的时候，你绝对会袒护他。然而你接受了。你甚至暗示可以将此作为文章的结尾。至此我才确信无疑。”

由此可见，整个幕间（四）——第二重解答，是作者给予读者的最后也是最具说服力的线索，以帮助读者识破第二层真相。如果第二重解答过于周密、严谨，那么即便对方是真高屋敷妙子，即便高屋敷妙子对斧高爱护有加，恐怕也不得不理性地接受这个解答。正因为第二重解答过于粗陋，才使“轻信侦探之言”的假高屋敷妙子露出了马脚。可以说，第二重解答越是粗陋，这条指向第三重解答的线索就越有说服力。

如果说幕间（四）是《首无》的第二封挑战读者书，那么它究竟要向读者挑战什么呢？前文说到，《首无》的第三重解答兼具“意外的真相”和“意外的推理”，那么三津田想挑战读者的是“意外的真相”还是“意外的推理”呢？

还是来看一下幕间（四）的最后一句话吧：“当然了，因为你才是真凶。”

换言之，挑战书的最后揭示了第三重解答（第二层真相），这时想必每个读者都会在心里大叫“为什么？！”；此外，我在前文也说过，“突然推理”是结论在前，推理在后。所以，答案已呼之欲出，三津田想挑战读者的显然是“意外的推理”——侦探是如何推理出这个真相的。

然而，事情并没有那么简单。“当然了，因为你才是真凶”——此处的“你”究竟指谁，作者并未揭示。“你是高屋敷妙子，你才是真凶”和“你是古里毬子，你才是真凶”完全是两回事，两者的推理过程也会完全不同。如果“你是高屋敷妙子”，那么就连第一重解答也得推翻，因为在第一重解答中，真凶是古里毬子；如果“你是古里毬子”，则不需要推翻第一重解答——只因“你假扮了高屋敷妙子，实为古里毬子”，所以“你才是真凶”。

因此，虽然幕间（四）的最后一句话揭示了真相，但那是模棱两可的真相。真相到底是哪一种，在《尾声》中才会被揭晓。当然在此之前，读者通过“第二重解答——第三重解答的最终线索”，有可能推理出是哪一种真相。只是如此一来，原本只需猜测推理过程的读者便多了一项艰巨的任务——得先确定真相是什么。倘若连真相也确定不下来，甚至意识不到真相的两可性，又何谈“做出把线索和真相串联起来的推理”呢？这是何等奇妙的一封挑战读者书啊！

此外，与第一封挑战读者书不同，作者发出第二封挑战书后，就此结束了这一章，本该连续的情节在此处被硬生生地截断。这时性急的读者当然会赶紧翻到下一章，但愿意做些思考的读者还是会稍作停留吧。我们甚至可以设想一下，如果自己是《迷宫草子》的读者，情况会怎样呢？根据文中“以后会一次连载两章——也包括单设《幕间》”的说法，则无论是按“一次连载两章”来，还是按“单设《幕间》”来，《幕间（四）》和《尾声》都不会出现在同一期杂志上。由此《迷宫草子》的读者们便有了一个月的思考时间。

《首无》为作外读者和作中读者都留下了思考的时间。这似乎也佐证了作者想挑战读者的是“意外的推理”。

5. 无头尸讲义的目的和奎因的《埃及十字架之谜》

说到《首无》，几乎每个读者都对作中的“无头尸讲义”（准确地说，是“无头尸制造动机”讲义）印象深刻。三津田是一个喜欢在作品中插入讲义的作家。比如，《如凶鸟忌讳之物》的“人类消失的分类和方法”讲义、《如密室自闭之物》的“密室诡计”讲义以及《朱雀怪》的“无人生还”讲义。然而，同为讲义，《首无》插入讲义的目的却与上述三者不同。

关于“讲义”，饭城勇三在《埃勒里·奎因论》中有如下论述：

“推理小说家在作中对某种诡计进行分类的理由之一，是为了创造出新的此类诡计。换言之，其基底存在着这样一种思路：既然读者试图通过检索‘诡计数据库’来识破真相，那只要使用其数据库里没有的诡计，读者就会感到吃惊，感到佩服。”

想一想《如凶鸟忌讳之物》《如密室自闭之物》《朱雀怪》的真相，诚如饭城勇三所言。三津田在这三部作品中使用的诡计，要么不在讲义范围内，要么是讲义中某一项的变种。

但是，《首无》的“无头尸讲义”完全不同，其第一项便揭示了本作最重要的真相——被害者与加害者互换。然而，这个最常见的类别被作中人物干脆地否定了。更绝妙的是，该人物否定这一类别当然不是因为愚笨，而是出于合理至极的考量。前文中曾经提到，奎因为应对“手握诡计数据库的狂热爱好者”，搭建了一种令读者无法使用“诡计数据库检索方式”的小说结构。此处，三津田显然也在做着同样的事。

推理小说迷一看到无头尸登场，可能立刻就会从数据库中调出“被害者与加害者互换”诡计以及讲义中提到的其他诡计。三津田知道这些读者的存在，便主动发表讲义，不仅靠干脆地否定与真相一致的类别使读者产生心理盲点，更利用讲义本身给读者造成了“既然作者敢放出讲义，自然不可能使用讲义中的诡计”的印象，从而封堵了读者对诡计数据库的检索。

进而，三津田通过巧妙选择讲义发起人，使作外作者的意图与作中人物的意图达成了完美的统一，令读者难以指责作者“耍赖”。这是一种非常巧妙的手法，越是资深的推理小说迷，恐怕越会被这个点子击中。

此外，对之前不了解无头尸诡计为何物、初读推理小说的读者来说，讲义又可使他们在读到解答之前，对这类诡计有个了解，并有助于他们领会作品的妙趣。从这个意义来说，三津田对推理小说的初级读者可谓体贴入微。

看到《首无》利用讲义所达成的效果，熟悉奎因作品的读者可能会想到《埃及十字架之谜》。在“如何令读者无法使用诡计数据库检索方式”方面，两作有着异曲同工之妙。更耐人寻味的是，《埃及十字架之谜》的核心诡计也与“无头尸”有关。读者诸君若有兴趣，可对两作的手法做一比较。

至此，我对《首无》在推理层面上的精心设计进行了解析。那么我为何要花如此长的篇幅去做这样的解析呢？

长年以来，我一直对如何定位三津田这位作家感到困惑。诚然，三津田在《如凶鸟忌讳之物》《朱雀怪》等作中创造了惊人的诡计，但我不认为他是一台诡计制造机。三津田的作品里总是充斥着丰沛的伏笔；他笔下的侦探总是在解谜前将所有谜团整理成列表，让读者清楚地看到需要对什么进行推理；侦探解谜时的推理总是洋洋洒洒，极尽细致之能事。从这些地方来看，三津田是一个对公平竞赛抱有强烈意识、极为注重逻辑推理的作家。《首无》这部作品更是其中的佼佼者。我下意识地感到《首无》是刀城言耶系列乃至三津田所有推理小说中的最强杰作；我下意识地感到真相或诡计并不是这部作品的所有优点，当然它们确实给读者带来了震撼和巨大的快感，但《首无》绝非只有这些。然而，我一直无法理出头绪。

然后，逢坂刚的对“披着黑色头巾的无头人”的批评更是深深地刺激了我。尽管这只是作品中一个不起眼的小谜团，但逢坂刚的评论方式有其代表性，而且是一种极具破坏力的评论方式。关于《首无》，我完全可以想象出下面的这些评语：

“本质上不就是身份替换诡计吗，人家替换一次，你替换两次就比别人高明了？不过是靠数量取胜罢了。”

“作中作也是老手法了，作者中途换人的叙述性诡计也不是三津田首创的呀。”

“第二重解答也太粗糙了吧。感觉就像是拿来凑数的。”

“前面在做讲义时把那种可能性否定了，结果回头告诉我动机就是那个，这不是耍赖皮吗？”

虽然我知道这些评论存在谬误，但我很难做出反驳。直到有一天，我读了饭城勇三的《埃勒里·奎因论》，看到了他对奎因创作理念的论述，看到了他对“诡计数据库检索方式”的批判，终于豁然开朗。是的，既然我认为三津田是一个对公平竞赛抱有强烈意识、极为注重逻辑推理的作家，那自然应该用分析奎因作品的眼光去分析三津田作品。因为奎因作品是最讲究公平竞赛、最注重逻辑推理的。

用全新的眼光去分析《首无》中的三重解答，我终于看清了这部作品的伟大之处，也能对那些评论做出反驳了。两封奇异的挑战读者书、两层真相、利用讲义阻止读者检索诡计数据库、意外的推理……《首无》融汇和发扬了奎因创作侦探小说时的主要技巧，同时又具备了奎因稍有欠缺的“意外的真相”，更有“最终线索本身亦令人震惊”

这一巨大亮点。说《首无》是现代日本最优秀的本格推理小说，绝对当之无愧。

作为一个热爱三津田作品的读者，我的观点可能有偏颇之处。但我还是急切地想把自己的心得与喜悦分享给各位，所以才写下了本解说最为冗长的第二节。

三、关于新版

2011 年，吉林出版社首次出版了《首无》的简体中文版，翻译所使用的是原书房的单行本版。这次的新版——千本樱文库版——则以讲谈社的文库本版为底本，重新做了修订。因此，新版与老版有以下两点不同：

1）讲谈社文库本版在原书房版的基础上做了一些修改，并更正了几处错误。新版也照此做了更改。

2）新版本加入了按讲谈社文库本版绘制的插画。如此一来，原本仅靠文字描述难以把握的案发现场和奇异建筑的样貌，都得以清晰地展现在读者面前。

如上所述，原书房版中存在几处错误，有些甚至影响了推理的正确性，其中较为单纯的错误（如人名错误）在吉林版时就已做了修改。但是，只有一处时间上的矛盾，因未能就修改事宜与作者取得联系，只能将错就错地按原文翻译。令人欣慰的是，在讲谈社文库本版中，这个错误被更正了。具体情况请看下表。

	老版（吉林版）	新版（千本樱文库版）
第二十三章	所以，为了转换心情，我想整顿完打理到一半的后院，早早播撒种子，哪知……	我曾经为了转换心情去打理过后院，于是现在我完成了剩下的整顿工作，买来红薯幼苗打算种植下去，哪知……
尾声	“为什么？就像文章里提到的那样，为了转换心情，早早把种子——” “播下去吗？即使你撰写原稿明明是在隆冬一月？”	“所以说嘛，就像文章里提到的那样，我为了转换心情，买来红薯幼苗——” “种植下去吗？即使你写那段原稿是在二月或三月，而红薯幼苗的种植期是五月到七月？”
	“就算手边没有那本刊登《第二十三章 来自读者投稿的推理》的《迷宫草子》，我也知道那部分原稿是一月写的。（后略）	“就算手边没有刊登《第二十三章 来自读者投稿的推理》的那一期《迷宫草子》，我也知道那部分原稿是二月或三月写的。（后略）

由于《前言》执笔于某年的十一月，按高屋敷妙子所说的“一次连载两章——也包括单设《幕间》的情况”进行推算，《幕间（三）》应写于第三年的一月。进而，高屋敷妙子在《幕间（三）》向读者征集意见，并明言“下一期杂志的连载会暂停一次，所以有足够的时间”。由此可知，《第二十三章 来自读者投稿的推理》的执笔时期绝无可能与《幕间（三）》一样，也是一月。老版在时间上出现了矛盾。另按“从执笔到杂志刊登，之间会有两个月延迟”的说法，《幕间（三）》将会刊登在《迷宫草子》3 月期上，而必须在 5 月期上发表的《第二十三章 来自读者投稿的推理》，其执笔时间不得晚于 3 月。因此，

作者在新版中将月份改为“二月或三月”，消除了时间上的矛盾，并添加了“红薯幼苗”这一新线索，供作中侦探和作外读者推理。

此外，讲谈社文库本版还修正了若干事实细节上的错误。这些错误不影响推理过程和真相。比如，《第十六章 搜查会议》提到“雄鸡社推理丛书”名下有七位作家，江川兰子做证说“雄鸡社推理丛书的七本书是她以前发送给长寿郎的，里面还包括一个叫小栗虫太郎的作家，共计八本”。在文库本版中，“七本”和“八本”分别被改为“八本”和“九本”。这是因为其中一位作家“小岛政二郎”的作品较长，出版时分了上下两册。相应地，《第二十四章 刀城言耶先生的推理》中的“日本作家一人一作共出版了八本书”也改为了“日本作家一人一作共出版了九本书”。这类无伤大雅的小错误得到修改，也体现了作者和出版社的严谨态度。

对了，借这次为新版《首无》撰写解说之际，我还想披露一个在翻译上动的小心思。本书开头有一首童谣，倒数第四行是“女娃是长寿啊　一守家绝后”。“女娃是长寿”的原文为“女は長生き”，这个“長生き”可以有很多译法，比如台湾版就译作“女孩长命百岁”。最初我为与上一句的“男娃死得快”对应，打算译作“活得长”，但最终选用了现在的译法。因为我觉得这样可以增加一个伏笔——女孩是长寿（郎），也算是为我所喜欢的作者尽了绵薄之力吧。当然我必须承认，这个伏笔非常牵强……

四、木秀于林，必成栋梁

《如首无作祟之物》未摘得任何桂冠；虽然在当年的各大推理榜

单上均名列前茅，但也没能排到第一名。

然而，是金子总会发光的。2016 年，值“本格推理 BEST10”榜单创办二十周年之际，榜单运营方举办了名为“20 年本格推理小说 BEST OF BEST”的评选活动。《如首无作祟之物》夺得 107 分，被评为第一名，比第二名高了 25 分之多。

整整八年后，《如首无作祟之物》终于获得了其应有的地位，这也足以证明本作在广大读者心目中的地位和经久不衰的魅力。此外，自 2010 年由讲谈社发行文库本版以来，本作至今已再版 8 次。最后一次即第 9 版的印刷册数之多，还令作者本人小小地吃了一惊。

至于十多年前某位评委的言论，如今都付笑谈中。

张　舟

2020 年 6 月 30 日

图书在版编目（CIP）数据

如首无作祟之物 /（日）三津田信三著；张舟译 .—
北京：文化发展出版社，2021.4
书名原文：首無の如き祟るもの
ISBN 978-7-5142-3365-0

Ⅰ.①如… Ⅱ.①三… ②张… Ⅲ.①推理小说－日
本－现代 Ⅳ.① I313.45

中国版本图书馆 CIP 数据核字 (2021) 第 045098 号

版权合同登记号　图字：01-2021-1078

如首无作祟之物

[日] 三津田信三 / 著
张舟 / 译

出 版 人：武　赫　　策划编辑：张录宁
责任编辑：周　蕾　　责任校对：岳智勇
责任设计：郭　阳　　责任印制：杨　骏
封面设计：李宗男　　版式设计：李宗男
封面插绘：村田修　　内封插绘：崔晓东

出版发行：文化发展出版社（北京市翠微路 2 号　邮编：100036）
网　　址：www.wenhuafazhan.com
经　　销：各地新华书店
印　　刷：北京盛通印刷股份有限公司
开　　本：880mm × 1230mm　1/32
字　　数：341 千字
印　　张：15.75
版　　次：2021 年 6 月第 1 版　　2023 年 7 月第 7 次印刷
定　　价：68.00 元
I S B N：978-7-5142-3365-0

◆ 如有任何印刷装订质量问题，请联系：010-57735441 调换。